怀春者的信柬　昌耀研究集

张颖　编

隐匿的汉语之光·中国当代诗人研究集

华文出版社

本丛书无意于面面俱到，而仅关注那些我们认为重要的、有特色的中国当代诗人及其得到讨论的状况，旨在为进一步探讨存留一份资料，或提供一条进入相关领域的线索。其间显然经过了审慎的拣选——既包括讨论对象（诗人）的选定，也包括研究篇目的选录，甚至还包括编选者的延请。

在这个喧嚣的年代，诗界从来不乏炙手可热、炫人眼目的弄潮儿，但我们的目光在其上不会停驻太久。我们更看重那些沉潜的、通过艰卓的探索为汉语写作——进而言之即汉语本身——作出贡献的诗歌写作者，愿意以某种方式向他们致以敬意。他们不事声张、摒弃夸饰的招摇，对诗歌保持着单纯的热爱以及足够的耐性和虔敬之心。他们的取向各异、风格悬殊，但有一个共同点就是：他们的写作彰显了一种布朗肖所说的写作的沉默与“无名”性质，能够经受哗声的销蚀和流俗的磨损。这也是本丛书名为“隐匿的汉语之光·中国当代诗人研究集”的由来。

在我们看来，诗人不应该随波逐流，成为文化时尚的合谋者、某些媒体舆论的传声筒，而是应该对这些保持一定的距离、采取必要的审视态度，同时从其身处的时代中提炼出“噬心”（陈超语）的主题。后一点尤为重要，诗人以锐利的敏思切入历史与人性的深层议题，同他对语言的发明、对诗艺的锻造一样，需要付出巨大的心智。本丛书对诗人的甄选即出于如许期待。

从新诗的百年历程来看，中国当代诗歌（特别是最近四十年的诗歌）已经显示了与现代时期诗歌有别的主题意向、形式特征乃至写作意识。简而言之就是，不同于后者对“现代性”的探寻和展现，当代诗歌立足于当代的历史语境，呈现出某些可称为“当代性”的质素。这种“当代性”有其自身的问题阈和书写逻辑，也许较之现代诗歌更为复杂，但也背负着“当代性”特有的焦虑与压力。从诗学方面来说，当代诗歌发展了现代诗歌的部分路向，却在开辟当代诸多命题、凸显其“当代性”的过程中，抽空了问题得以生发、延展的路径，过于强化某些单一的层面，从而窄化了自身的可能性的向度，因此难掩其局限与危机。本丛书收录的研究论文，一定程度上回应了当代诗歌面临的这些理论话题。

本丛书以“研究集”取代一般谈及当代诗歌时习见的“批评集”，除了想要回避已经被污名化的“批评”这样的字眼外——其实毋需赘言，批评本身是不应受到排斥的，真正的批评无不包含深刻的洞见和强大的辐射力——还想着意强调论析当代诗人的文字中所应具有的历史眼光、探究成分和学术本色，并对严肃的讨论表示必要的尊崇。

2017年1月动笔，6月拟定
张桃洲　王东东

怀春者的信柬　昌耀研究集

目 录

第一辑　灵肉与火魂共舞

第二辑　行者

第三辑　金黄的色块

第四辑　空谷足音

附　录

怀春者的信柬　昌耀研究集

第一辑

灵肉与火魂共舞

昌耀是从20世纪50年代初开始写诗的。那时，他还是一个少年，一个战斗在朝鲜前线的部队文艺工作者。伴和着我英雄部队向前挺进的脚步声和朝鲜人民军战士们昂扬激奋的歌声，昌耀也吹奏起了自己朴实的短笛。那在枪刺上跳动着的黎明的霞光，那再也不能回到祖国和亲人身边的烈士们的崇高形象，那阿妈妮的飘散着泥土气息的舞蹈，那朝鲜姐姐们对负伤的少年战士的亲人般的照顾和关怀，给了我们的少年歌者以最初的诗的灵感。

1953年，刚满17岁的昌耀在前线负伤致残，他带着自己心爱的短笛，从风雪弥漫的朝鲜回到祖国阳光初照的华北平原。1955年，他又来到了群山纵横、莽莽苍苍的青海高原。

有的诗人，一开始歌唱便以其夺目的异彩而引人注目；有的诗人，经过青色的幼年期才逐渐走向金黄的成熟期。昌耀属于后者。他早期的诗，即在1952—1957年间发表的30多首诗，无论是就其思想性还是艺术性来说，都不够成熟。那是在绿叶丛中跳荡闪烁的光束，那是在急湍巨岩间激起的飞溅的浪花，不时闪现出诗的感受和诗的才华，然而却还缺少完整的诗的意境。那是“弦子上流下来的曲儿”，那是高原的写意画和风俗画，曲调自然流畅，笔触清新朴实，然而却还缺少深刻的艺术构思。尽管如此，但昌耀在1957年写的几首诗，例如《水鸟》《群山》《地平线》等，已标志着一位青年诗人正

险拔峻峭，质而无华
——谈昌耀的诗※

罗洛

※原载《诗刊》1981年第10期。

在形成自己的风格——一种险拔峻峭、质而无华的风格。例如，那只水鸟，“飞越于浪花之上，栖息于危石之巅，在涡流溅泼之中呼吸，于雷霆隆隆之中展翅”，这是只有高原诗人才能感受得到、吟咏得出的高昂挺拔的生动形象。

1957年，昌耀还写了题为《林中试笛》的两首短诗：《车轮》和《野羊》。这两首诗，并不是昌耀20世纪50年代的最好之作，正如诗题所示，是他在写诗的道路上探索前进的一两声“试笛”。然而，它们之于昌耀，犹如《草木篇》之于流沙河，竟成了他一生的转折点。长期以来，人们就用非诗的态度来读诗，这也罢了，鹰的高唳和马的长嘶，对于神驰于莺歌燕舞的耳朵和眼睛来说，当然是毫无意义的。但是，有些人甚至还用非诗的态度来判决诗，并且还是不准上诉也无法上诉的判决。这两首诗，在发表之时就被定为“毒草”，接着，作者又被打成右派。一个年方21岁的青年诗人，为了两首总共才16行的小诗，付出的代价却是22年的监禁、苦役、颠沛和流离。

《车轮》写的是一只残缺的车轮，当“车队日夜从林边滚过”时，它却做着“旧日的春梦，常年不醒／任凭磷火跳跃，蛙声喧腾”。这种意境并不新鲜，刘禹锡的“沉舟侧畔千帆过，病树前头万木春”，是早已为人传诵的名句。昌耀只是稍稍前进了一步，设想消极因素可以化为积极因素，即使车轮残了破了，也可让它发一点光和热：“让它燃起我们熊熊的篝火，加入我们激昂的高歌”。

《野羊》写的是一对暴躁的青羊在林中空地上互相角斗，久久不休。它们“打起了血架”，甚至“忘记了青草”。结尾两句是：

这林中固执的野性啊
当猎枪已对准头颅，它们还在厮打

这两行诗写得并不好。对于一首短诗来说，结句十分重要，它要完成诗的意境，通过完整的意境或通过形象来表达思想含义，同时还要给读者留有想象的余地。这两行诗，似乎急于要把思想结论告诉读者，显得直露而缺少余味。另外，诗意也不够完整，作者不得不借助于题记来加以补充：“请轻点，递给我猎枪，猎一顿美味的鲜汤。”

这两首诗，取材于勘探者野外生活的片断，得之于间接的经验，在艺术表现上存在着一些不足之处，有理胜于情、辞多于意的毛病。至于它们被加上莫须有的政治罪名，甚至因之加罪于作者，都根本与诗无关。好在那已成为历史的陈迹，这里就不多说了。

昌耀沉默了几年，然而，他对诗的追求和对生活的执着一样，都是无法遏制的。从 1961 年起，他又提起笔来。他写得很少、很慢，他需要思考，需要探索——对严峻的生活、严峻的真理，以及反映生活和真理的严峻的诗。

近两三年来，昌耀陆续发表了他在 1961—1967 年间写的十几首诗。他在这些诗里，歌唱着红似珊瑚枝的高原篝火，呼唤着沉睡的群山醒来，眺望着披烟带火滚滚西来的列车，回忆着战火年月中八面威风的昆仑铁骑……这些诗，大都是篇幅不长的抒情诗，然而，思想和感情更深沉了，意境更开阔了，色彩更浓郁了，诗意也更浓了。昌耀生活在困厄中，却依然保持着战士的豪情和对于未来的希望。《柴达木》《烟囱》《猎户》《昆仑月》等诗，都能代表他在这一时期的创作特色。柴达木，在太古时候原是一片大海，而在诗人的想象中，大海复活了——

我看见钢铁在苍穹
盘作扶桑树的虬枝。
浓缩的海水从隐身的鲸头
喷起多少根泉突。
我看见希望的幻船
就在这浮动的波影中扬帆……

这首诗，想象奇特而自然可信，语言凝练生动，结尾两句写得很好，既提高了立意，又开拓了意境，且含蓄而有余味。

然而，希望的船暂时毕竟还只是一只幻船，它那扬起的帆不久又遭到风吹雨打。接下来的十年，也是万马齐喑的年代。像全国绝大多数诗人一样，昌耀又被迫沉默了。整整十年，昌耀没有歌唱，只是面对着“岁月的沉积”，经受着“时光的咀嚼”。

1978年秋，昌耀才又开始了歌唱，他唱道：“九死一生黄泉路，/我又来了”（《致友人》）。他向高原万杆秋木致意：“很好啊，/我又得一见——/你们百炼的枝干、/耿直的脊骨。/昨日，/还是亭亭玉立，/通体俊秀。/今日，/一身火气，/斑驳苍头。”

生活总是多磨炼！经过多年磨炼的昌耀，在新时代的春天里，感情犹如开了闸的春水，激荡流泻，一发而不可收。1980年1月，他的长诗《大山的囚徒》在《诗刊》发表。一年多来，他又在各地刊物上相继发表了长诗《山旅》《黄河的传说》，以及《高原风》《车轮》《静夜思》《花圈与烛》等近20首抒情诗，引起了同行和读者们的注意。不熟悉他的同志，以为在诗之国里又出现了一颗“新星”，这种愉快的误会正好说明他的诗还保持着青春的气质和战士的激情，正如他自己所说：“我还要和时代的青年一起，再把青春重度。”

昌耀近两年来所写的诗，如果用一句话来概括，不妨说是啼血的春歌。这是春天的歌，然而却是交织着眼泪和鲜血、夹杂着痛苦和欢乐的歌。

《大山的囚徒》是为一个悲壮的牺牲者写的安魂曲，是悲歌，也是赞歌。讲的是一个忠诚于党的战士，在阶级斗争扩大化的情况下，成了没有刑期的囚徒，被幽禁于祖国西北的巍峨群山里，受到精神的无形锁链的折磨。十年中，他眼见历史被颠倒，真理受凌辱，于是奋然而起，立志要逃出大山，要到“红星高照的京城”去，“把真实的信息，送到党的手里”。但是，他最终未能逃出那些打着“革命”旗号的“天兵天将”之手，他死了，怀着“春天就会来临”的信念，回到大地的怀抱里去了。

死者已矣，那生者呢？《山旅》就是有着类似经历的幸存者的沉思，对祖国山河、历史和人民的沉思。祖国的山河是壮丽的，然而残留的伤痕时隐时现；历史在前进着，虽然也有过曲折和崎岖；人民是勤劳坚强的，虽然曾经历过苦难，也正面对着困难。人民的形象，像浮雕一样镂刻在诗人的记忆里，凸现在诗行中——

多少年过去了，
我总是记得紫曦初萌的地平线，
美丽的琵琶犁有如惊蛰的甲虫扒开沃壤
在春雪里展翅。而播种者们修长的手臂
向天空划出了一个个光的弧圈，
撒出一把把绿的胎胚……

昌耀的这两首长诗，以及他的一些抒情诗，表现了他的诗的特色：险拔峻峭，质而无华。他所追求和探索的诗的风格，像高原群山那样块垒峥嵘，像飞瀑急湍那样奔放不羁，正如他最热爱的歌声是昂扬激奋的雄鹰的鸣叫，是刚健苍劲的战马的长嘶。在他的诗里，没有整齐的格律和华美的词藻，诗的节奏跌顿短促，旋律质朴自然，语言凝练遒劲，意境雄奇开阔。

诗人是探索者，他总是要和时代一起前进，他不会在原地停留，总是要摆脱旧的束缚，奔向新的途程。正因为诗人是探索者，当他回顾自己所走过来的道路，必然会发现其诗作有这样那样的缺点和不足之处。昌耀自然也不例外。

昌耀近期的短诗，结构、意境都比较完整，而长诗则显得松散。写长诗好比建造大厦，更需要完整的构思和匠心的安排，需要使厅堂楼阁、梁柱檐瓦各得其所。好的巨厦总是寓多样于统一之中。好的长诗读来总是不觉其长，也是因为它的每个细节都经过精雕细琢，而合起来又构成一个统一和谐的整体。

有人认为昌耀的诗有点“怪”，当然，“怪”也不失为一种风格。李贺的诗也“怪”，但李贺的“怪”，在意而不在辞。他运用丰富的想象探求“古今未尝经道”的意境，但他的遣辞命句，如“雄鸡一声天下白”“天若有情天亦老”“霜重鼓寒声不起”“桃花乱落如红雨”等等，都是明白晓畅的。在昌耀的诗中，有的地方使人有险僻生涩之感。我想，如果写得更明朗些，也许会更好，不知昌耀以为然否？

1981 年 3 月　西宁■

怀春者的信柬　昌耀研究集

无疑，昌耀的作品正以丰富的内涵和日臻独特的艺术性和风格，被为数渐多的读者所接受和肯定。然而，评述这位不断创新自我、探索力非常充沛的诗人及其创作，深感不易。本文更多的只是从欣赏经验范畴内谈些印象和感受。

昌耀诗中的历史意识

优秀的诗人，总是自觉地将历史纳入其生命内容之中。昌耀的诗之实践，具体印证了诗人对历史的器重。在认识和表现历史、深入体察生存和爱的经验过程中，昌耀深刻发挥了他的诗人才能。

20 世纪 70 年代末，昌耀有幸返回诗坛后，立即加入随之诞生的文学风暴亦即人的风暴之中，以诗开始了向那段历史的发言。昌耀自 1957 年因两首思想并不强烈的小诗被判为右派后，一直活在悲剧的中心。但诗人以诗向历史发言，仅仅作简单的回顾是疲乏无力的，他让自己返回历史，准确地说，他是将自己作为历史的细节之一，作为那个悲剧不容分割的一部分。其诗作感情凝重、尖锐，诗中一切思想情感意念不是无源的真空瀑布，而是发端于他心灵的真实。所以，人们读昌耀这些诗作时，心理上和他所表现的悲剧时代的距离感几乎不

昌耀：实践者。一部行动的情书
——昌耀创作散记※

一村

※ 选自董生龙主编《昌耀：阵痛的灵魂》，青海人民出版社，2000 年版。

存在。

《大山的囚徒》和《山旅》从不同角度揭示了那段历史的真实。《大山的囚徒》真实记录了一个重负下的生命不甘就此被毁灭的心灵历程。“我”被追逐在无言的荒野，生命靠近死亡的渊谷，却依然保持着对春天、人和一切美好事物的渴求和爱。诗人完全是站在历史中写历史。叛逆者呼唤光明的沉沉之声发自那段历史的内部。而在创作《山旅》时，诗人显然是站在现实中，他不断渗透着历史又批判着历史。昌耀以血的语言描写了生命的伤逝，他悲怆于真理自由之不幸，写得沉重、苍凉。如果说《大山的囚徒》还没有具备思想和经验上的独立性，只是冲动地指示了那个巨大的伤口之所在，尚未进入那个伤口的内部，到达更广阔更深刻的悲剧领域，那么，《山旅》则是对这种不足的补充。

这一时期，昌耀的诗之于历史，抒情主体是一致的。诗中的“我”不是抽空内容的苍白的概念，而是一个象征，是个别，也是群体。“我”这一形象所蕴含的一些心理共性暗合了整整一个受难的民族。所以，当我们读及诗作，感到不安和不易遏止的激动时，已自觉或不自觉地接受了历史的启示。

现在，我们来注意一下《慈航》。此诗感受之深、容量之大、表达手段之独特为当代新诗所少见，令人震动。从这首诗中我们发现，昌耀的诗之于历史更密切、更内在、更接近本体。我认为，在创作《慈航》之前，昌耀的诗在描写那段历史并展示人生时，其内容本身在一定程度上受到了那段历史的局限。他的情绪尚未真正地从那个已成历史的时代环境里解放出来，历史意识尚未走向纵深和广泛。历史是由许多独立而矛盾的单元参差组合而成的多元体。诗人在历史过程中所做的一切努力，不应只在于肯定或否定哪一段历史，尤其重要的是心灵对生存和爱的经验的发现和吸取，这就要求诗人竭力从哲学意义上把握各历史时代贯穿一体的核心内容。

《慈航》和《山旅》同样触发于那个刚成为过去的时代，但《慈航》果断地超越了那个时代，只是将它作为抒情的契机。爱的繁衍与死亡的戕残，贯穿了整个人类的生存史。这几乎是一个不为时间所制约的古老的命题，也属于历史的命题。昌耀的诗接受了它，以不衰的哲学和激情，偈颂人类和爱的伟力之不可抗拒。然而，这并不意味着昌耀诗已完成和历史的交流，并不是说他的诗中的历史意识得到了最高体现。我对昌耀不渝不衰的诗之实践精神是深有敬意的。继《慈航》后，昌耀对自己提出了更高的要求。一个诗人能够将思想和感情的触须直接触达人们内心最敏感的区域，其作品引起共鸣并被认可的可能性自然很大。不过，既此又易于失去进入人类更深更错综复杂的经验层次的契机。昌耀诗在由片断走向整体、由单薄走向深厚的同时，以非常的诗人才略涉足了那些生命近乎沉寂乃至麻木的内心地带。《旷原之野》《秦陵兵马俑馆古原野》《天籁》和其他一些抒情短诗，集中表达了这一阶段昌耀诗的意念，都具有浓郁凝重的历史意识。

总之，昌耀诗中的历史意识逐步趋向于广大深邃，且由表面呈现转为内在渗透。当人们信奉诗人的根必深植于现实之中时，将依然听见昌耀的根的另一部分正深入在历史的岩层里。

昌耀诗与时代生活

必然有人认为昌耀的诗不够关心我们的时代，没有动情地反映和表现当代现实的社会生活。这是某一层次读者的权利，无须干预。

其实，昌耀对我们这个很难更新的时代有如火的热忱，只是诗人感应时代的个性强烈，诗之实践不易被某些读者理解而已。生活气息并非生活本身，仅是生活外部的一种反映。停滞在这种表象有时甚至是假象里实在是诗人的不幸。昌耀所企求的正是掩盖在这类表象之下的现实之内在。他发现了民族心理中易于满足、忍让、对力的封闭等劣质仍旧很有生命力，这引起了他内心强烈的波动，于是，我们读到了他的《划呀，划呀，父亲们！》，诗人以风暴般同时又是纪念碑似的感情，对渴求彼岸的新时期的船夫发出充满意志和力量的英雄似的呐喊。诗作粗犷、奔放、浑厚，形象独特地揭示出：人类全部的生存史就是一部反抗压抑、寻求创造的行动史。还有《英雄的节日》《车轮》《木轮车队行进着》《轨道》等。这些激动灵魂的诗没有缀以时代术语，独立性的主观色彩浓烈，却有力地再现了时代精神和意志。继后，昌耀诗之于时代有较明显的变化。人们没再读到感染力尖锐以至于直接鼓动时代的作品了。我想原因在于时代生活趋于稳定的发展和昌耀诗学观的变更。一切诗歌变更都必然包含着抉择前的犹豫和自我精神批判乃至痛苦。昌耀诗之于时代，有过一段沉默。他在诗人必须融入生活之中和诗人应和生活保持必要的距离这个问题上恍惚不定。迄今依然如此。

尽管如此，我还是兴奋地读到了昌耀讴歌劳动和时代生活的诗作，如《花海》《日出》《高车》《城市》《青海写生》《边关：24部灯》等。这些诗取材于西部，有猛烈苍劲的开拓意识。同时，他诗里的时代意识不是孤立的存在。他的历史意识不断融入诗中，人们从诗里体验到的是浑然一体的综合性意识，读昌耀这些诗有一个感觉，若非粗浅则难免有些苛刻了。昌耀是个内心极不安分且幻想丰富的主观型诗人，诗人的个性意愿和生活真实有距离，是不客观的。而被表现、被揭示的生活真实并不等同于诗歌真实，诗歌真实的构成还应有诗人心灵真实的介入。如此，诗人自然已不再甘于被动地接受生活的铸造，其造就生活的渴求已不复为渴求了，而是转变为一种诗歌行动。但我从昌耀诗中只看到这一行动的影子，如《某夜唐城》和《色的爆破》。我觉得，如果不是艺术追求上的放弃和回避，昌耀在思想和感情上似乎压迫了自己，心理上有些被动。但是，读者仍可确凿感应昌耀诗中强烈的时代意识。这些诗大都具有透彻读者心灵的艺术感染力。读者如果在揭示生活的广度和诗意独立性方面向昌耀提出更高的要求，并非没有根据。

诗写人生。诗的实践就是诗人的人生实践。诗写人生，是昌耀竭力用行动去印证的艺术主张。昌耀诗多是以自我作为抒情中心的，他所理解的人生感不是丧失自我的社会化的抽象公式。昌耀的独特气质和个性力量，使他拥有较多的内在自由，这种可贵的内心运动的自由，又使诗人和人的生活结合交流时所产生的感受与情绪，保持了相当的独立性和主动性。他自觉地将人们的共同意识有选择地纳入自我实践里，但他的自我意识和人们共同的生活意识的相互规范和相互显示，几乎没有直接的形式上的联系。他注重暗合，并力求使这类暗合形成在人生的本质之中。昌耀诗表现人生，感情内容十分丰富。爱，是他诗的核心。“我，就是这样一部行动的情书。”这是昌耀迫于动荡的内心独白。我信。昌耀爱生命，爱世间一切美好的事和物，爱得辛酸沉重。有点残酷，有些神秘。读昌耀诗，思及诗人历经艰辛的身世，更是叹服他惊人的爱之意志。从诗中不难窥见，纵然在最悲哀的生命期，昌耀灵魂深层里爱的意志仍倔强地生长着。他没有沦陷在一己的痛苦里去否定人生，没有醉心去写“艾略特的四月最残酷”。相反，他以深厚的激情肯定着人生中爱的温煦和伟岸，我们可以从《寓言》《无题》《莽原》《湖畔》《烟囱》《日出》《我的街》等诗中看出诗人误伤所爱的悲切和对所爱的追求等种种心境。长诗《雪。土伯特女人和她的男人及三个孩子之歌》和《慈航》都属昌耀的自传诗。前者亲切又不无沉重地再现了人情中具体的爱的艰辛和温暖，后者写得恢宏奔放而意境深邃迷离，形象崭新地赞美了内涵深广的抽象的爱在人生中不可动摇的力量。这些诗中，爱的情感深沉，情绪复杂，但范围广泛。每首诗都构成诗人丰富心灵的一部分，也同时构成人生的一部分。爱是行动，而不是寓言。只有创造性行动才是推动生命达到自我实现的可靠力量。昌耀诗中贯穿着行动哲学，诗人的灵魂躁动不安地向往着行动。

昌耀在表现人生时，还接受了“生命”这个恒久的主题。他的诗对悲壮的死和不幸的生命的描写十分精彩，有冷峻凝重崇高的艺术感染力。他倾听着“英雄时代的”“旋风在浴血的盆地悲声嘶鸣”；他写水坝上的战死者，说他们永远在一面不朽的旗帜里；当清洁工在崩塌的楼前不幸倒仆，他深切感叹清除废墟者的逝去，为生命的悲剧持久不安；他为痛恨苍蝇却误伤了一只蜜蜂而深刻地自责；他甚至从书架上的一节工艺鹿角，奇迹般地听到了若干世纪前残杀生命的“那一声火枪”。昌耀尊重、爱惜生命，他认为为美好事业自我献身是生命价值的最高体现。他请求时代开拓自己。当生活的车轮通过“我”，“我将……满足地喘息、微笑 / 又不无阵痛”。这句诗同时隐含着希求自我价值得到承认的意味。

诗人是一个复杂的世界，各种欲望和意识时有矛盾地参差交错在一起。昌耀也有困惑，也有人生的感伤和忧怨。《给我如水的丝竹》《夜谭》《题古陶》《所思：在西部高原》《人·花与黑陶砂罐》《青峰》等诗写于不同时期，诗人深感人世艰难、世事无常，瞬间的怀古之情绪深察可见。他也曾偶有过遁世意念，《青峰》即此一例。这让我们看到一个个的昌耀，对诗也有了立体印象。但是，我仍然感到外在压力的干扰和内在的某种软弱，束缚破坏着诗人内在自由的发展和发挥。他对人生的深入和揭示，往往停止在一条顽固的禁区线之上。尽管这禁区线正在消逝。

严格地说，诗之实践就是一种人生实践。它要将人生真实转变成最高意义上的真实，从而让诗以锐利的个性化感情的光芒，从人生的内部照耀人。昌耀正固执于这种实践，也孤独于这种实践。

昌耀的感受方式

离开想象去感受世界的不是诗人。缺乏或忽略生命经验的介入，诗人的一切感受都难免不是贫困的感受。昌耀充分认识到生命经验在运用想象感受世界时的特殊作用。在感受过程里单纯运用想象，是不易加强感受的直接渗透力的。他依靠经验的动力在可能的场合转变成一种直觉力，从而丰富了自己的感受个性。“窗台，那陶罐被一束鲜花罩住深不可测的渊口。／我见不到渊底的一潭寒水了……／听不到渊底欸乃一声的舟橹了……／嗅不到神农氏从渊底袅袅升起的草药香……”这是《人・花与黑陶砂罐》之三，这里，想象是潜在的，引起人们惊讶的是诗人卓越的直觉力。一般读者看到一束花插在一只破罐里往往会无动于心，一般诗人也只是会发出不和谐之类的感慨而已。然而昌耀感受于此却没有作表面抚摸，经验的启示让他直觉到表象掩盖着的内涵所在，他的心流直接渗透其中。因此，他被惊动并感到沉郁且悲哀了。从整首诗看：首先，他不安于这束象征性的鲜花生存的权利被剥夺，而只徒然地做了生活中短暂的装饰；进而，各种经验混合于一个瞬间，想象开始被直觉替代，他的意识强烈渗透于陶罐，并由此直接到达相去已远的历史底层。当他的心返回现实，剧烈的不幸感已像石头一样压抑着诗人。陶罐在诗人心中具有特定的象征意义，现已被将死的花束所罩。古代文明及一切无以解释的前人精神的奥秘乃至历史，都将因此窒息于陶罐之中而不能为人们所感知了。

社会生活经验和个人生活经验的交流扬弃，深刻了昌耀的直觉力。这种直觉渗透，省去了许多简单的补叙和诠释性想象。心灵可以争取更多的机缘，和生活本质产生暗合。像这种想象潜在其中，注重直觉渗透的诗例，细心的读者可从昌耀作品里找到许多。读者如果陌生于昌耀这种有别于其他诗人的感受方式，对诸如“从所有的器物上我听见逝去的流水／我听见流水之上抗逆的脚步”这样的诗句自然会感到恍惚且不易接受。联想和幻觉在昌耀诗里时有所见，他在感受世界时，从未轻视联想的作用。比如，昌耀在感受现实时，习惯于返回历史，将历史现象和现实现象综合为一体进行感受，这类感受是由准确的联想贯穿其中的。而丰富的历史阅历是诗人展开联想并截取可鉴历史片断的首要条件。《某夜唐城》中，诗人的感受突然从舞而忘情者转移到舞会外那些在唐城恪守了千年的石头人，他们没有“伸胳膊踢腿”，虽“被人搬掉了岩石首级也未尝不忠实于历史”。作如此感受，不仅诗意凝重，也扩大了诗的内涵和张力。

昌耀在感受过程中联想十分丰富，并且在联想中不时地出现幻觉。这种幻觉不为超现实主义理论所规范。它是浸溶在感情之中的理性力量发展到极端时出现的一种特殊精神现象。幻觉的作用并不是消灭理性，恰是发端于理性并到达理性无力企及的人生境界，从而产生强烈的美学冲击力。他的感受的另一个特点是：不局限于时空，注重跳跃和跨越。《斯人》和《旷原之野》明显休现了这一感受特点。昌耀的感受范围广阔，感受对象的转换变更极其迅速，令人感到意外。从神农氏到插花的妻子，从密西西比河攀岩而走的风雨到地球这壁的无语独坐者，在广阔的时空里，诗人的心灵几乎无所不至，而多数读者自我羁绊，步步“脚踏实地”，对一瞬间产生这一时空上的巨大更动不能适应。

总之，昌耀在感受方式上很有独到之处，他十分有力地呈现出一个大诗人才会具备的非凡的感受才力。而昌耀诗之所以具有强烈的艺术个性，首先在于他具有不同于一般诗人的强烈的感受个性。

昌耀诗的意象构成

诗是弥漫着诗人感受和才智的多层次特殊空间结构。这个空间在昌耀诗中主要是由意象构成的，发挥意象的作用力正是昌耀诗的主要表达手段。综而言之，昌耀诗的意象可分为三种类型：普通意象、象征性意象、暗示性意象。

意象的定义至今未见统一，论者不妨各持己见。我称之为普通意象的，是指诗人将感情转移到具象里作单纯陈述或直白式表达所组成的意象。如“我是一株化归于北土的金橘，／纵使结不出甜美的果，／却愿发几枝青翠的叶”。这个意象表达了诗人执着热爱生活的意志，完成了诗的语言具象化，但并不具备逼人寻思的感情容量。这种意象往往是感情穷尽于象，有明显的不足。普通意象在昌耀前期诗作里时有所见，后来，他逐渐放弃了这类意象，而极有兴趣地倾向于象征性意象的创造。我们先看下面这两行诗：“大海，你决不会感动。／而我们的桨叶也决不会暗哑。”暴虐凶险的大海是一个不确定对象的象征体，船夫们征服大海和到达彼岸的英雄行动不会停止的壮烈情感和灵魂力量藉此意象而得到了生动传达。诗人果断地删去了比喻过程，直接给“大海”和“桨叶”这两个具象以生命感和生命行动。诗的象征内容是读者易于理解的。随着昌耀意识的趋向深入和诗人在反思中的自我扬弃，新的艺术思想改变了他的内心结构，并要求诗人在艺术表达上作出创新，这促成了昌耀在意象创造上锐意开辟新的领域。从昌耀前几年的诗作看，他躁动不安的灵魂里有一种寻求宣泄的生命力，这一精神现象反映到意象创造中，则是诗人刻意寻找动态具象，从而将抽象的感受情绪寄托于这些具象里，表现为一种行为。如他写木轮车队行进在荒原，那旋动的轮翼“使旷野有了连续的呼唤，／使涸泽发出流水般的喧哗”。有时他还兼用痛感手段。从生活和自然里截取具有一定象征意义的片断，是昌耀象征性意象的另一种构成。《慈航》中“在荒原那个黎明的前夕，／有一头难产的母牛／独卧在冻土”“那求助的双眼／饱含了两颗痛楚的泪珠”便属于这种意象。读者可从此意象里深切感应荒原上光明诞生前的深刻痛苦和孤寂艰辛。这样的意象，感情的可容量较大，象征的内涵丰富，是诗人复杂的生命经验和与众不同的感受才力的有力体现。

在昌耀创造的意象里，有一种为当代新诗所罕见的双重象征性意象。他在《四月》中写道："诗人们的长矛花棍在月下疏影横陈。""长矛花棍"象征着诗的不同风格和流派，"在月下疏影横陈"则应从两层意义上去领悟。你仅可感到诗人们手持"长矛花棍"在月下作轻松的表演吗？最好能想到"疏影横陈"中可能有断矛折棍的艺术之不幸。这个意象里，诗人感受的锋芒内敛，冷静而不露声色。另有一类意象，几乎是纯客观的描述。诗人的思想情感并不呈现于具象，而是在具象的本质特征内达成某种默契或生成某种不易言传的境界。这类意象我将它称之为暗示性意象。例如："深山／有一个自古不曾撒网的湖。／湖面以银光镀满鱼的图形。//山顶有一个披戴紫外光的民族：/——有我之伊人。"该意象暗示着生命权利自由至上的世界是诗人爱之所在，和置身在此世界之外的相思的苦闷。

昌耀诗中独特的意象构成，为人们提供了一个复杂的艺术和审美的空间，他的意象实践透露了这样的信息：即他的诗已从含有一定思想的激情的放射开始转入反思静悟以求达到封闭性的宏伟。而新的艺术思想的形成与实践，必然意味着昌耀的意象构成将发生新的变化。

任何一种艺术创造，都意味着创造者对艺术现实某些方面的不信赖甚至是反动，也同时意味着创造者自身最初的孤独。诗，更是如此。昌耀更是如此。作为诗之实践者，昌耀有些冒险。他近来作品的内容和鲜见的表达个性，让人觉得他似乎越来越自信地领有一种陌生的旗帜般的使命。诗人从来就是创造者，否则，他的诗对时间的贯穿力是不可能尖锐的，昌耀正是置身在这样的创造里。他对艺术创造很有些"独特偏见"，但我相信，为诗，为人生，昌耀不会因暂时的不被理解而背叛心灵中的艺术愿望，他将依然是"一部行动的情书"。

1986年2月10日　南京■

太阳说：来，朝前走
——评《一首长诗和三首短诗》※

骆一禾　张玞

在刊物以小说为主要出版文类的情况下，《西藏文学》的“太阳城诗会”对青藏高原上的诗歌作大篇幅的集中介绍，表现出了刊物的见识。刊物当然有面对读者市场的课题，同时作为积累当代文学实绩的主要方式，刊物更负有艺术建设的使命，从此可以看出一个刊物的眼界和器量。“太阳城诗会”推出昌耀先生的《一首长诗和三首短诗》，表现了正直的艺术判断。在若干年以前，昌耀先生的长诗《慈航》也是首见于《西藏文学》的。目前，中国新诗所潜在积蓄的能量，使它较之 1979—1983 年朦胧诗变革运动时期有更为驳杂激烈的竞争状态，因此“太阳城诗会”对昌耀诗歌保持的正直和清醒的判断，也就体现了尊重艺术的无私和良心。

昌耀先生的作品，如从 1956 年的《鹰 · 雪 · 故人》算起，创作期也有 32 年了。他迄今只出版了一本诗集，即青海人民出版社 1986 年版的《昌耀抒情诗集》。而关于他的评论和研究也极为稀少。诗人不是自封的，评价要由别人来说。因此，我们尤其感到必须说出长久以来关注昌耀诗歌世界而形成的结论：昌耀是中国新诗运动中的一位大诗人。如果说，大诗人是时代的因素并体现了它的精神主题和氛围，那么我们当然是在这个意义上使用这一词汇的。

其实困难的倒不在于鉴赏历史上已有的优秀作品，而在于对同代的文学现象作出判断。人类文学史上多次出现过有才能的庸人形象：

※ 原载《西藏文学》1988 年第 5 期。

鉴赏往日成就的行家和判断同代的侏儒。

昌耀的诗歌世界广博而结实。评价他的劳动，不仅是艺术上的，也是精神上的，因为一个大诗人的精神产生了他的语言作品，虽然他应当也镜鉴、洞察和转化了艺术上的既有货材——以他的创造力，介入了当今之世的精神氛围，呈现、影响乃至促成了本土的精神觉醒。实际上哪一位诗人又何尝不是如此？只是迟早、深浅和自觉的程度不同而已。但本文提请注意这个最重要的意识之际，仍限定于从《一首长诗和三首短诗》的范围内，来阐扬昌耀诗歌世界的某些方面，由此推导出具有更广泛意义的昌耀诗歌的特征，以此抛砖引玉，希望有更多的关注者本着新诗事业这一更高原则，切合作品实际，给予这位默然耕耘的中国诗人以正直的评价。

一

《一首长诗和三首短诗》，是昌耀诗歌世界的一个质点。而要由点及面地得出一个有概括力的基本图像，前提则是，我们所选取的具体作品群是个可靠的透视点，即它本身具有诗人写作中艺术个性的脉络，包含有诗人的诗歌主题和一些主要的艺术特征。

在此，我们想介绍一下昌耀先生创作过程所客观呈现出来的一个规律，即他的整个写作过程具有一种短诗和长诗交织的、有节奏的交替创作特点，在一些感遇爆发的短诗出现一段时间之后，往往有一首带有心灵总结性的长诗，将分别实现的诗歌因素在这样的长诗里一并涵括。这样他通过作品要说的话，就具有完整的格局而尽在其中了。如以前的《慈航》、如大组诗《青藏高原的形体》、如《玛哈噶拉的面具》《诗章》，以及本文涉及的长诗《听候召唤：赶路》。所以在《昌耀抒情诗集·后记》里他表达了这样的观点：“且让作品以其自身的存在接受公众与时光的删汰吧！作品之外的任何附加说明也许并不都是受到优待的？”——这是一位具有“完成感”的诗人的态度，完成了一个时期的意图而不是意犹未尽，多有阙待，才能更少地依赖于“任何附加说明”。这种“完成感”，在《后记》里由这么一句话更明确地表示了:1956年至1984年的创作(其间从1964年至1979年有长达15年的、由错误的文艺和政治思潮导致的不能创作的时期,昌耀先生淡然地略称之为"若干年创作空白"),"我可选送于读者诸君之前的诗作大体已囊括于此了"。而这种富于完成感的长短诗的交织特点,也为《一首长诗和三首短诗》所具有。

如仅有这种有迹可察的规律尚有孤证之嫌的话,我们还可用昌耀这四首诗与之前一贯的古语特征来加以佐证。再者,他的诗作有一系列反复运用的形象,不仅表示了表象择取上诗人艺术个性的连贯,也表明了他的主要感奋所在。在文学理论中,这种反复出现的形象被称为"原型"。例如,昌耀所反复诗化的"太阳",在这四首诗和以前的作品里,都是他最主要的原型之一,含有着感奋主题——目前,我国诗学中不大有严密的主题学研究,但"主题"(subject 或 theme)则包含了"主旨""主位""物自体""乐旨""语干""主旋律"等含义,也就是精神上那些最主要的认识因素、精神与生存的主导方面,这是不应忽视的。因此,《一首长诗和三首短诗》从各方面来看,都是一个比较完备的透视点,具体提供了一个深入昌耀诗歌世界,可以得出较普遍特征的透视图像。

二

前面我们谈到过,"太阳"这个形象,作为昌耀诗歌的主要原型,在他的诗歌世界里占有主位,并且构成了一个光谱式的形象序列,如三首短诗里的白光和紫外光。在以"太阳"为原型的形象序列里,短诗《金色发动机》里的"金色发动机",在昌耀的具体行文中是首次出现的。我们认为"金色发动机"这个形象在这种光谱式的形象序列中,是一个最靠近"太阳"原型位置的重要形象。如果就这两个形象周围的具体描绘进行细致的思考,就会看到字面下那力的姿态的相同点:"金色发动机如熊蜂蜂团冒着热气升空, / 嗡嗡卷起一溜螺旋"(《金色发动机》),"直升机穿行太阳初升的峡口低飞盘旋","如一只倾斜的陀螺,让周遭寒气放射一圈白光"(《听候召唤:赶路》)。围绕着金色发动机和太阳的力的姿态，具有同样的光热感、螺旋状、运动腾举的表象特征，这种相近为其他形象所不具备。当然，进一步要指出的是，“金色发动机”占据了远和近、有和无、虚和实、即和离、隐和现（参见《金色发动机》一诗）。这种无处不在、无时不有的笼罩万物的特征，也证实了它与“太阳”最密切的关联。更细致地说来，金色发动机有着“永无休止永不退却”的运动感，是一种冲动和焦虑，倾向于诗人的主观和主体。这个“永不妥协”的形象，是诗人精神内境的一个缩影，而“太阳”则是一个在上的、本原的召唤者的写照。昌耀在《听候召唤：赶路》里写道：

太阳说：你会是一名好的竞技选手。
太阳说：你会是一名好演员。一匹好走马。

这种“召唤”，在他这四首诗里是一再出现的。例如，在《两个雪山人》里，他记起了“紫外光”而“心灵震动”，觉得这是绿度母“在召唤旧臣”。这是本体对主体的触发，也是主体精神觉醒所达到的高度，太阳召唤了主体内的精神运作——金色发动机——因而使诗人产生了焦虑和冲动，“大漠落日，不乏的仅有 / 焦虑”（《回忆》），使他心源有火，肉体不燃自焚，使精神运作既不能在岑寂中泯灭，也不能自岑寂中超脱，因此“听候召唤”的结果，形成了最终的唯一决断，这就是“赶路”：

太阳说：来，朝前走。

因此，我们可以说《听候召唤：赶路》是这一群诗里的核心部分，而三首短诗则围绕着“赶路”刻画了一系列背景、心境、生存者，它们分别体现在《回忆》《金色发动机》和《两个雪山人》里。而这四首诗的大主题就是：在更高本原的召唤里，主体精神“在路上”的运作。

《金色发动机》描述了诗人内心的巨大搏斗，在涌起的岑寂中如拨水的金色鲸在吞没中抗拒、运行的一种心灵状态。在《回忆》中，诗人把这种冲动和搏斗的心灵投放在更为宽阔的历史情景上，表述了这种精神的一贯和永存：那些西域道上的使者，那些坎坎伐檀者，那些舍身求法的人、埋头苦干的人，那些中国的脊梁、不化的颅骨，乃至大漠深处纵驰的一匹白马。我们之所以称昌耀为大诗人，在于他的诗歌写出了个人内心和宽阔背景上的诸般生命所并存的主导精神，他所突出的是这种至今仍然驱策着中国人的紧迫感，这是一个时代的因素，在今天它越来越具有事实感，越发地强化了，要么便是听候召唤，是赶路，要么便是迫降和永远吞没，并且诗人的心灵自身也首先具有和抵达了这个程度的觉识。我们之所以坚持评价诗人不仅要从艺术上，更要从精神上，原因也在于此，因为正是精神动能产生了写下诗作的推动力，并决定了诗句所能达到的程度，忽略精神功能，也就是将才华倾注在虚掷的方向上。

我们认为，《回忆》是一首大手笔的短诗，在短短的14行诗里，它浓缩了由古垂今的主导精神的命运。不难看出，所有运作都伴生着悲剧：困进在小雪山的暴寒，悲抚同伴冻毙的躯体，长呼命也奈何，在偌大的天地间，只有枕席大小的地方"是登陆的码头"，而在路上的困进者占据的仅有焦虑，又为白色沙漠和白色死光所占据。这令我们想到这样一句名诗："沙漠是灿烂的人被晒成了白昼"。然而昌耀并不以此去苟同部分人断然否定抒写奋斗激情与英雄人格的理由：人的一切努力都只是空无。《回忆》一诗的悲剧所在，也是英雄的所在："心源有火，肉体不燃自焚，／留下一颗不化的颅骨。／红尘落地，／大漠深处纵驰一匹白马。"这四句诗凝练地写出了我们这些由火和黏土的元素所合成的生灵，最后的根基，使生灵存在的依据也正是剩下的这一点什么，这匹精灵化了的白马一直是在纵驰着的。《回忆》是一首以作而不述的态度写下的镇定的诗，它在焦虑中镇定着而不留争辩的余地。但对于目前新诗中某些被称为"生命，第三次体验"（也就是最后的体验）的对空无一物的崇拜，我们要指辩"空无"的本体体验其实并不能与生命的"有"——它的悲剧性"赶路"须臾离析，因为对本体的任何体验，都是发生在主体之中的。这就进入了这样一个素朴的，然而值得深思的哲学问题：在空无之际，你是什么？苏轼有这样两句诗："静故了群动，空故纳万境"，借以化用，也就是生命涌现世上，占满了各自的瞬间并运动着，形成了万境，而空无的本质是纳万境，即无法取消万境而触及空无，使其脱节便割裂了思与行，精神的运作乃被庸俗化为对各种理由的机械、片断的占有，思也就不成其为思想和思维能力了。这也是诗歌的一种毁灭，因为它毁灭了产生诗作的思维活动。这不仅是认识论的问题，也是世界观的问题。在昌耀的诗歌里，并不论辩这些问题，但却有着世界观的高度。《两个雪山人》里的豹皮武士默诵一首道歌，圣者米拉日巴与他论道。《两个雪山人》里的“道”，虽然没有直接被诉出，但我们可以从昌耀独特的言说“道”的方式中看出：环绕着“道”的是闪光的豹皮，是长剑，是婀娜体态，是自体乌发的裹覆，是青铜女子，是活生生的雪山武士，是寿字纹底象征的有生之年，是雪山，是吐蕃文书，是本土上的背影，是紫外线和心灵的震动，是一种召唤。我们不可忘记这个“召唤”与“赶路”的休戚与共，不可忘记这个“赶路”的主题在《金色发动机》里的“永无休止永不退却”和他的不在岑寂中泯灭，也不自岑寂中超然。昌耀已经用诗说出了这个“道”的特征和内涵：它是具体的而不是抽象的，它是运行不息的而不是陷于岑寂的，它就在两个雪山人的形象之中，它是一种创造性行为而不是思辨的无为。而活在“道”的中心地带的这两个本土精神的主体形象——青铜女子和豹皮武士——这就是“道”。从这种“道”的内涵和氛围看来，是和传统文化里的“道”有着本质差异的。诗人，特别是中国大陆诗人，都在一个博大精深的、多方面综合的文化传统和美学传统中进行自己的写作，也就当然要对“传统”这一力量作出本于当今之世的回答、应对和转变，他与传统的关系，要么是被笼罩，要么是新生。昌耀以自己的创造行为回答并给予了一定的新质，奉其为大诗人，也是在这一点上。在两个雪山人的主体形象里，“道”流着创造行为的血浆而不是思辨的血浆。在昌耀诗歌的主体形象中，当然有着英雄人格的属性，而我们要指出的是，目前一些名为现代派而有着明显后现代主义式取向的诗歌观点里，“对空无一物的崇拜”和“世无英雄”的内容是伴生的，但昌耀诗歌中的英雄人格却是不容否认的一种主体属性，至少和那种振臂一呼而走红于市的“公众人物”式的“英雄”毫不相干。为了强调这一点，我们可以重读昌耀在 1957 年写下的《高车》一诗：

从地平线渐次隆起者
是青海的高车。

从北斗星宫之侧悄然轧过者
是青海的高车。

而从岁月间摇撼着远去者
仍还是青海的高车呀。

高车的青海于我是威武的巨人。
青海的高车于我是巨人之轶诗。

这里出现的是大地之巨人，其行进之威猛、蕴含能量之巨大……这种英雄人格的存在是不应忘怀的。在这首诗1984年重新删定时增补的序里，昌耀先生格外强调了这种与本土联结在一起，摇撼并隆起在大地上的主体属性及其英雄本色：

是什么在天地河汉之间鼓动如翼手？……是高车。是青海的高车。我看重它们。但我之难忘情于它们，更在于它们本是英雄。而英雄是不可被遗忘的。

三

这三首短诗分别完成的意图，汇总在长诗《听候召唤：赶路》里。三首短诗有着各自的侧面，我们才得以领略围绕着长诗的那些背影和单元。通过它们，长诗的全景特点被更好地呈现出来：它是一首总结性的作品，是短诗所揭示的最终决断和完成，是方方面面的总体。也就是在这个意义上，《听候召唤：赶路》可以视为四首诗里的核心之作，因为它是在一个总体的汇合处、一个完形的最高点上从事的创造。在短诗里分别达到的不同因素，在这首长诗里是一举达到的，这种能力，我们称之为创造力。

听候召唤，这就是赶路。三首短诗“永无休止永不退却永不妥协”的“赶路”主题，在长诗里全面地展开，弥布为更广远时空里的运行，“在路上”的方方面面成群结队地挨次汹涌地闪过。

《听候召唤：赶路》的第一章就是“太阳”，这种更高原则的呼唤振奋了主体的觉醒精神，以它的蒸晒、勉励和威慑，使个人的和集体的行进踏入了第二章“峡谷”，这里有着《金色发动机》岑寂、吞没、追逼和升腾、抗拒的主题再现，而且是在集体、民族的广度上展开的。强大的驱迫将第三章“黄金虎皮”的雄性攻击、阳刚之美推上前景。搏杀和豹皮武士的主题出现了，这就是第四章“络腮胡须”，诗人在这里觉识着个人在世界中的展延，那屹立在艰旅之中的内心形象、那自我的英雄人格，它发出一连 19 个天人长啸式的“啊”字，在驱迫中随意，在威慑中朗然。一个自我在领受着本体的放射，这就是“道”字，就是第五章“血路”，那《回忆》里伐木、求法、牺牲的主题。与命运对峙的行为，浸在长途跋涉的部族，血崩咽气的母亲，阳光下的裸尸，羊羔的甜蜜与苦难的、陷阱般的叫声里。我们也听到了《两个雪山人》里那两个不朽道者在本土的呼吸声，它在第六章“爱”里更为清晰地复现了绿度母的另一个侧面，爱的一面在绿色里千年一瞬，听到了殒命的飞鸽、流血和再生。在第七章“水月”里，夜的子囊弥合了一切，重赐天地之间的行人以再生出征之勇气，我们又听到首章的声音在水月里召唤着：“太阳说，来，朝前走。”可以说，《听候召唤：赶路》的全诗结构，是沿着“赶路”的轨迹铺设的，每个因素都在这个结构里饱满起来、凸露出来，组成了慷慨镗鞳的光明与黑暗、光线与阴影的跳动和扭结，形成了强力：两种或更多的相反相成的因素和情绪的同时激荡。而优秀的结构不单使因素产生内容上的相关，而且也是艺术方式上的组合。在《听候召唤：赶路》里，我们可以看到大群的形象展现、主题共鸣与诗歌艺术落成方式上的切合：《听候召唤：赶路》的艺术魅力在于它的形象序列与主题的展开，是在一种迅猛运行的视觉和听觉效果里进行的，它不是以一个定点来加以观察和觉识的，而是由一连串运动的质点来进行的，因此内容的动作与艺术方式的运作同时汇总成对“赶路”的主体精神的诗化。它不是以静观动，而是以动观动，结构的跨度本身也生机勃勃，用诗中所有的构成因素来完成这首诗。这确实是一个好的竞技选手的艺术创造，是一匹好走马，是一个大诗人在逐日的过程中所具有的那种艺术感知。好像一个又一个漩涡从太阳的桥墩下交替地盘旋、冲激，分作左右二支自桥墩后方两侧脱落，沿着几乎是平行并进的两条直线穿梭而行，互为争矩又互为张弛，这纵驰的漩涡犹如一条街道……《听候召唤：赶路》所产生的这种美，有如奇妙的“卡门涡街”——科学家卡门在1912年指出：在非流线阻力体下游所产生的流体振荡现象大多都存在着不稳定的因素，两列涡街只有交替脱落、旋转方向相反，且两列漩涡间的宽度与同一列漩涡中两个漩涡的间距达到一种微妙的、近乎数学的比例时，才能形成一道通衢般的涡街。这个科学的流体力学理论其实是人类经验的一个精神概括。在《听候召唤：赶路》的“召唤”与“赶路”、太阳象征的更高原则与一系列形象所象征的“在路上”的主体精神、运行之“道”与语言落成、主题与艺术强力之间，正有着像阻力体与流体之间的这种卡门涡街式的结构。这是自然现象与精神现象所共有的异质同构的关联。我们以此来描述《听候召唤：赶路》这首长诗的冲动与驾驭、气象与精美、粗糙感性与赋形才能之间的那种合力与动态的美，而这是很难达到的。以动观动的结果往往是以盲动和混乱告终，气象和精美往往在剧烈冲突着，最后它的脱落，把诗整个从手上和心上一起夺去，这种损失是无法用堆垒和装饰等算度来弥补的。它需要一种高的精神态势，以及在不断展开的语言过程中的综合能力。“卡门涡街”理论最后说：伴随着漩涡自阻力体后交替脱落，有一个垂直于流向的模向力，按漩涡脱落的频率，交替作用在阻力体的两侧，一旦发生这种合力的周期紊乱，涡街就会遭到破坏。这种力量，在精神的层面上，也是不使长诗失控的首要元素、形式和内容。主题和艺术方式也是这样听候着本体（“太阳”）的召唤，赶路并构成成品的：“若远若近，若有若无，若虚若实，若隐若现，若即若离……／金色发动机永不妥协。”

因此，《听候召唤：赶路》不仅从表象及主题内涵上展示了精神运作的美力，而且在字面下的语言流动中也展现了这个美力。由此可见，昌耀的语言富于诗歌意识，语言功力深厚，他的语言具有多层的意蕴，给人以充分调动起来的立体感，这种语言不仅作为工具说出、运载了其他东西，而且具有本身的价值和魅力，这就是诗歌语言而不是语言学的语言符号。我们据此可以说，昌耀的这首长诗不仅用语言运载了他的主导精神、他的精神哲学，而且语言的吹息波动，本身就体现了这个精神的矫折腾挪的姿态。那么，我们可以得出结论，《听候召唤：赶路》这首诗诗化了精神本身。产生成品的精神本身是首先应当诗化的，而那些心灵总结式的长诗，其根本成就也就是在一举而能的创造力水平上诗化了精神运作。因此，《听候召唤：赶路》不仅是一首关于大主题方方面面的长诗，更是一首展示精神运动本身的长诗。在这里，"峡谷""黄金虎皮""络腮胡须""血路""爱""水月"等方方面面，并不封闭在它们各自的秩序里，不是一些完整但封闭的碎片，而是贯穿着精神整体的运行，这些方面依存于这样的秩序而凝合起来，这样才可以正确地读解全诗并领会什么是诗的创造。

四

在这里，我们简短地谈一下昌耀诗歌里极为显著的"古语特征"。昌耀的这种语言取向，在中国新诗里与其他类似现象有着质的不同。大量存在的吸收古语养分的新诗作品，不是驾驭这个因素而成为文体典范，而是被古语压抑了自己诗歌的兴发感动，从而失去了表现力。其实，在中国新诗史上，多次以不同提法提出的向古典诗歌和民歌学习的问题，至今仍有一定影响，而成功的作品却不是很多。这当然有着诗人语言修养的问题，以及诗人如何把语言修养融入自己的艺术个性的问题，但关键的分水岭仍在于这样的语言意识的差别和高下上，即诗人是坚持从精神层面看待语言还是只是物质地看待语言。也就是说，语言不能触及语言，在诗歌里它不是这种直线的、物质的关系，诗歌语言在诗人的创作中是他们的艺术个性所特许的一种方式，这种语言意识里始终存在着精神的高屋建瓴，并要使语言具有精神的高度，才能取得它的最佳状态。其实，在对《听候召唤：赶路》的阐扬里，我们已经论述了最佳与一般、诗歌语言和语言符号的区别。这种语言意识始终是创造所必需的。

昌耀所大量运用的、有时甚至是险僻古奥的词汇，其作用在于使整个语境产生不断挑亮人们眼睛的奇突功能，造成感知的震醒，这与他诗化精神的本色是直接相关的。他不仅用内涵来表述“在路上”的精神内容，也用“古语特征”造成的醒觉、紧张与撞击效能来体现精神的力道。这种诗学里所说的陌生化或戏剧美学里所说的间隔效果，指认了、突出了“听候召唤:赶路”的艰重与振奋，那种更高原则的威慑，使他的诗歌具有一种崇高、凛然、镇定的美感，如同一个置放在空间里并占据空间的雕塑。昌耀在《听候召唤：赶路》的第四章写道：“你，旅行者／沿途立起凿刀／以无名雕塑家西部寻根的爱火／一一照亮摩崖被你重铸的神祇。”这几乎也是一种创作上的精炼而概括的自道，在这里赶路的旅行者，同时也就是执有凿刀的人，是创造雕塑的雕塑者，他寻根的爱火照出来的是摩崖与神祇这样的雕塑形象。因此，昌耀的诗歌主导的感觉不是亲切感，而是一种空间里的岿然感。他的美学成就主要是崇高的美，而不是一种“媚”，它的指向主要不是“我”和“你”，而是一个“它”的世界。这一点在他的想象力和感知上是有着重大影响的，例如，《两个雪山人》可以说是特别鲜明的范例，这种特点也是很多堪称理想主义作品范例的诗歌所共有的标志。这种精神取向和诗歌意识，正是他语言流向的一个导因。

当然，这并不是说昌耀的诗不够亲切，如果读一下《去格尔木之路》，就可以看出他并不缺乏这个能力。

火车从沙海的长桥长驰而去。
路是新的。鸽子在我的卧铺下咕噜噜唤着。
旅客们总是关切地问询：“她下蛋了吗？”

昌耀先生的诗歌作品，是中国新诗运动里最主要的实绩和财富之一。目前，这位大诗人并没有得到公正的认识，但这也许并不重要。早在“艺术”和“手艺”还用同一个词汇来称谓的时候，这一点就为诗歌的砍柴人和背柴人所懂得了。重要的是中国诗学和批评出现了判断力上的毛病：看不清创造。在目前的诗歌意识和诗学里存在着一条狭隘思路：把中国当代新诗的创造折合为“谁是真正现代派”的问题。

我们只在这里指出，我国新诗在近十年内出现的大部分诗潮，都以行之不远的频率陨落，孑遗了大量未完成也不准备完成的问题，这种现象和狭隘思路有着根深蒂固的联系。我们不能否认，有才华的人很多，但很多人的局限性在于具有大量盲点，以至当重要现象出现时，他们已经看不见了。

1988 年 2 月 1—10 日　北京■

怀春者的信柬　昌耀研究集

“内陆高迥”
——论昌耀诗歌的悲剧精神 ※

李万庆

一

在新时期诗歌史上，西部诗是与朦胧诗相并举的两个主要诗派之一。昌耀是西部诗的一个代表诗人，但他在人生遭际上与其他西部诗人很不相同，因此，在表现西部的主体精神——悲剧精神方面，他的诗歌不仅鲜明、突出，而且极富个性。

为了系统地考察昌耀诗歌的悲剧精神，我们不妨把他在 1987 年关于什么是“悲剧精神”的一段完整论述摘录如下：

> 艺术的根本魅力其实质表现为——在永远捉摸不定的时空，求得了个体生存与种属繁衍的人类为寻求万无一失的理想境界而进行的永恒的追求和搏击的努力（我视此为人的本性），艺术的魅力即在于将此种“搏击的努力”幻化为审美的抽象，在再造的自然中人们得到的正是这种审美的愉悦。因之，最恒久的审美愉悦又总是显示为一种悲壮的美感，即便是在以开朗的乐观精神参与创造的作品那里也终难抹尽其乐观的亮色之后透出的对宿命的黯然神伤。其实，“乐观”就是以承认了“不乐观”为前提的，只是聊以“乐观”处之罢了。生命本身原已定义为一种悲剧精神的奋争。[1]

(1)　昌耀：《诗的礼赞》，《当代文艺思潮》1987 年第 2 期。

※ 原载《当代作家评论》1991 年第 1 期。

这是昌耀从人的本体生命意识上对悲剧精神所作的阐释。撮其要者可以归纳为三点：一、艺术的悲剧精神就是人类为实现理想境界的“永恒追求和搏击”的审美抽象；二、悲剧精神的内核是人类对“宿命的黯然神伤”；三、悲壮是艺术的悲剧精神所体现的主要美感特征。昌耀是一个自觉的艺术追求者，因此，他的观点对理解他的诗歌创作具有重要的参照价值。但是，我们也注意到他的创作实践与其理论宣言的某种偏离。因为创作总是一个最活跃的因素，总在时时突破和修正理论的规范。

昌耀从新时期初期恢复歌唱到目前的创作，随着人的解放和自由，他吸纳着八方的艺术来风，其诗歌观念发生着深刻的变化。而他对艺术的悲剧精神的见解和创作实践也出现了很大的改变和提升。以1986年为断限，在这之前，昌耀基本保持着传统现实主义的重在通过客观外象的描述，达到主观抒情的目的，艾青抗战前后的诗歌给他以直接的影响。因此，他表现在诗歌中的悲剧精神，是以忧患意识为内容，以善恶、是非为标准的传统悲剧价值判断，展示的是被流放荒原的苦难。他的这些诗作以其亲历的身世感、命运感和其淳朴动人的挚情为读者所深爱。从1986年起，昌耀又开始了对诗歌新的艺术美的追求。他开始改变过去那种描述性和明喻性抒情，而走向隐喻性抒情；他开始改变诗歌的单向浅层思维，而追求诗的多义性和朦胧性，他开始从对常态生活的描述，转向对宇宙和人生奥义的探寻。这就使他的诗从具象走向抽象，从而带来了诗的哲理意味。与此同时，他的诗出现了语言的陌生和悖论。对于昌耀的这种艺术变化和探索的客观价值判定，还为时尚早。但我特别注意到1986年出版的《探索诗集》中，昌耀是仅有的一位与新中国一起成长起来的首代诗人，同二、三代诗人相并列。它使我对这位诗人的不倦艺术追求深为叹服。和这种艺术新变相对应，昌耀的悲剧意识也发生了嬗变。固然在一定程度上他还保留着悲剧的善恶、是非判断，但是由于对自身悲剧命运和1957年以来的历史经验的理性反思，对中国和人类当代生存困境，尤其是对中国西部地区生存困境的感悟，使他被一种人类的生存宿命深深地攫住了。这是一种建立在人类生命基础上的新的悲剧意识，它不是功利性和利害性的社会悲剧、伦理悲剧，而是超功利、超利害的人类存在本身的悲剧。我们或可称为“人本悲剧”。因此，唯有人类的崇高尊严，才是对其绝望宿命的不屈抗争。所以，“悲壮”作为昌耀悲剧美感的体现，并不主要表现在对英雄主义的悲剧命运的搏击，而是表现在为战胜生存荒诞所进行的恒久的人格升华与完善。这正是昌耀心的“内陆高迥”之“河源”。

从社会的功利局面转向人本的超功利的审美局面，使昌耀后期诗歌中的悲剧精神较之前期，具有本质的穿透性和建立在死亡意识上的悲壮感。死而后生，没有绝望的断念、灭裂的拼搏，哪里能体现生命璀璨创造的欢乐？当然，我们也注意到昌耀后期的艺术悲剧精神，在对生命本体的开掘上接近于存在主义悲剧观，但昌耀否认存在的虚无。他只是在血的经验反思中直观地感悟到人类的生存宿命，他虽然有一种精神的失落感，却执着地要在对人类良知的发现和“爱的天国里”得到灵魂的慰藉。

二

很难设想，如果不是被难荒原，仅凭昌耀那文弱的气质，他怎能够写出前期那些悲壮之章。昌耀以自身苦难的经历，创造了一个苦役西部荒原的流放者形象。他今天虽然摘掉荆冠，从荒原踏来，重新领有自己的命运，但是，在那“不朽的荒原”，“那在疏松的土丘之后竖起前肢／独对寂寞吹奏东风的旱獭／是他昨天的影子”。这是一个孤寂、可怜、猥琐的拟喻意象，那“带箭失落于昏溟的大雁”是他悲剧命运的象征，而“那在闷热的刺棵丛里伸长脖颈／手持石器追食着蜥蜴的万物之灵”（《慈航・记忆中的荒原》）的意象则写出了他已从现代文明人退化为原始野人所仅存的求生欲望。荒原上的一切野物，红狐、黄鼬、鸱鸺、野猫、鹿麂，甚至点点磷光都像他昨天的影子。诗人反复歌咏“不朽的荒原”，就是歌咏荒原母亲般博大的含纳精神，荒原同化了这个“服役苍头”的性格，使他具有了荒原的野性、荒原的襟怀。然而，荒原对他的同化，正是他作为人的本质的异化，即动物化、原始化。竖起前肢独对寂寞的旱獭、手持石器追食蜥蜴的野人，“烦躁不安”“惊犹未定”“来去无踪”的禽兽，这一系列繁复的拟喻性意象，不仅写出了一种异化的生存状态，也写出了一种惊魂不定的异化心态，读之催人泪下。

当然，只写苦难引起的人性异化，还不是传统悲剧精神的主调。这种悲剧精神的主调则是英雄主义的悲壮。这在20世纪五六十年代的文学创作中已经造成了某种主潮。作为从那个时代过来的诗人，在新时期之初，写下一些英雄主义的悲壮诗篇，也是很自然的事情。但在这方面，昌耀的创作很少。不过，他那首写于1980年之春，而又三易其稿的长诗《山旅》不能不提。这是昌耀前期的一首代表作。他对亲历的我们民族1957年以后的历史作了沉痛的回溯。尤其是第五章表现“大跃进”中大炼钢铁的场面，颇有英雄的悲壮之气。“我怎能忘记往日／这山路两旁／倚着拐杖长眠的同年，／喝了‘忘川之水’，／却仍向人世睁着／永不阖目的笑眼。”他们曾以“焦盼幸福的眸子”，望着铁水涌流；他们曾以“膀臂组合的连杆”，推动原始的风叶板，日夜奏出“火的颂歌”。他们“像是扳桨的船工，／把全副身心全托付给船尾的舵手，／而在一派轰隆声里成就生死搏斗之大业。／谁能怀疑战士的赤诚？”这种悲壮的搏击精神，今天看来虽然被引入迷途，得到的是负面价值，但是作为一种英雄主义的悲剧精神却是永存的。何况“他们过早地去了，／村头壁画丰收的麦穗，只是梦中的佳禾／挽留不住年轻的生命……”这种哀感所引起的奋击，正是悲剧的心灵净化和道德升华。所以，我们不能将这类作品一律地贬为缺乏自主意识的“伪崇高”，相反，正因为他们是在错误的导航下的牺牲，我们不仅崇敬其献身精神，而且也深为痛惜与叹惋其青春生命的消殒。这和我们对小说《山边，那十九座坟茔》《昆仑殇》所产生的悲壮感是一样的。英雄悲剧是一种最古老的悲剧，它常常召唤着一种宗教般的谦卑与殉道精神，人类在其文明发展的长河中永远需要英雄主义的悲剧精神的鼓舞。

但是，昌耀很快地就转向了对这段历史的省思。写于1986年年初的《内心激情：光与影子的剪辑》第二章，对同一个悲剧内容却作了似乎不同的艺术处理，从而使他对悲剧的描述转向了超现实的变形与怪诞。这是一篇诗的散文或者散文的诗，它以梦幻的方式，类似于意识流那种内心独白的手法，写了一个“被虐狂”的形象。“我”陷入了昏迷的梦幻状态。它同佛教故事“以身饲虎”“割肉贸鸽”几乎毫无二致。自虐与被虐的混杂，自渎与亵渎的交融，使我们对这首诗获得多重的复杂感受。这确属一场患有精神恐惧症的噩梦。它虽以荒诞的变形出之，却是真实的噩梦。它唤起的岂止是人们笑转悲的怜悯，简直是宝贵生命“被虐”的愤怒。在这里，昌耀的诗由于理性的审视作用，已从英雄悲剧转入“黑色幽默”。从悲壮的英雄诗到黑色幽默的讽喻之章，随着视点的不同，昌耀诗中的悲剧精神也在暗暗转换。

标志着昌耀诗的悲剧精神彻底变化的是他发表在《诗刊》1989年第2期上的《内陆》（六首），其中包括组诗《燔祭》，这是他对中国当代历史的深刻反省。“燔祭”就是“心祭”，这里有对纯真的献身精神失落的悼惋，有对“异我”的解剖，也有对物欲横流、道德沦丧的悲困，但更多的则是透过“狮面人”对民族生存的悒郁、痛楚和幽思。这些诗，使昌耀的创作走向了对形而上的追求，语言也产生了陌生化的效果。可以说，昌耀从1986年开始就追求的一种艺术的抽象和抽象艺术，在这些诗中得到了体现。我不准备全面评价这组诗的思想和艺术内涵，我只想指出，其中作为组诗《燔祭》之一的《噩的结构》，很典型地体现了昌耀诗的悲剧精神发生的根本性的转变。显然，《噩的结构》是建立在与《山旅》第五章和《内心激情：光与影子的剪辑》第二章同样的悲剧经验基础上的，但是其悲剧的功利性与利害性已降到次要地位。这首诗所表现的是基于人类生存意识上的一种原始情结，即恐惧与死亡意识。因此，昌耀已超越了对个体与一般历史经验的反思，直接与人类与生俱来的“厄运感”相沟通。“噩的结构”就是一种“噩”的原型，它是人类原始生存恐惧的历史积淀，它存在于人的集体无意识之中，有待于诗人的感悟和发现。昌耀以自身的悲剧经验，接通了人类的这种悲剧性的生存体验。这就使其诗歌的悲剧精神深入到人本层次，成为一种超越善恶的审美创造。《噩的结构》省略了具体时空环境，这就造成了一种超越时空阈限的恒久性。该诗首先以生之欢乐，反衬死之悲哀。“灯光释放黑夜。天空穿透湖水。／情人的贴面舞骤然冷风嘶嘶。”一种阴冷颤栗的恐惧感作为先兆引出了地府里一位屈死的鬼魂的自叙：“每天的阵痛的大路。／每天的放倒的男子女子。/每天腊质般绽开的人脑如石榴碎瓣。”这种陈尸的现象竟然无人问津。生命在“每一刹那都是最后时刻”，死神每刻都在向生者招手，看到同类的惨死，我这个“宁馨儿”只想求助于山鬼的护佑，听那“零落的号笳已因沙漠鼓铸而倾斜。/赤铁矿粉末一夜之间挂满千棵树，/而举起了玫瑰之旗”。这“旗”意味着对自然的胜利征服还是对死者的燔祭？诗人留下了多重感悟和思索。在这荒原之上，囚徒们与世隔绝，经年过的是不近女色的禁欲生活。“耀目的男性物质如荆条扎手。”“在祖先遗体熟化的骷髅地/好事之徒每若得幸会抱还一架女人骨殖，/而满足了跨越千年的窥视欲。”这种变态的人性欲求，是生命的主要体验，在人的原始欲求被扼杀之后，道德的“文物之邦”的面具被击得粉碎。诗人在这里，同时展现了死亡意识和生命欲求的冲突激荡。因此，可以说这是“以否定的审美方式对生命价值给予诗意的肯定”（《诗的礼赞》）。该诗的最后点得很妙：“平卧大理石灵床听人声伴唱，/默默感受噩的美艳百代永垂。”这种超然、悠然之感是诗人悟透人生宿命悲剧的心声。好一个“噩的美艳”！这无疑是对死神的戏弄。我们不能确指诗中的具体事实，这是诗人建立在经验基础上写的一篇超验神话。“噩”是死亡，是恐怖，是黑色调。这是该诗的“石榴碎瓣”“玫瑰之旗”，却是凄艳的红色。给丑恶穿上美丽的衣裳，化丑为美，这不仅是语言的悖论，而且是诗人执意创造的反讽效果。全诗写得凄艳、恐怖、怪异，正是为了让人去感知生命的神秘。

三

“宿命”是昌耀悲剧精神的核心。什么是“宿命”？人类的生命创造是无限的，而在这种向无限理想顶峰攀登的搏击中所遇到的苦难和灾变也是无限的。因此，理想的实现和苦难的阻遏是一对孪生兄弟，它形成了人类永远解不开的生存悖论。“宿命”就是生存的悖论。“悲壮”就是对这种生存悖谬的知不可为而为之的绝望搏击的诗意体现。它犹如西绪弗斯推石上山，表现出不屈服于命运的永恒征服精神。

在恓惶的夜啊
她为我登高挑亮的灯，
不幸是蛇吻瑟瑟吐吸的剑。

我的箴言在恓惶的夜阴差阳错，
不幸是施术的咒语。

这是昌耀收入《内陆》（六首）中题为《恓惶》的诗。即使希望之“灯”也掩盖不住“我”对命运之“剑”的惊惧。“恓惶”写出了一种别无选择的、无可逃避的对死亡的原始恐惧和黯然神伤。宿命是毒蛇缠身的“拉奥孔”的绝望挣扎，宿命是巫师立地毙命的符咒。

如果说《恓惶》是从自身命运和身世感引出的对宿命的感悟，那么作为《燔祭》之一的《箫》，则是从当今我们民族的生存困境引出的对宿命的省思。因此，昌耀虽然努力地使自己的悲剧意识切入生命本体，但却并不似哲学家的虚玄，而总是从经验出发再作形而上的理性抽象。“伪善令人怠倦。／情已物化，黄金也不给人逍遥。／失落感是与生俱来的惆怅。”情感浸泡在金钱的冰水之中，人为物役，黄金也填补不了精神的虚空。物质和精神的失衡造成的失落感是人类与生俱来的困惑。“人世是困蝇面对囚境，／总是无望地夺路，总有无底的谜。”面对这种无望、不可解的人世困境，“理智何能”？“图象尸解”，语言也“溃不成军”。“死有何难？”“蠕动的口型顿时成为遗言的牢狱。”“一切”都是天造地设，“一切”都被民族的“古藤”的根性所决定。“命运之蛇早在祭坛显示恐怖的警告色。／火花时时在导火索的嘶鸣中追步。／恐惧原是人类的本性。”还有比这原生的恐惧再警拔的吗？生命随时都会炸裂，世界也将灰飞烟灭，这简直有点世界末日的味道了。这是死亡意识的幻形。它意在警醒人们不是拼搏，就是死亡，而使诗人最痛苦的莫过于“不死不活相”的中庸。

人类的生存宿命在中国西部以其贫瘠与荒凉、旷远的生态环境，带来了更沉重、更突出的历史宿命感和悲剧意识。在《内陆》之六——《盘陀：未闻的故事》中，诗人以传奇神话“寓真于诞”的结构，写出了西部内陆的宿命。“盘陀原野如周鼎剥蚀的夔龙／为敬畏祖先的后裔们觳觫礼拜。”“盘陀”成为西部部族的生命图腾。敬畏祖先的后代们对其诚惶诚恐顶礼膜拜，只因它是“死亡”的象征。这种图腾式的崇拜，是先民们流传下来的一种以恶抗恶的方式，正如先民畏惧火，创造了对火神的崇拜一样。“求生的人们”“趴定在浩瀚而干枯的原野”，“像趴定在磨盘的喜蛛感应着前面未详的威慑”。它昭示着在劫难逃的厄运。这是“雹霰雷殛灾变的绝域”，长不高的“乔木”与长不大的“小矮人”世代为邻。最可怕的是“老人失却痛感”，“掰断脚趾”像冰冻的石笋向墙外投掷，在“男女偷欢的原野”，“镰刀正为妒恨收割人头”。这些血的影像，像“永世的疤痕留给隔崖怅望的后人”，造成“永世的觳觫”。“隔崖怅望”之“崖”实为“死亡之崖”。这诗笼罩在被恐怖、死亡紧紧攫住的神秘莫测的宿命之网中。“生活总是一场败局既定的博弈？”一声发问，是怨，是愤，也是向命运交恶的抗争。

由以上可见，昌耀在对人类生存宿命的基本认识上，接近于存在主义的悲剧观。“从根本上说，它反映的是失去了意义之源和存在必然性的人本身的荒诞处境和悲剧命运。在这里人的存在从本体论上被理解为悲剧性的、荒诞的。”“这种悲剧的形而上的本体论的意义是显而易见的，它表现了人对其存在的终极意义之源的困惑与迷惘，显示了人对其存在的最深切的根本的关怀。”(《现代作家的存在探询》,《文学评论》1990 年第 6 期)但是昌耀作为一位中国当代诗人，仅出于对自身和现今中国生存困境的经验抽象出的、那种对世界不可理喻的陌生感，被放逐的、人和生活相分离的“局外人”式的荒诞感，只能是加缪笔下的西方人。昌耀一刻也没有忘怀他生活的热土。他以全身心来拥抱生活。爱之弥深，痛之愈切。正是这种痛感使他深入到从生命的本体上来理解人类难解的悲剧宿命。相似的结论却往往导出完全相悖的行动，与西方存在主义悲剧不同，昌耀洞析了人类的宿命，正是为了以博大的仁爱胸怀来担荷人类的苦难。《给约伯》这首近作体现了一种昌耀式的形动的悲剧精神。一方面，这首诗表现了像昌耀前述几首诗中一贯的对人类宿命的清醒洞彻的理性精神。他劝行善济众却横遭天罚的约伯：“不要诅咒，地必长出荆棘和蒺藜。/应该迎着烈日让热带丛林稳健的树种和你比肩/直视远方逼近的风暴、帆或死尸。”另一方面，这首诗表现了与人类共忧患的伟人的殉道精神：“约伯，请勿诅咒你的生日，人世无可祈望赦免。／让我们与她共此幽忧。”理解了人类宿命也就是理解了自身的使命。在这里，“人本悲剧”生存宿命观同“传统悲剧”的英雄使命观得到了统一。但是，统一本身就说明了二者的矛盾性。一方面他确实看到了生存的荒诞，产生了怅然若失的悲凉与绝望，这种“人本悲剧”的追求有可能使他的诗歌失去功利、是非判断；另一方面他作为诗人的爱的良知又时时使他不能忘情于民族生存的忧患，使他不可能超脱功利和是非。这种相激荡的矛盾，正是推动其诗歌前后期悲剧精神发展和转换的内驱力和契机。

四

昌耀诗歌悲剧精神的悲壮美，集中体现于生命受到社会外力摧残或对宿命抗争所造成的人格升华即崇高人格的养成。我们并不否认像《山旅》这种诗在其前期英雄主义悲壮美的创作中所具有的意义。但是，昌耀的悲剧精神的最高体现则表现在他后期对生存宿命的清醒感悟及对宿命抗争的崇高人格力量即悲壮美的创造。

构成昌耀崇高人格追求的最初动因，是土伯特老人和他的女儿们对他苦难身心爱的超度。《慈航》这首写于前期的抒情长诗，写的就是这种向“爱的天国”的慈航以及他以戴罪之身所享有的殊荣，也是他唱给爱人——土伯特女儿的最好恋歌。全诗以真挚、淳朴的恋情，写出了自己从炼狱走向天国的心路历程。全诗回荡的一个主旋律是：“在善恶的角力中／爱的繁衍与生殖／比死亡的戕残更古老、更勇武百倍。”这是诗人皈依爱的宗教的献词。有趣的是，昌耀对该诗的自述传式的描写，完全吻合人类原始宗教仪式由死到生和超凡入圣的过程。仅从《彼岸》《众神》《众神的宠偶》《慈航》《净土》《沐礼》《极乐世界》等这样一些组曲的标题，就可以看到其宗教意味。其中“沐礼”一曲所表现的隆重藏俗宗教婚仪可以作为“爱的超度”的象征。造成诗人人格的“爱的情绪”之核心，就是这个西部部族——土伯特人的一种爱的“良知”。他称这个部族的子民为“良知不灭的百姓”，称这片土地为“这里是良知的净土”，称自己的恋人——土伯特女儿“黄昏里放射的银耳环”是“人类良知的最古老的战利品”。因此，经由爱的超度和诱发，诗人深入到对人类良知的发现，并以良知作为善——最高的人格追求。良知就是善和爱，失掉了爱，人类就走进了精神昏昧的暗夜。值得一提的是，昌耀发现，像“噩的结构”先于个体生命存在一样，“爱的结构”也具有先在性。它虽有赖于后天经验的诱发，但也作为一种集体无意识原型，存在于人类生命的先在结构之中。对此，他在《空间》一诗中通过对路经十字路口的车队主动为推着婴儿车的老妇人让路的描写，发现了人类的一种伟大的爱的感应。这既是一种和谐的社会秩序，也是一种潜在的爱的生命秩序。它有如大自然的晶体结构以最优化的质点排列的金刚石为最美一样。由此，诗人发现了精神与物质都存在着一种同构性的和谐的秩序排列。“爱”则是人类固有的生命秩序即结构，它永远不会被恶摧毁，永远不会泯灭。只有爱才是人类精神的救渡之筏。因此，昌耀将“噩的结构”和“爱的结构”作为伸向生命本体探求的两极。“噩”是死亡谷，“爱”是生之源。昌耀愈是深入生命本体去体悟死亡的宿命之不可逃避，就愈是要寻求这种精神失落的补偿。这就是向宿命抗争的爱的发现，良知的发现。他以殉道者的精神执意追求崇高人格的塑造概出于此。这种生命的先在结构的两极对立，就是昌耀诗歌悲剧精神的动态结构。

昌耀后期诗歌的悲壮美，首先体现在为达到崇高人格养成所作的自我灵魂的搏击，这是一种有别于外在善恶对立或被动受难的内在悲剧性。在以《内陆》为总题的《燔祭·光明殿》一诗中，他写出了一种炼狱般的精神受难。“这里太光明。/我看到异我坐化千年之外，/筋脉纷披红蓝清晰晶莹透剔如一玻璃人体/承受着永恒的晾晒。”异我坐化，真魂脱壳。这种“自我”与“异我”的分裂，使“异我”万劫而不复。其对灵魂的残酷拷问，有着与鲁迅《野草·墓碣文》相似的“抉心自食”“创痛酷烈”的警拔与冷峻。而在《燔祭·空位的悲哀》中，昌耀写了一位心灵倍受“创伤”的“荷戟壮士”在夜间的涛声中“反比白昼更为残酷地搓洗休憩的灵魂”。他不断地叩问自心：“是赎罪？是受难？还是祈祷吾神？”这种灵魂自我的潜对话，所造成的感悟和省思，比两军对垒的金戈铁马更能激起忧心如焚的悲壮。其次，这种悲壮美正是为实现理想人格所具有的“义无反顾”精神的诗化。在

《江湖远人》中，诗人以“夏季皎洁”隐喻着“远人”这个大荒之外的流放者玉洁冰清的节操，以“春熟”前的“雨雪雷电交作”来喻示“远人”遭逢的突然命运不幸。“感觉平生痴念许多而今犹然无改不胜酸辛。”“痴念”当然是一种“忠贞不渝”的操守。正是这种虽九死而犹未悔的精神，使他走进人生迂曲无尽的长廊。“脚下前后都是斑驳血迹，而你是人生第几批？”这就深刻透视了个人命运的悲剧与人类的宿命之必然联系。但是“一柄开刃的宝剑独为他奏响天国的音乐”，他要激浊扬清，驱除邪恶，永葆“天国音乐”般最高节操。在《紫金冠》中，诗人把人世间最完美的人格喻为“紫金冠”。这种人格是“仆卧津渡”的“希望之星”，是“昏热中”承饮到的“沁凉”，是“不战而胜”的“月桂投影”；这种人格是“我不学而能的人性醒觉”，它信守在心，成了“我无虑被人劫掠的秘藏”，它荣辱皆忘，具有“不可穷尽的高峻或冷寂”。

《内陆高迥》就是对这种完美、崇高人格境界高峻冷寂的义无反顾的追寻，也是昌耀诗歌悲剧精神的悲壮之美的典型体现。这首诗将旅人探寻河源的艰苦跋涉同高尚人格理想的曲折追求相契合，使外在的高迥内陆成为内心的登攀意志冥合无间的对应物，从而“高迥的内陆”就成为走向崇高人格的悲壮心路历程的象征。那个“河源”应该是生命的精神峰巅。全诗的意蕴是：“独行者之思，是日暮独行的悲壮。”（《内心激情：光与影的剪辑》）日暮、独行和向宿命挑战的精神该是全诗的三个主要意象，而总汇为“悲壮之思”。全诗反复宣叙的一个主调是：“谁与我同享暮色的金黄然后一起退入月亮宝石？”“暮色金黄”像“烈风”“高标”“血晕”（《日落》）、“黄昏予我苍莽”（《庄语》）一样，是一种悲苍境界，“血色黄昏”“暮色金黄”都象喻着生命陨落前的灿烂一搏，其瞬间悲壮，将引起对人生价值的永恒省思。日暮中的“独行”荒原，主要写了曲高和寡的高洁节操之孤独。“孤独的内陆高迥沉寂空旷恒大／使一切可能的轰动自肇始就将潮解而失去弹性。”孤独是人类最幽渺的悲凉心境。唯有孤独才能使灵魂出窍，与天地万物相感应。它是欲求的断念，出离物役，出离善恶而直悟宇宙人生的真谛和奥秘。孤独就是高洁的“月亮宝石”，它是人格的象征也是人格逐渐淳化的酵母。孤独之人能够直透人生万物，乃为至人，只有这种人才能止于至善。这位蓬头垢面、坚韧不拔的旅人，正是一个孤独的历尽艰难险阻“步行在上帝的沙盘”向宿命搏击的无畏挑战者。最后他终于到达河源，摘取了人生的“紫金冠”。

昌耀悲剧精神的最终归宿则是在生命的生死相搏中完成人格的最高实现。昌耀以诗筑起了生命的高迥“内陆”。■

高地上的奴隶与圣者※

燎原

※ 选自昌耀：《昌耀诗文总集》，青海人民出版社，2000年版，代序。

一

我接受昌耀临终时的托付为这部《昌耀诗文总集》作序。也许，这一托付寄予的情分含义大于他对我个人能力的估价。

1979年，当时在青海读大学的我曾以《严峻人生的深沉讴歌》为题，写下了对于昌耀来说当属他诗歌生涯中得到的第一篇正面评论。1980年，我又在第二篇专论的结尾写下这样一段文字："至于昌耀的诗歌将表现出怎样的生命力和价值，我不想妄加揣测。因为有白纸上的黑字在，像相信历史的淘汰法一样，我也坚信历史的优选法。"

一个卓尔不群的诗人总是有自己特殊的气象。我想，我是在那时就已确凿地感觉到了他诗歌的最终成就。但尴尬的是，尽管若干年来他的诗歌不时出现在我的理论性笔触中，我却一直未能说出更为有力的话来。而中国评论界在整个20世纪80年代则基本上对他保持着窘迫的缄默。这似乎也正是他作为一个大诗人和先行者的尴尬，因为既有的理论尚不能给出一套对他进行有效诠释的办法。十数年来，我注意到了刘湛秋、邵燕祥、骆一禾和韩作荣等人先后为他所写的有情有义的评论。这是以锐利的直觉对昌耀的诗歌最先表示了激赏的四位中国诗人，也是给了他孤立的艺术冲刺以最为有力支撑的四位编辑家。然而，使人感到遗憾的是，在诗人们之外的中国评论界，却一直未曾出现一位如同海德格尔之于荷尔德林那样的批评家，以对他的精神艺术世界作出穷尽其相的诠释。

大约从20世纪90年代初开始，有关昌耀的评价（而不是评论）已不再成为问题。人们在20世纪中国新诗艰难的行程和时光的荡涤中，逐渐看清了一位大诗人的存在。尤其是在他刚刚离世不到一个月的时间中，中国天南地北的几十家报刊几乎是不约而同地联动，通过用大块大块的版面刊载对他诗作、生平的介绍和追念文章，向这位孤寂的中国西部诗人表达敬意。这种罕见的方式，该是意味着历史执意要还归他一个公正。然而，昌耀的确太庞杂，太丰富，也太深奥。在他以青藏高原的方式堆垒的诗歌大块中，也含纳着地质史般博杂的造化与生命的信息，以及灵魂震颤中从大地上弓起的炫目的极光。这种精神与艺术的方式，在20世纪的中国新诗史上同样是罕见的。因此，对于他的解读，所谓“眼前有景道不得”的苦闷，相信不只是我一个人的苦闷。

如果昌耀临终对我有关这篇序言的托付不算是谬托知己，那么，我在此所能做的，当是在尽可能的释读中突显出一些命题，以供那些具有集大成品格的论者在未来作出更有力的延伸和综合考察。我的意思是，随着我们这个时代对昌耀作为一个大诗人地位的确认，也随着这部《昌耀诗文总集》对他精神生命世界超出我们想象的丰富信息的提供，关于他的诗歌研究，必将在一个新的层面上再度展开。

二

昌耀1936年出生于湖南桃源的一个王姓大家族。1950年，他成为中国人民志愿军的一名文艺兵。1953年夏，在抗美援朝战争即将结束时他负伤致残，同年秋季进入河北省荣军学校。1955年，既出于对“开发大西北”号召的响应，又出于对中国西部异域情调的向往——也当然出于对自己诗歌未来的期许，他到了青海。接着便是1957年因诗歌获罪，在青海荒原上流放长达20多年，直至1979年复出。他最初的创作当是从朝鲜战场上的文艺兵生涯开始。起先是小说、战斗故事，“动辄洋洋洒洒数千言而仍舍不得煞尾”（《艰难之思》）。他的诗歌创作始于 1953 年，诸如表现抗美援朝生活的《歌声》《祖国，我不回来了》《你为什么这般倔强》等。这是他 17 岁时的少年时光。

这部《昌耀诗文总集》由昌耀自己在生前编定。所收作品上自 1955 年，下至他离世前的 2000 年 3 月 15 日。也就是说，所有诗文都是他在青海的创作，是他以 45 年的青春韶华和生命苦难与青海高原相互砥砺的见证。

从个人生命处境和精神行程来考察，昌耀的诗歌大致分为四个区段：

1955—1957 年，初到青海的高原风情写生；

1959—1967 年，荒原流放中心灵的磷火流萤；

1978—1986 年，复出之后的心灵史记与高原形体造型；

1986—2000 年，常态生存中的百年焦虑与灵魂烘烤。

想来许多人都会对昌耀写于 1957 年的那首总共只有 8 行的《高车》留有深刻印象：

从地平线渐次隆起者 / 是青海的高车。

从北斗星宫之侧悄然轧过者 / 是青海的高车。

而从岁月间摇撼着远去者 / 仍还是青海的高车呀。

高车的青海于我是威武的巨人。/ 青海的高车于我是巨人之轶诗。

所谓“高车”者，不过是当年西北各地那种极普遍的牛挽或马挽的大木轮车。但这种称谓的变换却使之立时产生了一种陌生古远的意味。而事实上，北方草原上在突厥时代的确有过一支以这种“高车”命名的部族——“高车部”。在对一个主体意象叠加了这样的双重意念后，他又以高车之于青海的强调使阅读延伸出对于草原的联想。于是，在天低地旷的大高原，那恍然是从地球脊线下端渐渐隆起，逶迤而来，又缓缓而去的高车，一霎时被无限放大在整个天地之间。

《高车》自然算不上昌耀最重要的诗歌，但它之于我们考察时年只有 21 岁的昌耀所显示的信息却是丰富的。简单地说，这是一种有根柢的诗歌。本诗化平淡为神奇的奇崛的诗思，带有滞涩感的为古汉语浸渗的语境，物象处理上由现实场景向历史空间推移的陌生化方式，都体现着唯根柢才能赋予的定力。但是，如果我们把它与同一时期作为主流诗歌的郭小川、贺敬之的《向困难进军》《三门峡歌》，以及同是抒写西北或云南边地风情的闻捷、顾工、公刘等诗人的诗歌相比照，就会发出这样的疑问：他的这种完全脱离了一个时代基本诗歌语境的语言方式，他之无视同时代的诗歌时尚，在对大地之美的追取中决不动摇的自信，又是从何而来？从昌耀本人以上的履历中，我们似乎并不能看出他的这种根柢之所出。

在此，我想复述一些相关的信息。昌耀所出生的那个大家族，其宅院是一个约占去了全村一半建筑面积的豪门城堡。但是，这又是一个只为女眷们留守着的城堡，那里的男主人亦即昌耀的父辈们曾先后离家出走，在那样一个动荡的时代去实现自己的抱负。他的父亲先是在北京读书，此后又去了延安军政大学。他的大伯王其梅，是和平解放西藏时军方的最高首长之一，是20世纪30年代便在北平接受了高等教育的知识分子，并且是“一二·九”运动的主要组织者。昌耀还有一个五叔，是中科院近代史研究所的研究员。至于其父亲此后如何成为“阶级异己分子”，父亲与伯父这一对当初的革命兄弟，又如何在“文革”中以不同的身份罹难，这又是另外一个话题。我想这个豪门大族的男人们因着相同的血缘而有着这样一些共同的特征：为新鲜事物所召唤的、闯世界的强烈生命冲动，想要有所作为的男人的抱负，诗书濡染的知识分子趋向，还有一点，就是无法摆脱的怪异命运。

空城堡中童年寂寞的昌耀，就是在那时开始翻阅其父亲留在书架上的诸如《阿Q正传》《浮士德》《猫城记》等大量书籍和来自我国香港地区的进步文化刊物的。继而在1953年进入河北荣军学校后，更是广泛涉猎了郭沫若的《女神》，以及莱蒙托夫、希克梅特、勃洛克、聂鲁达等大批中外诗人的诗作。尤其重要的是，在他的童年时代，他的母亲、二姑母，特别是那个年长他数岁的佃农之女曹娥儿等教给他大量的儿歌和乡谚俚谣。几十年后，当我们在他的《雪。土伯特女人和她的男人及三个孩子之歌》中，读到了西羌雪域，一个受难的五口之家在除夕之夜唱着“咕得尔咕，拉风匣，／锅里煮了个羊肋巴，／房上站着个尕没牙……”这样的青海谣谚时，便会确凿地感觉到，这种民间艺术对昌耀来说不只是一种诗歌资源，更是通过它的民间况味指向，栽植了昌耀切入大地意蕴的根柢。直至1999年年底，昌耀在他生命的最后时日，还能成段成段地背下曹娥儿当年教给他的那些歌谣，由此可见这种民间艺术元素对他的影响之深。

但是，所有的这一切，便决定了昌耀此后在诗歌上必然的大作为了吗？我没有根据断然得出这样的结论。与那些在30岁前就光芒四射，从而完成了自己一生的诗人相比，昌耀显然不能算作天才。但他早慧的先天性诗人趋向又无疑是非常明显的。这其中一个重要的标志就是——他知道自己的路。作为一种先天性的禀赋，他具有直入事物根柢的尖锐的直觉。比如，在少年时代，他就能够直接奔向属于他自己的书籍，并从中抽取精髓，使之成为自己血液的一部分。正是这种禀赋，坚定了他对于自己的自信乃至自负，从而使他在一个时代诗人群体共同的大道之外，敢于毫不动摇地在自己的道路上朝前奔赴。

事实上，从1955年开始，在他此后日显浩瀚的创作行程中，我们可轻易地理出一条这类高原风情写生诗歌的主线，直至20世纪80年代中后期。它们是——《鹰·雪·牧人》《边城》《高车》《风景》《荒甸》《筏子客》《夜行在西部高原》《猎户》《酿造麦酒的黄昏》《莽原》《湖畔》《烟囱》《风景：湖》《丹噶尔》《鹿的角枝》《日出》《月下》《所思：在西部高原》《在山谷：乡途》《纪历》《驿途：落日在望》《草原》《放牧的多罗姆女神》《达坂雪霁远眺》……

——这是他笔下的荒甸莽原："远处，蜃气飘摇的地表，／崛起了渴望啸吟的笋尖，／——是羚羊沉默的弯角。"而这群被现代文明、也被贪婪的猎枪所追逐的精灵，仿佛是在刚从天边躲过一场捕杀而获得喘息的片刻之后，立时便忘了危险似的，重又"结成箭形的航队／在劲草之上纵横奔突，／温柔得如流火、金梭……"（《莽原》）。

——这是他笔下刚从湖畔洗浴过的藏族牧人："浴罢的肌体燧石般黧黑，／男性的长辫盘绕在脑颅，／如同向日葵的一轮花边。／他摇响耳环上的水珠，／披上佩剑的长服"，向着他的畜群"曳袖而去"（《湖畔》）。

——这是他笔下东方潮红中的日出时分，一片沙沙作响的天籁中却有着异样的静谧："静谧的是河流、山林和泉边的水瓮。／是水瓮里浮着的瓢”，“垭豁口／有骑驴的农艺师结伴早行”（《日出》）。

那群羚羊执意无视身后险恶的、使人为之揪心的纯真无邪；那位牧人古代武士般的剽悍，以及邀约流放中的诗人至其毡庐，复又叩响手中“七孔清风”的牧笛与之交谈的古雅；那位骑驴的农艺师与“我”在大地曙光中独领的寂寞的西部山乡美色……它们原本就是那样存在的吗？如果是，我们为何在浩如烟海的现当代诗歌中见不到相同的品属？这是中国新诗史上独属于昌耀的一种诗歌。他用敏锐的心灵之光作整个大高原的扫描，继而以自己的情感理想和美学理想进行过滤、剪接和粘贴组合，而最终冲洗出那么精粹的一帧又一帧。边地异域的神秘绮丽，生命天性的幻灵幻美，固守于时光深处的古老超然，在与现代人类怀着乡愁寻找家园心理渴望的呼应中，就那么轻易地颤动着我们的心弦。这是一种绝对不接受时间冲刷的诗篇。从其超然、纯粹的美学属性上来说，它们是留在20世纪中国新诗史上，那种以心灵与山河私语的唐诗宋词式的诗篇。

三

即便不是因为《林中试笛》中两首加起来总共不过16行短诗的偶然事端，昌耀大约仍难逃1957年或此后的厄运。一个在艺术上卓尔不群的诗人，其生命姿态往往具有决不接受任何摇撼摆布的可怕的定向性。昌耀在结束了苦难的流放生涯后是这样向世界重新亮相的：“九死一生黄泉路／我又来了／骨瘦如柴／昂起的／还是那颗讨厌的头颅”（《致友人》，原载《诗刊》1979年第10期，未收入这部《昌耀诗文总集》）。文学史上大量的先例告诉我们，这种姿态对一个诗人的人生之路将会意味着什么。

从1957年下半年起，21岁的昌耀以“囚徒”的身份开始了被流放的生涯。从本质上说，这应该是他命运走向合乎逻辑的延伸。因为自他年仅14岁时投笔从戎，从湖南故乡随部队奔赴东北，继而走出国门开赴朝鲜战场，尤其是回国后本可以从此留在河北，而他却执意要远赴青海——这一步一步离家乡越走越远的人生旅程，都清晰地显现出他潜意识中也同样是来自其家族血缘中的一种固执的自我放逐情结（其伯父王其梅此时正在唐古拉山另一侧的西藏，作为这个边疆大区的负责人，置身于推进民主改革的进程）。只是，这一次的放逐却成了一个戴罪者文面刺青的被发配。命运可是要以这种残酷的恶作剧的方式来成全他？

头戴"囚徒"荆冠之后，他先是在省城近郊的监狱工厂冶炼钢铁，接着被转移到浅山地区，每天抬着上百斤重的条石修筑盘山水渠。在此我想强调这样一件往事：从一位激情的战士、诗人，到几乎是一夜之间成为"囚徒"，处在青春热血偾张期的昌耀对于这一冤案的态度可想而知。他先是坚决不服地以文字材料申辩，继而是委屈愤懑得几乎要爆炸了地抗争。就在每天抬着上百斤重的条石修筑水渠期间，有一天，他因体力不支、更因心绪极度的恶劣和暴躁，致使失衡的石料砸向自己的踝骨，当场便昏死了过去。待醒过来后，他见管教人员正吆喝着抬他去急救，遂嗷嗷吼叫着宁愿一死也不从。这种负气式的以不惧自残表示抗议的悲愤，直欲让人想到共工怒触不周山的情状。"我无罪；所以我有罪了吗？"——"七月"诗人阿垅 20 世纪 40 年代这愤怒的诗句，该是昌耀此时心情最恰切的表述。昌耀在写于 20 世纪 90 年代的《头戴便帽从城市到城市的造访》等诗文中曾多次提到阿垅，在中国新诗史上，从气质、禀赋到诗歌语言方式夭矫不群的悍厉来说，他们两人当最为相近。而昌耀当时这样反复抗争的结果，则是刑役的层层加码，继而越走越险恶地流徙于祁连山重峦幽闭的山谷和荒原腹地远离人烟的劳教农场。直到"囚徒"生涯结束，他流落为西部山乡一个领有五口之家的拖儿带女的"贱民"。

昌耀就是在这样长达 22 年的命运锤砸中，于 1979 年回到《青海湖》编辑部那张曾经属于他的、一个诗歌编辑的办公桌前。他身材干瘦，语言木讷，神情平静中略带拘谨和疲倦。这时的他似乎已向命运以妥协的姿态表示了和解。

然而，他就是在这种平静的公民姿态中，紧接着以刊发于《诗刊》上长达 500 多行的《大山的囚徒》，让中国诗界知道了他将是一位什么样的诗人，也让我在今天重新审视他的心灵轨迹时，强烈地感觉到他与命运绝不罢手的顽强纠斗。就是在省城重新安家立命不久，他有一日托我找一套叫作“凌格风”的英语学习磁带，我甚感好奇地问其缘故，他说自己在“农场”时曾自学英语，近日读一些英语读物时竟还能粗通大意，所以想把它重新捡拾起来。以此可见，他即使在九死一生的灭顶之灾中，仍对自己的未来确信不疑。他在那时不但仍然写着不能发表的诗歌，更全方位地做着当时条件下所能允许的一切准备。

现在，当他重新领有了自己的命运，他之于诗歌的写作便一点儿也不感到手生。遂无须在诗坛外围作任何盘桓滞留地径直切入其腹地，以其西部大山荒原上流放生涯纪传体的系列长诗，拱起了一列浑莽峥嵘的山系。这是中国新诗有史以来不曾出现过的诗篇，也是由中国一代知识分子的心灵史记，延伸向旷古高原与人类类属生命相互作伐，相互融渗，重又彼此唤醒，互示花雨霞霓的天假大块。

这一纪传体系列由四部长诗构成，它们是:《大山的囚徒》《慈航》《山旅》《雪。土伯特女人和她的男人及三个孩子之歌》。

从题旨指向上看，这四部长诗的侧重各有不同，篇章构架和语言风致上也反差明显。譬如在《大山的囚徒》中，他借一位新四军战士出身的州委宣传部部长形象，对自己身罹无罪之罪决不言服而拼死抗争心绪进行书写，以至虽身陷流放之地却要亡命徒般地逃向“红星高照的京城”，“去公堂击鼓”上告。《山旅》则通过一个被流放者于大山腹地漫长的生命之旅，传递出轰天响雷般的山河、历史和人民的震怒。这是一首可以和《大山的囚徒》互读的诗作。一个生命在这里所罹受和目睹的一切都是罕见的：在《大山的囚徒》中，当那位“囚徒”抡着八磅大锤于采石场发疯般地拼命时，突然，“我倒下了。／石棱穿破了眉骨，／血浆从眼眶里迸出”。……但生命竟又是如此的顽强，就在他已被装入一只由马槽改制的棺材行将入殓时，他竟奇迹般地活了过来。而《山旅》中大山腹地那荒蛮绮丽的一切更是令人震撼：在大雷雨中的夏夜，闪电的青光，像一条扭曲的银蛇，从山中骑者惊马的前蹄掠过，继而遁向远处，将崖畔的千年古柏，殛作一道通天火柱。但在雪霁月明之夜，则又是另外一番幽雅：长嚎的雪豹从深谷里踱出，双眼闪着荧绿的光，灵巧的身子有如软缎，只轻轻一抖，便登上了河中的冰排，又悄然攀上对岸铜绿斑驳的绝壁……这山河秘境中一切的犷悍、粗涩和绮丽，该是生命在何等强大的震颤而至洞开之后，对大高原的摄魂！当一部诗歌在获具了如此的原生性大地品质之时，我们的感觉正在向着一部高原史诗靠近。

昌耀在这里感受到了摧肝裂胆般的生命的大摧折。然而，最初那种不惜自残的生命愤怒的对峙，于此则又恰恰向着亲和的形态转换。他开始以对高原古老地力的感应，获得生命的支撑。这便是由《大山的囚徒》到《山旅》所经由的历程。继而，他感应到了高原的温情——"土伯特"，这个在清代文献中指称藏地和藏族，而在此后的汉语词库中湮失了的语词，经由他的诗歌重又复活在现代汉语书面文本中。唐古特一土伯特一吐蕃一藏族，当年我曾问过昌耀，为什么是"土伯特"呢？他说，藏族人原本就是这样自称的。他是要强调一个事物古老的本源，但这似乎更寄予着他对这一事物本源性的感应和理解。是的，正是在这个古老而又生机勃勃的高原民族身上，昌耀听到了探究生命奥秘之门最初的解语。

大雪灾以定期的轮回对生存苦难的施加，生存极地上听天由命的旷达和剽悍，乃至狡黠的幽默，尤其是虔敬的宗教感中由对来世的理想所呈示的高于一切的灵魂观念——在高原民族这样一种生命的宗教哲学面前，昌耀体认到了对他来说最为关键的两个语词：命运与宿命。宿命是什么呢？简单地说，宿命就是命运的前定。你要盲目而锐利地奔赴什么？你将会遭逢什么？你要在生命大劫般的遭遇战中罹受怎样的砍伐，并最终获得何等的造化？这一切，都是由前定的命运早已决定了的。而重要的是，昌耀对自我命运的这种宿命性体认，使他对无故加之、并正在罹受着的生命大灾难不再感到愤懑委屈，也不再感到惶悚茫然。生命所承受的一切苦难都不是无缘无故的，也绝不会轻易地一风吹过。艾略特曾把人的荣耀，部分地归之为"下地狱的能力"，而地狱则是与天堂相通的。向下扎得越深，向上升得便越高。在人类诗歌史上，对这一原理最典范的表述，便是但丁那不朽的《神曲》。

藏传佛教把尘世视为一片苦海，所谓的人生就是"苦海慈航"。而这里的"慈"，正是悲悯的生命情怀，是对生命的仁爱，对天地万物的大爱。它是苦难人生得以向灵魂的天国彼岸航渡的根本动力。而流放中的昌耀，正是在这个恪守着人类古老慈厚德性的高原民族身上，获得了使其生命复苏的爱，也使他自己感应并获具了博大悲悯的爱的情怀。

“在善恶的角力中／爱的繁衍与生殖／比死亡的戕残更古老、／更勇武百倍。”——现在，当昌耀决意以《慈航》来追记他苦难流放生涯中抵达彼岸的航程，演绎一部爱的史书时，一种宗教性的大悲悯，使这座长诗大高原上那山垒峥嵘粗砺的棱角，柔和于旷世般的雾状的光明中。

这是发生在诗人又一次的命运转折之时，当他终于脱去“囚徒”垢辱的黑衣，却又独坐荒原无家可归时，意外地——也是宿命性地，与纵马驱驰中五月的花蕊一齐为之摇响铃铎的、草原部落那位骄娇的“郡主”相遇。怀着青春渴望归属的心理，他向她解释了那个疯狂残酷的世界中蒙垢的自己，他得到了理解，并被引领进草原上的那个家族。继而那个家族的老人在临去天国之际，对他作出这样的考察鉴定与托付：“听吧，你们当和睦共处。／他是你们的亲人、／你们的兄弟，／是我的朋友，和／——儿子！”他最终与其爱女结合。他笔下高原土著那浓脂重彩的婚俗是如此令人难忘。作为“待娶的新娘”，在经过午夜时分一位牧羊妇红毡毯上对他柏烟沐浴的“梳洗”之后，他于天亮时随迎亲使者纵马穿越高山冰坂，跨过日出前点燃的吉庆的火堆，到达将要入赘的家门之前，接着又翻身下马，踏稳朝他投下的一方象征航渡苦海之舟的羊皮，毅然跃过门前守护神狞厉的火舌——在经过这一道道隆重的仪式之后，才终而走向生命苦寒中青春的婚寝。而就在那样的夜晚，百感交集的他对着婚禧的烛台所看到的，却是喜马拉雅丛林燃起的光明的暴雨，潜行于虚光幻照中“万千条挽动经轮的纤绳”。这当是昌耀由此开始往后终其一生的精神生命处境：他因对天地间大爱的领悟而看到了佛国天堂的光明，也因此而成为大地黑色的圣徒洪流中，那背负纤绳朝着光明服役的一位。《慈航》是昌耀最为重要的诗作之一，他在这里已基本上完成了对于自己精神姿态的造型。

当笔触延伸向《雪。土伯特女人和她的男人及三个孩子之歌》时，这位从“囚徒”到“北国天骄赘婿”的诗人，已是半农半牧的西部边地上，一个领着五口之家共度艰难的父亲和瘦丈夫。这首诗也在他的荒原纪传体系列中，第一次升起了苦涩而温馨的人间烟火。我想昌耀对他的这首诗歌应该是满意的。它在语言文本上那种更为纯然的本土民间气息，在物象处理上致密与蓬松恰到好处的把握，尤其是从《慈航》那陶火柏烟般古艳的婚俗状写中延伸过来的，对于西部草原与山乡风土兼容性的抒写，使之显示出更具亲和性的艺术魅力。

昌耀诗歌中的这种土著经验元素，是他本人的一笔财富和诗歌标记，也是他对中国诗歌语言物象库廪的特殊奉献。对于昌耀的诗歌，生命与哲学角度上的体认固然重要，但若忽略了这一元素，那么他与同时代诗人间的差异将会因之大大缩小，以至于几近混同。强调这样一个事实是有必要的：在当代诗歌中，尤其是在青年先锋诗人的诗歌中，那种形而上的哲学抵达并不少见，有的似乎比昌耀更为尖锐。然而，对于昌耀的敬重，在更大的层面上恰恰来自当代的青年先锋诗人。这一方面是因为在形而上的共同趋向上，他们更易于对昌耀作出体认；另一方面是因为他们从昌耀诗歌的物象上，被由这一元素所浸渗的非凡魅力，以及他语言造型上精确入微的手劲和腕力所深深震撼。诸如《慈航》中"一头花鹿冲向断崖，／扭作半个轻柔的金环，／瞬间随同落日消散""土伯特人卷发的婴儿好似袋鼠／从母亲的襟袍探出头来，／诧异眼前刚刚组合的村落""九十九头牦牛以精确的等距／缓步横贯茸茸的山阜，／如同一列游走的／堠堡"等。正是这种元素，构成了昌耀在中国诗坛不可替代的唯一性。

而他造型上的这种腕力，既是一种基本功，更是一位大诗人的重要标志。一个半吊子诗人可以凭借对时尚哲学文化著作一鳞半爪的涉猎，而在诗歌形而上的氛围中作云山雾罩的玄虚弄巧，但若进入这种微观性的精确造型，他则会立时露出马脚。诗歌在此显示着它的严厉与苛刻：天分、阅历、良好的艺术训练、生命与笔力在岁月中去芜存菁的研磨，这种在诸多综合要素上出示的、我愿称之为"雕虫之技"的分寸感、微妙感，正是为诸多行家里手所追慕而只有少数人才能够抵达的境界。中国的传统诗歌美学中有所谓的"诗眼"之说，有为追求这种诗眼"吟安一个字，捻断数茎须"的苦吟，而其最终得出的，也不过只是四句或者八行而已。从这个角度看，我们就会认识到昌耀诗歌中这样一个令人震惊的事实：他那无论是十行左右的短章，还是长达数百行的巨制，大都是用这种雕虫之功层层堆垒起来的。从本质上说，所有的大师和经典艺术家都是雕虫者以及用雕虫之功创作的人。他们作品最终的恢宏气象，无不赖之于每一笔触上所浸渗的这种“雕虫”的汗血与心力。譬如《离骚》龙翔凤翥的飞动，便皆因每一致密局部的承托；米开朗琪罗为了《创造亚当》的巨制，竟在西斯廷教堂的穹顶下一笔不苟地仰着脖子度过了四年零三个月的时光。这里体现的，是一种宗教性的艺术情感，代表着艺术家在艺术之途上朝圣般的诚勇和苦行，也因而使他们的作品获得了那种真金足赤的艺术含量，进而具备了“典”的性质。

对于业内人士而言，他们之所以对那种一挥而就的才子气的创作不感兴趣，乃至持有本能的厌恶，不只是因为这其中暗含的蔑视诚勇艺术劳动的轻狂，更因为在他们作品大言欺世的外壳之下，根本找不到能够支撑一部作品站立的那种实体。在我们这个时代，当艺术的鉴赏和鉴别已逐渐成熟，而世界经典艺术家中那种圣徒或苦行僧式的写作却仍然只是一种奢谈和神话时，他们终于从用文字把西部高原堆垒向长天流云的诗歌奴隶般的昌耀身上，找到了例证。

四

是的，昌耀用诗歌堆垒了一座西部高原。在结束了“流放四部曲”这一宏大工程之后，当他再一次回首那座有过他们流放营地的大高原，何尝不是又一次地感慨万千而望眼难收？那曾经使他九死一生的落难之地，何尝不是使他生命与灵魂得以再生的圣地？于是，在1982年至1985年，我们在他的笔下又看到了西部大高原的造型——这样一个构建了他诗歌主体形态的、恢宏而辉煌的系列：《旷原之野》、《青藏高原的形体》（共六首，包括《河床》《圣迹》《她站在剧院临街的前庭》《阳光下的路》《古本尖乔——鲁沙尔镇的民间节日》《寻找黄河正源卡日曲：铜色河》）以及《巨灵》《牛王》《秦陵兵马俑馆古原野》等等。

与“流放四部曲”的疼痛酷烈相比，昌耀在这个系列的造型上则显得丰润、雍容。这一变化的原因首先在于其笔下表现空间的扩大，即由原先青海荒原上的流放地，扩展向整个的青藏高原，又进而扩展为以古长安为始点，由古丝绸之路延伸向以新疆为代表的古西域——这一成扇形向原先坐标围拢的整个西部高地；其次则是由于其笔触从被流放的时态进入那座高地一直往前追溯的历史大时空，当历史嘹亮的彼在同现实荒旷而强盛的此在相贯通，他于此所看到的则是西部高地上另一种本质性的精神气象——以汉唐帝国的光焰和丝绸、音乐、歌舞为标志的浩瀚与豪华。

于是，我们在他笔下见识了这样光焰万丈的一幕幕：《旷原之野》中"夫人嫘祖熠熠生辉的织物／原是经我郡坊驿馆高高乘坐双峰骆驼，由番客／鼓箜篌、奏筚篥、抱琵琶，向西一路远行"的逶迤高峨；《河床》中"我一身织锦，一身珠宝，一身黄金。／我张弛如弓。我拓荒千里"那种雄狮振鬣、气吞万里的张扬；《寻找黄河正源卡日曲：铜色河》中佩戴金虎符的女真和蒙藏贵族们大河寻源、统领江山的王者的武穆，各姿各雅山泉遥与大荒铜铃和铁锚海月相呼的旷阔绮丽；尤其是《牛王》中红绸加冕、目光炯炯，被簇拥在海盘车般的广场，巡游于大地春播时分的牛王那春神式的雍容与华贵。是的，昌耀在这里端现的，是一个大致在我们经验之外的西部高原。它"烈风、天马与九部乐浑成"的无数草原帝国大太阳下挥师争霸的雄豪，青藏高原和西域之族由古往今脚铃玛瑙雉羽长袖一路舞蹈而来的华彩——这种王者式的浩瀚豪华与贵妇式的雍容华贵的综合，是一个民族鼎盛期那种大地型的力量和美学品属。其精力无穷的砍伐创造和滋育绵延的大气概，呈现着农耕的土地所不具备的史诗气象，以及大地稳定的承托力与激情。

这是派生大男人的大地，派生俊美女子的大地；是派生音乐、歌舞、史诗，让生命在正午无边的阳光下豪饮挥霍的大地。昌耀所呈示的西部大地的这种品质，在一颗凌空悬垂的大钻石的光焰中，直与古希腊、古印度史诗中民族青春期那种湍荡蒸腾的大时代旗鼓相应。

大生命在大时代豪华的背景中前行。"宇宙之辉煌恒有与我共振的频率"，他因之继而以巨灵的声音高喊："照耀吧，红缎子覆盖的接天旷原"（《巨灵》）！

然而，昌耀绝对不会想到，这大致上竟是他精神心灵最强盛、也是最后的好时光。尽管这种状态间断地直到1986年的《一百头雄牛》和《穿牛仔裤的男子》中还有所延伸，但那已经是强弩之末。

五

“静极——谁的叹嘘？ // 密西西比河此刻风雨，在那边攀缘而走。/ 地球这壁，一人无语独坐。”许多人大约对昌耀的这首《斯人》都会有着深刻的记忆。但很难说它是昌耀一首重要的诗作。作为一首总共只有三行的诗作，在它以极短的篇幅表现了穿越地球的强劲诗思时，我总感到它在技术上的刻意要远远大于心灵质量的呈示。然而，它却在1985年5月发出了昌耀强盛的精神形态开始从峰值向下回调的最初的信息。走过1986年中期以后，这种整个地球上一人独坐的孤寂，竟大致上横亘在他直至去世的近15年的人生岁月中。

“人生有不可解析的困顿。/ 人生有不可平抚的创痛。/ 最隆重的刹那必在人生的最后。”——这是昌耀1985年10月写于《悬棺与随想》中的心境独白。那么，是什么造成了他陡然直下的这种心灵逆转？

从本质上说，昌耀是一个怀有理想主义和英雄主义情结的诗人。在离开那一段苦难的流放生涯，也离开那座生命和精神的高地之后的长达7年多的时光中，他以疼痛中带有些微酣畅的沉醉，将命运对他的恶性施加，堆垒为在当代中国诗坛上横空出世的诗歌。他于此不但体味到了目睹失道者败北的快感，也无疑感受到了以这样一记沉重的勾拳回敬命运的痛快。然而，当他胸中的大块垒在以“流放四部曲”和高原形体的造型释放完毕之后，命运却以与上次截然相反的平庸与虚无又一次在前边堵截着他——随着社会转型期金钱拜物教的倡行，所谓的理想主义似乎在转瞬之间成了一个虚词。一个诗人的生命理想由此被看作不合时宜的象征，一个理想主义者的生存更被庸常日子中鸡零狗碎的压力所淹没。

昌耀此时已到了50岁的人生的霜秋之季。而命运在以灰色平庸的生存境遇堵截他的同时，又再施播雨行云的弄巧之术，不无谐谑意味地把他头上当年囚徒的“荆冠”，换成了青海省作协副主席和青海省人民政治协商会议委员的“桂冠”，进而作出了这样的暗示：如果你就此罢手，不亦可大慰平生？然而，他不愿意听懂这个暗示，他也不愿意弄清楚这些桂冠之于一个诗人又有何干。光阴流失中生命潮汐的衰退，渐显端倪的家庭关系的恶化，漫长滞缓不能唤醒激情的日子，包括个人诗集出版上的屡屡碰壁——这就是我们人类无数个体，也是一个诗人注定了的一生？

于是，一些最基本的人生命题在形而上的高处仍然成为不可解的死结：生命的意义何在？诗歌的意义何在？理想的意义何在？“行者的肉体已在内省中干枯颓败耗燃。/还是不曾顿悟。”（《晚钟》）“东方诗国负笈山行的僧人”“略一迟疑，雄心已如古瓮破裂/倒扣在石岸宿命的白塔。”（《广板：暮》）一个生命历尽沧桑的疲倦感，在此使人感受到一种刻骨铭心的疼痛。而更为让人感到疼痛的，是在他焚心般难以自拔的焦灼中，无以凭借的悲哀。于是，一个在人类终极意义上作生命追问的思者，其精神的百年焦虑和灵魂的烘烤，就在这种身心的疲倦和生命的惊悚中展开。在此，我们不妨摘引1986年6月到1990年8月期间出现在他诗歌中的这样一些章句：

“大漠落日，不乏的仅有/焦虑”“心源有火，肉体不燃自焚”（《回忆》）；

“人生有不解的苦闷”“无话可说。/激情先于本体早死”（《生命体验》）；

“天理以数排列，长横短横，/思想者的圆颅顶驰去虚无的车马”（《洞》）；

“我之愀然是为心作”（《庄语》）；

“淡淡的河/使凝望着的人们眼里浸满泪水”（《淡淡的河》）；

“我感觉疲倦”“我为追求新生而渴作金蝉蜕皮。/明天不属于每一个人”（《诗章》）；

“我不甘落伍”“我深感落伍已不可避免”（《听候召唤：赶路》）；

“生活总是一场败局既定的博弈？”（《盘陀：未闻的故事》）；

“死有何难？只需一声呜咽便泪下如雨”（《燔祭》）；

“远人的江湖早就无家可归”(《江湖远人》);

“现在我重新体验缺少激情的生活的劳累了”(《头戴便帽从城市到城市的造访》)。

而为了从这种困境中自拔,他几乎费尽心思。先是借一些特殊的古代历史文化载体——比如,悬棺、跳丧、巴比伦空中花园的传说敲响“招魂之鼓”,甚至以“我仍将压榨自己”来发誓明志,继而又传达了自己恍惚间这样的感应:“我记起自己不曾沐浴雪山的紫外光有年, / 而心灵震动,心想是绿度母以青铜之思 / 传唤她的旧臣……”(《两个雪山人》)遂由此直至1990年的数年间,心灵与脚步轮番出动,重走当年故地,以获取大高原地气的重新灌注。因此,我们在他的诗歌中见到了这样一些标题:《远离都市》《故居》《极地民居》《在古原骑车旅行》……那时节,他曾在自己的名片上特意印了一个“行脚僧”的脚注。

这期间特别值得注意的是《听候召唤:赶路》《燔祭》《哈拉库图》《僧人》这四首篇幅和密度都各具规模的重头之作。

《听候召唤:赶路》与当年中国青年先锋诗人西部寻根行色相叠合,是昌耀自己精神上的血路冲杀。一个基本的背景是,当时国内诗坛最具艺术冲击力的青年诗人,在进入高原腹地途经西宁时大都曾拜访过昌耀,许多人此前就与昌耀有着书信往来,昌耀对他们的创作当然是熟悉的。而他们的作品和当下亢奋的精神状态与竞技状态,在此则被昌耀作为一种对于自己的参照和压力,由此来刺激、压榨、反挫自己。所谓的“我不甘落伍”,“我深感落伍已不可避免”,正是这一情形下的心境书写。而在生命的大疲累和平庸生存的沉溺中,昌耀自我压榨性的血路冲杀则又是那样的滞重和艰涩。该诗第五章中那条伤痕累累的狗,无疑映现着昌耀自我的心灵体认:“它的脊梁坍塌如雪崖崩陷。/ 它的臀尾与后肢挤压粘连成为一片无用肉膜夹带血污、草屑与尘埃附丽身后。”而就是在这样的状态下,他却追随着那类“在鞍马血崩咽气的母亲”或部族未竟的血路,仰望头顶“黎明之皇冠”,在“太阳沉落时我为归宿张皇”的惶惑心境中,对自己发出这样的期许:“太阳涌动时水月隐形 / 我重又再生出征之勇气。”

一个需要强调的事实是,诸如昌耀这种与当代青年先锋诗人同一进程中的博弈和冲刺，在中国的中老年诗人中即便不是唯一的，也绝对是寥寥可数。当诸多当年曾身为诗坛先锋的元老因自己的落伍而对目下的“看不懂”悻悻然时，昌耀本人则正是目下这支队列中舍身求法的一员。但他于此表现的，绝不是对先锋诗歌简单的认同或趋附，而是以自己的艺术经验和精神指向冲击在与本时代艺术先锋汇流的路上。他也是由这种指向与在自己作品中出现的尼采、萨特、卡夫卡、弗洛伊德，也与凡·高、塞尚等现代主义哲学家和艺术家的心灵相遇。因而使他得以更深刻地省察现代世界人类错综复杂的心理处境和精神纠葛，从而使自己的诗作在哲学的层面上获得深刻的“现代”品质。他的心灵艺术触角也因此而始终处于当代诗歌的最前沿。所以，他的疲惫乃是源自先锋前沿自我压榨的疲惫，他先锋的锋锐亦正是源自这种疲惫中绝不就范的血路冲杀。而在岁月严酷地把他推过50岁的年龄端线时，这种艺术上的冲杀则更显酷烈。当他在《僧人》中圣徒般地向着那“惶恐的高度”——“喇嘛教大师笃行修持证悟的高度”攀缘时，那情态竟是死去活来般的：他“奇迹般地趔趄半步”，“被抽筋似的快意”，“又向前趔趄了半步”。

从20世纪80年代中期以后直至去世，昌耀对生命虚无感逼至绝望性的体认，当是与艾略特、卡夫卡处在同一个层面。而他对这种虚无感的惶恐、惊骇，与之罄其生命的大力绞杀和搏斗，则很自然地使人想到鲁迅——包括鲁迅那种与青年作家相互激励的老先锋姿态。从某种意义上说，昌耀艺术上的这种老先锋姿态不但温暖着同时代青年先锋诗人的心，而且他将心血燃作膏脂在艺术上的精雕细刻，他将本土化经验在诗歌中呈示出的浑厚的大地性品相，也为他们提供了榜样。甚至我们很难排除这样的因素：一些青年先锋诗人的西部寻根，正是出于对昌耀诗歌中这种本土性品相的追寻。关于这一点，领悟得最深的当是天才的少年先锋诗人海子。只要联想到他在短短的几年时光中曾两度漫游青藏高原，他在语言上同样的精心雕凿，尤其是他在诗歌中对民间场景的沉醉和对大地性品质的追寻，就会使我们感觉到他之于昌耀的对应关系。

1989年10月，昌耀在故地重走后写出了约180行的他这一时期最重要的作品《哈拉库图》。如果要在昌耀全部的创作中列举两首最重要的诗歌，我将会毫不迟疑地推举《慈航》和《哈拉库图》。

纵观昌耀1986年后都市生存中的诗作，大都表现为内心自省的孤寂和枯瘦。而一旦进入西部边地的物象，他便像突然获得灌注似的，立时变得丰润起来。这首诗就是一个典型的例证。哈拉库图是青海日月山下一个历史上屯兵的边塞城堡，关于这个地理名称，在我的感觉中就如同青海湖的另一个名字库库淖尔一样，也当是一个蒙古语的地理命名，是西征的蒙古骑兵以赫赫的军功武力留在大地上战争与征服者的戳记。而这首诗的主体场景，实际上则是诗后所注的"日月山牧地"，亦即日月山下一个半农半牧的山乡。这正是昌耀当年获罪之初修筑盘山水渠的服刑役之地，也是他解除了"囚徒"生涯后流寓边关，组合了五口之家的安身立命之地。而此番他把一个古代战争的符号栽植在这里，无疑是要扩展出一个宏阔的时空场景，以使自己灰色的都市生存在与这一大时空的对应中，再次体悟生命的奥义。

最使我动心的，是昌耀在这首诗作中蒸发得淋漓尽致的本土生命经验。在我从他《大山的囚徒》《慈航》《山旅》那粗犷瑰奇的高地草原场景中领受了震撼后，"流放四部曲"的最后一部——《雪。土伯特女人和她的男人及三个孩子之歌》继而提供了与前三部迥异其趣的农牧混合场景中本土性的生态图像，并再度使我惊奇。而眼下的这部《哈拉库图》，于场景的意义上则是在时隔7年之后，对前者的一个续接。如果前者是初步的涉及，那么后者则是彻底的展开。

"城堡，宿命永恒不变的感伤主题"，这是全诗的主体基调。而宿命与感伤，则是在诗人追思的寂寞和哈拉库图人钝顽、超然而又带有现世喜乐色彩的生存中展开的。一方面是破败的城堡如同滞留在土丘荒草中神龙皱缩的蜕皮；他们当年挖掘的盘山水渠因从来不曾走水，形如不曾生育的老处女；村头一溜靠墙根晒太阳的老人恍若将永远滞留于夕阳的余烬；那位辫发乌黑油亮如同一部解开的缆索的哈拉库图村昔日的美人，在走向婚寝的若干年后，丈夫与两个儿子相继病残，她自己则常犯癫痫而咬碎舌尖，美丽的容颜如春日的花圃顷刻凋蔽……"一切都是这样的寂寞啊"，"是这样的寂寞啊寂寞啊寂寞啊"！而另一方面，早在古远的年代，哈拉库图人的先祖在此卜居扎帐时，就曾据《易经》"天地定位"之章而风水罗盘以择址，简板木鱼而娱神；此后更有驻牧山头的妇人不忘时常聚九筲牛乳以礼佛；就是在现今，他此行借宿之家的主人仍执意不肯用玻璃更换其小木屋的老式雕花窗棂，这体现着对于美的精敏的鉴赏力；而山乡那一歌者嘴前的陶埙，又在兀自哇哇呜地吹奏着一个被哈拉库图人称作“憨墩墩”的人物——读到这里时，我猜想昌耀当时定然为自己这一不无顽劣意味的拟仿性绝妙表述而偷着乐过——若问那个憨墩墩为何若人，干过何等不朽的大事业，为何被叫作憨墩墩，歌者则一脸的高深莫测，而以颟顸的狡黠应对曰：“憨墩墩嘛至于憨墩墩嘛……那意思深着……／憨墩墩那意思深着……深着……深着……”这一地道的青海民间方言口语和习惯性语句表达方式的引入，在曲尽其妙地传达出青海山乡村民的心灵智能情态时，也使我惊诧于昌耀如此雄健的笔力。有鉴于这一切，当昌耀继而在诗中发出“情感的一切玄思妙想原就早都有过的了”时，我想这也同样是我们对他匪夷所思的诗思发出的慨叹！

然而，生命总是在它习焉不察的憨拙中掩藏着令诗人无法消解的感伤。譬如房东那匹在远山月下急急踏步的白马，在缰绳宿命的牵羁中，“永远地踏着一个同心圆，／永远地向空鸣嘶”；譬如，他在正午的村巷与为一位少妇出殡的灵车邂逅时，所感受到的由哀婉的唢呐传递出的，那有如红装女子一身凄艳的寒气。一切总是那样的易于让人感伤，然唯有这样的感伤才给生命以刻骨的自我压榨的惊悚。“秋天啊，秋天啊，秋天啊……”当他从高山冰凌闪烁的射角感受到人生霜秋季节逼人的肃杀之气，而发出这一叠声的惊悸时，“竟又是谁在大荒熹微之中嗷声舒啸抵牾宿命？”的幻象，又使他再次把自己驱向生命那“流血不死”的前沿。

《哈拉库图》为灰色生存中寻求突围的昌耀提供了一次最浩瀚的释放。其构型上肉质的饱满和致密，使之呈示着长篇小说那种宏大的品质。无论从本土生命经验的艺术呈示还是从作品的内在品属上说，它都与南美高地上的那部《百年孤独》构成了一种隐约的对应。而昌耀在叙事的推进中那不时随口说出、密布全篇的箴言性语句，诸如“记忆的负重先天深沉。／人类习惯遗忘。／人类与任何动物无别而习于趋利避害。／而遵循快乐原则”“没有一个历尽沧桑者不曾有落寞的挫折感。／没有一个倒毙的猛士不是顷刻萎缩形同侏儒”等，则如同灵魂燃烧中结化的舍利子，是一种耗尽生命的终极体认。

昌耀在紧接这首诗之后的《仁者》中这样归结了自己“留在世上的一句话”:“人生困窘如在一不知首尾的长廊行进，／前后都见血迹。仁者之叹不独于这血的真实，／尤在无可畏避的血的义务。”以血对血的生存无疑是一种勇者的生存，但同时更是一种极度危险和可怕的生存。在排除了那种壮夫式的刀来斧还的痛快之后，诗人所能示之于人生的血，只能是自己生命骨髓的耗燃，几近于殉道者的慢性自杀。

六

进入20世纪90年代后，昌耀诗歌的整体精神性状仍在上述的线索上延伸，但却平添了一些色彩，多了一些暧昧温暖的情节和故事。正如《头戴便帽从城市到城市的造访》所传递的那类信息，他相继获得了以“著名诗人”的身份应邀往南方一些省份参加诗歌笔会，或者担任诗歌赛事评委之类的风光。如果说“天才在自己的故乡是寂寞的”这个规律也同样适用于昌耀，那么他在外省即便不是炙手可热，起码也是声名赫赫。苦难使他获得了某种传奇性。诗人聚会的日子，不但使他在同行的敬重中体会了“吾道不孤”的快慰，而且可能使他有过被异性倾慕者视作“受难花朵”的那种酸楚的温馨和感激。正是缘于此，他痉挛般的神经和灵魂的紧张才得到了暂时的缓释，他的生存中才有了一种含混而温情的心灵烛照。

此时，昌耀的家庭已濒于破裂。而他自己，随之则成了文联某协会一间办公室的寄居者，在流离失所的状态中不时扮演一个“大街看守”的角色。

如果说这绝不仅仅是残酷的黑色幽默，那么其中肯定充斥着深刻的荒诞：就是在这样的生存中，他的诗歌却开始出现了一些女性的名字或符码，诸如“S·Y”，诸如“修篁”，以及另外的隐名者。虽然他与这其中任何一个的关系都是处在不明确的游离状态，但他诗歌中的表述却在抽象与具体之间有着明显的分界。所谓具体的，譬如“修篁”，便显示了他在内心对双方恋人关系的确认。

昌耀人生中的这种情节，从 1990 年 2 月的《一片芳草》开始，到《冰湖坼裂·圣山·圣火》《涉江》《91 年残稿》《呼喊的河流》《莞尔》《一滴英雄泪》《面谱》《你啊，极为深邃的允诺》《今夜，思维的触角》等，成为他诗歌中的一条支线，并在几条头绪的交替演进中，时断时续，时而暧昧，时而明晰，时而温馨有加，时而恶劣透顶，直至他临终前几天写于病榻上的《一十一支红玫瑰》为止。这些，都属于南方“滨海女子”的线段。

如果其他的头绪在激情的意念中呈示着某种形而上的抽象性状，与他同处一个城市的修篁则是这条线索中最富质感的主脉。从 1992 年 7 月往后的这样一些作品都属于修篁的线段:《致修篁》《傍晚。篁与我》《花朵受难》《螺髻》《风雨交加的晴天及瞬刻诗意》，以副题《伤情》统领的“《伤情》三章”——《我的死亡》《无以名之的忧怀》《寄情崇偶的天鹅之唱》，以及《秋之季，因亡蝶而萌生慨叹》……

结合这部《昌耀诗文总集》后面附录部分的一些书信来看，这几乎是一种一言难尽的爱。处在长期枯寂荒芜生存中的他，一旦获得了意外的爱的引动，那几乎就是一座火山的爆发。而炽热的岩浆和气浪却炙烤得对方无法承受，遂又在对方扑朔迷离的回避中，使自己陷入爱的灾难——他之于 S·Y 如此，此后之于修篁在彼此的接纳与抚慰中，因着另外的变故而同样如此。但无论如何，这些在 20 世纪 90 年代进入昌耀生活的情节，对于他的生存无疑是至关重要的。尽管他于这其中经受了难以自拔的情感折磨，但这首先是对他生命激情地震般的唤醒与激活，从而使他在更多的日子里心有所思、情有所系，此前那种执迷于诗歌刑役中的危险状态也因此在较大程度上得以转移。在 20 世纪 90 年代前与昌耀十数年的往来中，我只专注于他是一个诗人，却忽略了他还是一个男人。而这些诗歌让我看到了他心灵中另外一个灼烫而斑斓的世界，以及超越极限的白炽化的寒冷。他是诗僧，也是情僧。

“我亦劳乏，感受峻刻，别有隐痛，/但若失去你的爱我将重归粗俗。/我百创一身”，“你以温心为我抚平眉结了”，“从此我忧喜无常，为你变得如此憔悴而顽劣”。他不但由此而获得了“顽劣”的生命活力，而且更在“我复坐起，大地灯火澎湃，恍若蜡炬祭仪，恍若我俩就是受祭的主体”（《致修篁》）这种再生般的感觉中，领有了他极少感受过的自我生命的神圣。此时是1992年7月，到了1996年年底，出于对未来生活务实性的考虑，两人的关系发生变故。作为被动一方的昌耀在切肤的伤痛中先是尽力克制：“算了吧。——我安慰自己”，“‘天涯何处无芳草’？”“然而，我总还是执著于那个惟一的她，包括她的体语、气息”（《我的死亡》）；继而是委屈的诉说：几年来，凡是我生活中的亮点抑或阴霾，都可以从这套女主人的居室找到某种关联，“她的宅邸已成为与我灵肉连属的存在，一旦剥离会流血不止”；终而痛不欲生：“啊，我快要因窒息而死了”（《寄情崇偶的天鹅之唱》）。当我们将这些再与他悲伤至极时，解悟了“长眠就是幸福”，“于是，我近乎赤条条地重又回到床褥卧倒，紧闭双眼，等待自己再一次地死去”这种儿童式的绝望的负气加以综合考察，就不难理解为什么人们又把诗人叫作赤子。哲人式的宇宙天地的浩茫之思，儿童式的处世的无能与脆弱，这就是那种大诗人的纯粹，也无疑是生命的荒诞。

而对于生命之于世界深刻的荒诞感，在进入20世纪90年代后越来越浓重地出现在昌耀的诗歌中，成为又一条迹象明晰的支线。他似乎经常恍惚在梦境和幻象中，而那又是一些荒唐、离奇、可怕，具有摧残感、受虐感的梦境和幻象。关于这一点，从1986年开始就显现出了确凿的兆头。他在《内心激情：光与影子的剪辑》第二章中，纠缠于当年服刑役时大炼钢铁的往事，梦中竟像产妇一样无休止地排泄火红的铁液；在《幻》这首诗中，他深夜起来后患了梦游症般，突然一转身而南北不辨，心中陡生恐惧，待重新回来时发现自己的床铺已然鹊巢鸠占，而致使自己竟不敢贸然插足（这是他1986年4月所写，如果我们再把它与1997年《无以名之的忧怀》中，“我的恋人”将要被一个走江湖的药材商贩选作新妇，这并非虚构的故事联系起来，就会为这一神秘的“中谶”而感觉到骇然）。到了20世纪90年代，《我见一空心人在风暴中扭打》《火柴的多米诺骨牌游戏》这类作品更为频繁地出现，其迷离恍惚中病理性的幻觉呈示，极易让人联想到始终为噩梦所缠绕的陀思妥耶夫斯基的小说世界中，对肉体与精神痛苦那震撼人心的描述。

按照存在主义的说法，自从上帝“死”后，荒诞便成了现代人的基本生存处境。因为失去了上帝的监督，人类在获得彻底的自由时，也失去了任何价值性的参照和依托。因而人所从事的一切都是无价值、无意义、也是徒劳的。它因之成为20世纪哲学艺术家一个最苦恼的课题。当我们把这种荒诞感在雅斯贝尔斯笔下表现的人在现实中的反复受挫，萨特笔下表现的生存的无意义，加缪笔下西西弗式的徒劳和悲剧精神，马塞尔观念中作为生命神秘的象征等经典性的呈示，与1986年后昌耀的诗歌世界相互比照，就会发现这一切都不谋而合地综合在他庞杂繁复的精神直觉中。昌耀早先在自己的创作中曾倾心于聂鲁达、惠特曼式的那种大地性的品质。我不清楚在失去了高地场景的承托，他的创作从灰色的城市生存导入这种荒诞感后，他是否曾为之感到过恐惧和惶惑，但极清楚地记得20世纪90年代初，他在读到陀思妥耶夫斯基的《地下室手记》后，向我推荐描述时的激动和惊喜。他无疑从中看到了彼此间的暗合，并由此而获得了鼓舞。

正是从爱的圣光沐浴到陷入爱的灾难，以及对生存之荒诞刻骨铭心的感受，使昌耀再次领受了压榨自己迎击命运的动力。所以，即使在一脚踏空了的极度痛苦中，他仍写下了这样的诗句：“命运啊，你总让一部分人终身不得安宁，／让他们流血不死，然后又让他们愈挫愈奋。”“日子就是这样的魅力么？”（《一滴英雄泪》）。所谓的大诗人总是靠自己的力量培养自己，而文学艺术力量的最终显示，则正是来自灵魂搏斗中这种生命的自尊。

随着精神艺术锐利的烈性冲刺，昌耀的诗歌再一次地脱出了本时代的公共规范框架，并显示出随心所欲的自由。他所有关于生存荒诞感的诗作，几乎都是提交给那种迹近于散文的形式来表述的。纵览昌耀的诗歌，我们会发现一个有趣的现象，这就是他诗行长度在不同时期的变化。收入这部《昌耀诗文总集》中的第一首诗《船，或工程脚手架》，基本上是宋词式的建行形式，而且每行的长度比宋词更短，最长5个字，最短1个字。事实上，这正是昌耀20世纪五六十年代的一种常规句型。即使在写于1979年的《大山的囚徒》中，我们还能看到这种短行的痕迹。他那一时期的短诗，多是流放期间记写在笔记本上，在复出之后经过整理拿出来发表的。而这些作品在 1980 年前后的刊物上刊发时的模样，同我们在这部《昌耀诗文总集》中所看到的并不相同。其中有许多便是这种宋词式的短捷建行。而此番收入时，昌耀在语词上基本未作大的变动，但短行却压成了长行，一首原先 15 行左右的诗在此被压成了 7 行左右。到了 20 世纪 80 年代初，他的诗歌开始由短行向着长行转型，从 1979 年《大山的囚徒》的短行到 1982 年《雪。土伯特女人和她的男人及三个孩子之歌》的长行就是典型性的标志。而他 20 世纪 80 年代中期以后的诗作，更是向着超级长行推进，有时一个诗句竟长达 100 多字，又因诗集开本的限制而被折叠成四五行。他对于部分原作短行变长行的改动，无疑是要削去一种挺拔感，使之形成向内的压缩。他此后趋向于超级长行更是由于有太多的乃至泥石流般难以明晰的意念要去表达。我们于这种形式中感觉到了致密、沉实，以至要把砂土挤压成岩块那种接近临界点的难以再承受的滞重。但是，当最终到了这种不再分行的，我们可视之为句子更长的散文式形制，反而形成了蓬松、不受章法制约的自由。这种诗歌形体上的变化所象征的，实际上是他已到了自己给自己立法的地步。

这绝不是一种散文化的诗歌，或者诗歌的散文化，而是建立在对诗歌本质体认上的一种大诗歌观念。当人类历史上诸如门捷列夫这样的科学家以元素周期表揭示了宇宙混沌中的元素排列规律，他们于此所作的简洁至极的图表语言描述，对于宇宙此一规律的精确抽象，及其自身解悟天道的执迷与激情，无疑体现了一种本质性诗人之大美。这样的科学家在直面宇宙本质的探究时，只有学科的主次之分而并无画地为牢不可打通的疆界拘囿。那么，在同以表述精神心象为目的的文学艺术中，打通文体间的障壁而以混成的手段实施对目的的抵达，也就有了同样的性质。而这样的自由又只是进入了形而上高处的那些人的自由。青年诗人海子把凡·高、莎士比亚、托尔斯泰、陀思妥耶夫斯基等作家艺术家统统作为诗人来看待，正是与昌耀在相同层面上的相同体认。

七

我在前边已经说过，昌耀并不属于那种天才类型的诗人。但他在苦难深渊中流血不止愈挫愈奋的血路搏杀，使他诗歌的造山运动显示着比之天才更强大的后坐力的反弹，以至最终在“喇嘛教大师笃行修持证悟的高度”上，成为20世纪中国新诗精神与生命彤云垂布中的冰川雪峰。而对于他难以尽说的繁复博杂的诗歌艺术，我只想在此强调两点：其一是它的语言构成，其二是它的艺术难度指标。

古奥和滞涩是昌耀诗歌语言标志性的特征。大体上说，这是来自高原地质生成史和文化生成史中的语言。所谓生成史中的语言，与事物发展成熟期概念性的语言相对，是保留在岁月腹地原生的、具有场态性状和蒸发功能的语言。那么概念性语言是什么呢？大致上说，它是被公众反复使用而失去其固有的原质感，只剩下光滑外壳的一种语言。进而言之，它是供给社会大众作一般性交流的方便的语言。而这种方便的语言，它在一个时代公众性主流诗歌中呈示的性能也同样如此：通俗、易懂。如果它还有趣味的话，那就是一种流行趣味。只要做一个数据学上的简单统计，我们就会发现这样一个令人震惊的事实：在一个时代浩如烟海的诗歌制品中，构成大部分诗歌的主要语词，一般不会超过30个。方便的语言只能表达简单的思想。在30个语词中反复搓弄、编码的诗歌，又能说出多少新鲜而深刻的话来？而一个大作家或大诗人的重要标志，就在于他自身庞大语言系统的建立，在于他丰富的词汇量，在于他对母语的纵深发掘中所释放的那种灿若河汉又神秘瑰奇的魅力，在于他对一个时代语言空间的强力拓展及其血色素的复活。

“我们从殷墟的龟甲察看一次古老的日食。/我们从圣贤的典籍搜寻湮塞的古河。”（《巨灵》）——昌耀以高原和岁月腹地中的位置坐标察看高原生成史中“土壤的铁质”，迹化在历史时空中的大气密粒：佛图铜驼、大宛天马的夭娇跛扈；凤鸟、夔龙、饕餮兽聚附于青铜礼器上的古奥沉实；即便是一列20世纪的火车，他仍要将其还原、幻变为博格达万世冰封的城垣脚下“漂泊大海的鼓桴”或“游弋天涯的苍龙”。是的，它们就是这样一些作为诗歌最小单元的古奥、滞涩的字词和物象，而正是基于它们内在的场态性，一个与创世神话、英雄史诗同在的高原生成史中的大时空，由此而得以浑莽性的蒸发。

这是一种独属于高原生态场的，杂糅着浓重异质异族色彩的语言物象。昌耀之所以顽固地坚持它并沉湎不已，乃是缘之于他精神心灵上与高原生命场态的一体化。这种语言文体，承袭了高原民族艰难生态中的那种心理滞涩，体现着与当代主流文化畅晓、典雅审美趣味相反的格调。以洪荒感、酷烈感、狞厉感，以及荒旷、粗悍中的风霜感，从本质上映现着他之不愿获得现代心灵安慰，也绝不与世俗性生存相认同的精神姿态。

"语言的怪圈正是印证了命运之怪圈。"(《僧人》)正是缘之于命运驱逐中常态生存根本无法看见的、那种驳杂奥秘的图像无法用常态的语言说出，艾略特在结构他的《荒原》时，才引入了50多种文化典籍，在无法表达中作恃力而为的表达。但丁更是如此。《神曲》的中文版翻译家王维克先生曾就此问题指出："《天堂》最后诸篇，向着不可知、不可解的境界突进"，"因为要解释深奥的问题，通俗的文字决不够用，所以但丁把造'百科全书'的气力都拿出来了；他借用了法国字、柏罗斯文字，尤其是拉丁字；他采用古意大利字，而命意不同"。特别是，为了表达得有力，他不但常用奇奇怪怪的句子，而且竟然生造和杜撰了一些新字和语词。即便是这样，他还不无悲哀地感叹道："孩子的语言不足以解释母亲的意思。"

我不想于此再摘章引句。打开这部《昌耀诗文总集》，我们便不难感觉到昌耀的诗歌所呈示的同艾略特和但丁极为相似的写作难度上的趋向与形态。人类文学艺术的经典性写作，从根本上说，就是向一种难度指标的不断挑战和新标高的确立。14世纪的但丁，19世纪上半叶的歌德与荷尔德林，都在这种挑战中确立了新的难度高程。文学的艺术难度其实就是文学的自尊。它是一个时代大工业生产之上的那种高智能产品。因此，在19世纪稍后，当以巴尔扎克为代表的批判现实主义作家消解着写作的难度，在强调写作的社会效用而致使文学的艺术本体日趋失据时，普鲁斯特、乔伊斯和艾略特几乎是同时在20世纪20年代以他们的《追忆似水年华》《尤利西斯》与《荒原》新的难度指标，成为20世纪世界文学艺术旷原上的孤峰绝顶。这类作品，虽然在社会公众层面上形成了阅读的艰涩与困难，但它们在人类精神艺术综合呈示上那绽解不尽的意蕴，对于后世的诗人艺术家而言，则具有导师的意义。提供了这类作品的大师们因此被称为作家中的作家，或诗人中的诗人——他们给一个时代的文学艺术树立了新的标高，在使同时代和后世的诗人作家们看到了进入纵深风景的门径时，也激励着他们新一轮的艺术竞技与挑战。

我们已经看到并将继续看到，昌耀的诗歌正在日益明晰地显示着这种性质。

八

1998 年 2 月，昌耀作为中国作家代表团的一员访问俄罗斯归来一年多后，写下了长诗《一个中国诗人在俄罗斯》。这是一首具有交响乐华彩风格和恢宏气势的作品，也是昌耀晚期最为宏富的一首诗作。

在当年以“社会主义”——人类大同之梦为纽带而结盟，几十年后又同处于社会经济转型期的两个大国的诗人握手聚谈时，除了必然的诗歌艺术话题之外，还有什么当下时态的共同关注点呢？当莫斯科新贵率着保镖的车队从大街上呼啸而过，诗人在地下室简朴的聚餐仿佛当年布尔什维克的秘密聚会，昌耀顺着俄罗斯诗人的话题尖厉地诉说着自己的观感：“看哪，滴着肮脏的血，‘资本’重又意识到了作为‘主义’的荣幸，而展开傲慢本性。它睥睨一切。它对人深怀敌意。”作为一个高原上以大地为本的诗人，我们似乎很少见到昌耀如此峻刻的社会时政注意力和如此犀利的唇舌。当话题执拗地浸沦于此并更加深刻地展开，我们就会恍然醒悟，这不但是他整个创作中一条时断时续的线索，而且也与他的一生相关。

这条线索从 20 世纪 50 年代即已开始。是的，如果我们把他写于 1959 年的《哈拉库图人与钢铁》（虽然这是昌耀在 20 世纪 80 年代根据当年的笔记整理的、在艺术上极富感染力的一首诗作）放在其当年流放时那种绝不言服的对峙心态中去考察，就会感觉到它又是一首在其精神行迹中无法解释的奇怪的作品——他对那场全民大炼钢铁的运动，竟有着那样澎湃的激情和那样洋溢的幸福感。对此，昌耀在1995年题名为《一份“业务自传”》的文章中特意作了这样的阐释：那是我的一次由衷的颂歌，“我欣赏的是一种瞬刻可被动员起来的强大而健美的社会力量的运作。是这种顽健的被理想规范、照亮的意志”。这段话是对他骨子中带有激进色彩的理想主义本质的一个让人豁然的说明。由此出发，当年14岁的他汇入军队的洪流奔赴朝鲜战场，19岁时响应时代的召唤投身大西北，从本质上说，都是对由集体主义轰然拍溅的壮阔理想的景仰与纵身。光明的时代和健美的社会理想，当无时不在他的梦中。所以，我们才会在中国社会改革开放的新的地平线上，听到他以《划呀，划呀，父亲们！》对新时期的“船夫们”那号叫般的助威呐喊，听到他在《轨道》《城市》中，对从橘红的、杏黄的、钙灰色的国土上逶迤而去的“条状的钢铁运动”，对每晚风暴般颤动在城市空际的光之丛林的热情赞美。这一线索，还包括他紧接着的《在玉门：一个意念》《花海》《垦区》《印象：龙羊峡水电站工程》《边关：24部灯》，直至1984年的《致石臼港海岸的丛林带》《大潮流》等等。

及至20世纪80年代中后期社会经济转型中商品主义的泛滥，物欲的金牙向着社会平等的大同之梦龇出挑衅的豪笑，昌耀心绪郁结中的思考遂更加尖锐。写于1993年元月的《一天》，当是缘之于他参加省人民政治协商会议的背景：鼓号喧奏，地毯铺红。在“有人碰杯，痛感导师把资本判归西方，／惟将‘论’的部分留在东土”这尖厉的调侃后，他自问道：“但为何事我又梦历鸭绿江、清川江，奔赴三八线？”并进一步肯定了自己作为一个社会理想主义者的心理位置：“但在我的心际仍留有彼得堡飞雪的大街，／耶稣和十二门徒随着诗人勃洛克的红旗行进。”

数年之后，当昌耀作为中国作家代表团的一员，终于踏上曾由勃洛克等诗人缔结了他青年时代理想与梦幻的俄罗斯时，他于此刻所展示的，已全然是一派大诗人的品相。一位诗歌的国际主义者。在续接着拳结在心中关于“资本”的话题，犀利深挚地陈述着“我一生，倾心于一个志士仁人认同的大同胜境，富裕、平等、体现社会民族公正、富有人情”这一终生的人生理想和文学理想时，他继而尽情铺展开对一个大时空中的俄罗斯——普希金的皇村那落地的枫叶，拜占庭时代的双头鹰旗帜，大风雪中的猎犬、别墅，银色号角与钢琴和谱架——的沉迷与体认。他熟悉俄罗斯：熟悉那片辽阔、浑厚大地上粗重辉煌的历史和它的磨难；熟悉由它提供给人类文学艺术史上那一长串响亮的名字——不唯是博大、宏富、悲悯的老托尔斯泰，更有与他自己同样历经了流放和人生屈辱的陀思妥耶夫斯基、帕斯捷尔纳克们，他熟悉他们的作品和经典性的细节，也对这个伟大古老国度当下的困境感同身受。他以一个诗人的名义与俄罗斯交谈，与黑山共和国、阿尔泰共和国的同辈诗人们交谈——这以类似的经历和相同的理想聚集在一起的两个大国的同一代诗人，历尽社会变革和个人命运沧桑的同道的聚谈，又何尝不是一次人生与精神的盛宴？这当是昌耀整个人生中最为酣畅、放纵的时刻。他无所不知地承接着聚谈中来自任何一个角度的话题，在诗人的国际主义圆桌上高谈阔论，纵横捭阖，宏富、精微、峻厉。参人类之忧患同心，骋诗人之天纵之才。一派腹有诗书气自华的大国诗人和文化使者的风范。那个清苦、悒郁、木讷的瘦诗人此时安在？

这是他终其一生最具华彩的经典时刻，其情状是如此恰切地复合了《神曲》中历无数重地狱之难，而终至天堂之澄明欣悦的那种大生命的图式。苦难、疲惫、紧张的一生似乎在转瞬之间徐徐松弛为人类大同梦境上空瑰丽的云朵：“看啊，这是太阳向着南回归线继续移行的深秋……在月明的夜空，天际高大、幽蓝。从波罗的海芬兰湾涌起的白色云团，张扬而上，铺天盖地，好似升起的无穹宫。而东正教堂的晨钟，已在纯金镶饰的圆形塔顶清脆地震荡。”——是如此的灵魂的澄明和欣悦啊，作为一个东方高地上朝着太阳顶礼的诗人，他的一生至此已彻底完成。

2000 年 3 月 23 日清晨 7 时，时年 65 岁的昌耀在肺癌的侵扰中，从医院三楼的阳台朝着满目的曙光纵身一跃，他定然是听到了天堂召唤的晨钟。

昌耀写于 1990 年 1 月 22 日《极地民居》中的那神秘的谶言让我再次惊悚。他是在什么状态下于 10 年前就已知晓了自己在这个世界上 65 岁的人生阳寿，而又那般的镇定和自负？吠——

“一弹指顷六十五刹那无一失真”！

2000 年 5 月 21 日凌晨　威海神道口■

对一个口吃者的精神分析
——诗人昌耀论※

敬文东

口吃者的肖像

一道弧形的裂口，一条柔软、鲜红的舌头，两排洁白、呈弧形分布的牙齿……这些美妙、温婉、珍贵的东西共同构成了人的嘴巴。嘴巴是人类最重要的器官之一，它是精神和肉体之所以能够存在的最重要通道：经由它，我们不仅能获得肉身必需的能量（它也是阳光进入我们身体必需的间接渠道），而且还可以说出我们必须要说出的话。“当人还是动物的时候，就已经有了语言。”——这是J.G.赫尔德的名言。嘴巴在使动物之人跃迁为人类之人的过程中起了重要作用：那些本来没有方向感的各种声音，在嘴巴的辛勤劳作下，终于获得了有效的控制和放纵，从而使动物的无意义鸣叫变成了人的语言。但造物的玩笑有时也会开到嘴巴头上，口吃、失语症、多嘴多舌、口腔痢疾患者、哑巴……就是造物主的意志偶尔体现在人嘴上的败笔。嘴巴上的所有疾病，都会引起表达方面的困难，不言而喻，也会给表达者带来表达上的特殊方式。这种种迥异于常人的特殊方式，完全有理由被视作表达者的特殊风格。风格的形成有时或者对有些人来说，并不如罗兰·巴尔特所认为的那样，仅仅是一种“心境蜕变”的结果，很可能首先出自一种纯生理上的缘由。出于这个原因，假如我们说，一个特别想、特别渴望表达的诗人，不幸患有嘴巴上的某种疾病，那么，他的表达风

※ 原载《南方文坛》2000年第4期。

格难道会与此毫无关系吗？

没有嘴巴和说不出话的痛苦，诗人昌耀在1984年的一首题为《人物习作》的短诗中，已经表达得淋漓尽致了："小孩子对着自己即将完稿的水彩习作不知所措：画中吉卜赛少年的鼻子太长以致挤掉了嘴巴应有的空间。小孩子悲愤极了，请示妈妈如何处置。妈妈让他去找爸爸。爸爸盯着儿子涂鸦之作冥想了很久很久，最终也决定不了嘴巴和鼻子究竟何者更重要，就什么也没说而只是摇了摇头。那时画稿中的吉卜赛少年很想诉说一下自己的心愿，无奈没有嘴巴，也只好随着摇了摇头。"(1)

嘴巴和鼻子谁更重要呢？这的确是个可以称作"to be or not to be"式的大问题。在这里，诗中作画的小孩子充当了造物主的角色：他偶然的笔误造成了画中流浪的吉卜赛少年在表达上的艰难，甚至是缺失。

我们不妨把诗中的"爸爸"直接"误读"成昌耀自己算了，因为我们完全有理由说，诗人昌耀从小孩子无意中失误画出的人像上，认出了他自己。诗评家唐晓渡对昌耀的描述，在这里完全可以作为参证。唐晓渡谈了三个关于昌耀的细节。第一个是昌耀递名片给他时，结结巴巴地说："这个……给你……自己做的"；第二个是昌耀在青海请他喝酒，同样是结结巴巴地说："中国红……我不懂，也不知道好不好……"；第三个是唐晓渡和昌耀相约去拉萨，在格尔木时昌耀突然病了，临告别时，昌耀有些遗憾地说："真没想到会是这个样子……很遗憾……对不起……你们走吧。"(2)昌耀是个口吃者，这是很显然的事实了。

但昌耀不是个天生的口吃者，他的口吃是偶然的笔误造成的结果，是造物向他开的一个恶劣的玩笑——昌耀的口吃是被逼成的。自从因两首小诗惹祸，在长达20多年的流放、劳教、劳改期间，作为一

(1) 昌耀喜欢不拘形式地写诗，也不在乎是否分行，他说："我所称之的随笔，是有着诗的隽永、旨远而辞文自由成章的一种。无妨看作诗。""在我极为有限的篇目里，分行文字的比重也是日渐缩小的趋势。"（昌耀：《昌耀近作》，《人民文学》1998年第6期，第18页）《人物习作》在昌耀自己也是被看作不分行的诗而被收入其诗集的。参见昌耀：《命运之书》，青海人民出版社，1994年版，第199页。

(2) 唐晓渡：《行者昌耀》，《作家》1999年第1期，第92—93页。

个异类，他的嘴被长期剥夺了：除了必需的进食，语言上的交流被认为是额外的。据说，在青海广袤无垠的土地上，孤独的昌耀甚至渴望有一只狼过来和他交谈。J.G. 赫尔德说，大自然用她那双善塑的手，充满母爱地为其作品——人——添上了最后一笔，这一笔是一个伟大的箴言："不要独自一人享受，而要用声音表达出你的感受！"[(1)] 在嘴被剥夺了之后，那渴望被表达的声音又能从何处发出来呢？这一点倒可以请人间的上帝来回答！

岁月的最大能力之一，不是让人去夸夸其谈，而是让人学会主动沉默。在某些人眼里，沉默不独是一种品质，更重要的是，沉默也是他们的"本能"。当表达的欲望无可奈何地来到时，拥有这种沉默本能的人开口说话了——这就是口吃。口吃者的诉说要么是字字带血，要么就是惊天地、泣鬼神：他要说出他蕴藏了许久的特别想说的；更值得注意的是，他要以全部力量才能说出这些话。"我不语。但信沉默是一杯独富滋补的饮料。"（《在古原骑车旅行》）而这杯"独富滋补的饮料"，不也正是怂恿人说出他想说出的话的那杯营养品吗？沉默——口吃者的再生之母，他的动力源，这是再真实不过的了。

不必把诗人的长期灾难，仅仅看作诗人独有的灾难，因为灾难实则是所有人的缘分——想想布莱希特的诗句吧："想想这黑暗和严寒，／这个山谷，响彻着悲惨的回声"（布莱希特《三分钱歌剧》）；更不必把这灾难美化为成就一个诗人最大的助力（它也许是），因为这和诗歌的本来面目相去甚远——听听艾吕亚撕心裂肺的悲鸣：我怎么会热爱痛苦，我比所有人更热爱幸福！然而，是灾难让昌耀成为一个口吃者，是灾难的后遗症让昌耀自始至终都在口吃的氛围内进行写作，却仍然是正确的。这是灾难的遗留性问题。它让昌耀在更多的时候不是去说，而是去体会、去观察。想象一下口吃者的行走吧，由于他在更多的时候只能对自己吞吞吐吐说话，他的步态往往是缓慢的、笨拙的，[(2)] 但他的观察是细致的。在行走途中，在他看见那些足以让

（1） ［德］J.G. 赫尔德：《论语言的起源》，姚小平译，商务印书馆，1998 年版，第 3 页。

（2） 这个隐喻性的说法当然不是空穴来风。沈健、伊甸在关于昌耀的印象记里说："望着昌耀有些笨拙的倒茶、搬凳子的动作，我们失望而烦恼地慨叹着。"（沈健、伊甸：《嗥叫的水手》，《诗歌报》1986 年 11 月 6 日。）

他冲动的人、物、事的当口，就如同波德莱尔在《理查·瓦格纳〈汤豪泽〉在巴黎》一文中所说的，《汤豪泽》的序曲一开始，“任何觉醒的肉体都开始战栗。任何发育得很好的头脑自身，都带着天堂和地狱这两种无限并在这两种无限之一的任何形象中突然认出了自己的那一半”，昌耀也从人、物、事中认出了他自己。但他说出的句子是不连贯的，因为他嘴巴的反应跟不上他本来已够慢的观察，这时观察本身就不得不无可奈何地停下来，等待着嘴巴那艰难的吐词了。

在你名片的左上角才有了如许头衔：
——诗人。男子汉。平头百姓。托钵苦行僧。
在你的禅杖写着四个大字：行万里路。
你自命逃避残忍。
而逃避残忍实即体验残忍。
——《僧人》

“行万里路”的“托钵苦行僧”是一个口吃者的真实形象，也是一个口吃者诗人无可躲避的命运。而当他说命运就是一种“狰狞之美”的时候（《噩的结构》），昌耀为自己的口吃者诗人形象，找到了一个绝妙的象征：口吃本身就与“狰狞之美”有着惊人的内在一致性。口吃就是一种命运，口吃给昌耀带来了巨大的启示，这启示首先是对人生的体验。命运其实就是人生的展开部，是陷入时间虚空中，一个个连贯而又脱节的动作，它意味着坚忍、承受并以感恩的态度接纳它、呵护它、肩负它。这启示告诉昌耀，“逃避”是不存在的。只要你还活着，担待命运的“狰狞之美”，就是天然的义务。是的，不是平等、自由、博爱，而是对命运“狰狞之美”的担待，才是众生的天赋“人权”。不过，这一点还不能被理解为基督教给人规定的天然罪感，同时，天然罪感云云，也不是昌耀的本义。没有任何人有权力把人定为“原罪”，除了命运本身。当我们无力改变所有非人的命运恶作剧时，这义务本身显示出了它的真实含义，“狰狞之美”也露出了它的本相。所以昌耀才结结巴巴地，说出一个朴素而拗口的真理：

人生困窘如在一不知首尾的长廊行进，

前后都见血迹。仁者之叹不独于这血的事实，

尤在无可畏避的血的义务。

——《仁者》

有些拗口，不是吗？而这意味着，口吃者在表述上总是落后于他人的，对他自身的观察与体验来说，也往往是后置性的。但口吃者表现出的“慢一拍”，往往会从语气上带出坚定不移的神态，因为他的缓慢、迟钝，给了他的思虑以足够成熟的时间。这使得口吃者关于命运的种种言说，有了相当的可信度。关于这一点，上引的几行诗句已经表达得明明白白了。所以，当昌耀以“血”来度量命运、来标识人生之路时，我们除了表示信服外，无话可说。

缩小自己

“赤脚大仙”、面对老婆的随意谩骂而决不顶嘴、被愤怒的夫人多次往头上浇洗脚水却面不改色的好丈夫苏格拉底，漫步在雅典的街头，面带微笑，向每一个人、每一件事物，贡献出自己真实的无知。若干岁月纷纷嫁风娶尘，如金圣叹所谓的“几万万年月皆如水逝、云卷、风驰、电掣”那样，都远去了。苏格拉底在雅典街头到处宣讲的学说，也遭到了无数后人的诟病，但苏格拉底至死也没有改变过的论证宇宙和人生的方法，却相当完好地保留了下来，在愈来愈夸张、愈来愈傲慢的时代生活中，也越来越显示出它的分量。这种方法就是无限缩小自己的方法。它显示的是一种在宇宙万物面前，无限谦逊和敬畏的力量。而自“朦胧诗”以来的中国新诗中，“除了我，还有谁能……”（比如，杨炼）“我是太阳（或其他）……”（比如，舒婷）[1]等句式受到了

（1） 这些句式在“今天派”诗人那里是普遍的句式。应该说，在那时是有其进步性的。但它的霸道、狂妄自大却是其致命的逻辑。这一点引起人们的警醒，只是近期以来的事情。从这里我们也可以看出昌耀杰出的诗人秉性。不过，这一点我觉得是生活教育了他，是生活过早地让他成了一个口吃者，也使他避免了选择那些霸道句式可能对诗歌带来的伤害。

广泛的赞许，它们被认为是“表现自我”的真正体现。其实，这岂止是表现自我，简直就是自我膨胀、自我爆炸。它是诗歌中的法西斯主义。

昌耀是懂得缩小自己以进入世界和人生的少数几个当代中国诗人之一。他懂得一个弱者的真正力量。他行走的姿态缓慢，观察有时不得不坐等心灵的反应，心灵的反应不得不等待笨拙的嘴巴那迟缓的表达速度以达成三者的同步，这使他有了足够的时间和耐心缩小自己。昌耀的缩小自己意味着，他能以仰视的目光看待一切，也能以感恩的语气说出自己的观察和心灵对所有观察的反应。口吃的人注定没有幽默感（因为幽默需要一种流畅的言说），但口吃者往往能准确说出自己对世界和宇宙人生、命运的友好态度。感恩则意味着承担、坚韧和忍受。即使在最绝望的关头，昌耀也最大限度地洗掉了自己的愤怒，改用理解的语气说话。

你对自己说：不要难过，从阿谀者听到的
仅是死亡，而从悲歌听到生的兆头，
——《僧人》

我想，我就是万物，死过了，但还活着。
奥妙的宇宙啊，你永远有理。
——《苹果树》

昌耀纠正了许久以来人们（比如，“表现自我”的提倡者）的错误看法：有理的从来就不应该是人。人是唯一有意识的动物，正因为该动物有意识，倒往往能做出违背自身自然发展的事情来，许许多多的灾难其实都可以从这个维度得到理解。让一个人在被迫的状态下成为口吃者，也是违背自身自然发展的结果。毋庸置疑，昌耀正是从这一点，窥见了宇宙和人生的根本悲剧。

缩小自己使昌耀看待万物的眼光自然就要低些，这导致了两个结果。一个结果是，他在仰视宏大的事物时，的确看到了它们那伟大的一面，但他往往看不到它们那无边无际、一望无垠的伟大的整体，却更突然地看到伟大事物身上渺小的灰尘，如同到了大人国的格列佛，爬在皇后美妙的酥胸上，看不到乳房的美丽和整体，却看到了乳房上像陷阱一样的众多毛孔（斯威夫特《格列佛游记》）。口吃者昌耀的慢动作，给他带来了锐利的目光，这是当今中国诗歌少有的冷静目光。在描写宏大事物的组诗《青藏高原的形体》等诗作中，诗人告诉我们的，除了它宏大的背景与神性的光辉外，更多和更重要的是它细小的尘埃，以及它对人的残酷奴役。奴役是有力量者的天然爱好，但昌耀断然抛弃了它，并给了它一个特殊的词汇："败北"——奴役不可能最终胜利，胜利的只是缩小了自己的人（《慈航》）。

另一个结果是，低矮的目光更能使诗人看清细小的事物，并对细小事物的倔强、坚固的韧性，报以深深的敬佩和同情。这就是说，他看到了细小事物中的宏大部分。这就有些类似格列佛漫游小人国的情景了。《小人国里的大故事》说的就是这个意思。但我宁愿举一首诗人早年的诗作来说明问题。在诗人身处 1962 年（正是这些按照灾难的逻辑排列的年头，使昌耀成了一个口吃者，也使他很早就被迫学会了缩小自己），昌耀对一只常常被人忽略的蜘蛛，表达了深深的敬意。

啊，此刻真渴望有一只雄鹰或雪豹与我为伍。
在锈蚀的岩壁但有一只小得可怜的蜘蛛
与我一同默享着这大自然赐予的
快慰。

——《峨日朵雪峰之侧》

作为渺小的生灵，蜘蛛比"宏大"的雄鹰和雪豹，更能理解一个罪人的"快慰"。缩小自己是口吃者昌耀进入世界与人生最一般的方式：从伟大中看见渺小，从细微处见出宏大，是这种苏格拉底式伎俩的真正精髓。昌耀是不是了解苏格拉底这一设疑，和他从自己的人生苦难中得来的这个"葵花宝典"比起来[1]，难道还值得一问吗？

(1) 《葵花宝典》是金庸的长篇小说《笑傲江湖》中，各武林人士争夺的一部武功秘籍，此处是作为借喻用。

土地，山

一个小常识可以告诉我们，口吃的人只有在万不得已的情况下才会开口说话。当我们看到一个口吃者在表达的当口，那上下艰难蠕动的喉结时，有恨不得用力推它一把的念头。这种表达上的艰难，几乎是必然性地要带来音势上的爆破力。昌耀的诗作底蕴深厚、粗犷、有力，跟他的音势有极大的关系；除此之外，也跟他长期生活在青海那广袤、险峻的土地与山川有极大关联。在说到诗歌的内在张力时，昌耀举过一首撒拉族民歌《格登格》作为例证。这首民歌说的是一位男子自叙对其卧病不起的情妹的探视，每一句歌词末尾都缀以一声悠长的衬词“格——登——格”。昌耀据此赞叹说：“其韵味有似古乐舞《踏谣娘》中的叠词：‘踏谣，和来！踏谣娘苦，和来！’幽婉而具深情，有千钧之力。”(1) 昌耀实际上想说的是，生活在青海的诗人，青海的土地上产生的诗歌，也都应该具备《格登格》那种内蕴。但他也许更明白：《格登格》实际上就是一种歌谣中的口吃。一个口吃的诗人形象是青海那广袤山川的最佳缩写。

当无限缩小自己的昌耀以感恩的姿态面对宇宙和人生的时候，他首先把三维的自己变作了一个二维的平面，这个平面首先和土地的地表相重合。他是用爆破式的音势来对土地说话的。在所有的自然事物中，只有土地离我们最近，它不但能承载我们的身躯与养活我们，更能帮助我们承载自己的苦难，并把人造的苦难以及命运深处天然带出来的苦难，化作土地自身的血肉。背叛土地的人注定是那些要自我爆炸的人，许多胆豪气壮的人已经让我们看到了太多的实例。但我们还是听一听昌耀在结结巴巴中那少有的流畅吧——也只有在说到土地，表达对土地的爱情时，昌耀才会战胜口吃。

不错，这是赭黄色的土地，
有如象牙般的坚实、致密和华贵，
经受得了最沉重的爱情的磨砺。

(1) 昌耀：《命运之书》，青海人民出版社，1994年版，第316页。

……这是象牙般可雕的

土地啊！

——《这是赭黄色的土地》

最好是不要把这些句子仅仅理解成为对土地的抒情（它诚然是抒情），而是理解为和土地相重合。只有把自己理解为土地甚至尘埃本身，才是最彻底的谦逊，才是最彻底的缩小自己。德意志的短命天才毕希纳（Georg Büchner）在致未婚妻的信中，几乎是语无伦次地说："人啊，自然一些吧！你本来是用灰尘、沙子和泥土制造出来的，你还想成为比灰尘、沙子和泥土更多的东西吗？"[1]昌耀在说出自己就是泥土、土地的时候，已经完全战胜了口吃。是的，口吃和对口吃本身的战胜，构成了昌耀在表达时的真正音势。不明白这一点，我们也许永远不能进入昌耀的精神领域，也永远不会明白口吃之于诗人昌耀的意义。

我是这土地的儿子。

我懂得每一方言的情感细节。

——《凶年逸稿》

土地是一个事实，但山的存在更是一个事实。山是土地的突出部分，是土地从自己身上挑选出来的、供人瞻仰和攀登的部分。山的存在，证明了这个世界的确还有宏大的东西。假如说昌耀对待土地是以自己与之相重合的姿态来体现的，那么对待山，他则采取了一种倾心聆听和仰视的姿态。山是供我们仰视的，这就是土地要突出自己的本义——因为土地相当清楚，踩在自己身上的人群中，有太多胆豪气壮的家伙。山是为了警醒这些人才被土地挑选出来的。马克斯·韦伯说，在一个世俗的、无神论的金钱时代，人们只记住了"前方"，却忘记了"上方"。很显然，昌耀参透了山的隐秘之言。在他的许多诗作中，都对山表达了这种感情。他理解了高山对我们的含义。在组诗《青藏高

(1) 转引自刘小枫：《沉重的肉身》，上海人民出版社，1998年版，第33页。

原的形体》里，昌耀只把自己比作了青藏高原下边的一粒微尘。

无论是对土地还是对高山，昌耀的音势都是雄壮的，有如《格登格》的高亢。在大多数时候，昌耀的表达是迟缓的、结结巴巴的，只有在极少数的时刻，他几乎是完全战胜了口吃。这就意味着，他是在感恩的情绪最浓烈的时候，语言裹挟着情绪的巨大冲动，突破了造物主在他嘴巴上留下的败笔。这一切，我们都可以理解为诗人在无限缩小自己时，天然带出来的后果。那些高傲得甚至不屑于去死的人，是没有、也不会有这种能力的。

苦难

从昌耀的全部诗作中，我们不难获得这样一个有趣的结论：他认识所有饱经沧桑的人。在诗人缓慢的行走和结结巴巴的诉说中，昌耀依靠对自己的无限缩小，不仅观察了土地、高山，不仅对它们表达了自己的感恩之情，而且也看出了它们身上那残忍的一面，同时还把物理意义上的土地和高山，转化为象征意义上的事物。昌耀时而把这残忍称作"命运"（比如《一滴英雄泪》），时而又把它唤作"狰狞之美"（比如《噩的结构》），但有一个更重要、也更贴切的词汇，昌耀是不会轻易说出的，这就是能让人饱经沧桑的苦难。

对于所有的人，苦难从来就不应该只是一个外部事实，它源于一切事物最核心的部分。只不过我们中的绝大多数人并不知道罢了。昌耀在人造的苦难（即外部的苦难）面前，被迫变成了一个口吃者，由此而来的沉默使他比其他人更有幸获得了不断缩小自己的机会。在他不断缩小自己之后，他有能力进入到这个世界和万物最核心的部分，也就是说，他摸到了苦难寄居的真实温床。当看到居然有人抖抖擞擞侵入自己的领地时，不用说，正在专心致志给人类找茬儿的苦难禁不住大吃了一惊……

但昌耀并不是从一开始就达成这一高度的。在他写出辉煌的短诗《斯人》之前，他始终还在人造的苦难脚边跋涉。人造的苦难给他的打击和印象实在是太深了。人造的苦难是那些不知道缩小自己，只知道膨胀自己的假冒巨人们，因为设立了一个虚拟的宏大前景，而强加给他的同类的“礼物”。人造的苦难不仅要逼迫人成为口吃患者，而且最终的目标是要逼迫人自我缩小——在假冒的巨人面前萎缩。应该说，《斯人》（1985）之前的昌耀，他的全部诗作要么以粗犷、豪壮的面貌，有如《格登格》的一咏三叹表达了对苦难的不妥协态度，犹如蜗牛拼尽全力把家背在自己的背上，要么是对被迫的自我缩小完全地不予承认，却又不得不承受。[1] 自觉承认缩小自己的必要性、必然性，并由此获得意想不到的诗学后果，是在昌耀写出短诗《斯人》之后。《斯人》是昌耀诗歌写作生涯中一个里程碑式的作品，它可以把昌耀的创作标识为“斯人前”和“斯人后”。这首诗很短，全引如下：

静极——谁的叹嘘？

密西西比河此刻风雨，在那边攀缘而走。
地球这壁，一人无语独坐。

人不过是巨大的寂静和宏大的宇宙空间里悬挂着的一粒微尘。美国诗人斯蒂文斯写过一句颇有趣的诗：“我在田纳西州放了一只坛子。”斯蒂文斯的意思其实很简单，仅仅是想从修辞的角度，给人一个大与小的强烈对比印象。《斯人》是不一样的，它的目的是想以内省的姿态，说出一个基本事实：在宇宙万物面前，人是天然渺小的；在宇宙万物面前，人是无话可说的；在宇宙万物面前，无话可说的渺小之人和宇宙万物同在。渺小之人是宇宙万物身上的一根看不见的血线。

以内省的姿态来缩小自己，在昌耀那里获得了自觉的态势。更为重要的是，苦难不再被理解为人造的，而是被理解为事物（包括人）的核心部分。尤为显眼的是，昌耀对本质上的苦难（内在的苦难，即事物深处的属性）不仅不再采取一种对抗、搏击的态度，反而采取了一

（1） 关于这一点，我曾在一篇有关昌耀的文章中作过详细论述，此处不再多言。这里只指出一点，即在昌耀那里，对于外部的苦难，诗人是持抗击的态度，这构成了昌耀诗歌中浓郁的悲壮（悲剧）色彩，抒情主人公的英雄特征是显而易见的（参阅敬文东：《昌耀的英雄观与在诗中的实现》，《绿洲》1993 年第 2 期，第 151—156 页）。这一点在昌耀晚近的诗歌写作里，有了巨大的改变。

种臣服的态度。苦难代替上帝站在了高山之巅，与地面重合的是人，是人对它的臣服。现在我们明白了，土地之所以要选择自己的某些部分突出为山，昌耀之所以在山的面前不仅要以感恩的姿态说话，更要看出山对人的奴役，完全是口吃者心目中那种特殊的象征形式的结果。苦难是事物最核心的部分，它不仅奴役人，也是人的粮食，是变紫变黑的光线。对于粮食和光线，我们就算想拒绝，又从哪里去寻找能这样做的必需的能量呢？

> 据信上帝仅为爱护人类才使人生绝少甜蜜，
> 但心路阻隔无疑是施虐最为残酷的一种。
> ——《有感而发》

说得够清楚了。当昌耀从对抗人造的苦难，转变为与内在的苦难和平相处，并对之报以高度的理解，这使得昌耀也从被迫缩小自己转变为主动缩小自己，也使得他从外观走向了灵视和内省。当然，这和儒家的“反身而诚”“反求诸己”没有什么干系，因为在昌耀那里，自我是一个可以并且必须要有待缩小而不是扩张的什物。

用感恩的姿态拥抱苦难！这是昌耀诗歌写作的内涵之一。他的内省方式和无限缩小自己的方式互相联手，使他对死亡也能持一个宽容、理解和臣服的态度。不用说，死亡是一切内在苦难中最大的苦难，它矗立在高山之巅，与地表相平行的人仅仅只能仰视它，这是苦难突出自己的典型伎俩。叔本华、雅斯贝尔斯等人曾经认为，学习哲学就是学习死亡。他们之所以仅仅把哲学的功能定在这个档次上，不过是因为在他们的脑海中，还残留着长生的美梦。昌耀和他们决然不同，与昌耀比起来，他们无疑是“巨人”。在杰作《时间客店》里，昌耀窥破了时间那不动声色、永远都在开始的脸孔。时间的这种秉性无疑是在说：死亡尽管处在高山之巅，但是处在地面上的人，注定会去攀登并最后达到它。海明威让他笔下的那只豹子死在山顶，的确是一个轻易就能到来的自然事实，但在昌耀那里，它是一个需要付出代价才能获得的战利品。把死亡当作时间客店里人自身产下的孩子，这是昌耀在内省中结结巴巴说出的结论。这孩子就是生命的奖赏。拿破仑说，看一个人是怎样的，要看他怎么死。拿破仑显然是个“巨人”，因为他很可能把死亡当成了一个外部事实，并且可以通过宝剑来定义。这和昌耀的理解相当不同，昌耀的建议是：我们要做死亡勋章的获得者。这样，外在的土地和高山已经完全转换为形而上的、内在的、象征的土地和高山，因为它们显透的是苦难和人生之间的互动关系。这也是一个口吃者无限缩小自己的自然结果，有如秋天的苹果自动地落在牛顿的头上。

死是一种压力。
死是一种张望。
死是一种义务。
死是一种默契。
——《悬棺与随想》

口吃的形而上学

1990 年岁首，口吃者昌耀写出了一首题名为《紫金冠》的短诗：

我不能描摹出的一种完美是紫金冠。
我喜悦。如果有神启而我不假思索道出的
正是紫金冠。我行走在狼荒之地的第七天
仆卧津渡而首先看到的希望之星是紫金冠。
当热夜以漫长的痉挛触杀我九岁的生命力
我在昏热中向壁承饮到的那股沁凉是紫金冠。
当白昼透出花环。当不战而胜，与剑柄垂直
而婀娜相交的月桂投影正是不凋的紫金冠。
我不学而能的人性醒觉是紫金冠。
我无虑被人劫掠的秘藏只有紫金冠。
不可穷尽的高峻或冷寂惟有紫金冠。

这首精短的小诗，把一个口吃诗人的言说方式全部暴露了。“紫金冠”不可描摹，但诗人又太想描摹，因而只好结结巴巴地进行描摹。这就引出了一个颇为有趣的话题：在“斯人”之前的创作岁月里，诗人只是（或主要是）被人造的苦难压迫而禁止说话所以口吃，在“斯人”后，却是因为在内省中，明显感到了自己在生命、万物面前的茫然无解才口吃。前者是被迫的、外在的，后者虽然也带有被迫的性质，但它更多的是自愿的、内在的。一个杰出的诗人，如果不了解、不拥有口吃的精神，对任何事、物，都能毫不困难地神侃一通，是很可疑的——他的诗作要么充满了水货，要么就来路不明。在这里，我们终于有机会接触到口吃的精神或称口吃的形而上学这个问题了。

口吃的形而上学，就是在把自己无限缩小之后，面对一切大于自己的事物（当然，所有事物都会大于他），想说却又无从说起的那种结结巴巴的音势。这就不仅仅是嘴巴上的毛病了，而是精神上的。在“斯人”前，昌耀的口吃有迹可循，因为那差不多全是生理上的毛病带出来的诗学后果，在《划呀，划呀，父亲们！》《边关：24部灯》《巨灵》等长诗短构中，在它们几乎所有的句式里，我们看到了一张笨拙的、艰难蠕动的嘴。但这还不是口吃的形而上学。在“斯人”后，昌耀明白了一个相当简单的道理，这个道理在他的一篇短小的诗论中，被正确地表达了出来：“最恒久的审美愉悦又总是显示为一种悲壮的美感，即便是在以开朗的乐观精神参与创造的作品那里也终难抹尽其乐观的亮色之后透出的对宿命的黯然神伤。其实，‘乐观’就是以承认了‘不乐观’为前提的，只是聊以‘乐观’处之罢了。”(1) 有趣的是，昌耀对此采取了一种感恩的态度。理由相当简单：因为你只能这样，因为这才是真实的境况。

“只能这样”使昌耀在“斯人”后的全部创作，把口吃的线索给隐匿了起来，因为这已经是一种口吃的形而上学了。口吃的形而上学意味着：你不得不在大于你的事物（比如，生命深处的苦难与宿命）面前，无限缩小自己，你不得不用一张渺小的嘴巴说出它，却又狗咬乌龟——无从下口。口吃的形而上学使得昌耀晚近的作品游弋、飘忽、

（1）　昌耀：《诗的礼赞》，载昌耀：《命运之书》，青海人民出版社，1994年版，第300页。

松散、举棋不定，上引的《紫金冠》就是一个明显的例证。就是在这种种特质中，我们看到了一个口吃者的精神肖像。这精神肖像最明显地体现在语言上，毕竟口吃（无论哪种口吃）最终都是指一种语言行为。

在昌耀那里，语言首先被理解为一种哭的功能——他用“语言哭”代替了海德格尔的“语言说”。早在1981年的《划呀，划呀，父亲们！》里，昌耀就写道：“我们都是哭着降临到这个多彩的寰宇。／后天的笑，才是一瞥投报给母亲的慰安。”在16年后的诗作《语言》中，诗人说：“随后，会有这方土地承受哭泣。是无名氏的哭泣。是情有所自的语言的哭泣。”J.G. 赫尔德说得真好，在人还是动物的时候，就有了语言。这种语言，不言而喻，也包括了漫无边际的哭（声）。哭泣是语言内部最黑暗的部分。昌耀的意思其实很简单：面对生命深处内在的苦难，人在听从了它的本已命令并自我缩小后，如果实在是什么也不想说——更揪心的是什么也不能说——那么，哭本身不就是一种特殊的“说”吗？哭不是一种生理而是一种精神行为，尽管它以生理的面目出现。在另一篇短文里，昌耀居然明火执仗地称诗就是“最初的啼哭”[(1)]，也就是可以理解的了。

在口吃的形而上学中，语言其次被理解为“善”。这就触及了希望。史铁生的短篇小说《命若琴弦》用理解、同情的口吻，描写了一个残疾人的天堂，这个对残疾人来说绝对是不可或缺的天堂仅仅是：希望。在有的时候对有些人来说，希望是他们活下去的唯一粮食，不管这个希望是不是一个骗局。昌耀明白这一点，他更明白生命本身的悲剧性。但他的口吃带来的天然音势，使他有机会和能力将悲剧更多地定格在悲壮上。最伟大的“善”，能用语言表达出来的最辉煌的善，就是爱。善是语言最基本的内核。爱、悲壮是二而一的东西，它们共同构成了“语言善”的基本品质。这实际上意味着，语言的本质之一就是“语言善”。“语言善”承担了所有来自命运与生命的苦难和宿命，它将以感恩的姿态来悲壮地承担它的全部后果。

“语言哭”和“语言善”来自口吃的形而上学对语言不无偏狭的、固执的理解。无论是“语言哭”还是“语言善”，都把口吃者面对生命、

(1)　昌耀：《自我访谈录》，载昌耀：《命运之书》，青海人民出版社，1994年版，第322页。

苦难、宿命时欲说无言的结结巴巴给全部兜了出来。这是一种相当吃力的言说姿势，它导致了昌耀在诗歌句式上的雕刻结果：每一句诗都好像是在大理石上刻下的一道笨拙的裂痕。

这一道道裂痕就是口吃的形而上学眼里的第三种姿态："语言记住"。语言当然有记忆的功能，但对一个口吃者来说，他的"记住"不同于普通人的"记住"：它是以全部力量，在达到了高山之巅的痛苦甚至死亡后的一种悲壮行为。语言就是记住悲壮或者是悲壮地记住。这种雕刻般的"记住"将在千百年之后形成化石，供无数达成了乌托邦美满生活的人们瞻仰。

而口吃的形而上学，在它形成的初始过程中，就已经借助口吃者诗人的嘴，艰难地说出了希望。这希望，按艾莱娜·西克苏的话说，就是仅剩几点肉星的骨头，它是供后人瞻仰的化石中最明亮的部分，也是乌托邦在所有的生活形式中挑选、过滤出来以组成乌托邦的部分。但愿人们能理解那雕刻般的效果。

有我的黄铜茶炊。

——《在山谷：乡途》■

试论昌耀诗歌中的“时间意识”
——从昌耀散文诗《时间客店》谈起 ※

程波

※ 原载《诗探索》2000 年第 3—4 辑。

一

昌耀的散文诗作《时间客店》(1)像是在通向其诗歌艺术和精神那条幽暗隧道中突然出现的灯火，让我感到惊喜。在未读到这首诗之前，以“时间意识”来作为昌耀诗歌的一个重要特质以及探讨昌耀精神的一个切入点，对我来说，还是件没有多大把握的事情。体会到诗人对“时间”的关注却无法较为清晰地表达出来，我时常感到自己与诗人“智力”上的差距。《时间客店》的出现提供了这样一个契机：给我以往的阅读经验找到相应的根据，并通过对一首诗的解读谋求对诗人整体精神理解的深化。

首先应该指出的是，“时间意识”，在本文没有结束之前，只是一个预设的前提，主要包括以下两层意思：第一，昌耀诗歌对“时间”有着较为普遍的关注和思考；第二，这种关注和思考的具体意蕴不是偶然的、孤立的、散乱的，而是已经上升成了有着统一内涵的“意识”了。当然，“时间意识”不能涵盖昌耀诗歌的所有层面，本文所要做的是勾勒出“时间意识”的发展脉络和意义层次，以求从“时间”的窄门中看见更多的风景。

(1)　见昌耀：《昌耀近作》，《作家》1999 年第 1 期；载昌耀：《昌耀的诗》，人民文学出版社，1998 年版。

二

《时间客店》是迄今为止昌耀发表过的作品中唯一一首以“时间”命名的诗作，与之对应的是，他的诸多未以“时间”命名的作品中都有关于“时间”的诗句，有的甚至是直接的探讨。这极易使人不由自主地把《时间客店》看作诗人对“时间”进行长时间思考后的一次集中表达。直接以抽象的“时间”作为抒写的对象，诗人需要具有相当的精神能量和思想深度。在一般人看来，抒写出“时间”的诗意极有可能是一件吃力不讨好的事，因为哲性思维中“时间”的抽象性与诗性思维所习惯的感性直觉之间有着较大的差异，人们或许更愿意通过“时间性的事物”（如季节、生命、历史、时钟等）这一中介来承载、呈现出“时间”的诗意。而这首诗以现在的面目出现，从某种程度上正反映出昌耀对自己诗意理性（诗性与哲性的结合）的自信，如果说这种自信并未彰显到诗人自觉意识中的话，那么它至少是在潜意识中已经呈现着的了。熟悉昌耀诗歌的人都能感觉到，在其诗歌动态发展中，就思维（诗歌的心理因素）本身而言，智性和哲性因素是逐步增长，并与情感因素趋于完美融合的。可以这么说，正因为昌耀主体具有了这种卓越素质，“时间意识”方才有了形成和发展的内在动力。这首诗以“客店”作为场景，也不是偶然的，其象征性的意味在于：客店是“旅途”中的暂歇之所，它不同于居室，而是公共性的、带有异己因素的场所，同时客店是经历过的一段行程和将开始的另一段行程的界限和交汇点，与时间上的“当下”有着对应的性质。

《时间客店》的叙述成分较多，就其意义结构的类型而言，既可把它看作一则哲理性寓言，也可把它看作对一个超现实梦境的复述：“我”手捧“形如壁挂编织物似的物件”“时间”（用纺织物作为时间的一种喻象，是古人所熟知的修辞之一，汉语中至今仍保留着“日月如梭”之类的痕迹）来到一家客店，经过一路颠簸，“时间”残破了，为回答一个女人“时间开始了吗？”的询问，我开始修补它，人们跟着以这一询问催促我，却不援之以手，甚至连提供“时间”代用品的修补材料也不愿意，以致最后一切都无法挽回。“我”痛心疾首，为错过了修复“时间”的机会，也为“人的弱点”。诗在“故事”后面有着象征意义，这很明显，但其象征意义到底何在却不明朗，我们不妨从“我”与“时间”以及“我”与“人众”这两条线索来解读。

当“我”进入客店时，双手平托着“时间”，以至腾不出手来，只能“用脚背勾过来一把椅子”坐下，这一描述让“我”的形象迥异于一般的食客，突显出很强的动作性和造型感，甚至还带有一种仪式的意味：“我”是“以受命自负”的（时间的护送者），诗人自己解释道。而“时间”在这一形象中是处于中心地位的，“我”对自己责任的担负正表明其在“我”心目中的重要性。还不止于此，“我”之所以把手中的“物件”认作“时间”，并不是通过认识或判断，而是“凭着直觉”。这一方面表明可能是“我”不愿意翻弄它，出于敬畏；另一方面也暗示了“时间”本身的神秘性，人难以用理性去认识，只能借助于直觉。“我”与“时间”最初是被对神秘感和崇高感的敬畏与维护联系在一起的。而当我“检视已被我摊放在膝头”的“时间”时，因其凌乱和破缺，我“深感惋惜”。昌耀在诗中让“时间”在第一次推动之后即是破损的了，“时间”先验的不完整性在崇高和神秘的面纱揭开以后显露了出来，这并不是“我”的过错，“我”却为此负疚。重获时间的完整和崇高成了“我”的目标，“我将修复，只是得请稍候片刻”。然而，与“我”这种平静和信心十足的语气相反，实际的情况是“我”将花一段时间（哪怕是“片刻”）来修复时间。修复要在时间中进行，无论其如何迅速，时间必会出现新的裂痕。这是一个悖论，无异于剜肉补疮，终不可至通体完美。“我”似乎也感觉到了修复时间之不可能性，因为在进行技术性的“织补或梳理”的同时，“我已本能地意识到我将要失去其中所有最可珍贵的象征性意蕴”。此时，负疚和惋惜中已出现了表层的无奈和深层的焦灼了。即使如此，“我”还是存留着修补的一线希望，比如，“我”曾要求客店老板的帮助。只是在面对他人表面焦灼下的冷漠，以及内心深处的焦灼时，“我”终于愤怒了，并随着“我终究未能、也无能”补充时间（哪怕只是采用代用品），愤怒很快变成了痛心与孤独了。“我”主观情绪的剧烈变化（敬畏、惋惜、焦灼、愤怒、痛心与孤独），把“我”和“时间”紧密地联系在一起，表征着“我”触及和认识“时间”上步步深化的过程。

从另一条线索来看这首诗，“我与人众”的关系可以作为“我与时间”关系的佐证，也可以展示“时间意识”的内涵。“人众”在诗中主要有两种：一是那个提问的女人，一是包括“伙计”“食客”“客店老板”在内的人群。那个女人出现的场景很有意思：她向我走过来，环顾四周，然后俯身轻声询问。这类似于两个陌生人为了某件重要机密而进行的“接头”，而那句“时间开始了吗？”类似于“暗号”，因为有了这种心有灵犀的默契，“我好像本能地理解了她的身份及这种问话的诗意”。她的身份是什么？不论她是谁，她首先是问题的提出者和等待回答者。那句问话的诗意又何在？在于让“我”所携带的“秘密”在私人谈话间被揭穿（以一种“我”愿意的方式），在于提问本身对“我”的身份（时间护送者）和“时间”的性质（不是“有或没有”，而是“开始”与否）的触及。“我”对这个女人是尊重和重视的，事实上，已把“她”看作“我修复时间”这一工作的意义的来源和归宿。而当“店堂伙伴、老板与食客”围拢过来，“学着那位妇女的口吻齐声问我‘时间——开始了吗？’”的时候，“我”便被从私人谈话空间拖入了公共话语空间，暴露在众目睽睽之下了。实际上，“我”是希望这些人能像自己一样切实感到“时间不可修复”的压迫，自己也可以进入一种集体的关怀中，共同解决面临的难题。可惜这些人对“时间”的焦灼与关心是不同于“我”的，他们只希望有一个人在他们之外，在丝毫不触及他们自身利益的情况下，为他们平复这种焦灼。从某种程度上说，“他们”只是“群氓”，“我”的愤怒正因此而起。“我”成了人群（人类？）最前端、最边缘承担无法解决之困境的人，“我”所感到的压迫一方面来自“修复时间之不可能”，另一方面来自发觉了“我”身后的那群人实际上是异己。而真正参悟了这一点，“我流泪了。如此孤独”。诗歌的两条线索在此交织成了一体。

然而诗并未止于此处，“我”与“时间”以及“我”与“人众”的关系在诗的最后一节有了共同的延续。诗接下去写道：“我发现等候我作答的那位女子已不知在何时辰悄然离去，这意味着机会的全盘失却。”“她”提出了问题，让“我”在痛苦的寻找过程中有了各种情绪交织与转变的心路历程，并在意识到其不可能的情况下还尽力为之，然而到后来，提问者却不见了，“我”一切的努力随之没有了意义。这是一种难以言说的无望的痛苦。从荒诞的结局回溯，“她”的出现好像就是为了让“我”陷入抗争宿命之路似的，而“她”的消失让“我”成了自己的提问者，成了永远不可能寻到答案的等待者（“她的身份”此刻真正明朗了，是“我”内心那种本体焦虑的外化）。“机会不存，时间何为？或者，时间未置，机会何喻？”这是一个在任何环节上都无懈可击的锁链，牢牢把“我”锁在命运的深渊里，永远都无法解脱。当“我”从此前噩梦似的经历中猛醒过来后，诗人反而得出了这样的结论：“时间何异？机会何异？过客何异？客店何异？沉沦与得救又何异？从一扇门走进另一扇门，忽忽然而已。”似乎，只有这样的“醒悟”才能使人跳出宿命之链，只有以这种洞彻一切的反讽态度看待不可抗拒的宿命，才能获得解脱。不过，事实上我们可以感觉到，前一串反问触及的是深入“我”骨髓的东西，而后一串反问多少都有一点言不由衷。我们很难说这种彻悟完全不带有诗人真实的想法，只是追求诗性张力（矛盾 / 戏剧化）的“故意”姿态，但我们至少可以说，这不是全部，因为在诗的结尾，诗人说：“但是，真实的泪水还停留在我的嘴角。”昌耀的精神世界里交织着坚持与宿命抗争和彻底解脱（放弃？）出来这两种力量，或许前者更居于主导地位，因为我们可以感觉到，对昌耀来说，内心真实的痛苦是最为根本的。

还有一点应该指出，诗的开头和结尾的结构安排，也是意味深长的。诗起首以“比预定的时间来得早了一些”一句开始，紧接着便否定了这一判断——“其实，谁人说得准呢。”在结尾处，“我”刚刚在“客店”中痛心疾首，接下去，作为诗意背景的“客店”便消失了，而“我”也因彻悟不再痛苦了。这种明显的解构和反讽，或许正可反映出诗人内心那两种力量不明显的角力。至于最后一句，可视作从解构向结构，从反讽向本意的回归，是诗人再次“故意”地让本意自然流露了出来。我想，昌耀还是始终认为：真实的泪水意味着或许还有希望。

三

把目光投向昌耀的诗歌整体，我们可以发现，《时间客店》不是孤立的，其中共时出现的对于“时间”带有发展的认识，在昌耀其他一些重要作品中曾历时地出现过。更有意思的是，《时间客店》中“我”与“时间”每一种情绪和认识上的联系几乎都可以找到对应的诗作，而且前者的逻辑顺序与后者的历史顺序也几乎是一致的。

《雪。土伯特女人和她的男人及三个孩子之歌》(1) 是昌耀 20 世纪 80 年代初期的作品。诗作带有很强的自传色彩，易于让人窥视主题的精神世界。我们知道，昌耀的命运是多舛的，他曾以“在善恶的角力中 / 爱的繁衍与生殖 / 比死亡的戕残更古老、 / 更勇武百倍”（《慈航》）这样的态度去抗争和体认命运，这首诗正以此作为基调。在“两个女孩的历史”一节，诗人让“女孩妻子”和“女孩女儿”在同一个时空中出现，土伯特女人通过女儿回忆自己的青春和快乐，诗人通过妻子的回忆体味过去年代里自己经历的苦难以及在妻子的爱中获得的救赎，恍如隔世的感觉使诗人对横亘在妻子与女儿之间、苦难与救赎之间的时间产生了一种近乎本能的感激与敬畏：“时间啊， / 你主宰一切！”这是昌耀的“时间意识”的最初体现，从一定程度上说，这种感激与敬畏与诗人对生命和爱之伟大的皈依密切相关，是经历了悲剧苦难之后对世界仍保持的乐观态度。《旷原之野》（1983）一诗，继续着诗人对时间崇高属性的感叹：“一切是时间。 / 时间是具象：可雕刻。可冻结封存。可翻检传阅诵读。 / 时间有着感觉。 / 时间使万物纵横沟通。 / 时间是镶嵌画。”“时间”被看作主动而非被动地与人发生着联系，与事物发生的场所相比，此时在诗人眼里，“时间”更是事物的推动力。而且诗句的语气是沉稳的、坚定的，诗人的感叹中更多了理性思考的因素，对昌耀来说，“时间”的崇高给了他以这样的信心：人是可以掌握自己的命运的。“没有恐惧。没有伤感。没有…… 怀乡病。/ 一切为时间所建树、所湮没、所证明。”这又一次让人联想到《时间客店》中“我”“以受命自负”双手捧着“时间”的形象。

而到了《意绪》（1985）中，诗人却说：“时间躁动，不容人慢慢嚼食一部《奥义书》， / 且作一目十行，随手翻掀，一带而过。”现实世界运作节奏的加快，看似让人有了更多的时间，实际上精神的失落也同样加快了，人几乎无法仔细地拷问自己的精神世界，时间逐渐成为

(1) 见昌耀：《命运之书》，青海人民出版社，1994 年版，以下未注明“近作”者，均出自此书。

异己，成为异化力量作用于人的中介。失去了时间带来的可靠性，“我”只有“渥发泼墨，转体180度，倾此头颅写它一通狂草”来宣泄这种受压迫的焦躁意绪了。诗人还在另一首诗《干戚舞》(1989)中反复歌吟着“时不我与，是前行还是却步？”这样的诗句，“时间意识”更明显地以对时间的焦虑表现出来。“感觉眼角掠过一抹仓皇的余光，/时间反差在竖子躯体染作一片幽蓝。/总进程如期在宇宙各部推进。/最后一个堂·吉诃德已告永别。”时间中社会整体的进程与个人追求的进程是不一致的，这正如堂·吉诃德在一个早已不属于他的时代里做着宿命的英雄伟业。个人相对整体来说，无疑是渺小的、被动的，如果个人想融入“总进程”中而不失去对理想的追求，就必然要以整体的前进为个人的前进创造一个理想环境为前提，也就是说，除非现实进程具有理想性，否则个人体验到“时间反差”的困苦——被时间抛弃却还得在时间的驱使下作宿命的抗争，就是必然的。同样是对时间的焦虑，两首诗的表现还是有些差异的。前者是激烈的宣泄，后者在沉郁中有了冷静的气质，而用以排遣焦虑的“干戚舞”也不同于“用头颅来写狂草”，它在某种程度上是审美创造的象征，隐喻了对现实困境彻悟之后非关一时功利的本体意义上的抗争。(昌耀在《与梅卓小姐一同释读〈幸运神远离〉》中说，“是以我们迄今仍借助艺术创造求所超脱，释解焦虑”，可作旁证。)

有的研究者以1986年为界，认为在此之后昌耀开始自觉地追求“艺术的抽象和抽象的艺术”，其诗歌主题也从关注外在的功利的善恶角力转至对生存宿命的感悟及对与宿命抗争的崇高人格的塑造[1]。这一看法大体上是符合实际的，也得到了诗人本人的认同。从这个角度来看昌耀的诗歌，有助于我们理解“时间意识”从“对崇高的敬畏”到“焦虑”的转变与发展(以及“焦虑”自身的转变)。然而，这一观点未能注意到(预见到)诗人在感悟生存宿命时常常显露的“解脱的轻松”，以及诗歌中出现的荒诞与反讽的调子。这些反映在“时间意识”进一步的发展中。

如果说《意绪》《干戚舞》等作品中透露出来的“对时间的焦虑”

(1) 李万庆:《“内陆高迥”——论昌耀诗歌的悲剧精神》,《当代作家评论》1991年第1期。

与《时间客店》中有关“时间不可修复”的困惑同源同质的话，那么，《哈拉库图》(1989)和《百年焦虑》(1995)的诗意与《时间客店》中“我”从痛苦、孤独到反讽式的解脱这一思维及情感过程也是契合的。

哈拉库图城堡在物质上是“岁月烧结的一炉矿石”，在精神上是“宿命永恒不变的感伤主题”，然而“没有一个世人能够向我讲述哈拉库图城垒。／记忆的负重先天深沉。／人类习惯遗忘。／人类与任何动物无别而习于趋利避害。／而遵循快乐原则”。时间磨蚀了城堡的躯壳，而人自身的弱点(“人是一种有着致命弱点的动物。”——《时间客店》)让寓居其中的往昔的崇高精神失却了。在习惯遗忘的人类面前，时间之所以是停滞的，是因为人类的却步。“时间呵，令人困惑的魔道，／我觉得儿时的一天漫长如绵绵几个世纪。／我觉得成人的暮秋似一次未尽快意的聚饮。／我仿佛觉得遥远的一切尚在昨日。／而生命脆薄本在转瞬即逝。”这是一种隐痛，像一次长途跋涉的间歇中的喘息，乍听起来并不急促，却都是杜鹃带血之啼，因之，昌耀发出的“是这样的寂寞啊寂寞啊寂寞啊”的唏嘘与半个多世纪前鲁迅的感喟才这样的相似——在精卫填海式的抗争中，勇士内心的孤独与寂寞是巨大而真实的。大凡寂寞得过于长久了，悲剧中都会出现反讽的调子，鲁迅如此，昌耀也如此。“情感的一切玄思妙想原就早都有过的了。／衰亡的只有物质，欲望之火却仍自炽烈。／无所谓今古。无所谓趋时。／所有的面孔都只是昨日的面孔。／所有的时间都只是原有的时间。”好像时间的度量功能以及它对人的压迫感在世人的心理上一下子就都失去了。果真解脱了吗？如果说失却了的“崇高精神”对当下现实仍可能发挥作用的话，那人也只是这样一种“早已有过”的精神的载体与中介，而非重新创造者，何况人类自身的堕落使其对这种中介功能的承担都成了问题，世人表面上的如释重负，正是对人的这种承担的反讽。T.S. 艾略特在《四个四重奏》中有这样的诗句：“现在的时间与过去的时间／两者也许存在于未来之中，／而未来的时间却包含在过去里。／如果一切时间永远是现在／一切时间都无法赎回。”[1]用以反映他的来自宗教的历史观。考虑到艾略特写作此诗的初衷(注

(1) 紫芹选编《T.S. 艾略特诗选》，查良铮等译，四川文艺出版社，1992年版，第46页。

释和实践其诗歌理念）以及他对个体诗人地位的认定（参考《传统与个人才能》一文），我们完全可以将这些诗句作为昌耀此一阶段“时间意识”的佐证。历史进程是一个整体，个人在其中是渺小和被动的，并因此感到压抑和焦虑，又因为无力改变什么，对时间只能听之任之。只不过前者在艾略特《四个四重奏》那里是一以贯之的，后者只是昌耀诗歌某一阶段（从痛苦、孤独到反讽）上的，而这与《时间客店》中的第二串反问的内涵又何其相似！

《百年焦虑》的诗名似乎有高蹈之嫌（《百年孤独》），但仔细推敲着读下来，方可领悟诗人用心之一二。按诗人的本意，“百年焦虑”是对“焦虑”的焦虑，对“焦虑的焦虑”的焦虑，“诗中之诗”里写道（又是一个“无穷套”？）：“遗忘在遗忘里。追忆在追忆中。”遗忘是对上一次遗忘的遗忘，记忆是对前一次记忆的记忆，这是说没有指向他物的记忆或遗忘，只有指向自身的本体意义上的记忆或遗忘？果真如此的话，那么记忆或遗忘便脱离了现实世界，只存在于纯形式的“时间”中了，因而“百年”也就失去实指，可以被任何一个指称时间的定语取代，而“焦虑”因记忆或遗忘而起，本质上是对时间的焦虑。反讽了时间的本质之后，诗人似乎又想从正面指出“无所谓今古，无所谓趋时”的荒诞境地的根源正是本体论意义上的人的焦虑。“时间意识”经过“反讽”这一阶梯螺旋式上升了。

通过以上对昌耀诗歌的整体解读，说昌耀对“时间”的诗性思考已经上升成为一种有系统的“意识”，应该是可以的了。不过，“时间意识”还不止于就“时间”谈“时间”，它在昌耀那里还能引发人们对一些更为广泛、更为深层次的内涵进行思考。

四

与《时间客店》中“我”与“他人”的关系可以解释“时间意识”的情况类似，昌耀主体精神（骆一禾曾认为讨论昌耀的诗歌艺术大可将诗人的精神一同纳入探讨的范围，无须怕犯所谓的“意图谬误”[1]）与其诗歌中的“时间意识”是互为表里的。

如前所论，“时间意识”在昌耀诗歌中几经转变，有着一个从朦胧到清晰的过程，而就其目前的情形来说，主要表现为对时间本体意义上的焦虑和为了平复这一焦虑反讽式的解脱两者此起彼伏的交织，这让人感到昌耀的精神状态时常是处在矛盾两极的互相纠葛中的。其实，透过“时间意识”这一当前形态，我们可以发现在更广的范围内，这种矛盾以及因矛盾而具有的思想张力也是存在的。比如《与梅卓小姐一同释读〈幸运神远离〉》中有关“梦”和“醒着”两种状态，昌耀便“无法”辨出高下真伪。再如，他曾在一篇论文里说：“其实，一切事理都是以一种被选择的动态过程呈示。所谓‘天下理无常是，事无常非’，惟时间一以贯之。……一切宜在一定的时间截面去量取、把握，凡是得以发生、存在或延续者必有其这一切之缘由。”[2]以此解释“世间并无诗名的不朽者”。在同一篇文章里又说要融入历史进程中，不欲速朽的诗方才可能。可见，我们再以较为简单的“抗争宿命”这一向度来指称昌耀的诗歌精神已不足够了。

重新回到《时间客店》和《百年焦虑》等诗作，可发觉它们的“情节”构架与萨特的某些小说（如《囚室》）极为相似，命运的不可击破的循环之链锁住的不只是三个虚构的灵魂（《囚室》中的人物），还有实实在在的人。生存的宿命是与荒诞感联为一体的，荒诞又往往会导致戏谑与反讽，这是存在主义作品的路数，昌耀纠缠着焦虑与解脱的情绪可以说有着浓厚的存在主义气息。诗人对时间的思考从某种程度上说，即是对存在的思考，从对时间的敬畏到对时间的焦虑及对时间本质反讽式的参悟，昌耀的诗逐渐趋于反映失去了意义之源和存在必然性的人本身的悲剧命运和荒诞处境，趋于从本体意义上把人探求存在的过程理解为悲剧性的，而在悲剧中掺入戏谑剧，这或许就是“存在悲剧”与“社会悲剧”的不同吧。

有意思的是，海德格尔在其早期思想中，正是把“时间”理解为通

（1） 骆一禾、张玞：《太阳说：来，朝前走》，《西藏文学》1988年第5期。

（2） 昌耀：《以适度的沉默，以更大的耐心》，载昌耀：《命运之书》，青海人民出版社，1994年版，第305页。

过“此在”(“时间就是此在”)寻求“存在”的直接途径[1]，这与昌耀诗中的“时间意识”有相同的意蕴。我想，这或许并不是一种巧合。■

(1) [德]海德格尔:《时间与存在》，载孙兴周选编《海德格尔选集》上卷，上海三联书店，1998年版。

一般来说，抒情诗倾向于“主观性”“主体”和情感的表达，并不直接表现社会或历史事件，它经常出现的主题似乎是大自然、爱和孤独等，以及与之相关的自然的语汇。因此诗歌似乎并不适合作社会学的分析。通常而言，诗歌文体的社会性与历史性在某种程度上被忽略了。这里要讨论的是，“抒情的主体”在文学的交流体系中具有某种社会伦理功能，一个诗人的抒情自我是一个在语言中逐步构成的过程，这个过程可以作为一个自觉的社会学批评过程被加以认知。而诗歌文本的语言同样处在各种社会语言的谱系之中，诗歌的语言既是对各种社会语言的一种偏离，也是一种对话与论争，诗歌语言表现为特殊的“社会符号学”。当然，一首孤立的诗歌很难作出令人信服的社会学分析，本文则试图把昌耀的诗歌作为一个变化和移动中的话语整体，对其抒情主体所具有的社会伦理功能和语言进行社会符号学的分析，力求根据社会历史语境来显现它们之间的语义结构的差异和某些共同特征。

一

我们可以把昌耀的诗歌看作一部他个人的精神传记。这部个人的

作为自传的昌耀诗歌
——抒情作品的社会学分析※

耿占春

※ 原载《文学评论》2005年第3期。

传记又与他生活的历史和地域纠结在一起。昌耀生活的地方，既是经验性的，又是象征性的：西部和青藏高原为昌耀的诗提供了一种独特的象征语言，它参与并且转化了历史经验。青藏高原的地理、风物和它所独有的藏传佛教信仰与语言，为他的诗提供了修辞学的资源。在他仪式和仪典般的语言学景观中，是昌耀的古典人文主义的执着，和诗人所处的现代历史境遇，以及二者之间严酷的诗学的矛盾。用昌耀诗中的自况来说是“穷途之哭，连类无穷”，其间充满自言自语、祈求、疯狂、理性和嘲讽，充满倾心相与、忏悔和保留，以及巨大而高傲的绝望。

《20世纪行将结束》(1)写道：

清醒的多重人生体验，
无疑是一种折寿的行为。
——残编 4

如此清醒地知道自己的命运，与此同时，又如此安然甚至骄傲地接纳自己的天命：

然而有一个清醒的声音如此说道：
我必须胜任情感的多重体验——

这种精神历练是物质生活的反面景观，但并非与物质生活没有直接的关系。披阅《昌耀诗文总集》，犹如去体会一种命运多舛的精神旅程。这个过程比一个受自由思想教育成为一个人文主义者的西方诗人的精神历程要更为复杂艰辛，其历史经验的对应也更为深远。昌耀诗歌的意义在于，它不仅揭示了一个诗人和社会理想主义及其制度化形式的关系，也揭示了诗人和资本及市场化现实的关系。或者说，他自身多重的情感体验，他作为一个诗人的天命，意味着20世纪诗歌和历史伦理学的复杂关系的呈现——这是诗歌与历史之间已经开始然而还

(1) 昌耀：《昌耀诗文总集》，青海人民出版社，2000年版，第755页。本文所引用昌耀诗文均出自本书，它是昌耀本人临终前所编定。

远没有结束的论争。昌耀诗歌的独特意义也在于此：很少有人像他的诗篇那样在个人的命运中吸纳了民族的历史命运，在个人的经验中集中了如此之复杂的历史经验与集体记忆。他诗篇中的经验内涵承受着沉重的历史负荷与集体记忆，而他的诗歌想象力、他的修辞幻象和象征主义，既是与这样的历史负荷相一致的对应物，又是修正与转换这种历史负荷的方法，他的诗歌因此而被理解为比记录单纯的个人困境更为深入的一种转换困境的方法。因此，我们最终能够把作为自传的昌耀诗歌，翻转为反自传的创造过程的记录。

昌耀在一些自传性的文章里比较直接地描写了作为囚犯的生涯。但在诗歌里，他却对之保持了意味深长的沉默，或者力图把这个阶段的生涯与人类历史及个人的更高境界关联起来。一直到 20 世纪 80 年代，“贫穷”与“苦难”对他仍然具有炼狱和修炼的意义。此时的昌耀力图恢复某种悲剧意识，接受历史处境，并且不关心阴影。这也许是因为囚犯和殉道者的传统一向过于伟大之故吧。

昌耀诗歌中的抒情主体具有一种特殊的社会伦理功能。无疑，囚犯 + 诗人是这个抒情主体的原型。正是囚犯为抒情诗人这个行为的主体注入了丰富的内涵。《大山的囚徒》[1] 是昌耀直接抒写囚徒生涯的诗篇，是诗人自传式的经验记录。

昌耀诗歌中的另一个幻觉类似于一种冥想：把人类的命运置于大自然的超越善恶的“宇宙法则”或无情的“宇宙正义”之中，并且以期求得解脱。是的，与宗教性的得救不同，与政治性的恢复正义更不同，这里所呈现的是古老的超越善恶原则，是以万物为刍狗的“宇宙法则”或“宇宙正义”。“我看到太古之初， / 地球如一团浆果。”这个修辞幻象使昌耀诗歌蕴涵着佛教所具有的解脱意味。

人类的生存状况仿佛如同受神秘法则支配的一群宇宙难民，其中既有宇宙发展史中无辜的地质灾难，又有宗教惩罚，也有社会压迫的古老诡计。在这个叙事传统中，一向有把地质灾难视为神义裁判的启示录叙述，也有把社会压迫视为宗教惩罚的叙事。人类的苦难总是伴随特有的命运感，人类的恐惧总是唤醒宗教和神学的对应物。

(1) 昌耀：《昌耀诗文总集》，青海人民出版社，2000 年版，第 75 页。

昌耀特有的命运感，使他的诗歌一直致力于这种想象力。昌耀在《慈航·爱的史书》[1]中写道："你啊，大漠的居士"，"既然你是基本粒子的聚合体，／面对物质变幻无涯的迷宫，／你似乎不应忧患，／也无须欣喜"。昌耀把社会政治的困境置于宇宙轮回的天命之间，把两种不同意义的厄运混同，使其产生互为解释的隐喻作用，在某种程度上减弱或者模糊了社会历史批判的力度与尖锐性，在另外的意义上又把偶然的个人命运置于宽广的生存论背景中加以转换，甚至消解。在社会变迁和自然循环的人类命运的双重性之中，在一个历史戏剧中是悲剧与苦痛，而在另外一部宇宙戏剧中则是欢乐与安慰。

你既是牺牲品，又是享有者，
你既是苦行僧，又是欢乐佛。

20世纪80年代昌耀诗歌的抒情主体从囚徒的基本经验开始，在多种形式的修辞幻象中融合了朝圣的香客、大漠的居士、僧侣和苦行僧，使流放者转化为灵修者，使劳改转化为修道，最终使政治经验转化为宗教经验。昌耀诗歌力图转换作为囚徒——流放者的生涯，把纯意识形式的经验转换并组织进一种具有宗教意味的意义结构，把某个特定阶段的历史经验与个人经验组织进超验的结构。就这样，在他的诗篇中，流放地变成了炼狱和修炼之地，并且在宗教的意义上接近藏传佛教的净土。大漠高原在双重的——地理的和精神的意义上成为净土和圣地。如果说政治生活经验为昌耀诗歌提供了历史维度，那么昌耀所生活的地方、他的个人地理空间则为他转写这种个人—历史经验提供了具体的语言学景观和修辞学方式。而他的诗歌则从政治批判转而成为一种现代殉教史的个人传记，并且他力图在诗歌的意义上，使这种殉教在政治信仰和宗教信仰上同样生效。这里，昌耀作为一个诗人的隐秘的意识形态在起作用，即被牺牲者与迫害者的一致性：受害者因为不承认这种迫害，把迫害视为必要的灵修而认同了它。他在

(1) 昌耀：《昌耀诗文总集》，青海人民出版社，2000年版，第124页。

《山旅》[1]中写道：

> 我，属于流放的一群。/曾经蜷缩在这山地的一间陶器作坊，/默默转动制坯的钧盘，而把美的寄托/赋予一只只泥盆。曾经/……/我易于感伤。而对于泪水，人们总是讳莫如深。/只有当我梦回这群峰壁立的姿色，/重温这高山草甸间民风之拙朴，/我才得享有另一层蜜意柔情……

自然和劳动就是在这样的自然质朴的语境里重新恢复了它的尊严：这里所描述的劳动形式与劳作对象不同于《大山的囚徒》中的劳动，这里的劳动开始上升为对美的塑造，上升为美的寄托。采石是打碎的举动，而制陶是精心地赋予形式。当然"陶器"的制作之中仍然隐含着改变、转变、提高、塑造这样的隐秘的意识形态主题。然而诗人在此关注的是"美"。制陶与诗人的天职似乎是相称的。但是诗人突然说起他的心中情结："我易于感伤。而对于泪水，人们总是讳莫如深。"无论这泪水是什么，是怨恨、悲伤，还是这里隐含的感谢之情，"人们总是讳莫如深"。是的，这个主题值得重复或者讨论下去，因为它几乎就是诗人昌耀在人世间的命运与一切遭遇的逻辑线索："我易于感伤。而对于泪水，人们总是讳莫如深。"以后我们在昌耀的诗歌中仍然会看到人们对泪水讳莫如深的主题。无论是从意识形态的角度解释世界，还是从经济计算的角度理解世界，诗人的易感性、诗人的泪水都像是一种无理的冒犯，就像诗歌本身对人们日常的合乎情理的理解力而言是一种冒犯一样。在这个世界上，泪水的力量和泪水的逻辑总是让人们讳莫如深。因为这个世界上我们最不易反驳的就是泪水的语言。但对昌耀来说，服从于泪水的冲动就是服从良知，也是对诗人天职的服从。服从诗歌的易感性就是诗人幼稚而天真的政治。即使在这里，对一个囚徒来说，对一个被劳动改造的对象来说，这样的多情记忆与满含泪水的对世界的温情也是不合时宜的：这种温情是一种对迫害者的嘲讽，对囚徒自身是一种禁欲般的蠢行，但也是至高的智慧。

(1) 昌耀：《昌耀诗文总集》，青海人民出版社，2000年版，第132页。

这样的感情当然是不服罪不伏法的，因为诗人仍然在囚徒生涯中坚持诗人看待世界的权利，以美的注目洗涤了世界，洗涤了那些被政治命名的岁月，也洗涤了自身。

> 我记得阴晴莫测的夏夜，/月影恍惚，山之族在云中漫游。
>
> ——《山旅》

这不是一个囚犯应该具有的对世界的深情，不该是囚徒记忆中的世界形象。这样的深情与温情的记忆已经为自己申雪，内心自由的巨大权利最终没有被剥夺掉。他几乎是深情的，然而也几乎是满含高傲、嘲讽与抗议地陈述下去：

> 一切都叫人难于忘怀：/那经幡飘摇的牛毛帐幕，/那神灯明灭的黄铜祭器，/那板结在草原深层的部落遗烬……/展示着一种普遍/而不可否认的绝对存在：人民。/我十分地爱慕这异方的言语了。
>
> ——《山旅》

从《大山的囚徒》到《山旅》，昌耀诗歌的抒情主题完成了从囚犯向诗人——即世界的歌唱者与生活赞美者的转换。囚徒的酷刑变成了诗人在宗教性炼狱中的崇高历练。不仅如此，他已经接近了世界的根基，接近了朴素的天堂或者绝对的存在：部落、人民和他们的语言。而且这绝对而普遍的存在之根基，正是他作为一个早年的革命者所要达到的地方，也是一切革命者所要接近的境界。在走向这一目标的路途中，他被革命作为异己分子清除出去，然而在他作为“囚徒+诗人+修行者”的历练中，竟出其不意地到达了这一境界。囚徒既作为革命之神的祭品牺牲了自身，又通过牺牲与革命的神圣目的殊途同归。这样昌耀才完成了他的命运、他的诗章与一部革命的现代殉教史的关系，囚徒被历练成革命殉教史中的现代圣徒。

受难的历史剧变成了一份“爱的史书”。昌耀注明1961—1962年写于祁连山中的《凶年逸稿》[1]，其中有许多自然质朴的对命运的理解和描述，已经表现出他把受难和偶然命运还原为纯净无邪的生活世界的能力，这令人吃惊。

他不是一个兜售苦难的人。他是一个醉心于转换苦难的语言炼金士。可怕而屈辱的生活现实，饥饿、暴戾的直接经验被他转换到另一种“准宗教语境”之中，这种准宗教语境由政治信仰和佛教信仰混合而成。在这个转化过程中，他一方面逐步脱离了个人的直接感情，另一方面发展出一个意识的新层次。这是给予个人的经历以历史意义的过程。他说：

我是这土地的儿子。
我懂得每一方言的情感细节。
那些乡间的人们总是习惯坐在黄昏的门槛
向着延伸在远方的路安详地凝视。
夜里，裸身的男子趴卧在炕头毡条被筒
让苦惯了的心薰醉在捧吸的烟草。
黑眼珠的女儿们都是一颗颗生命力旺盛的种子。
都是一盏盏清亮的油灯。

——《凶年逸稿》

他依然说：“生活当然不朽。”昌耀的诗歌与个人命运中一直存在着将美置于真理之上的冲动。这个美学法则在某种意义上就是“生活不朽”，或者说对世界的美学判断至高无上。美学的判断高于一切。昌耀重复了济慈的“美即是真”的观念，并为这个观念付出了一生的代价。他在前半生的命运是诗人高于迫害，因为美学高于政治真理。从本质上讲，一个诗人是无论如何也不可能被权力所迫害的，因为诗歌的价值或者美学的理想正是理想主义政治的一个根基、一个源泉或一种尺度。或者说，诗人的美学与政治理想主义是一致的，现实政治对诗歌美学的迫害是政治暂时失去其理想主义的一种不幸。对他的后

(1) 昌耀：《昌耀诗文总集》，青海人民出版社，2000年版，第30页。

半生来说，美学价值绝对高于市场价值，因为在昌耀的诗歌中所隐含的判断是：政治理想主义永远低于诗歌的美学理想，而市场经济只不过是没有理想色彩的一种政治。

这里有隐秘的意识形态，是诗意化的意识形态或者说是美学的意识形态。唯美主义的意识形态贯彻昌耀的终生。他身上的意识形态的唯美主义是他区别于统治的意识形态的关键。这不仅是政治经验的宗教升华，还有对劳动和劳动人民的赞美中所隐含的意识形态意味。当然这是诗人浪漫主义的意识形态，而那个时期的意识形态恰恰自身也具有这样的浪漫主义要素。在诗人这里，一个不可能的综合被意外地实现了：一个流放者，一个囚犯，因为劳动，因为被改造灵魂和体魄，因为艰苦卓绝的自我改造，因为投身于这一命运，而彻底地接触到"山河、历史和人民"，接触到社会最底层的生活和百姓。因而一个囚犯与革命者达到了异曲同工的境界，甚至因为他所付出的苦难与磨难，他比只有革命经验的幸运者更加深刻地到达了这一革命目标：历史、山河、人民。也许，这正是诗人难以在骨子里否认和与之决裂的共同"脐带"。昌耀在20世纪80年代的诗篇中所隐含的这个意识形态要素，在20世纪90年代市场经济时代里就成为他的一个日益突显的主题。这成了他的诗歌写作生涯中两个不同时期的一个连续性要素。

写于1991年的《工厂：梦眼与现实》[1]是他后期处理劳改经验的最后一个作品。这些描述看似是一种记忆和印象，但已被革命象征主义地转换到观念与信仰的层面，现实情境变成了象征主义的社会历史景观。那时，他身陷囹圄而"还在以无产者诗人自居的眼光审度其间劳动与炉火的壮美"，这种身份与政治意识的错觉除了源于明显的政治理想主义的巨大认同感之外，它的根源还在于他是一个诗人，无论在何种境遇中他都不可能放弃以"象征主义的眼光"看待世界的方式。这是诗人的禀赋，也是诗人的天职。因此他可能在现实的层面上错了，但他在另外的层面上永远立于不败之地：梦眼、幻觉、稚气、梦觉，来自诗歌的象征主义方式，而这种象征主义已经是诗人的精神生活的实质与形式。因此，直到1991年他仍然坚持认为："我以为自己对过去

(1) 昌耀：《昌耀诗文总集》，青海人民出版社，2000年版，第534页。

的种种——包括工厂及那一同犯的微笑是淡忘了，其实不，既已残存下来的印象每每是以一种更顽强，更带自觉的精神重被记起。是一种痛苦。是一种信仰。是一种梦觉。是一种执著。”象征主义地看待世界和自身的命运，尤其是象征主义地看待政治理想和人类的事务，注定是一种痛苦、一种梦觉，但昌耀明白地承认：它也是一种信仰和执着。昌耀始终没有放弃他的美学化或诗化意识形态，因为他始终没有放弃彻底的象征主义，并且坚持以这样的梦觉或梦眼审视人类的事务，以这样彻底不合时宜的方式审时度势。

对一个诗人来说，诗歌不仅是他的信仰与理念的表达，表达其信念或理念的修辞也是他的世界观的一个组成部分，他的世界观只能以他本人所具有的象征主义的方式来看待。这不仅是因为他的信仰是以象征主义的方式加以表现的，还因为他的象征方式、他的独特的修辞方式构成了他的信仰与理念。无论是“囚犯”—“修炼”—“圣徒”的对应关系，还是“劳改”—“劳动”与“改变”—“无产者诗人”的转换，都是在修辞幻象或者说是在象征主义方式中实现的。只有当诗歌丧失其自身，即丧失其独特的象征主义与修辞学幻象时，它才会因为它所隶属的意识形态背景而受到责难与抛弃。诗歌的修辞方式和它的象征主义就是诗歌中的抗衡力量、批评要素或者是“纠正的力量”，诗歌以它的象征主义的方式来纠正它所置身其中的意识形态的狭隘性与单一性，并且成为政治上有效的主题，成为我们能够信赖的一种“美即是真”的真理。

二

昌耀 20 世纪 90 年代以来的诗歌越来越炉火纯青，在他 20 世纪 80 年代的高亢雄辩的诗歌主题背后，随着生存体验的复杂深入，出现了一个反题——一个诗人突然遭遇了《意义空白》[1]：

(1) 昌耀：《昌耀诗文总集》，青海人民出版社，2000 年版，第 575 页。

幻想、牺牲、温情与泪水，为爱而受难，对于已经变成世俗情感的爱也不再是合适的了。诗人因为意义的不足，总是升华或圣化日常经验：由于政治意义的匮乏，他圣化了政治受难的意义；由于情感意义的不足，他渴望再次圣化世俗情感，而这次圣化的历史语境已经变迁。他的圣化行为，他的提高意义的行为，遭到了世俗语境的嘲讽。他的修辞学幻象和他的象征主义方式再也不能帮助他。他剩下了激切的表白，有那么多的呼喊、那么多的倾心相与和争吵、那么多的眼泪与怒火成为他的修辞。昌耀再次写到“泪水”的不合时宜。泪水令人尴尬，令人难堪。昌耀的诗歌则是泪水的语言。眼泪在昌耀最后的诗歌里成为一种主要元素。“穷途之哭，连类无穷”的眼泪的语言。爱、眼泪和诗人的温情与善感，“在这些人冰凉的眼里，情感是危险的病毒”（《勿与诗人接触》）[1]。他感知到这个时代对泪水和抒情性的不信任，甚至轻蔑。他也会从中预感到作为一个诗人的命运。对昌耀来说，泪水是可以信任的，泪水犹如人类良心的保证金。因为泪水总是有一个面孔，并且带着探询与祈祷的目光。

三

自 1993 年之后，昌耀诗歌从前一个时期的玄学层面和人类学风格又渐渐地转移到社会与历史的主题上来，而且增强了与时代问题的对话性与应答性。他一贯有效的宗教修辞学和历史修辞学似乎失去了效力，迫使他产生了社会语境的直面遭遇感。《深巷·轩车宝马·伤逝》叙说着“既没有可托生死的爱侣，更没有一掷头颅可与之冲杀拼搏的仇敌，只余隔代的荒诞，而感觉自己是漏网之鱼似的苟活者”的悲哀。他在《生命的渴意》中说，“包括大海都长满蛆虫”，有时候人的勇气不是来自有希望的思想而是来自绝望：“连火焰都已阴冷而肮脏了啊”。苦修形象越来越多地出现在一种喜剧式的社会语境而不是悲剧式的历史语境。大漠中的修行者慢慢地误入歧途，进入了享乐主

(1)　昌耀：《昌耀诗文总集》，青海人民出版社，2000 年版，第 585 页。

义的现代城市，并且遭遇着反讽处境，丧失了政治和宗教拯救的意义，甚至也丧失了自我拯救的能力。诗人在不被认同的拯救事业中出现了对这个世界的古老敌意，《人：千篇一律》[1]带着诗人对世人暗藏的轻蔑：

人，意味着千篇一律。
而我今夜依然还是一只逃亡的鸟。

一只"逃亡的鸟"是他逃离认同关系的内心形象，《享受鹰翔时的快感》[2]是鸟的另一种逃亡：他把被抛弃变成主动的逃亡，把个人沮丧的时刻魔法般地转变为欢快——

我不想为自己的变形狡辩：这是瞬间逃亡。
永远的逃亡会加倍痛快，而这纯属猜想。
须知既已永远而去谁又曾回来复述其乐？
只有这一次我听到晨报登载一条惊人消息，
说是昨夜人们看到诗人只身翱翔在南疆天宇。
我怀着一个坏孩子的快乐佯装什么也不曾得知。

最后二行表现了惊人的幻想主题：诗人隐身在人间，戴着平凡的面具。而其实他具有非凡的魔力，他会飞翔，他是一个超人，但是快乐恰恰在于：无人知晓这一秘密。他逆转了真实处境：本来他一直痛苦于无人理解诗人的天命。这里既有巨大的自我幻觉，也有诗人自觉的另类意识和对市侩的嘲弄。1994年这一年，他已经写出许多绝望的诗篇，但仍然还为自己保持着最不可思议的幻想。正像他在抒情与沉思的沉重风格之间，时常保持歌谣的轻快与游戏性一样。在昌耀诗歌精神的自我意识中，日常形象是他的一个面具，是他故意隐身人间的谦逊面目。他要说的是：没有人知道诗人是什么，没有人知道他是

(1) 昌耀：《昌耀诗文总集》，青海人民出版社，2000年版，第597页。
(2) 昌耀：《昌耀诗文总集》，青海人民出版社，2000年版，第599页。

谁。他把“没有人知道”的无足轻重转变为一个秘密的保守者。在一个诗人的晚年，仍然保持着可爱或者稚气的飞翔幻象，可以想象他多么痛快淋漓，可以想象他多么痛苦绝望。他把诗人在世界的不被认同表现为诗人的隐姓埋名，或将真事隐去假语村言；把他的平凡无奇表现为刻意为之的一副面具。事实上，他想象的是，诗歌写作就是他的“变形狡辩”，就是他的“永远的逃亡”和飞翔。与他的幻想主题同样真实、同样令人心痛的是他诚实无欺的时刻，是他坦然承认自己弱点的时刻。他在《小满夜夕》中承认：“惟独我的苦闷才是致命的。”有时他说，“而灵魂的安宁更具修炼的意义”。

《语言》一篇自觉到诗歌的语言有了新的源泉，日常事物与普通形象构成了诗歌的语言。他关心的是人间眼泪的语言，是泪水的力量，是那些与这个世界充满争吵甚至是指控的无声的语言。这个时期的昌耀诗歌对细节有了持续的记录、悉心的关注，有时伴以恣意的歌哭，有时也有语调平淡的细节列举，在许多篇章他都从一种从容的记录开始，逐步地把日常世界的进程记入诗人清醒而又强劲的意识中。似乎诗人不再只是对象征主义的世界感兴趣，不再关心事物的象征主义内涵，他早期诗歌中所使用的“人民”字眼和它的政治修辞学似乎消失了，他早期诗歌里人民和劳动与美的联系，人民和土地的联系，人民与生活、历史、山河的根基性的联系消失了，他们和诗人一样被驱进城市，成为无根的浪迹者。“人民”已经被消解了，已经被粗鄙化或者卑微化了：他们变成了不幸经验中的人们，如残疾人、行乞者、打工女、牧区来的孤苦伶仃的人、过街的妇孺、流浪艺人，“人民”曾经是他们的伟大面具，现在这个面具被摘除了。人民已经被消解为这样的弱势群体和危险的底层社会。人民不仅被消除了历史主体的概念，甚至也取消了人民与劳动创造相联系的观念。昌耀似乎放弃了他的意识形态的象征主义，他开始更多地充当一个全神贯注的观察者，对世界的表象兴致勃勃，他在这个时期的诗歌也似乎具有了某种较为克制的、自我约束的叙述风格。节奏的分裂和相应的叙述，日常叙事和辩论的破碎性元素唤醒了一种新的现实感。

昌耀不再只是从孤烟大漠而是从他身边的世界获得诗歌的语言。城市、街道、市场的喧闹，使昌耀20世纪80年代诗歌的“自然—历史”“政治一宗教”语境关联中的抒情自我沉默了下来——那样一个抒情主体与日常的世界保持着经典式的距离。在20世纪90年代的诗歌中，昌耀重新学会了在城市的嘈杂声中进行思考与表达的艺术。在昌耀晚期的诗歌中，城市的词汇慢慢取代了大自然与宗教的语汇。爱情的主题被保留了下来，但已经从自然和宗教的关联语境中移向了城市的混沌和市场的参照之中。正像在从前的诗歌语境中，自然、宗教和爱是可以互相表达的一样，现在从商品的角度来看，爱、商品和艺术可以互换了，它们从那一刻起成为同质的事物。曾经由波德莱尔最先揭示的资产阶级文化的商品性的诗歌主题又一次被昌耀所再现了——《致史前期一对娇小的彩陶罐》(1)：“啊，自由的精灵，你们何时与遭难的姐妹／一同落入奴隶市场的围栏被当众标价拍卖。”她们是世界停顿的形象。诗人体验的是不能与她们的时空相融合的苦闷。诗人如同被她们遗留在一个不适当的时代里的单相思者。与此相似的还有《面对“未可抵达的暖房”》，诗中描写了五个（来城市谋生的）少女，昌耀的诗歌在此刻是那样的富有情感、敏锐、关注理念，其中心意图显然不是美学的而是道德的。他期望着想象力的世界，在危机的时刻能够发挥道德作用。

《无以名之的忧怀》(2)：“我为世上所有女子隐秘的被出卖、被强暴而感到悲哀与羞愧。”“假如我有钱为我受辱的女子赎免，”“肯定还会有更多女子被以同样的方式施虐，食利者决不仁慈。”“是的，朋友，今天是我最为痛苦的日子：我的恋人告诉我，她或要被一个走江湖的药材商贩选作新妇。”其中的叙述明显地诉说着美并非无辜，但他拒绝这样的理解：即美——美物、美貌、美人的商品化，拒绝看到美与商品世界的同谋关系。这个仁慈的唯美主义者拒绝看见美与他所说的罪恶的共谋性，他仍然一厢情愿地把这种共谋性看作美的被出卖、被强暴。

诗人拒不看这个故事中“美”对“罪恶”的邀请，甚至是邀宠。美和出卖的真实关系，为诗人的情感所遮蔽。情感中永远包含着强烈的

(1) 昌耀：《昌耀诗文总集》，青海人民出版社，2000年版，第725页。
(2) 昌耀：《昌耀诗文总集》，青海人民出版社，2000年版，第689页。

的纯粹性，置于创造性的人类精神历险，置于诗人多重而复杂的人生体验，置于折寿的双重性的道德经验上，而不是最终置于他的意识形态性，不是置于他的社会伦理视野，甚至不是置于他坚持不懈的社会理想主义上。对话或者争辩必须发生在另外的空间。这是昌耀所等待的。

请听听昌耀的忧郁寡欢的声音："我们总是易于在一个关键时刻，充当一个有着悲剧性情节冲突发展的命运角色。看啊，这是太阳向着南回归线继续移行的深秋。天有些凉。空气湿润，弥散着磨砂玻璃似的苍白。"（《一个中国诗人在俄罗斯》）这是忧郁的昌耀在说话，带着他特有的末世学梦游症的语调；这是一道世界的悲剧布景。仿佛就在昌耀常常瞩目的西宁的街头巷尾。昌耀诗歌的景观曾经是一种玄学、一种宗教性和观念的宇宙。现在，这道景观变成了城市生活的边缘景象。那是一个无产者的小世界。这里的许多景象、许多片刻曾经都被转换为昌耀诗歌中的图景：车队、雪地盲叟、病妇和孩子、工地、娱乐街、乞讨者留下的字迹——它们表现出了他个人对生活世界的直觉和挥之不去的顽固意念，表现出了他关于人间的最后的幻觉。他是那么关心阴影：身外的、内心的。唯一不变的是诗人的职责与渴望：把生活经验变为某种精神知识。他曾经把个人的际遇变成悲剧，最后，他要重新把它们变成一个寓言。昌耀终于把个人的际遇变成了非个人的、具有末世论背景的诗歌。这是产生于20世纪末革命运动之后的诗歌："一首诗在临近于、平行于历史时刻的地方飘流。"■

同一时期的诗歌如“政治抒情诗”等进行比较，以领会昌耀诗歌创作的独特性。而从昌耀个人的经历来看，写作这首诗时，正是他在祁连山区服苦役的时期。在大多数有类似经历的作家停止创作的时候，昌耀不仅坚持创作，而且保持了良好的创造力，并没有因为时代或经历的酷烈而丧失发现诗意的能力，或降低诗歌创作的水平。在这一点上，昌耀是非常独特的。

…………

另外这首诗的意象以及语词组织方式，也值得认真体味。这些意象和语词不仅摆脱了20世纪60年代的通行模式，而且既明朗又富于质感。认真体味诗中的这些句子……

以此可见，昌耀20世纪五六十年代的这些诗作，也对高校的教学提出了一个特殊的命题。

但我在对昌耀诗歌资料的搜集和研究中，却发现了这样一个现象：诗人对于自己早期诗作普遍性的“改写”或“重写”。也就是说，收入他诗集中的早期诗作，与它们最初的发表形态和以手稿存在的形态，并不完全等同，甚或还存在着极大的差异。这也就意味着，仅以昌耀的诗集为依据来评价其早期的诗歌并不可靠。

1980年第2期《青海湖》刊发了昌耀一首题名为《黄河的传说》的长诗。这首长诗由两首诗作合成，第一首是他1957年所写的“长诗断片”《啊，黄河》；第二首是他1979年所写的《黄河，冰期的黄河，和解冻了的黄河》。

在《啊，黄河》的末尾，昌耀专门书写了这样一个《附记》：“这是一首未竟的长诗，于一九五七年动笔。二十多年后的今天，重翻故纸堆，见此残稿，心颇激动：——读者是否如我一样，有感于当年那颗活蹦乱跳的‘赤子之心’？或许，仍可从中窥见五十年代里人们的某种精神境界？此稿虽是断简残篇，但作为我人生旅途中的一页，我是珍惜的，故不揣冒昧，敬呈于读者。”全诗概貌如下：

雾啊，雾啊……

——这是黄河，

在把他的孩子抚慰。
只听到橹叶的拍溅，
和水手震耳的呼号。

然而，黄河认识它的孩子。
然而，水手熟悉这水中的礁石。

逆水横渡的木舟，
划过来了，划过来了。
姑娘们嘘着。
这些黄河的少女，
肌肤上，还散发着
羊皮被子里
热辣辣的温暖。
她们轻挪着脚丫儿，
小跑到岸边，
一眼就认出了
船上的情人，
由不得唱几支
撩人心肺的情歌。

黄河的铁工，
听到这声音。
欢乐地抡起铁锤，
煅出火的流苏；
而心儿，激动得快要滴血了。

接下来，是“黄河的木工”“帐房人的马群”的分段描述，然后，特写镜头一转：

在年迈的柳树下,
多尔丹老人的羊骨烟斗里,
又燃起了一粒火种。
他看着横渡而来的舟子,
思味那浪花的馨香,
和黄河上
号子的音韵……
然而,他记起了
阿奶的吩咐,
于是,对着黄河喊道:
——安哥儿,
回家娶亲罗——!

诚如昌耀所言,这的确是一首由“活蹦乱跳的赤子之心”传导的活蹦乱跳的诗,也是一首能让人为其中的民俗学场景而沉醉的诗。

然而,就是这首诗歌,在收入《命运之书》等诗集后,却形体大变,标题也换成了《水色朦胧的黄河晨渡》。这些变化包括:把原先共分三节、长至100来行的诗,通过大幅度的场景、物象删减或合并,两行或三行折并成一行等手段,压缩成了一首21行的诗;将原诗已见端倪的史诗性设想,回撤到了一首聚合着内在重量的常规性诗作。原先那种在疏阔的篇幅空间中活蹦乱跳的青春气息淡化了,代之以经过岁月沉淀的凝重。修改后的全诗如下:

雾啊,雾啊……
只听到橹声拍溅和水声震耳的呼号。

然而黄河熟悉自己的孩子。
然而水手熟识水底的礁石。

那些黄河的少女撒开脚丫儿一路小跑
簇拥着聚在码头,她们的肩窝儿

还散发着炕头热泥土的温暖味儿，
一眼就认出了河上摇棹扳舵的情人，
由不得唱一串撩人心魄的情歌。

被这歌声同时撩动的黄河铁工
更欢快地抡起了铁锤煅造火的流苏。
而黄河牧人举臂将巴掌遮在耳腮
向河谷打了一声长长的呼哨。

雾啊，雾啊……
站在柳堤的老人慈眉善目
这时默默想起了自己少年时光，
觉着那花儿的韵致仍旧漫在水上不差毫厘，
热身子感动得一阵抖动。
雾啊……于是大山的胸脯领会了旷野的期待
慢慢蒸发起宽河床上曙日的潮湿。
水色朦胧的晨渡也就渐渐疏朗了。

这实际上已不是对原诗进行词句上的修改，而是包括了格局、基调等重大艺术元素在内的改写。

这一事实让我感到吃惊。更让我吃惊的是，通过大量的材料考证我还发现，除了1957年的《林中试笛》（两首）外，收录在《昌耀诗文总集》中的1979年之前的所有作品，都存在着这种改写或重写的现象。最具典型性的，是《昌耀诗文总集》中的第一首诗，诗末附注的写作时间为1955年9月，标题叫作《船，或工程脚手架》。

高原之秋
船房
与
桅
云集

濛濛雨雾

淹留不发。

水手的身条

悠远

如在

邃古

兀自摇动

长峡隘路

湿了

空空

青山。

这首诗中一行最多 5 个字、最少 1 个字的诗行形式，在《昌耀诗文总集》中是绝无仅有的。曾经，我把它视作昌耀早期写作中一个阶段的风格代表，并猜想这一诗作前后还应有形体上大致相近的一批。然而，我的猜想错了。

在由沈阳作协主办的《文学月刊》1956 年 4 月号上，我见到了昌耀一组题名为《高原散诗》的诗歌。其中有这样一首：

建筑工地的脚手架，像云集的船桅，当留下一栋栋大厦，它又悄悄离去。

高原的秋天，

多雨的日子，

冲天的桅杆，

尽自缠着多情的白云，

不愿离去！

水手啊

你怎么尽自喊着号子，

而船身不动一韭菜尖？
难道，是怕那绕不尽的群山？
难道，是怕河中的险滩？

几天之后，我又向这儿远望，
船儿不知去向，
却留下一座座楼房！
船儿啊，
是谁叫你把它运来我们荒凉的“穷山”？

——《船儿啊》

这首诗末尾标注的写作时间，同样是1955年9月。从《船，或工程脚手架》与此诗多雨的高原之秋、船、桅杆、水手，以及工程建设的主体意象，再从昌耀写于1955年的诗作中，根本就没有这种一至五个字的短行形式等因素综合来看，毫无疑问，这首《船儿啊》，就是《船，或工程脚手架》一诗的原貌。而两者之间的差异如此之大，无疑可称之为重写。

相关材料还表明，昌耀不光是改写了1979年之前的所有旧作（《林中试笛》两首除外），即使对写作和发表于1979年之后的一些作品，在收入他此后的几部诗歌集时，也都有局部的，甚或是大规模的改写或重写。

那么，这些改写或重写，都有哪些类型？他这样做的动因又是什么？这是一个特殊而复杂的问题。现将其分门别类归纳如下：

第一种，对当年以“碎片”和手稿形式存在的旧作，在1979年复出之后进行加工整理或重写，投寄刊物发表后，再按发表后的原样，收入此后出版的一些诗集中。但诗作后面标注的写作时间，却是当年手稿中的写作时间。

昌耀是在1979年3月之后，从流放地回到青海省文联并重返诗坛的。而完成于1979年11月的约600行的长诗《大山的囚徒》（刊发于《诗刊》1980年第1期），则是他重返诗坛时最重要的亮相，也是他整个写作生涯中，开始了“昌耀风格”的强化，并大规模发表诗作的分水岭。而在《昌耀诗文总集》这部最后出版的诗集中，除了《船，或工程脚手架》《林中试笛》外，收入其中的《大山的囚徒》之前所有的早期诗作，都是昌耀在1979年复出之后，才相继发表在国内的各种文学期刊上的。

1980年，在昌耀的家中，他曾向笔者出示过一个陈旧的笔记本，那是一个64开、硬纸封皮、磨损得纸页几乎要掉出来的笔记本。密密麻麻的文字所写的，是一首首短诗，或是一些吉光片羽式的句子与意象。昌耀在一篇文章中回顾自己流放生涯的写作时，曾这样说道："但我承认，我定然自负于个人的文学才具与清白，故并不排斥我的'命笔'已含有在可能的一日与读者相沟通的期许。我会沉得住气……"（《一份"业务自传"》，1995年12月29日，载《诗探索》1997年第1辑）这就是说，他在那个时候一直书写着当时不能发表的诗歌，并确信，这些诗歌有朝一日一定能发表，但此时只能"发表"在笔记本上。

不仅如此，他1957年8月之前的诗歌，或者感受片断，由于大多是在下乡"体验生活"时所得，也都记写在笔记本上。这其中的一部分作品，经过整理后在当时就投寄刊物并且发表，比如，前边提到的组诗《高原散诗》和《鲁沙尔灯节速写》（载《青海文艺》1956年第1期创刊号），等等；而另外一些，还未经过进一步的雕琢打磨，便由于作者的命运逆转而一直留在了笔记本上。而昌耀的这种笔记本，绝非一本，而是许多本。关于这个问题，与昌耀曾同在祁连流放的一位名叫金放的文联同事，1974年看望又转到新哲农场流放的昌耀后，写给昌耀一首长诗（被昌耀作为资料保存了下来）。其中有这样的诗句："茯茶煮好格外香／喝进口里滚烫／你轻轻拉开旧军装／为我拣出一本本／诗稿——华章""诗章包进旧军装／又开动谈笑闸门／从'李杜诗篇万口传'／又谝到聂鲁达、普希金……"这就是说，昌耀当年记写在"一本本"笔记本上的诗稿，被他视作珍宝般地包裹在"旧军装"中。

到1979年昌耀复出之后，这些诗作终于迎来了可以"与读者相沟通"的日子，从笔记本中走上各大文学期刊。然而，毕竟是10多年甚至20多年前的旧作，即便这些诗作当时写得再完整、再结实，一个20岁出头的青年人和一个经过人生苦难磨砺的40多岁的中年人，在人生感受、情感基调和美学趣味上，也绝对不可同日而语。所以，此前那些旧作中的绝大部分作品，都无法以原有的面目，原封不动地出现，都必须在考虑到旧作既有时空信息的前提下，施以现时艺术尺度中的打磨修改，乃至改写或重写。关于这种现象，我们稍加对比即可一目了然。譬如，昌耀早期作品中那首著名的《高车》：

是什么在天地河汉之间鼓动如翼手？……是高车。是青海的高车。我看重它们。但我之难忘情于它们，更在于它们本是英雄。而英雄是不可被遗忘的。

从地平线渐次隆起者
是青海的高车。

从北斗星宫之侧悄然轧过者
是青海的高车。

而从岁月间摇撼着远去者
仍还是青海的高车呀。

高车的青海于我是威武的巨人。
青海的高车于我是巨人之轶诗。

这是昌耀写于1957年7月30日的诗作，但只要把它和1955年9月那首带有时代主题印记的《船儿啊》加以对比，鉴于这首诗歌题旨上的纯粹性，意象的简洁、清晰与肯定，语言上几乎一个字都不可增删的干净结实，你能想象得出这是当时的诗歌原貌吗？这首诗在《昌耀诗文总集》中所标注的写作时间为“1957.7.30初稿”。而在昌耀的第一部诗集《昌耀抒情诗集》中，该诗的末尾则作了这样的标注：“1957.7.30初稿／1984.12.22删定并序”。这就是说，他不光进行了删改，并且还在前边增加了一个短序。这里只要与昌耀将100行出头的《啊，黄河》删改成21行的《水色朦胧的黄河晨渡》作一比照，我们改写成了 20 多万字的《金草地》。

对于这种现象，我想需要明确三点。其一，一个作家的任何作品，其产权都属于作家自己。因此，他拥有对于自己的作品进行修改、改写、重写的绝对权利。其二，这同样体现了一种负责任的态度——对于自己的作品精益求精。从某种意义上说，这类作家和诗人是艺术上的完美主义者，随着写作进程中他们艺术眼光的越来越苛刻，再回过头来审视旧作时，他们便很难容忍其中的任何瑕疵，这时候对于旧作的修改，几乎是情不自禁的。其三，也是很重要的一点，当他们改写自己的旧作时，就意味着这些旧作具有改写的基础和价值。它原有的某些艺术特质，使之获具了可以经受时间汰洗而再造的品质。相反的事实则是，1979 年前的中国当代诗歌，就有无数的作品因不具备这种改写的价值，从而被严厉的时间一风吹去！当然也包括昌耀 20 世纪 50 年代所发表的不少作品。比如，他 20 世纪 50 年代的组诗《鲁沙尔灯节速写》《山道弯弯》等诗作，它们无疑记录了昌耀早期的稚嫩，也记录了那个时代相应的特殊信息，但由于它们不再具备改写的价值，更不具备收入诗集的价值，所以，就永远地留在了原初发表它们的刊物之上。

其实这其中还存在着这样一个问题：当一部分读者（主要是研究者）力图通过《昌耀诗文总集》考察作者的写作历程时，昌耀编辑自己诗文总集的出发点，却是要将自己一生创作的精华呈现给世人。因此，读者能够从中读到的，也正是他要交付给读者的。

然而，我们必须看到，由此却衍生出了一个昌耀个人写作史上"公案"性质的重大问题。由于他早期的诗作，普遍地存在着 1979 年之后的改写和"深度加工"，因此，在把它们与同时代的写作进行对比研究时，必须考虑到这一因素。

注：此文先期资料由燎原搜集，后期研究由燎原与王清学共同完成。■

怀春者的信柬　昌耀研究集

读昌耀儿子王木萧所写的《父亲，我长大了》一文，看到他说昌耀在家里表现得“严厉”“脾气很暴躁”[1]，这与昌耀留给诗人同行们的印象极为不同。韩作荣在为燎原著《昌耀评传》所写的序言中，称昌耀“谦卑而且内心清澈”[2]。沈苇在一篇文章中称昌耀“木讷和羞怯”“神光内敛”[3]。总之，一切可以用于推崇一位“大诗人”的大词、高调词，一切不便于使用在活人身上的词汇，似乎都可以顺顺当当地用在昌耀身上。我没有反对使用这些高调词、大词来形容、定位昌耀的意思，我甚至觉得也许这些词汇还不足以描摹出昌耀其人。我们也许需要更深入地看一看集结在昌耀身上的一些看似相反的东西，以便真正走近这个非同一般的灵魂、这个孤独而饱满的灵魂。我见过昌耀一次，只这一次，那是在 1996 年 7 月的四川大邑西岭雪山诗会上。诗会上来的多是老诗人，诗会的组织者希望在艾青去世以后，老诗人们能在 20 世纪的末尾再见一次面。他们叫上了几个年轻人作为见证者，我成了这几个见证者之一。我在会上见到昌耀，尽管他是长辈，但我们两人之间依然有一见如故之感。我敬佩他。我想他知道。我对他怀着亲切感当然也是由于他与骆一禾的友谊。记得骆一禾生前谈到昌耀时说过这样的话：“民族的大诗人从我们面前走过，可我们却没有认出

(1)　《青海已故文化名人系列报道之昌耀卷》，《西海都市报》2006 年 4 月 13 日。

(2)　燎原：《昌耀评传》，人民文学出版社，2008 年版，第 1 页。

(3)　沈苇：《大荒中的苦吟与圣咏——纪念昌耀先生》，《诗家园》2006 年第 3 期“昌耀诞辰 70 周年祭”专号，第 90 页。

※ 原载《青海湖》2010 年第 3 期。

遍的特征或称毛病——少女为什么就不能是小心眼儿的呢？壮士为什么就不能是智障的呢？在这里，我们看到了昌耀与主流文学意识形态的隐隐的关系，这种关系不能用“好坏”来评价，但它却标明了昌耀与后来诗人的不同。第三，在昌耀的作品中，我、土地、人民、历史这些概念是相通的。比昌耀年轻一辈的诗人对于这些概念，以及这些概念之间的关系，可能另有看法。他们大概不会像昌耀在1962年2月的诗歌里这样写：

我躺着。开拓我吧！我就是这荒土
我就是这岩层，这河床……开拓我吧！[1]

写这首诗时，昌耀已身处流放之中了，可个人的荣辱似乎根本阻挡不住他与土地的切近。这与咱们的诗歌老祖宗屈原在遭遇政治打击后立马变成一个“怨妇”的情况完全不同。时隔将近20年之后，他依然初衷不改，在1980年5月写下《山旅》一诗。这首诗有一个副标题：“对于山河、历史和人民的印象”——人民是这片山河上的人民，人民是历史中的人民，我是人民的一分子，我是山河间的一粒尘埃。这都是对的、正确的，要说这里面有什么问题，那就是，这一切都太正确了。

但昌耀并没有像他的绝大多数同时代诗人一样仅仅成为“正确”的诗人。在他最“正确”的时候，他竟然有些不正确了，或者说他超越了“正确”。1993年8月19日，昌耀写下一首名为《毛泽东》的诗[2]。适其时，跨越20世纪整个80年代的中国思想启蒙运动业已结束，市场经济刚刚起步。昌耀虽远居青海，但对国内风起云涌的政治、经济形势不可能一无所知。他并不是非得写下这样一首诗。中国现代诗歌史上直接以毛泽东作为写作对象的作品为数不少。艾青在1941年11月6日写过一首《毛泽东》，徐迟在1945年8月间写过一首《毛泽东颂》，田间在1946年也写过一首以《毛泽东》为题的诗，而戈壁舟在

（1） 昌耀：《昌耀诗文总集》，青海人民出版社，2000年版，第36页。
（2） 昌耀：《昌耀诗文总集》，青海人民出版社，2000年版，第580—581页。

1950年左右则再贡献出一首《毛主席》。1951年人民文学出版社出版过一本书，书名就叫《中国出了个毛泽东》。艾青的《毛泽东》是这样写的："毛泽东在哪儿出现，／哪儿就沸腾着鼓掌声——//'人民的领袖'不是一句空虚的颂词，／他以对人民的爱博得人民的信仰。"[1]可以说，诗人们对毛泽东的态度就是对共产党革命的态度，对当代中国的态度，同时也是对国家意识形态中"人民"的态度。中国现代知识分子的革命经验和社会主义经验尽现其中。昌耀在他的《毛泽东》这首诗中并没有展现任何政治上的倾向。他写道：

信仰是至上之然诺，一种献身，构成合力。
假如毛泽东今天从长眠的宫寝启程，
我不怀疑天下的好汉仍会随他赴汤蹈火，
因为他——永远在前面。
因为他，就是亿万大众心底的痛快。

我不清楚昌耀是在怎样一种心境下写出的这首诗。是他遇到了不快的事、黑暗的事，感觉有必要重新向毛泽东呼告？还是他面对现实生活，忽然涌起一股怀旧的冲动？还是他撇开了个人荣辱，一头扎进了大历史的浩瀚之流？在《毛泽东》这首诗的第一行，他就说到这"史诗中死去活来的一章"，但他没有停步于"死去活来"。他似乎是从"山河、历史和人民"出发，来重新打量毛泽东。联系到他自己的经验，他说："苦闷的灵魂无须墓地，／但需在一个感觉充实的高境筑巢。"这样的表态已经近乎精神上的皈依了。于是我们看出，这不仅仅是一首写毛泽东的诗，它表现了老一代人与毛泽东、中国革命、新中国、社会主义的复杂的纠缠。他似乎是在经历了"死去活来"之后对历史重新表示认同。但是，这首诗又不同于中华人民共和国成立之前和成立初期那些赞颂毛泽东的诗篇，更不同于高威权时代的政治大合唱。在昌耀这里，历史给出了水落石出的墨色。试想如果这首诗由东欧那些经历过至少名义上相同的社会主义经验的诗人来写（米沃什、赫伯特、

(1) 北京大学、北京师范大学、北京师范学院主编《新诗选》第二册，上海教育出版社，1979年版，第255—256页。此诗被收入艾青：《反法西斯》，读书出版社，1946年版。

申博尔斯卡等等），他们肯定会得出相反的结论。但昌耀的口吻是肯定的。不过，我们也注意到，昌耀肯定的口吻其实有那么一些"不正确"。作者放弃了自《诗经·颂》以来官僚诗人们赞颂君王的传统口吻，因为当他说到"亿万大众心底的痛快"时，他仿佛成了梁山好汉中的一员。"痛快"这个词非常的中国化，非常的中国底层大众化。说出"痛快"一词的昌耀，既不是一个"党的文艺工作者"，也不是一个理解了"箪食壶浆以迎王师"这句话的历史学家，也不是一个站在历史进步一边的新派知识分子，而是一个地气饱满的私塾先生，退回到了他对中国生活的基本层面的理解。当然他对"痛快"的理解是沉甸甸的，正如他在另一首诗中所说："然而承认历史远比面对未来轻松。/理解今人远比追悼古人痛楚。"(1)

昌耀诗使人触目不忘的第一个东西就是其广阔性。他本是湖南人，1955年响应国家"开发大西北"的号召来到青海，但紧接着在1957年便因诗获罪，从此经历了20多年的荒原流放，至1979年复出。撇开流放生涯对昌耀人生的折磨，仅就其诗歌来说，却是因祸得福。昌耀诗境的广阔首先表现在他的空间感上。

戈壁。九千里方圆内
仅有一个贩卖醉瓜的老头儿
——《戈壁纪事》(2)

这是"千山鸟飞绝，万径人踪灭。孤舟蓑笠翁，独钓寒江雪"的另一个版本。在他著名的《斯人》这首诗中，他的诗心能从"地球这壁"瞬间飞抵地球另一边的"密西西比河"（有点禅宗顿悟的意思，但昌耀本人完全是非禅宗的）。即使他写到人口稠密地区，他的空间感依然活跃。

(1) 昌耀：《昌耀诗文总集》，青海人民出版社，2000年版，第484页。
(2) 昌耀：《昌耀诗文总集》，青海人民出版社，2000年版，第204页。

静夜。

远郊铁砧每约五分钟就被锻锤抡击一记，

迸出脆生生的一声钢音，婉切而孤单，

像是不贞的妻子蒙遭丈夫私刑拷打。

——《人间》(1)

极其精彩的比喻，将“钢音”与家庭暴力联类在一起，使家庭暴力成为诗歌书写的对象，完全出乎常理。在这里，我们看到了诗歌与地域因素的活生生的关系。大西北独有的广袤空间直接映入了昌耀的诗篇。批评家敬文东在他富于见地的论文《对一个口吃者的精神分析——诗人昌耀论》中指出：“昌耀是懂得缩小自己以进入世界和人生的少数几个当代中国诗人之一。”(2)如果我们将昌耀放在一个比例尺中，我们会发现，昌耀缩小自己的方法是将自己置身于广阔和荒蛮之中。世界大了，人就小了。人小了之后，其价值观、艺术观便得以脱离俗世寻常的观念。

与昌耀诗境的广阔相协调的是他对诗行、句式的处理。在道器相合这一点上，昌耀做到了。他同时使用长行和短行，但他的短行是从长行中切割下来的，就像他的有限空间是从无限空间里切割下来的一样。他的长行不同于从短行生发出来的长行，从这个意义上说，他的基本行式还是长行。长行给长句子创造了可能。而长句子在现代汉语中的分量，有类歌行体之于唐诗、长调之于宋词。在像《内陆高迥》这样的诗中，诗行的长度可以自由地延伸，这为他后期创作趋向于散文化铺垫下了可能性。

一个蓬头垢面的旅行者西行在旷远的公路，一只燎黑了的铝制饭锅倒扣在他的背囊，一根充作手杖的棍棒横抱在腰际。他的鬓角扎起。兔毛似的灰白有如霉变。他的颈弯前翘如牛负轭。他睁大的瞳仁也似因窒息而在喘息。我直觉他的饥渴也是我的饥渴。我

(1) 昌耀：《昌耀诗文总集》，青海人民出版社，2000年版，第350页。

(2) 《诗家园》2006年第3期“昌耀诞辰70周年祭”专号，第32页。

直觉组成他的肉体的一部分也曾是组成我的肉体的一部分。使他苦闷的原因也是使我同样苦闷的原因，而我感受到的欢乐却未必是他的欢乐。(1)

我说过了，昌耀并不总是使用长行、长句子，有时诗行、句子很短，但他的长行是随时可以拿得起的，像聂鲁达、桑戈尔、惠特曼一样，但又不是惠特曼所宗承的威廉·布莱克式的长行（布莱克是一个预言家，一个满脑子幻象的人），更不是布莱克所宗承的《圣经·诗篇》式的长句子（从思想倾向上说，昌耀更是一个儒家，当然是旷野中的儒家，也就是儒家里的异端了）。他，有时把长句子忽然压缩成短句子，把长诗压缩成绝句，就像把众人压缩成一个人，令人有"盲人骑瞎马，夜半临深池"的履险之感。无论是在老辈诗人中，还是在后辈诗人中，昌耀的语言冒险精神都是罕见的。其冒险精神不仅表现在对独特文句节奏的寻找上，也表现在对具体物象、叙述细节的发现和捕捉上。他的这一书写品质在诗思广阔的开合度和空泛的行文之间拉起了一道防火墙。再读一遍上引《内陆高迥》的片段，我们就会意识到，广阔的昌耀通过物象与细节为其广阔渲染上苍凉与悲凉的颜色。昌耀是抒情的，有时甚至太抒情了，这一点从昌耀不善于谈说诗歌即可看出。那么其所抒之情为什么会被一种苍凉感、一种悲凉感所笼罩呢？人们也许可以从昌耀的悲苦身世中找到答案，但除此之外，我认为昌耀诗中尚存在着一个不出场或很少出场的因素。他在 1989 年 12 月 30 日写过一首名为《远离都市》的诗。诗的题目透露出了不在场的都市文明，或曰现代文明。而在写出这首诗 30 多年前的 1957 年，昌耀就曾写下过一首名为《边城》的短诗。试想一个人如果没有对于现代都市生活的见识，没有对于繁华、对于文明教育的记忆，何来"边城"意识？而如果没有都市、边城、文明作为色调上的对比，荒野也就仅仅是荒野而已了。荒野和都市文明是两极的东西。荒野阔大，但因为都市在远方，对文明的记忆生根在心里，这里和那里的情感距离就被丈量出来，荒野于是越显荒凉。荒凉是一种否定的存在。否定到太绝对

(1) 昌耀：《昌耀诗文总集》，青海人民出版社，2000 年版，第 444—445 页。

的程度，万物又绝处逢生。昌耀诗的力量由此突显。

已经有不少人注意到昌耀诗的两个特征：一个是他使用古奥语汇，另一个是他让散文介入诗歌。对于他的这两个特征我没有更新的发现，但觉得有必要作一点梳理和说明。这其实是昌耀在诗中所实现的两个偏离：偏离“新诗”与偏离诗歌本身。

早在1988年，骆一禾和张玞就注意到了昌耀的“古语特征”(1)。燎原也说过：“古奥和滞涩是昌耀诗歌语言标志性的特征。”(2)但查《昌耀诗文总集》，我们会发现，从1959年的《哈拉库图人与钢铁》、1961—1962年的《凶年逸稿》，到1979年的《大山的囚徒》、1980年的《慈航》、1981年的《划呀，划呀，父亲们！》、1982年的《雪。土伯特女人和她的男人及三个孩子之歌》，再到1984年的组诗《青藏高原的形体》，昌耀的滞涩古语特征并不像后来那么明显，尽管他对使用古语偶有尝试。也就是说，从昌耀最早开始诗歌创作，一直到1984年左右，他一直与当时的主流诗歌语言保持着关系，保持着语流的顺畅，保持着诗歌写作的“新诗”品质，即在语言方面“我手写我口”，在诗思模式上将“诗言志”浪漫主义化。1986年，诗人出版了《昌耀抒情诗集》。那时他已经是个著名诗人了，已经部分获得了世俗的声名。而正是这本诗集的出版（该书应编定在1984年，这一年12月24日昌耀已为该书写好“初版后记”），我想，使昌耀有了一种了结过去，寻找一种真正属于自己的声音，进一步雕塑个人语言的愿望。而他的这一转变，明白地说，是对更适于文学青年的“新诗”写作的偏离。这个偏离无论是对昌耀本人，还是对中国当代诗歌来说，都是意义重大的。由于昌耀早年所受的中国传统文化教育，由于他长期以来身居西北高原的闭塞之地，没有太多机会“追上翻译的速度”（多多语），广泛接触西方现当代诗歌（这是我的猜想），所以昌耀别无选择地投入中国古典文学以寻求资源和滋养是顺理成章的事。古奥的语汇塑造了昌耀的“风格”。但越过“风格”的层面，我们看到，它们强化了昌耀诗与当时主

(1) 骆一禾、张玞：《太阳说：来，朝前走》，《西藏文学》1988年第5期；载昌耀：《命运之书》，青海人民出版社，1994年版，第365页。

(2) 燎原：《高地上的奴隶与圣者（代序）》，载昌耀：《昌耀诗文总集》，青海人民出版社，2000年版，第31页。

流诗歌的对立。中国古典文学是精英的文学，昌耀越是融入中国古典文学，他的私塾先生式的精英主义（不同于大学讲堂里的精英主义）越会被逼上万仞悬崖，他的阔大越会遭遇荒凉。而昌耀似乎有意自投孤绝之境。说到中国古典文学的精英主义传统，有些人会想当然地将它与人民大众的底层生活对立起来。也许在 1949 年以前的确存在这样一种对立关系，但在 20 世纪 60 年代以后，特别是"文化大革命"以后，中国古人的精英主义与民间文化精神便在某种程度上殊途同归了，因为它们不得不共同面对唯物主义的主流意识形态。这也就是为什么今天的"草根"们从不拒绝弄点精英主义的古典文学来涂脂抹粉的原因。但昌耀使用滞涩古语时的孤绝，发展到了被一些人称作"疙疙瘩瘩"的程度，因而决然不同于当下"新"古典主义的涂脂抹粉。其"疙疙瘩瘩"似乎对应了历史的疙疙瘩瘩，并扩展了当代诗歌的词汇量与感受开合度。很有意思的是，昌耀并没有因为使用古语而显得文雅，或给人以复古的感觉，古语对他而言另有意涵，即强化了他作为独语者的形象，而且这独语者的形象居然是现代的！1985 年之后的昌耀使一些人不快。例如，马丁在他的《昌耀的悲剧》一文中就说："毋庸讳言，昌耀先生是有才具和激情的，但这才具和激情不足以使之实现艺术上的自我观照，自我更新。一个很重要的佐证是他选择的语言方式不是因为具有创造性而独特，而是因为它在过时之后还能被如此'隆重推出'而显得扎眼。而且让人遗憾的是：昌耀先生在将近 50 年的漫长时间里，就用这种佶屈聱牙的腔调歌唱。昌耀先生选择的语言形式最主要的特征是重新组装和启用了一大批早被淘汰的文言词汇……昌耀先生的某些组装，是否合乎汉语语法，值得商榷。"(1) 刚才我说过了，昌耀并没有在 50 年里一成不变地使用古语，这其中有一个转变。这个转变或许是不合时宜的，但却有其独特意义，这是第一。第二，什么叫"创造性"呢？窃以为能为一个时代发明一个有效的词语或表达方式就是创造性。更何况昌耀在他的诗里实现了一种对所谓"新诗"的偏离。第三，不能说昌耀对语言的组装合乎或不合乎汉语语法，因为古汉语并没有什么严格的语法律条，现代汉语向西方学

(1) 马丁：《昌耀的悲剧》，中国艺术批评网，http://www.zgyspp.com/Article/y6/y53/2009/1223/20850-3.html。

会了语法，但语言创造有时有必要突破固有的语言模式。昌耀由于在20世纪80年代中期以后有意识地通过使用滞涩古语来加大其诗歌语言的质量，他甚至不得不改变其表达的节奏和速度。这使得昌耀诗获得了一种坚硬的封闭性，类似韩愈所说的“横空盘硬语”。这对某些习惯于文从字顺的诗歌的读者们构成了冒犯。在20世纪后半叶的世界诗歌版图中，东欧诗人出于政治和文化的原因造成其诗歌写作的封闭性令人瞩目，这种封闭性对怀有岛屿意识的英国诗歌有所启发。而昌耀是在一个广阔的荒凉环境中自然而然地走到封闭性这一步的（这看似矛盾：广阔与封闭），并通过其封闭性霸然醒目地存在，抗拒任何种类的消解——意识形态的、文学潮流的、小资趣味的、消费主义的。但昌耀相反相成的语言工作所给出的结果是，其封闭性不同于东欧诗人们的封闭性，因为昌耀尽管封闭，他所封闭在自己诗歌里的却是荒凉和广阔。这是昌耀在50年的写作生涯中的第一个转变，或第一个偏离。

其第二个转变或第二个偏离发生在20世纪90年代中期。通读《昌耀诗文总集》，读到他1994年左右的作品时，我们会意识到，散文的因素终于冲决了诗歌的堤坝。我们开始大量读到散文诗或散文片段。但要讨论昌耀的散文诗和散文片段，我以为习用的“散文诗”概念颇为笨拙。我在这里姑且发明一个词：“诗文”（不是诗和文，是一个词），它指的是介乎诗歌与散文之间的文字，在从诗歌到散文的色谱上，比散文诗更靠近散文，却又不是散文。通常人们是用“散文诗”（prose-poetry）的概念来指称介乎诗歌与散文之间的文字的。据说，这个概念来自历史上的翻译实践。例如，但丁的意大利语韵文的《神曲》被王维克翻译成了散文的《神曲》，这散文的《神曲》就成了“散文诗”。19世纪中期以后，有几个诗人利用了这一翻译行为对文体的无意发明，有意识地使“散文诗”成为了一种写作的体裁。但“散文诗”的概念在中国一方面隔离了古代许多富含诗性的散文作品作为诗歌写作的资源，另一方面它又在近百年来的具体写作实践中被过分文学化了。昌耀所写的不分行文字有时更像随笔（essay），比我国古代的笔记文具有更多的主观性，我姑且称这种诗化的随笔为“诗文”（poessay，英文也完全是我自造的一个词）。关于昌耀的“诗文”，已经有一些人进行过讨论。王光明在其论文《论20世纪中国散文诗》中谈到过昌耀，当然他使用的是“散文诗”这个词：“1950年代以来一直把生命融入诗歌的形式与节奏的昌耀，到了90年代，似乎觉得形式感极强的诗歌节奏与韵律，已经容纳不下自己紧张矛盾的内心世界，因此游离了诗歌的表达形式而用散文诗传达个人内心参差的韵律。他把社会转型时期的现代时间之伤和精神之痛，转换成了鲁迅《野草》式的梦魇世界，充满着现代经验的恐怖与渴望，充满奇特的意象和怪诞之美。”(1)20世纪90年代以前昌耀并非不曾尝试过散文诗的写作，像在1986年他就曾写下过《小人国里的大故事》。1990年，昌耀写下了《苹果树》《空间》《齿贝》《她》等散文诗作品。不过，这些作品更像是信手写下的，也许是对纪伯伦的偶然借用，但还没有展现出其后来“诗文”的集团性力量。昌耀在20世纪90年代初所写的散文诗的确是“散文诗”，正如王光明所言，它们令人联想到鲁迅的《野草》，像《我见一空心人在风暴中扭打》（1993）、《一种嗥叫》（1993）、《灵语》（1994）等。《我见一空心人在风暴中扭打》中吊在摩天楼台上的白色连衣裙很像鲁迅的“无常鬼”，《一种嗥叫》的情绪和《灵语》的对话形式近似于鲁迅的《影的告别》。这些作品一如鲁迅的作品，是矛盾、焦虑、挣扎的产物，带有噩梦的品质。除此之外，从语言的角度看，它们出现在昌耀的笔下一点也不奇怪。我们可以视之为昌耀长诗行、长句子的延伸。其长诗行从诗歌首先延伸到散文诗，然后延伸到诗文。从1994年中的某些作品开始，昌耀抒情性的诗意让位于叙述性的诗意。尽管在以前的诗歌里，他也曾注目他人，但这时他诗文的叙述性更切近和直接地指向了世界和他人：独脚男子、吹笛的青年盲人、与蟒蛇对吻的小男孩、L城过街天桥上的某某、有鲁莽壮实的男低音的女人、流浪者、过客、载运罐装液体化工原料的卡车司机，等等。这些人物以及与这些人物打交道的诗人自己，都不再处身于荒野，而是处身于被荒野包围的城市。——人影来去的世界到来了！人影来去的、悲苦的、怪诞的、意义不明的、噩梦般的世界使书写者昌耀别无选择地成为了一个悲悯在心的大诗人。他写的诗歌，是一意孤行、长驱直入、义无反顾的大地

(1) 王光明：《论20世纪中国散文诗》，《江汉大学学报（人文科学版）》2007年第3期，第7页。

之书、命运之书。这个内心里不乏孩子气的人开始有了对所谓的“诗人”连同他们所谓的“诗歌”的不以为然——可参见《紫红丝绒帘幕背景里的头像》(1996)。这篇诗文所记录的那场在成都举行的款待诗人的盛大酒会，就是本文开头我提到的西岭雪山诗会的告别酒宴。我亦在场。但不知孩子气的昌耀看到当地“诗坛翘楚”L和Y的时候，竟会产生那样疏离于主流诗坛的感慨。这是昌耀的第二个偏离：偏离于诗坛，偏离于这诗坛的习气和秩序，甚至偏离于这诗坛对于诗歌的惰性满满的习见。一个散文家对诗歌的放弃说明不了什么，而一个诗人对诗歌的偏离却是意义重大的，值得深思的。

2009年夏天我在欧洲德语区三个国家(德国、奥地利、瑞士)的11座城市策划过一个大型诗歌项目:《诗意城市：2009——中国当代诗歌海报展》。我选择了10位当代中国诗人的作品，主办方德语国家文学之家联盟(Literaturhaus.net)从中选择了6位诗人的作品制成大大小小的海报张贴在那11座城市的市政厅外墙、教堂门口、公园和街头的广告柱、立交桥下、公共汽车站和飞机场等处的广告牌位上。这6位诗人中包括昌耀，其他5位都是20世纪50年代中期到70年代初期出生的中青年诗人。诗歌广告上所用的昌耀的诗句来自他写于1993年8月4日的《意义空白》:

有一天你发现你的呐喊阒寂无声空作姿态。

《意义空白》整首诗的中文原文和德语译文印在海报的一角。这首诗和另外一些昌耀的诗被我收入了由Fly Fast Records出版的德语有声读物《挡风玻璃上的蝴蝶：中国当代诗选》。这是昌耀诗歌第一次被正式翻译成外文(2007年我在纽约大学东亚系教授“翻译中的20世纪中国文学”这门课时曾上网查过，发现此前昌耀只有一首诗被翻译成了俄文，可能是1998年俄国方面为迎接中国作家代表团而翻译的)。这项活动的两位德语翻译之一、青年汉学家马海默(Marc Hermann)以前从未听说过昌耀，但他却对我说，即使他不了解昌耀的悲苦身世，仅凭阅读昌耀的诗歌，他也能判断出这是个大诗人。2009年9月，我去加拿大维多利亚大学写作系教了一学期的课。这一次，我从海岸和比利时诗人杰曼·卓根布鲁特（Germain Droogenbroodt）编辑的《中国当代诗歌前浪》（*The Frontier Tide: Contemporary Chinese Poetry*, POINT Editions, 2009）选用了昌耀两首诗的英译文：《斯人》和《一百头雄牛》（因为该书只收录了这两首）。我把这两首诗拿给我的朋友、诗人、加拿大总督文学奖获得者蒂姆·柳本（Tim Lilburn）看，他感到很惊讶。他说，就凭这两首诗，他也能猜到昌耀是一位大诗人（major poet）。

昌耀诗的相反相成使他既不同于他的同辈诗人，也不同于他的后辈诗人。而他在写作中实现的两个偏离（即对“新诗”的偏离和对诗歌本身的偏离）使昌耀诗成为现代汉语诗歌传统的重要组成部分。而且根据我的个人经验，即使将昌耀诗放置在当代世界诗歌的行列中，也不丢人。

2010年1月22日■

昌耀诗歌的文本气质研究（节选）※ —— 张光昕

导 言

词围绕着物自由地徘徊，就像灵魂围绕着一具被抛弃的、却未被遗忘的躯体。

——曼杰什坦姆

一

“我的星座是土星——一颗演化得最为缓慢的星球，绕道而行，拖延迟滞……”[1]在拒斥了一切现代心理学术语之后，本雅明（Walter Benjamin）将这个古老的星相学标签轻轻贴在了自己的额头上。这位热衷于迷路的倒霉文人，终其一生周转蹀躞于严峻的现实沼泽，他从很早起就嗅出了自己身上的这种“土星气质”，并把它晦暗的光环同样施与了他笔下的波德莱尔、普鲁斯特、卡夫卡，甚至歌德。在本雅明看来，土星是距离日常生活最远和最高的行星，是一切深邃思辨的创始者。它从外部把灵魂招至内在世界，使其上升到更高的位置，最后赋予其终极的知识和预言的天才。[2]

(1) 转引自[美]苏珊·桑塔格：《〈单向街〉英文本导言》，载孙冰编《本雅明：作品与画像》，文汇出版社，1999年版，第236页。

(2) 参阅[德]瓦尔特·本雅明：《德国悲剧的起源》，陈永国译，文化艺术出版社，2001年版，第119页。

※ 节选自张光昕：《昌耀诗歌的文本气质研究》，硕士学位论文，中央民族大学中国现当代文学专业，2010年。

本雅明勾勒出了一组诞生在土星标志下的思想者群像，在易于使人罹患过敏症的时代季风面前，他们则表现得“冷漠、犹疑、迟缓”，分享着无可救药的忧郁和倾其一生的孤独。他们的作品喜爱固执己见、我行我素，听命于内心钟摆的神秘宣谕，然后郑重其事地讲述那些来自乌有乡的消息；他们活着时大都籍籍无名，顶着小角色的姓氏，成为并不富裕的古董和书籍收藏家；他们的传记让读者在主人公死去若干年后捶胸顿足，喟叹运命，恨不得跳进书里去拯救传主们的失败；也同样在若干年之后，这些具有“土星气质”的写作者们，纷纷成为了后进时代的神话，绝世孤独的代价偏偏迎来身后喧嚣沸腾的市井烟花。犹如风尘一身的奥德修斯庄严地踏上返乡之旅，我们看到，在这些命随土星的人们的头顶上方，那颗率领众多小天体、步态蹒跚的硕大行星，在沿着冗长轨道经历旷日持久的宇宙漫游之后，正向着它的起点，向着它似曾相识却换了容颜的故里，如王者般款款归来。

“当人生的中途，我迷失在一个黑暗的森林之中。要说明那个森林的荒野，严肃和广漠，是多么的困难呀！我一想到他，心里就一阵害怕，不亚于死的光临……我怎样会走进那个森林之中，我自己也不清楚，只知道我在昏昏欲睡的当儿，我就失掉了正道……”[1]伟大的但丁（Dante Alighieri）从一场伟大的迷途噩梦中开始了他的冥府之旅。在维吉尔的带领下，他开辟了一条举步维艰的征程——漫长、迟滞、缓慢——穿越了人类的一切罪恶和苦难。作为人类灵魂王国的探险家，但丁在每一个上演惩罚和救赎的可能地带留下脚印，拿出足够的时间和极大的虔诚，用他脚下的亿万尘埃组成一道空前浩渺的土星式轨迹。或许那些具有“土星气质”的人们，注定要像《神曲》里的但丁那样，在“人生的中途”走进一场噩梦，并且终生与这场噩梦殊死鏖战，使尽浑身解数甄别着虚幻噩梦与现实人生的界线：

每于不意中陡见陋室窗帷一角
无端升起蓝烟一缕，像神秘的手臂
予我灾变在即似的巨大骇异，毛骨悚然。

（1） ［意］但丁：《神曲》，王维克译，载吕同六编选《但丁精选集》，北京燕山出版社，2004年版，第81页。

而当定睛注目：窗依然是窗，帷依然是帷。

天下太平无事。

——《噩的结构》[1]

在这支由西方人文视野汇聚而成的庞大“土星家族”之外，中国诗人昌耀以酷爱描摹噩梦的结构而著称于世，以他诗句中埋藏的生命体验表达着“同是天涯沦落人”的惺惺相惜之情。尽管他自信“宇宙之辉煌恒有与我共振的频率”（《巨灵》），但这个偏居西域的名字没能与中国当代押上韵。在昌耀那些沙砾般的文字中，无论是公认的佳作还是古怪的文体，即便是最为雄浑、热烈、昂扬的诗句岩层之下，孤独、隔绝、幽愤的土星式心绪都会像一脉脉流动的地下矿泉，在被太阳炙烤得近乎龟裂的岩缝罅隙间汩汩渗出，为每一个受难的词语施洗，带领它们飞向苍穹。在距离噩梦的蓝烟不远处，昌耀艰难地书写出了他苍凉而悲壮的生命体验。他渴望跟随着古老的诗神，在土星光影间逡巡幻游：

哪有那么多梦呢？梦呓与谵语几乎不可分……我在梦里是一只绿色的豆荚。是在朝鲜元山附近一处农家菜园，我突然倒仆。也许倒仆了一年，天仍未亮，高射炮的弹火还在天边编织着火树。我的脸庞枕垫在潮湿的泥土。我知道我耳边的血流仍在更远的地方切开潮湿的土地。但我只关注于从农家内室传来的纺车呜呜声。太绵、太悠远了，纺着我看不见的线。我一点也动弹不了。只觉着看不见的线是那么绵绵地将我牵动，将我纺织。

——《内心激情：光与影子的剪辑》

多年以后，昌耀用这样奇诡的方式回忆起，作为志愿军一员的他在朝鲜战场上倒下的那个瞬间。这是他在朝鲜做的最后一个梦，因为炮弹击中了他的头部，这极有可能也是他生命中最后一个梦。神智迷蒙间，一条看不见的线在悄悄地纺着，这个年轻的志愿军战士变成了

(1) 本文引用的昌耀作品均出自昌耀：《昌耀诗文总集》，青海人民出版社，2000年版。

梦里的一只绿色豆荚，永远长在他倒下的那个农家菜园里。年少的昌耀在那条藤蔓上究竟发现了什么呢？他看到了家的形状？听到了母亲的纺线声？抑或是感受到死神的召唤？这个王家祠堂的“逆子”（昌耀原名王昌耀），一个用生命写作的诗人，两者之间该画出一道怎样的弧线呢？昌耀说，一切都太绵、太悠远了。但他终于活了下来。

“密西西比河此刻风雨”（《斯人》）几乎与昌耀的朝鲜豆荚梦发生在同一时间，地球那壁的德语诗人保罗·策兰（Paul Celan）写道：“数数杏仁，数数苦的让你醒着的，/把我也数进去：/我寻找你的眼睛，你睁开无人看你，/我纺那秘密的线/你在线上的沉思之露/落进被不能打动人心的词语守护的水罐中。”（保罗·策兰《数数杏仁》）(1) 就这样，来自不同国度的两个诗人共同完成了一首关乎生命的献诗。昌耀倒仆时分听到的那段悠远绵长的纺线声，冥冥之中或许正源自他乡的保罗·策兰，而策兰要寻找的仿佛正是昌耀黑色的眼睛。在纳粹的铁蹄下，这位饱经离乱的犹太诗人，没能来得及与被抓进集中营的母亲作最后的告别，这成为了他后半生长久的隐痛。(2) 他越是不安，就越爱数那苦涩的杏仁，似乎就越想用诗歌“纺那秘密的线”，就越能理解天真的昌耀在 14 岁时瞒着家人随军远行的壮举。(3) 因为对于湖南老家的母亲来说，少年昌耀的壮举同样意味着没有告别的永诀。于是，在对人间情愫的忧伤缅怀中，不论是策兰的“杏仁”，还是昌耀的“豆荚”，不论是策兰的“把我也数进去”，还是昌耀的“将我牵动，将我纺织”，都成为“太绵、太悠远”的呼唤，成为他们眼中“不能打动人心

(1) 本文采自北岛译文。参阅北岛：《策兰：是石头要开花的时候了》，载北岛：《时间的玫瑰》，中国文史出版社，2005 年版，第 152 页。

(2) 保罗·策兰即由此写出了他最著名的诗作《死亡赋格》。

(3) 关于这段经历，昌耀作过如下的回忆：“1950 年 4 月，38 军 114 师政治部在当地吸收青年学生入伍，我又瞒着父母去报考，被录取，遂成为该师文工队的一员，后来就有了我此生最为不忍的一幕——与母亲的‘话别’。每触及此都要心痛。那是开赴辽东边防的前几日，母亲终于打听到我住在一处临街店铺的小阁楼，她由人领着从一只小木梯爬上楼时我已不好跑脱，于是耍赖皮似的躺在床铺装睡。母亲已有两个多月没见到我了，坐在我身边唤我的名字，然而我却愣是紧闭起眼睛装着‘醒不来’。母亲执一把蒲扇为我扇风，说道：‘这孩子，看热出满头大汗。’她坐了一会儿，心疼我受窘的那副模样就下楼去了。战友们告诉我：‘没事儿了，快睁开眼，你妈走了。’当我奔到窗口寻找母亲，她已走到街上，我只来得及见到她的背影。她穿一件绲边短袖灰布衫，打一把阳伞正往边街我家的方向走去。她将她的一把蒲扇留在了我的床头。那年我十三周岁。我没有意识到这就是我与母亲的永别。”参阅昌耀：《昌耀的诗》，人民文学出版社，1998 年版，第 419—420 页。

的词语”。因为在这里，无论词的箭镞多么锋利，它并没有击中物的靶心。失效的词患有一种溃散的忧郁症，在虚空的语言空间里孤魂一般地游荡。这也成为昌耀写作的噩梦。因此，当回忆的闸门缓缓拉开时，在昌耀和策兰的作品中，他们都心甘情愿地将抒情主人公降格到物的层次，降格为微小的宾语。在人世的悲欢离合面前，或许只有微小之物才能聆听到天地间最内在的声音，才能体察到这个物质世界最本质的律动，才能敏锐地抓取生活中最宝贵的时空片段，使其进入茫茫宇宙中可供铭记的永恒序列。

就像每个人的生活都会被分成“在母亲身边的日子”和“离开母亲的日子”一样，母亲成为一位掌控儿子现世生存的命运女神，成为一枚标记在生活与语言之间的转渡符号。据此，意义空间的文本也可划分为事境和语境两大类。由真实生活的事境组建的第一现场，是我们梦想回归的伊甸园，这种原始冲动让那些后置性的追忆和还原努力面临着极大的考验。虽然语境的森林总是遍布着吊诡和含混，但将事境的幼兽放养在语境的森林里，是每一个渴望追忆的写作者必然要做的工作。唯有如此，追忆方才成为可能。诚如萨特（Jean-Paul Sartre）所言，语词只是掠过事物表面的阵风，它只是吹拂了事物，并没有改变事物。作为一个严格的写作者，昌耀也像策兰那样，在警惕着语言的乏力和矫情，防止它们成为“不能打动人心的词语”，防止它们沦为写作的噩梦。这也在暗中提醒了昌耀，要牢记那个事物的靶心，它将成为诗人写作的梦想。毋庸置疑的是，“离开母亲的日子”毕竟要陪伴我们走完生命里更长的路，介入我们更细微的生活体验，让我们更刻骨铭心地认识到语言之于生活的意义。于是，在“人生的中途”，作为浓郁“土星气质”的携带者，昌耀如同一只懵懂的幼兽，必将跌进一座命运中与生俱来的噩梦森林，就像他同时走进一座充满敬畏和热爱的语境森林一样。诗歌，必将成为昌耀承载人世情感的一件最高尚的语言衣钵，成为他对消逝之物最富意味的一种招魂术。诗歌是清白无邪的事业，所以诗人无限热衷于这项语言游戏；诗歌也是最危险的财富，所以诗人因道说真理而不幸罹祸。[1]语言与命运，诗歌与诗

(1) 参阅［德］海德格尔：《荷尔德林和诗的本质》，载［德］海德格尔：《荷尔德林诗的阐释》，孙周兴译，商务印书馆，2000 年版，第 37—41 页。

人，符号与世界，总是紧密地缠绕在一起，如切如磋，如琢如磨。昌耀在他的诗歌中讲述了他在精神世界的泅渡和历险，呈现了他的快慰和伤痛。作为在日常生活中遍体鳞伤的受损主体，昌耀也必将依靠诗歌，对个体生存中表现出的匮乏与伤残作出象征性的修复和疗救。我们同时可以看到，词怎样在山重水复间朝向物艰难地跋涉，诗的梦想如何借助语言穿越生活；我们还将看到，昌耀在强烈生命体验观照下的诗歌写作，如何透露了人类世界关于生存和语言的失败与伟大。

二

柏桦说："诗人比诗更复杂、更有魅力、也更重要。诗人的一生是他的诗篇最丰富、最可靠、最有意思的注脚，这个注脚当然要比诗更能让人怀有浓烈的兴味。"(1) 这种认定对于昌耀是有效的。从小怕鬼的他考入湘西军政干校后，因为不敢起夜而常常尿床，不得不被校方勒令退学。(2) 但他并不肯善罢甘休，又瞒着父母报考了中国人民解放军第38军114师文工队，开始了日夜与军鼓、曼陀铃、二胡为伴的戎马生涯，不日即随军开赴朝鲜战场。负伤回国后，他进入河北荣军学校，因一张从保定城里买来的名为《将青春献给祖国》的藏地风情宣传画而倍受鼓舞，毅然决定投身大西北建设，从此入赘青海。(3)1957年的昌耀年纪尚轻，热爱创作，对政治生活和社会活动不太积极，并且刚好有人揭发他写了"歪诗"，青海省文联理所应当地让他到农村接受贫下中农再教育。被下放到牧区后，他在尊严问题上屡次顶撞村支书，并听从房东的建议，装病不出工，在"家"里摆弄乐器，终于招致一辆吉普车将

(1) 柏桦：《左边——毛泽东时代的抒情诗人》，江苏文艺出版社，2009年版，第94页。
(2) 参阅昌耀：《昌耀的诗》，人民文学出版社，1998年版，第419页。
(3) 参阅昌耀：《艰难之思》，载昌耀：《昌耀诗文总集》，青海人民出版社，2000年版，第403—405页。

他带走，成为真正意义上的囚徒，这一走就是20余年。[1] 当历史的烟云散去后，他依然顶着剧烈的高原反应登上了太阳城参加诗会。与他的土伯特妻子离婚后，他横下一条心把住房留给子女，自己搬到摄影家协会的办公室独居，沦为“大街看守”。感情无所归依的他苦恋着远方的梦中情人，一日突发奇想，在信中煞有介事地向后者索求“长长的七根或九根青丝”。直到生病入院，因无法忍受病房的吵闹不宁，他执意要求医院在走廊为他增设一张病床。直到万念俱空，他拖着沉重的病体艰难挪向病房的阳台并一跃而下……[2] 就这样，昌耀被抛进了长达一生的噩梦之夜中。在他暗无天日的世界里，却也布满了星星点点自由选择的萤火虫。昌耀一直在行使着他的自由意志，在生活的交叉路口处为自己作着决绝的裁定。而在他一生中的众多选择和裁定中，只有诗歌成全了他的生命体验。昌耀选择了诗歌，诗歌也选择了昌耀。当我们在他的诗中发现了一个诗人的行脚时，昌耀会告诉我们他“是风雨雷电合乎逻辑的选择”，“是岁月有意孕成的琴键”（《慈航》）。

在昌耀的大部分作品中，不论抒情主体采取第一人称还是第三人称，一副饱经忧患的诗人形象隐约可辨：从《凶年逸稿》中“有一个时期（那已像梦一般遥远）／我坐在黄瓜藤蔓的枝影里抄录采自民间的歌词”，到《良宵》中“放逐的诗人”渴望“柔情蜜意的夜”；从《夜谭》中“我搭乘的长途车一路奔逐”在申诉之路上，到《慈航》中“摘掉荆冠／他从荒原踏来，／重新领有自己的运命”；从《山旅》中“北国天骄的赘婿”，到《湖畔》里“库库淖尔湖忠实的养子”；从《雪。土伯特女人和她的男人及三个孩子之歌》中他和家人们“同声合唱着一首古歌”，到《致修篁》中的“我亦劳乏，感受峻刻，别有隐痛”……在严酷的现实生活面前，昌耀依赖写作行使文字最基本的权利，为个人经验提供了一种镜面式的复写。诗人将现世遭际物化为万贯家财，再租借

（1） 昌耀在1962年撰写的对自己右派问题复议的《甄别材料》中称：“我不愿参与社会活动，不愿过问旁人的事。我将生活划分为哪一种对我的创作是有利的，哪一种是无益的。比如：我觉得逛庙会、去草原对我的创作有好处，能启发我写作的灵感，而开会、柴米油盐酱醋茶之类的生活琐事似乎只对创作小说的积累素材有好处……我对政治与艺术的理解是幼稚的。这也表现了我的不成熟。”参阅燎原：《昌耀评传》，人民文学出版社，2008年版，第75—76页；章治萍：《雨酣之夜话昌耀》，《中国诗人》2007年第1期。

（2） 以上材料均可参阅燎原：《昌耀评传》，人民文学出版社，2008年版，第339—344、467—468、380、486—487页。

语词的舟楫把它们运载到时间彼岸的码头。对于诗人来说，那里将是一个安全地带，也是一个安栖之所。

耿占春试图把昌耀的诗歌读成一部个人精神传记，挖掘这一话语整体的社会符号学意义："他的诗篇中的经验内涵承受着沉重的历史负荷与集体记忆，而他的诗歌想象力、他的修辞学幻象和象征主义，既是与这样的历史负荷相一致的对应物，又是修正与转换这种历史负荷的方法，他的诗歌因此而被理解为比记录单纯的个人困境更为深入的一种转换困境的方法。因此，我们最终能够把作为自传的昌耀诗歌，翻转为反自传的创造过程的记录。"(1) 在这类具有自传色彩的作品中，昌耀炮制文本所带来的快感部分源于他流放时期的受难经验，以诗歌中弥漫的准宗教氛围为背景，实现了"生之痛"与"文之悦"的象征交换。而当作为流放者的昌耀再度回归正常生活秩序后，世界以另外一副面孔呈现在他面前，但受难体验仍然牢牢盘踞在他的个人生活中，土星式命运在暗暗地支配着他。昌耀的诗歌直接表达着他的命运，并为他写就一部"命运之书"，因此在昌耀的绝大多数作品中，抒情主体就约等于或干脆等于诗人自己了，昌耀完全依赖生命体验进行写作。在这种类似"数杏仁"的苦涩行动中，诗人情愿把自己也数进杏仁队伍里去，将抒情主体的构成质料一点点转运调离，兑换为它的语言等价物，以书写的形式编织进符号的能指系统内部。对于昌耀来说，这几乎可以被视作一种写作的本能反应，一种对时间的本质冲动，它们有时仅仅体现为一次微不足道的生理冲动。

> 我抱起脚掌横陈膝头，然后用一把刮削器刨除那层苔藓般包垫在脚底及其周围的老趼……然后我收集起掉落在地板的皮屑去室外抛向草丛。心里想着，觅食的母鸡会很快啄净其中大部，余下的细碎皮屑也将成为微小生物或草根的养料。其实在长年累月中我身体的每一部分早已潜移默化地一点一滴变作他物了，而他物又已成为他物的他物。
>
> ——《苹果树》

(1) 耿占春：《作为自传的昌耀诗歌——抒情作品的社会学分析》，《文学评论》2005 年第 3 期。

昌耀清楚地认识到事物的运动转化规律，脚底的老趼应当足以成为时间在诗人肉身上堆积的物化形式吧。它作为诗人身体的一部分，被刮削搓碎，脱离了身体，再进入母鸡们的身体，这种转渡方式日夜不停地偷窃着自我，像蚂蚁搬家那样，一点一滴完成了生命原子从甲到乙的迁移："我儿时的红骨髓已为黄骨髓所替代，皮肤已变为多皱，时间早已将那个原来的我悄悄更换，并继续着这种恶作剧。"(《艰难之思》)诗人由此意识到，自己的生命，甚或每个人的生命，都无时无刻不发生着这样悲喜交加的转换。但这同时又令他困惑不已，加深了他高更(Paul Gauguin)式的追问："我们从何处来？我们是谁？我们往何处去？"这恐怕是人类自诞生以来最难于回答的问题了。作为一个用生命写作的人，昌耀已经着眼于这类问题，并在他的诗歌中进行着艰涩的探索，他总结道："艺术创造的魅力其精义所在莫不是人世生活的诗化的抽象？抽象的基础愈是丰厚，抽象物的蕴积也愈丰厚，因而也愈具可为转换的能量，其魔力有如点石成金的'灵丹一粒'。"(《诗的礼赞》)昌耀屏息凝神扮演着一个炼金术士的角色，不仅镜面式地复写出个体的现实遭际，而且渴望将这些大量世俗经验锻造为诗化的抽象。在此过程中，诗人把现实困境重装为乌托邦力量，将消极感受改旗易帜为达观抒情。语言参与了这场神奇的哗变，它在此充当一把刮削器，把苦难的老趼剜掉，使皮肤露出红嫩圆润的光泽，从而将身体造就为一件庄严的艺术品，用以抵御时间的删汰。此处，我们看到了一个美学化的理想身体的出场，它是一个焕发着艺术光芒的希腊式的肉体形象。它与时间对称，因此跻身诗人由衷讴歌的永恒序列。由此，昌耀的诗歌也完成了点石成金的转换使命。这种带有转换倾向的诗学努力从很早起就出现在昌耀的作品中。

> 这是一个被称作绝少孕妇的年代。
> 我们的绿色希望以语言形式盛在餐盘
> 任人下箸。我们习惯了精神会餐。
>
> ——《凶年逸稿》

诗人描述了一场在孕妇稀少的年代里(即所谓的"三年自然灾

害”）的精神圣餐。肉体饥饿与精神盛宴在此实现了等价交换，语言包裹下的希望意念出现在了一个超现实主义餐盘中，凡态的肉体概念就此隐匿于精神餐盘之下。稀缺的孕妇与绿色的希望相互嘲讽，孱弱的肉体与膨胀的精神在暗中厮磨。语言变作一种匮乏空间里的填充物，这或许正标志着一种诗意的奇异诞生。曼德里施塔姆（O.E.Mandelstam）直截了当地说：“词就是肉体和面包，词分享着面包和肉体的命运：苦难。人是饥饿的。国家更饥饿。但还有一种越发饥饿的东西：时间……谁能捡起词，并把它展示给时间？”(1) 因为语言亟待传唤出时间的对等物，昌耀在这里就以诗意的方式把词兑换成了肉体和面包，把它们投喂给饥饿的时间。这样，在昌耀的作品中，既隐而不显、又无处不在的肉体概念本身也进行着一次价值钙化，即从受难的、羸弱的、畸形的犹太式肉体变为强势的、有力的、健全的希腊式肉体。(2) 借助语言的魔力，在噩梦森林里逐渐萎蔫的肉身概念，得以在语境森林里复活，重燃绿色希望的艺术火光，让一个饥饿的民族由此铭记下苦难的集体生命体验，并开拓出一片繁衍与发展的可能意义空间。

这是昌耀在极具中国特色的饥馑年代里创作的诗歌，是伫立在饥荒威胁下的一个当代诗人的内心独白，它或许在最浅白的层次上诠释了海德格尔（Martin Heidegger）所谓的“贫困时代”的内涵。在昨日之神已然逃遁，明日之神尚未到来的双重匮乏之中，作为贫困时代的诗人，他们必须依靠吟唱去摸索远逝诸神的踪迹，尤其要对诗的本质予以特别的诗化，而作为后世之人的我们必须要学会聆听这些诗人的道说。(3) 海德格尔说：“这个时代是贫困的时代，因此，这个时代的诗人是极其富有的——诗人是如此富有，以至于他往往倦于对曾在者之思想和对到来者之期候，只想沉睡于这种表面的空虚中。”(4) 在这个意

(1)　[俄]曼德里施塔姆：《词与文化》，载[俄]曼德里施塔姆：《时代的喧嚣——曼德里施塔姆文集》，刘文飞译，云南人民出版社，1998年版，第152页。

(2)　参阅 Gerald L.Burns, *On the Anarchy of Poetry and Philosophy: A Guide for the Unruly* , Fordham University Press , New York, 2006, p49.

(3)　参阅[德]海德格尔：《诗人何为》，载[德]海德格尔：《林中路》（修订本），孙周兴译，上海世纪出版集团，2008年版，第245页。

(4)　[德]海德格尔：《荷尔德林和诗的本质》，载[德]海德格尔：《荷尔德林诗的阐释》，孙周兴译，商务印书馆，2000年版，第53页。

义上，生活在物质匮乏年代的昌耀有理由成为一个语言贵族，一个精神世界的债权人，一个美学批发商。他的诗歌便成为了当年精神会餐上倾力烹制的美味，成为他一生贫穷生活里飨宴灵魂的佳肴，成为中国民族精神餐桌上一道烩集道德内核与审美情怀于一炉的酸甜什锦。

在肯定价值真实的前提下，人们力图重新聚合起世界与自身分崩离析的状态，刘小枫在这种努力中辨析出两条突围线索：一条乃救赎之路，为西方传统精神所肯定；一条乃审美之路，是神性缺位的中国传统精神的一贯表达。二者自诞生起就存在着紧张的精神冲突。(1) 诗的言说正彰显着这一冲突。如果海德格尔所谓的"贫困时代"直指在残云漫卷的诸神遁去之后袒露出的审美朗空，那么昌耀和他的诗歌先辈们头顶这片天空已经书写了上千年的阴霾与蔚蓝。我们抬头仰望之际，仿佛可以瞥见诗圣杜甫在吟咏"安得广厦千万间，大庇天下寒士俱欢颜，风雨不动安如山"（杜甫《茅屋为秋风所破歌》）时的婆娑身影。昌耀就出生在这个古老的抒情诗传统摇篮里，他天然服膺着诸如杜甫这般的美学上级发出的诗学指令，而他此生的精神私产也正是那些镌刻于自身上的、中国 20 世纪的波诡云谲。

在这个神性救赎哑然失效的世纪，西方世界的人类精神面临着前所未有的贫困，现代人的写作遭遇了全面的危机。诚如荷尔德林（Friedrich Hlderlin）所云，哪里有危险，哪里就生出拯救。只有危险出现的地方，拯救的出场才是必要的。每种危险自身都同时包含了一个令自己转危为安的拯救可能。而对于这场由语言挑起的危险，也只能依赖语言（诗艺）的手段加以拯救。(2) 人类渴望救援的双手最终抓住了这根审美的稻草，审美过程由此蒙上了些许救赎色彩，两者中间仿佛掠过一丝重合的幻影。而当作为审美之邦的中国在面对它的 20 世纪时，当像昌耀这批经历了几重生死考量的当代诗人艰难地唱出审美之歌时，我们难道就不会嗅出他们作品中的救赎气息吗？难道审美和救赎的精神冲突就不会激活中国诗学体系中的救赎机制吗？阿多诺

(1) 参阅刘小枫：《拯救与逍遥》（修订本二版），华东师范大学出版社，2007 年版，第 35—39 页。

(2) 参阅张枣：《朝向语言风景的危险旅行——当代中国诗歌的元诗结构和写者姿态》，《上海文学》2001 年 1 月号。

一部梦想之书。昌耀渴望用他的自由意志写就一帧梦想的诗学。在他的作品中，笔墨的终点，即是梦想的起点。

三

在一次访谈中，昌耀对自己的诗风有过这样的描述：“我的诗是键盘乐器的低音区，是大提琴，是圆号，是萨克斯管，是老牛哞哞的啼唤……我喜欢浑厚拓展的音质、音域，因为我作为生活造就的材料——社会角色——只可能具备这种音质、音域。”(1)昌耀用低音区来定义自己诗歌的声学品质，这是他的社会角色赋予他的朴实风格，也是他的内在秉性使然。昌耀坦诚地说：“我欣赏那种汗味的……平民方式的文学个性……我所理解的诗是着眼于人类生存处境的深沉思考。是向善的呼唤或其潜在意蕴。是对和谐的永恒追求与重铸。是作为人的使命感。是永远蕴含有悲剧色彩的美……我厌倦纤巧。”(《艰难之思》)雄浑的低音区奏响了沉潜在人性深处的健朗音符，昌耀关注的是人类精神基座上的生存事件，犹如梦想着“树墩是一部真实的书”(《家族》)一样，偏重低音的声学特征也使他的诗歌具有了风化和沉淀的力量，形成一种坚硬的质地，一种劳作的美学，一种雕塑感。雕凿是一次赋形的演奏，也是写作的隐喻：

雕凿一部史论结合的专著。
雕凿物的傲慢。
雕凿一个战士的头。
——《头像》

昌耀渴望在铿锵有力的敲击声中雕凿出一颗永恒的头颅，它带着意味深长的粗线条、石器时代的光环、英雄般的桀骜，古道热肠中浸润着坚韧的灵魂和冰冷的意志，以及一切逝去岁月里的荣耀。他在遥

(1) 昌耀：《宿命授予诗人荆冠》，载昌耀：《昌耀诗文总集》，青海人民出版社，2000年版，第589页。

遥回应着里尔克（Rainer Rilke）的颂歌："我们不能知道他传说中的头颅，／和成熟的苹果般的眼睛。然而／他的残像，仍遍浴着由内而外的辉煌，／像一盏灯，他的凝视此时转向低处，／正隐隐闪现出所有的力量。"（里尔克《古阿波罗残像》）[1]里尔克用内在的光亮书写了一个虚空的头颅，昌耀女娲补天一般地奋力用诗歌填补这一现代人的精神缺位，他梦想雕凿出一个浸透生命的实体，将人的形象修缮完整。尽管这不过是里尔克书写的虚空下的片刻显形，但昌耀沉醉于他的诗歌雕像，借助它，诗人可以重新展开与自然和历史的对话，再造一尊慈悲的神祇。"我，在记忆里游牧，寻找岁月／那一片失却了的水草……"（《山旅》）昌耀不失机缘地寻找到了一类坚硬的形象，它们浑身充溢着斧凿时噼啪的火星和砥砺的音符，他喜爱将它们置于诗集的封面，以表明自己的美学品味，如同他津津乐道于"卡斯特罗气节""以色列公社"和"镰刀斧头的古典图式"等左派形象一样。[2]美学上的左派却吊诡般地成为了政治上的右派，昌耀承受着精神和肉体上双重的撕扯和摧残，他在自己的诗歌雕像中品咂着一种错乱而迷幻的中国公民身份，一部名副其实的史论专著，抑或是一种高贵诗意的降临。低音区内近乎涩滞的奏鸣催促着这类坚硬形象的诞生，它们孤独地俯卧在世界的最底层，暗自修补着残损的自我以及精神缺失的同代人，同时也磨制出盛载梦想的诗意容器。

因此，不论在诗人的现实"离骚"中，还是在他的语境梦魇里，这类坚硬的形象会天然带有一种惰性，一种回归根部的梦想，就像一类绝少参加化学反应的古怪气体，沉潜在元素周期表的底部，散布着玄奥而清幽的光亮。这是一种结构复杂的惰性，它本身蕴含着一种悖谬特征，喂养了一种潜滋暗长的相反的力量，具有性格上的二重性；这是一种不失尊严的惰性，垂首蹙眉的低调与沉默救护了一块思考的空间，开辟了一片林中空地，甚至我们会从中恍惚感觉到一种风度翩翩的轻逸姿态；这也是一种积极的惰性，在昌耀大部分的作品中，我们能够体会到蕴藏在坚硬形象内部的爆发力、嘶喊声和词语的激情狂

（1）此处采自张隆溪译文。参阅张隆溪：《道与逻各斯——东西方文学阐释学》，冯川译，江苏教育出版社，2006 年版，第 118—119 页。

（2）参阅昌耀：《昌耀的诗》，人民文学出版社，1998 年版，第 416 页。

欢。昌耀的诗歌重新定义了惰性的概念，它作品中大量积淀的惰性气质，成为了倾注历史因子和情感细胞的语言聚合体，是诗人错乱而迷幻的个体身份的产物，是昌耀发明的诗意容器，它忠实记录了梦想中生命的勃起与阵痛：

一百头雄牛低悬的睾丸阴囊投影大地。
一百头雄牛低悬的睾丸阴囊垂布天宇。
午夜，一百种雄性荷尔蒙穆穆地渗透了泥土，
血酒一样悲壮。
——《一百头雄牛》

这是昌耀梦想的一派蔚为壮观的场景。在这个冥构的世界里，强烈地弥漫着力比多的阳刚气息，张扬着纯粹的雄性原则。对于一个在生理和心理两方面长期受特定时代逻辑压抑的诗人来说，对雄牛军团横亘于天地之间的、斗志昂扬的坚硬性器的歌颂，绝对称得上是再本能不过的反抗行为。但诗人并非只停留在本能的释放和宣泄的层次上，他力图将力比多驱动下的性欲冲动升华为一种爱欲秩序。马尔库塞（Herbert Marcuse）说："在爱欲的实现中，从对一个人的肉体的爱到对其他人的肉体的爱，再到对美的作品和消遣的爱，最后到对美的知识的爱，乃是一个完整的上升路线。"[1] 诗人让阵容庞大的"雄性荷尔蒙"在午夜时分渗入泥土，体现了对压抑有切肤体验的昌耀关乎人类文明的深远布局。"午夜"象征着女人无边的温柔，"泥土"暗喻了母亲多孕的腹部，无论在东方还是西方语境中，它们都属于典型的阴性词汇。精华的雄性物质"穆穆地渗透"于这类阴性时空，实际是在静谧中完成了一次伟大的阴阳交汇，是一次和谐的诗歌梦想，是爱欲的复苏和呈献。在爱欲秩序的不断升级中，诗人抵达了"对美的知识的爱"，促成了惰性气质的上升和飞跃。昌耀又将这支雄牛军团的数目定为令人瞠目的"一百头"，希望借助雄牛的伟力从集体主义的热情奔突至共产主义狂想，构筑一个梦幻乌托邦："我一生，倾心于一个

(1) [美]马尔库塞：《爱欲与文明》，黄勇、薛民译，上海译文出版社，1987年版，第154—155页。

为志士仁人认同的大同胜境，富裕、平等、体现社会民族公正、富有人情。这是我看重的‘意义’，亦是我文学的理想主义、社会改造的浪漫气质、审美人生之所本。”（《一个中国诗人在俄罗斯》）

雄牛是昌耀所在的西部高原上比比皆是的生灵，诗人笔下这一百头雕塑感十足的雄牛形象，正是在这个广袤的背景下寄寓了他的政治理想和美学旨归。同时，这一由惰性气质派生出的雄牛形象，也足以蕴藉诗人充溢着澎湃生命力的、粗线条式的、低音区的语言特征，因此它更易演化为一种诗学情结，以充足的精神能量支配着诗人的创作。巴什拉（Gaston Bachelard）称：“当人们承认了心理情结，似乎就更综合地、更好地理解某些诗篇。事实上，一篇诗作只能从情结中获得自身的一致性。如果没有情结，作品就会枯竭，不再能与无意识相沟通，作品就显得冷漠、做作、虚伪。”(1) 于是，我们或许可以认定，昌耀的深层诗歌写作心理中具有一种雄牛情结，它在更广泛的意义上构成一种昌耀式的英雄情结，暗自统摄了诗人的写作风貌，深深地契合了西部地理原始浩瀚的美学性情，同时，这一刚性的英雄逻辑也彰显着诗人无边的焦虑意识。作为昌耀作品的阳性原则，雄牛情结可以为我们解释他的诗歌在精神向度上的超拔、坚忍和向善，在遣词造句上的坚硬、生僻和涩滞，也可以在写作之外解释昌耀在处世为人上的诚恳、憨厚和单纯，甚至让我们明了，他在生活的交叉路口处作出的、与他命运等同的自由选择，都或多或少受到潜意识中雄牛情结的驱策。我们可以在昌耀众多的诗篇中迎头撞见雄牛及其同类的身影，如水手、船工、驭夫、父亲们、挑战的旅行者、穿牛仔裤的男人、牛王、高车、木轮车队、金色发动机、堂·吉诃德军团……这一系列阳性物象驮载着诗人与日俱增的内心能量一路奔腾，并且借助这种蓬勃有力的雄牛情结及其体现者的生命合力，诗人渴望在心灵废墟之上缔造一片迅速崛起的父性空间，以此来容纳自己内心真实的赞美和焦虑。在雄牛情结的支配下，无论是阳性物象还是父性空间，它们要将诗人的梦想带到何方？它们是否可以在诗中一劳永逸地拯救失落的人类精神？这种过剩的阳刚气质果真能独霸昌耀的诗歌帝国吗？在雄牛军团

(1)　[法]加斯东·巴什拉：《火的精神分析》，杜小真、顾嘉深译，岳麓书社，2005年版，第24页。

狂飙而过的尘埃渐渐飘落之际，一个似曾相识的沉默形象却将我们带进一片迥然异趣的天地：

感受白色羊时的一刻
音符与旋律驱动将黑夜荡涤漂卷。
倦意全然扫却，顿觉心底多日之苦索
瞬间丰满成形，眼前豁然开朗洞明。
——《感受白色羊时的一刻》

黑夜中的"白色羊"仿佛是一件圣物莅临人间，在飘荡的音乐中成为了所有倦意和苦索的终结者。"白色羊"就诞生在这样一个宗教意味十足的场景当中，它几乎等同于一只上帝的羔羊，一个耶稣基督的化身，一个平静的受难者的形象。这里的音符和旋律绝非锉刀和石像撞击时迸发而出的铿锵声响，它们如同羔羊的啼唤那般温柔轻盈，如丝如缕，绵远悠长。在昌耀站立的雪域高原，在人迹罕至的西部荒漠，本土的藏传佛教气息教会了这个充满血性的、颠沛流离的诗人一种安静的艺术，带领他开辟一条退守进内心生活的乡间小路。在这条小路上，诗人结识了许多如羔羊般安静的生命，它们仿佛与诗人拥有相似的命运，却更加懂得如何默享苦难的恩赐。这些神圣的生灵向诗人施展了一种超验的灵魂按摩术，它们从人们的内心里召唤出这样的声音："而当你作一声吟哦，风悄息。/我重又享有丝竹那如水的爽洁"（《给我如水的丝竹》）。羔羊是娇小的，但它的力量是巨大的，具有一种消解困顿的作用，那正是每一种危险自身包含的拯救可能性。在必要的时候，它会给一切威风凛凛的事物献上一记化骨绵掌，让咄咄逼人的狰狞和强硬瞬间消于无形，豁然开朗洞明。这是昌耀暗中埋藏在诗句中的神奇种子，是他悄悄孵化的词语精灵。"白色羊"形象的出现，是诗神对昌耀的恩典，是昌耀的智慧和幸运，是诗人隐秘的欢乐。昌耀把这一形象深藏在他的诗歌当中，像一条时隐时现的小溪，缓缓地流过每一个富含机缘的事物身旁。在他的众多作品中，我们会发现这一圣洁的形象会幻化成牧人、少女、天鹅、蜘蛛、蚂蚁、车轮、陶罐、织机、丝竹、炊烟、泥土、贝壳、雪……它象征着那些默默受难的、具有温柔气质和理疗功能的、能够召唤出人类意念深处的悲悯情怀的弱小事物。“我是这土地的儿子。／我懂得每一方言的情感细节。”（《凶年逸稿》）昌耀是一个诗化世界的通灵者，他在这些事物中间心有灵犀地找到了难得的知音，他能够听懂这些弱小事物的方言俚语，能够与它们交谈。昌耀把自己也当作它们中间的一员，一个同样来自凡间的、微不足道的生命，与它们相比，自己身上的苦难也就显得稀松平常、不足挂齿了。

敬文东认为，在这个意义上，昌耀是懂得缩小自己以进入世界和人生的少数几个当代中国诗人之一。他懂得一个弱者的真正力量。缩小自己使昌耀看待万物的眼光自然就要低些。这导致了两个结果：一是他在仰视宏大事物时，的确看到了它们伟大的一面，但他往往看不到它们那无边无际、一望无垠的伟大整体，却更容易看到伟大事物身上渺小的灰尘；二是低矮的目光更能使诗人看清细小的事物，并对细小事物的倔强、坚固的韧性，报以深深的敬佩和同情。(1) 昌耀由衷地喜爱与这些事物交谈，也喜爱在诗中谈论它们。我们不妨将昌耀的这种创作心理称为羔羊情结，它是诗人作品中的阴性原则。如果说昌耀诗歌写作中个性突出的雄牛情结是屋顶垒砌的坚硬砖瓦，那么羔羊情结就是砖瓦缝隙间长出的一根根青草。雄牛情结构成了昌耀诗歌的硬朗骨架和健硕肌肉，羔羊情结则融化进其体内安静流淌的血液和广为分布的细小神经，两者都来源于西部高原图腾般的生灵物象，共时存在于昌耀的诗歌体系中。羔羊情结犹如雄牛情结在水中的倒影，是每一个物种心灵的本质还原，它标识了一种存在的孤独状态，点染了词语的忧郁色彩。羔羊情结的出现，让雄牛情结独霸昌耀诗歌帝国的野心宣告破产，从此缔造出了昌耀笔下的一个诗歌共和国。雄牛情结和羔羊情结在诗歌中的交相互动，体现了诗人面对写作的复杂心态。澎湃的雄性荷尔蒙渗入午夜的泥土，“白色羊”的音符和旋律将黑夜荡涤漂卷，羔羊情结在语言中驯化着雄牛情结，这一规律让诗人总是保持精神上的胜利姿态，然而午夜（黑夜）依然暴露了它词义上的暧昧性。语言上的抵牾和含混更加有助于诗意的生产，正如“我不

(1) 参阅敬文东：《对一个口吃者的精神分析——诗人昌耀论》，《南方文坛》2000年第4期。

我才忘记了归路？

——《湖畔》

在这块多孔的语言编织物里，在“我”所结识的“湖之子”“兽皮屋”“炉中火”和“七孔风”中间，已然有了“更轻盈的东西”从它们身上穿过。它们来自古老的智慧，它们的名称也更基本，更具有物性的魅力，更亲近物神，亲近诗歌的源头。它们分别是水、土、火和空气这四种元素，是原始哲学定义的物质本原。巴什拉通过这四种元素定义了一种物质想象，他说：“在想象的天地里，我认为有可能确立一种四种本原的法则，这种法则根据各种物质想象对火、空气、水和土的依附来将它们进行分类。如果说，正像我们所认为的那样，任何一种诗学都应容纳物质本质的要素——不管多么微弱——的话，那么仍是通过基本的物质本原所作的这种分类同诗学的灵魂最类似。”(1)昌耀的诗歌中逸出了水、土、火和空气这四种本原的法则，它们调遣着昌耀的物质想象和诗歌技艺。这四种本原法则也划分开了昌耀诗歌在本体气质上的基本类型，从作品所涉的形象和主题上来判断，我们可以看出：水的法则规定了一副自然欲望的镜像，在诗人的作品中，它观照着水手、少女、渡船、黄河和风景等形象；土的法则为空间建构提供了支持，它包含着土地、山峦、牧人、牲畜、建筑和城市等形象；火的法则充满了吊诡意味，它指陈了体制、爱情、劳动、焦灼和幻觉等主题；空气的法则契合了生命本身的价值，它暗示了呼吸、韵律、肺、疾病和死亡等主题。并且，按照古希腊哲人的观点，这四大元素两两组合还能衍生出更多乃至无穷的物质形态，昌耀的诗歌同样依此获得它逻辑性和事理性上的丰富和饱满。按照这一思路，依赖四大元素的物性规则可以将昌耀诗歌本体气质与其发展历程相关联，就此将他的“命运之书”分成四个部类：水部（1955—1967）、土部（1979—1984）、火部（1985—1993）和空气部（1994—2000）。在昌耀长达近半个世纪的创作历程中，每一个自成风气的写作时段都隐约呈现出由一种元素或法则占主导地位的内在气质，并且每个时期的主导气质也是相互渗透

(1) [法]加斯东·巴什拉：《水与梦——论物质的想象》，顾嘉深译，岳麓书社，2005年版，第4页。

的，并非孤立存在。

以水、土、火和空气这四种元素标识昌耀创作历程上的四个时期，需要依赖一种写作和批评上的物质想象。金森修认为，物质想象就是在想象力中包含了一种物质性航程。[1]从昌耀的创作经验来看，作为文学活动中的写作者，诗人的创作素材来源于对世界的个人化体认，这种认识嵌满了诗人的主观成见和生命直觉，在不同的创作时期，昌耀通过他的诗歌语言讲述了他的生命体验，也同时讲述了关于水、土、火和空气的各种物性传奇。在诗歌的世界里，昌耀对于自己生命的叙事包含了他对世界的认识，借助物质想象和语言的神力，他让世界的图像跃出地平线，让四种元素开口说话。水、土、火和空气这四种元素构成了世界的运行法则和物质想象的基本材料，于是，在昌耀的笔下，生命的叙事就等同于世界的叙事，也等同于四种元素的叙事。昌耀借助诗歌所展开的生命叙事既是一种个人化的声音，同时也是物质本身的声音，也是世界的声音。因此，昌耀的个体言说也带有了普遍性，他的诗歌所讲述的正是我们这个物质世界在某一个音调上关于生命的故事，四大元素被他的诗歌语言从暗中激活，渗入诗人的生命流程当中，开始了它们的吟唱。

赫拉克利特（Heraclitus）提供了一条四大元素盛衰继起的逻辑："火生于土之死，气生于火之死，水生于气之死，土生于水之死。"[2]在昌耀的诗歌王国里，水、土、火和空气组成了一幅完美和谐的世界图像，也幻化成一卷绵延流动的生命之书。或许是诗人命运流徙使然，或许是元素周期的内部理路，赫拉克利特预言般地揭示了四大元素在昌耀诗歌中的出场顺序，按照这个独特的运行规律，它们在不同的时期内各自主导着昌耀诗歌创作的精神气质。具体来说，昌耀在1955—1967年间遭遇了他人生最深重的厄运，也经历了他的诗歌童年，然而诗人并未在他此时的创作中流露出更多怨诉。这种写作上自发的启蒙运动让他本能地关注那些更为纯粹和崇高的事物，也让他写作之初留下的那些朴素的作品充满了原始的情感和自然的清新，它们是在诗歌

(1) 参阅[日]金森修：《巴什拉：科学与诗》，武青艳、包国光译，河北教育出版社，1989年版，第38页。

(2) 苗力田主编《古希腊哲学》，中国人民大学出版社，1989年版，第38页。

中涌出的一股生命源泉，包含了人性中的所有欲望因子，“人之初”的神韵在“水”中灵光乍现，呈示了作为流放者的昌耀在体验世界过程中产生的问题意识。正如一把钥匙开一把锁，在这里，昌耀对“水”的物质想象构成了一个生存的镜像，也缔造了一个梦想的集合，它们由诗歌语言和盘托出，等待着我们的解读押上他诗句的韵。所以，我们也相应地采取一种“水的方法论”来重新阅读他这一阶段的诗歌作品。在精神分析学层面上，我们发现了诗人深层心理中潜藏的几重欲望症候，也就此铺开了由于受动于它们的内驱力，而在追逐梦想的过程中呈现出的挣扎与救赎的幻象。

1968—1977 年近十年间，昌耀没有正式发表过作品，他在这个特殊年代里的创作生命遭遇了一次“休克”。尽管诗人并未真正放弃创作的热情，但在这里，我们更愿意把昌耀在“文革”期间的“搁笔”现象视为一种创作上的空白期，这种“空白”为诗人创作风格上的转换提供了可能。从昌耀在 1978 年经历创作解冻后的诗歌面貌来看，他此时的大量作品都致力于对自然山河的咏怀和对新兴建筑的赞美。较之“文革”之前的作品，他在投入新生活后调遣了更多更稠密的情感来融进诗歌创作，由此我们可以推断出这种“断裂”的合理性，以及经由“断裂”所引发的一次诗学转向。借助物质想象的翅膀，这次转向唤醒了土地的建构法则，让诗人将抒情的目光一往情深地投向了生产性的空间形象上，这种空间形象包含自然空间、历史想象空间与现实建设空间等几种形式，它们的合体锻造出了一个让诗人尽情讴歌的父性空间。在这种庄重的情感中，他的诗歌写作也适时引入了回忆模式和建筑模式，以协助这次面向空间的写作转向。“土地法则”接管了“水的方法论”，成为昌耀在 1978—1984 年间支配诗歌创作的主导精神，它不但点明了转向后的诗人在作品中倾力书写的客体具有一种生产性特征，而且道破了我们的批评话语在本质上呈现出的空间性的本质。作为对象的空间和作为手段的空间在“土地法则”的效用中发生重叠，展现了物质想象在创作和批评上的双重魅力。

“土地法则”的生产性逻辑为诗人建筑了一座宏伟的抒情大厦，而自 1985 年开始，与日俱增的焦虑感逐渐浮出了他生活世界的地平线，这股强大的瓦解力量直接作用的对象便是他此前一贯秉承的、整齐划一的宏大抒情原则。这让昌耀的写作空间由生产性转为消费性，犹如一团在庸常生活中燃起的焦虑之火静静地在诗人的作品中焚烧。这也促成了昌耀创作历程中的第二度精神转向，“火的意志”慢慢在诗歌中突显了它的耗费性和消极性，因而暴露出了诗人创作理念上更为本质的断裂——认识论断裂，它以破碎的空间形态暗喻着理想的沦落和救赎的失败，这种破坏力也预示着昌耀晚年两段“黄昏恋”的无奈和绝望。尽管“火的意志”让昌耀在爱的幻象中释放出了可贵的激情，但那些美丽的梦想最终只如同灰烬一般成为它们在现实处境中燃烧后的虚无产物。爱情的失败彻底揭示了这种断裂和衰变，昌耀的英雄情结逐渐被反英雄式的写作心态所消解，并持续影响着他晚年的作品风格。因此，在对昌耀创作于 1985—1993 年间诗歌作品的阐释上，本文力求证明诗人写作精神盛极而衰的内在吊诡性，并理清一条火的意志的衰变轨迹，这条轨迹在昌耀越发走向内心化的诗歌中渐渐清晰，它仿佛告诉我们，物质想象沿着梦想的斜坡开始滑向事物的另一极。

从 1994 年开始，直到诗人去世，昌耀晚年的作品呈现出一种怪癖，从他的文字容貌上来看，不分行的散文写作形式代替分行的诗歌而占据了主流地位，这种写作形式让诗歌的梦想回归到日常性，回归到生活本身。这位“大诗歌观”的提倡者在词的集合内部发动了一场政变，让梦想的集合发生重组，让物质想象在经历了内心烈火的锤炼之后终于吐出了一口长气。昌耀晚年不幸被病魔纠缠，命运让诗人的肺部谶语般地展现出一幅“噩的结构”，肺部的噩症导致诗人呼吸艰难，呼吸的艰难也正通过昌耀的写作暗示着生活的艰难。晚年的昌耀在用越发沉重的、口口致命的呼吸成全着他的诗歌。或许可以认为，呼吸就是生命，就是诗歌，昌耀在晚年时光里就是在用他孔雀开屏般的肺从事写作，他让生活的韵律与诗的韵律重合，用纯粹的叙事性构建他对生命和世界的整体观念。本文倾向于将昌耀 1994—2000 年间的作品看作他呼吸运动的产物，它们携带着人的气息，讲述着人类在世界上的真实遭遇，借助这种物质想象，我们在昌耀晚年这些自成风格的作品中读到了他苍凉的视野、悲悯的情怀以及对生命的敬重。在日渐稀薄的生活氧气面前，诗人艰难地吞吐着他交融着命运的诗句，这些宝贵的气体，是诗人残破的肺的梦想，也是他诗歌的梦想，昌耀的生命和写作全部依赖着它。这些气体飘过了诗人的生之涯岸，飘过了他所在的时代和地域，携带着物性的恒久信息，就这样来到我们的面前。

毫无疑问，昌耀的诗歌在努力地讲述着他的生命体验和他对世界的认识，它们带有海德格尔所谓的“语言说”的特性。从本质上理解，这种“讲述”的意义往往带有两种不同的色彩。昌耀的诗歌通过四种元素的起、承、转、合讲述了他的生命流程，这种讲述是绵延不绝的，它与时间有关。水、土、火和空气这四种元素的精神气质共存于昌耀的作品当中，诗人勇往直前、不断变换的生活之流在不同的时期召唤出四种元素所代表的不同法则，就像适时更替的季节时令共同组成了一载完整的光阴。尽管昌耀的生活无比琐碎，甚至不堪回首，但是透过他的诗歌，尤其是透过他诗歌中用物质想象打造的水晶球，我们惊异地发现在那些平凡岁月的尘埃中闪现着不朽的光亮，诗人正是在用他属人的言词讲述着永恒的情节。因此，在这种意义上，昌耀的诗歌似乎在讲述一种“神话”，它操持着宏观的眼光，视生命如时间一样绵延，四种元素的神奇合力在支撑着这种“讲述”遵循着生活之流不断向前，连成一体，寻找着通往不朽的契机（本文在第一章和第四章里关于“水”和“空气”的“讲述”中倾向于这种绵延和完整的特性）。这种“讲述”方式是参与性的，是一种“我在”，也就是对诗人生命体验本身的“讲述”，在此，它构成了理解昌耀诗歌语言的一个维度。

然而，当我们借助昌耀的诗歌探访他的生命历程并顺流而下时，不但将他的诗歌语言还原为种种生命体验，而且还通过物质想象把它们投射进概念世界，从而得出对世界的一系列认识。这是物质想象作用于批评话语的结果，它像一种重要的驱动程序安装进对昌耀作品的阅读过程中。这种概念工具让水、土、火和空气这四种元素依照各自不同的精神气质对昌耀创作整体的划分显得更有道理，我们也更加深入地理解了这四种元素所主导的四种精神气质在各自不同时期表现出的重要意义，更加清晰透彻地从微观上理解了昌耀作品的诗学品质。因而，这种遍布着概念的“讲述”更接近于一种“逻各斯”，它崇尚分割、分离、转向，甚至断裂，像一把思维的利刃在绵延的生命体验中截取出一个个有意义的片段，为我们展示出每一段生命体验过程中的自足性和特异性，传达出包含在诗人生命细节中的重大道理（本文在第二章和第三章里关于“土”和“火”的“讲述”中倾向于这种转向和断裂的特性）。因此，这种“讲述”方式是内省式的，是一种“我思”，它与空间有关，与思维的方位有关，由此构成理解昌耀诗歌语言的另一个维度。(1) 于是，这两种对“讲述”的理解维度从语言的历时性和共时性两个方面共同驾驭着物质想象，从宏观到微观，从“我在”到“我思”，从时间到空间，从绵延到断裂……不论是对于昌耀还是对于我们，不论是讲述生命的体验还是讲述个体对世界的认识，以四种元素为尺规的物质想象开启了一片自由而丰富的话语场，它在昌耀的诗歌体系中随意进出，犹如一种轻盈的气体逸出了一块坚硬的海绵。

对于“神话”和“逻各斯”这两种“讲述”方式，本雅明提供了一个绝妙的比喻，他认为“在热带丛林里，词语只影响自身，就像吱吱鸣叫的猴子，从一个枝头跳到另一个枝头，喋喋不休之后还是喋喋不休，只是为了不碰触地面，因为那会暴露出它们不能直立的事实。那地面就是逻各斯，它们本应站立在那里讲述自己。但是它们避开逻各斯地面时过于做作，因为在每一种神话思维的面前，甚至在一种神秘地获得的思想面前，真理问题都算不上问题。”(2) 或许对那些怀有“土星气质”的人来说，他们对自己生命的“讲述”就如同丛林里一只只焦躁不安的猴子，迷失在生活制造的神话迷雾当中，并把它看成自己所处的真实世界。这些颠沛流离的灵魂习惯于在茂密丛林里进行空中行走，从而将逻各斯大地悄悄地隐匿在自己的脚下。昌耀着力书写的生命体验就这样悠荡在由水、土、火和空气这四种元素的物性规律所组成的枝梢间，梦想的翅膀帮助他在这些枝梢间停留，且不断变换着栖身的枝头。然而，不论梦想的翅膀帮助他在这些枝梢间停留多久，诗人终

(1) 这里有关“神话”和“逻各斯”的论述请参阅叶秀山：《从 Mythos 到 Logos》，载叶秀山：《永恒的活火——古希腊哲学新论》，广东人民出版社，2007 年版，第 86—107 页。

(2) [德] 瓦尔特·本雅明：《歌德的亲和力》，载陈永国、马海良编《本雅明文选》，中国社会科学出版社，1999 年版，第 80 页。

究要降落到命运的大地之上，降落到对生命本质的“讲述”当中，这一迟缓的过程也让他的文本气质呈现出一种既断裂又绵延的物质递变性。通过物质想象这种神秘的介质，昌耀的诗歌文本也具有了价值上的二重性：诗人若将自己的生命体验投射给外部世界的时间性，就形成了“神话”；若投射给内在意识的空间性，就形成了“逻各斯”。对于昌耀的任何一个文本来说，“神话”是显性的，“逻各斯”则是隐性的，尽管两者来自不同的世界，但昌耀的诗歌共同体为它们提供了一个共存的平面和对话的可能。

“神话”也好，“逻各斯”也罢，昌耀作品中每种对生命体验的“讲述”都带领我们追根溯源，期望找到物质的原初胚胎。因此，昌耀本质上或许可以称作一个歌颂物性的诗人，他所歌颂的物象源源不断地纳入一个从行星到微尘的宇宙序列当中。他可以将自己分身为面向四种元素的倾谈者，从而也让他的诗歌拥有了物神赐予的四个名称——水、土、火和空气。正如有人写道：“谁把名字放入歌中就拥有三倍的福祉；／这首歌由于命名而大放异彩，／至今还在其他歌曲中存活——”[(1)] 诗人的命运便由此分别交由这四种元素来讲述，他的情感也交给它们来抒发。昌耀诗歌中更密集、更微观的故事需要我们拿出更多的耐心来一点点地勘探，诗歌的奥秘同物质的奥秘同样令人赞叹。在一边渴望救赎，一边又崇尚自由意志的生命里，昌耀通过写作创造了一个没有拜物教的物神，他诚实地传达着物的神谕，又处处体现为诗人本质力量的对象化。明白了这一点，也仅仅是一个开始。在依赖生命体验进行的诗歌写作中，昌耀晋升为一个关于元素和物质的命名者，一个人类命运的预言者，他履行了一个诗人的天职。从他的诗中，我们读到的是生命，是梦想，还有人在两者间的挣扎和暗战；我们也聆听到一种回声，那是一种来自母亲的、熟悉的纺线声，是一种来自世界深处的轻声细语，它像物一样恒久、绵远、安宁。

神已失踪，钟声回到青铜，
流水导向泉眼，

(1)　[俄]曼杰什坦姆：《寻找马蹄铁的人》，载[俄]曼杰什坦姆：《曼杰什坦姆诗全集》，汪剑钊译，东方出版社，2008年版，第108页。

黄昏上溯黎明，

物性重展原初。

——《燔祭》■

昌耀诗歌文体变迁的内在逻辑※

张光昕

1979年，诗人昌耀结束了长达21年的流放生涯，携家人回归西宁，重返青海省文联的工作岗位。作为流放归来的诗人，昌耀开始以审慎的态度对待自己的写作，在经历了人生最重要的苦难岁月之后，积聚在诗人内心的一股强大的干预冲动逐渐丰满成型。在这种积极的破坏力的作用下，昌耀大规模地修整自己的诗歌鬓发，将他此前和此后的作品都统统置入再生产的观念里，他将自己的诗歌创作史逐渐理解为形式演变史，让诗歌文本自身做深呼吸，借此把它融入吐故纳新的自然规律中。这股再创作的激情，强劲地鼓动着昌耀对自己的作品进行大面积的修缮、改写或重写[1]，在这种二度创作的焦虑中，我们可以约略辨识出昌耀的创作无意识中对待写作和生存问题的两种极限态度。同时，在诗人后期的创作和修改活动中，我们会注意到，这两种向度之间发生了颇具意味的倾斜，形成昌耀写作中极为炫目的文体变迁，为读者进一步理解诗人的晚期风格的内在机理提供了一份直观的佐证。

一、昌耀诗歌中的双轴范式

《昌耀诗文总集》是诗人临终前编订的作品集，几乎囊括了昌耀

（1） 据燎原考证，除了1957年的《林中试笛》（两首）外，收录在《昌耀诗文总集》中1979年之前的所有作品，以及1979年之后的诸多诗作中，其末尾注明是“改旧作”的一类作品，多存在这种改写或重写的现象。而那些末尾没有作出这种标注说明的，也仅只能表明昌耀在修改时保留了原作的基本框架，而绝不意味着没有进行过修改乃至重写。参阅燎原：《昌耀评传》，人民文学出版社，2008年版，第259—264页。

※ 原载《中国现代文学研究丛刊》2014年第12期。

一生的创作，其中的作品在内容和形式上都可看成是定型的版本。收录在这部诗文总集里的第一首作品是《船，或工程脚手架》。尽管该诗的末尾标明的写作时间是"1955 年 9 月"，然而，这却是昌耀 1979 年复出后在另一个母本基础上删改而成的作品[(1)]。相对于母本来说，《船，或工程脚手架》具有更加简练的外观形式：

高原之秋
船房
与
桅
云集
濛濛雨雾
淹留不发。
水手的身条
悠远
如在
邃古
兀自摇动
长峡隘路
湿了

空空
青山。[(2)]

这是昌耀作品中罕见的诗歌造型，每行多则五字，少则一字，形式极为精简洗练[(3)]。昌耀将该诗置于《昌耀诗文总集》的开篇，使读者

(1) 根据燎原查证，该母本是昌耀的组诗《高原散诗》中的一首，发表在沈阳作协主办的《文学月刊》1956 年 4 月号上。原诗全文可参阅燎原：《昌耀评传》，人民文学出版社，2008 年版，第 260—261 页。
(2) 本文引用诗歌均出自昌耀：《昌耀诗文总集》，青海人民出版社，2000 年版，特此说明。
(3) 《昌耀诗文总集》中还有另外一首名为《一代》(1986)的作品，与该诗的造型特点类似，此处不予以讨论。

犹如迎面撞见一面远古的铜锣，在峻峭的形式中为之一振。这是一首在情感上高度节制的作品，从整体上看，因为抽象的笔触实现了每一诗行字数的最小化，视觉上就造成了一种将文字纵向排列的趋势。如果存在一条竖直的轴线的话，整首诗仿佛在无限地靠近它。这种造型在昌耀作品中尽管少见，但却揭示了诗人通过诗歌文字的排列形式表达的潜在的生存焦虑。我们可以尝试作出如下的估计：《船，或工程脚手架》奠定了昌耀写作中的纵轴范式，这种创作范式力图用最简练的文字占满一个诗行，就像在微观物理中，只要释放少数几个原子就能占满一整条原子轨道那样。这种布局让闲置下来的大量空白，来迎接人类情感中含义无穷的诗意内容，因此以每一个诗行为单位，诗行彼此之间就保持着一种宁静的平行关系。在我们阅读纵轴范式的作品时，每一诗行中的诗学原子，都与邻近诗行中的原子维持着等距的垂直下落运动。这种诗学运动建立了一个共时性的诗歌场，它最显著的特征就是超越了时间的线性观念，彼此平行的诗行维持着一种纵向的空间排列，像一棵笔直挺立的树，沿着一个纵向的主轴生长，我们阅读这类作品，就像在行驶的汽车里看到路边的树都在朝同一个方向做整体运动。

共时性诗歌场的建立与古希腊城邦的格局有些相似，每一个从容不迫的诗行都是一座人口稀少且制度完善的袖珍城邦，纵轴范式的使命就是建立这样一个诗的理想国，它要求诗人通过不断的写作实践，努力实现一种近乎完美的诗歌写作机制，即善的结构。这种结构如古典音乐般肃穆、整饬而安详，力图抵达神圣的静止，践行空间原则。以此为目标，我们对诗行间关系的考察和思考可以视为一门诗行的政治学，纵轴范式正以诗行的政治学为圭臬来操持着写作者的善治理想。

我们不妨将《船，或工程脚手架》作为昌耀作品视觉形式的一个极端例证，确立为昌耀诗歌形态学的一条边界，以这种极限的思想来观察昌耀创作的流变历程，往往令我们深受启发。当我们以这样的态度略去中间漫长的过渡，直接面对昌耀的晚期作品时，一种文字形式的激变正在回应着我们的假设。一个有目共睹的事实是，昌耀自进入20世纪90年代以来便开始自觉地放弃分行诗歌的创作，代之以不分行的散文体裁。比如，我们在他的《近在天堂的入口处》的开头一段，就能感受到昌耀已经完全摆脱了纵轴范式的创作精神：

酷似青蛙的一只小动物随我沿着陡直的通向天堂的木梯攀登。它甚乖巧，每待我登高一级，立稳，它才纵身一跃，落到我胯下两脚之间的横木。我们已经接近天堂的入口。而恰在此时，我颤抖的脚肢失慎将那只跃起的小动物中途挡翻。骇然的事情就这样发生了。

的确，"骇然的事情就这样发生了"。或许是受到鲁迅《野草》的影响(1)，昌耀在他的晚期风格里开启的这类不分行写作，在 1993 年之后逐渐成为大规模集中呈现的创作样式。这种从分行到不分行的文体变迁，无疑是昌耀诗歌造型史上的一次飞跃。既然分行的文字利用诗行间的平行排列关系，创造了共时性的诗歌场，那么不分行文字因为取消了诗行的独立性而趋于一体化，这样就形成了线性结构，形成了历时性的文字流。在这种意义上，作为诗歌体裁的变更形式，不分行的文字已经获得了一副散文的面孔。它遵循时间的逻辑，在阅读上拥有了水平的方向感和前进的内驱力。因此，与纵轴范式相反，昌耀的不分行文字造就了一个横轴范式，它要求诗人的创作欲念里那些像原子般散乱的文字，都要按规定排列在同一条叙述轨道上，这就形成了一条模拟线性时间特征的文字流体，它具有开端和结尾，叙述活动就在这两者间开展。于是，在纵轴范式下，并行不悖的诗学原子开始发生偏移，必然导致原子间的撞击，其结果就是聚集成一个新的共同体。

昌耀坚持认为："诗，自然也可看作是一种'空间结构'，但我更

(1) 这里不仅指昌耀在进入散文时代的创作与鲁迅的《野草》在体裁和思想旨趣上极为类似，此外，在一些具体的语句和运思逻辑上，两者也十分相像。如鲁迅在《野草·题辞》(1927) 中开篇即写道："当我沉默着的时候，我觉得充实；我将开口，同时感到空虚。"参阅鲁迅：《野草·题辞》，载《鲁迅全集》第二卷，人民文学出版社，2005 年版，第 163 页。而昌耀《苏动的大地诗意》(1997) 一文的开头是这样的："当大地沉睡着的时候，我们感觉到的大地倒像是苏醒着。而当大地苏醒的时候，我们自己倒是睡着了。不常常是如此吗？"参阅昌耀：《昌耀诗文总集》，青海人民出版社，2000 年版，第 699 页。由此可见，相差 70 年光景，两位作者在写作时都面临着相似的精神境遇。

愿将诗视作气质、意绪、灵气的流动，乃至一种单纯的节律。”[1]横轴范式打破了诗歌的分行原则，诗行不再成为文字共同体的单位。这一范式号召诗歌结构中每一个独立的诗行与它邻近的诗行首尾相连，并被时间流一以贯之地串制成文字流。与纵轴范式中的诗行具有同等的地位，文字流中的语词晋升为横轴范式里的基本单位。这种历时性的叙述形态酷似古罗马的帝国制度，它力图在写作中实现大一统的集权梦想。在这里，诗行的城邦消失了，善的结构被打破、碾碎和挤压，被安排进新生的文字流里，善治的梦想和重任落在了新生的单位——词语——的肩上，犹如帝国治理结构下的家族或家庭的角色。由此，在昌耀的文字帝国体系内部，调解词与词之间关系的问题成为一门显学，我们不妨将它看成词语的家政学。

对于这种朝向不分行文字创作的语词跃迁和文体变迁，昌耀在《昌耀的诗》的后记中提供了自己的逻辑：

> 我是一个“大诗歌观”的主张者与实行者。我曾写道：“我并不强调诗的分行……也不认为诗定要分行，没有诗性的文字即便分行也终难称作诗。相反，某些有意味的文字即便不分行也未尝不配称作诗。诗之与否，我以心性去体味而不以貌取。”……我将自己一些不分行的文字收入这本诗集正是基于上述郑重理解。我曾说过：我并不贬斥分行，只是想留予分行以更多珍惜与真实感。就是说，务使压缩的文字更具情韵与诗的张力。随着岁月的递增，对世事的洞明、了悟，激情每会呈沉潜趋势，写作也会变得理由不足——固然内质涵容并不一定变得更单薄。在这种情况下，写作“不分行”的文字会是诗人更为方便、乐意的选择。[2]

经过这一大段辩白，我们得知，昌耀作品分行与否的判断标准是诗性的有无，而昌耀声称自己是在用“心性”来体味诗性，“想留予分行以更多珍惜与真实感”，承认分行文字终归是寄托在诗性这副王道

(1) 昌耀：《我的诗学观》，载昌耀：《昌耀诗文总集》，青海人民出版社，2000年版，第323页。

(2) 昌耀：《昌耀的诗》，人民文学出版社，1998年版，第423页。

性。在昌耀那些不分行作品中，我们与日常生活中的平凡物象相遇（流浪汉、乞丐、小男孩、青年、卡车司机、小人物等），在横轴范式作用下，它们都带上了些许魔幻色彩，哥特式的生活片段成为昌耀此时创作自然选择的叙述场景。这种可供描述的生存形式或许正透过昌耀敏感的“孔雀肺”慢慢落入紧凑致密的文字间，它以得意忘形的姿态宣扬着诗人对当下生活的躁动和颓废，经营着一种反诗意。在不断加强的呼吸运动中，昌耀的“孔雀肺”敏感得近乎病态，好像一张飘扬在猎猎西风中的残破战旗，即使有一口气在，也要悬挂到生命的最后，始终不肯向现实困境屈服，这也成为昌耀晚期风格的器质根源。

纵轴范式和横轴范式共存于昌耀的创作历程当中，并展开相互间的拉锯和角力。前者寄寓了诗人对“千年”的梦幻，倾向于一种长线的诗意；后者常常瞥见“瞬间”的光环，缀满了即兴的真实。诗人从“千年”汇成“一瞬”的精神嬗变，也推动了纵轴范式和横轴范式之间的抵牾在昌耀作品中生出端倪。接下来，我们通过考察昌耀创作于1980年的长诗《山旅》的形式演变过程，来推敲诗人的写作在双轴范式之间的倾斜趋势和文体取向的发生机理。《山旅》在收进昌耀陆续出版的几部诗集时均有不同程度的修改印记[(1)]。从总体趋势上看，几番颇费心思的修改过程，已经充分暗示了诗人潜意识中对写作形式的自主选择。除了大段的删减诗行，昌耀主要采取诗行合并的策略，将原诗中大量较短的邻近诗行相互合并，组成一个新的诗行。为直观起见，我们略去了中间的演变形式，罗列出《山旅》中的一处文字修改前的初始形态A和修改后的最终形态B，以资对照。

(1) 据燎原考证，该诗首刊于《青海湖》1980年第11期，共十四节，近四百行。在收入昌耀1986年出版的第一部诗集《昌耀抒情诗集》时，仅作了个别的词句改动，基本上保持原貌。到了昌耀的第三部诗集、1994年出版的《命运之书》时，这首长诗没有了，却出现了一首题名为《马的沉默》的短诗。而这首短诗，正是从《山旅》中节选出来的一个片段，它在《山旅》中分成三段，共二十五行。至此一字未改，却折并成了不分段的十三行。在昌耀的第四部诗集、1996年出版的《一个挑战的旅行者步行在上帝的沙盘》中，这首《山旅》再次出现，但其局部的诗行排列形式却颇为奇特，为了节省篇幅，原诗中许多较短的自然诗行，都由两行或三行折并成一行，但彼此间却以斜杠——“／”分隔开来……于是，这首长诗就通过这样的诗行折并，更加上诸多部分的诗句删除，被压缩成了七节共二百一十行左右的篇幅。到了昌耀的第五部诗集、1998年出版的《昌耀的诗》中，这个版本被原封不动地移植了过来。而在他的最后一部诗集、2000年出版的《昌耀诗文总集》中，这首诗仍保留着前一个版本的形态，但所有并行中的斜杠——“／”却被全部剔除。参阅燎原：《昌耀评传》，人民文学出版社，2008年版，第268—269页。

A. 修改前：

哪怕是——
我感知世事前
初尝的苦果；
哪怕是——
我披览人生后
乍来的失恋，
…………

B. 修改后：

哪怕是我感知世事前初恋的苦果，
哪怕是我披览人生后乍来的失恋，
…………

通过考察长诗《山旅》的诗行形态从 A 到 B 的变化，我们可以明显地发现昌耀对旧作的修改策略和作品结构的演变趋势，其主导精神体现为从纵轴范式向横轴范式的递变。这种变化趋势贯穿于昌耀创作的整个历程，它决定了昌耀诗歌独特的风貌：在由诗行的政治学向词语的家政学改组的愿望之下，仿佛诗歌的纵轴不断地向横轴输送文字，语词像着魔的原子一般从纵轴不断跃迁到横轴上。这种跃迁运动将共时性的诗行强行捆绑成一体，摇身变为历时性的叙述文字，让诗歌场改组为文字流，这种近乎生硬的语词嫁接，造就了昌耀诗歌涩滞的美学风格。我们可以想见，这种涩滞似乎来自个体与世界的摩擦，来自命运中冥顽不化的体验，来自生存和言说本身的艰难。与纵轴范式创制出善的结构相反，这种由纵轴向横轴的意志倾斜和语词聚集最终催生出的结果，用昌耀自己发明的一个词组来表达，就是噩的结构："噩的结构正是如此先验地存在，／以狰狞之美隐喻人性对自身时时的拯救，／而成为时时可被欣赏的是非善恶。"（《噩的结构》）昌耀承认，在他诗歌中意味深长的涩滞感体现的是狰狞之美，是语词跃迁过程中产生的奇特的诗学效果，它在文本中抽象而精确地落实为一套美学意义的噩的结构（与他作品中另一类提倡和谐的善的结构相对立），鲜活地描绘了诗人饱经沧桑的“孔雀肺”，道出了诗人呼吸和生命中的涩滞和踉跄。

昌耀对诗歌形式的修改习惯，暴露出他诗歌语言中的普遍特征：每一个读者几乎都会在唇舌上体会到难以忍受的艰涩、拗口和障碍，甚至出现不得已的间断。这是阅读上的消极断裂，是气的打断。如果谁试图勉强一口气读完整个诗句，除非他具有超强的肺活量，否则都很难做到。比如昌耀《听候召唤：赶路·水月》中的诗行：

A.

太阳沉落时我永在向往的海就已在西天短暂地显现那一时的荣华。荣华。荣华。

我遥望红色海流不断升起来的暗影依时序幻化流变渐远如我们无闻的岛屿，如村烟纷扬零落。如靛蓝染布一匹匹摊晒海涂。如锻锤下一串串铁屑飞迸冷却变色。

类似 A 中这样冗长、紧凑的诗句，在昌耀的作品中屡见不鲜。根据上文对昌耀诗歌形式修缮史的简略考察，我们似乎可以作出如下大胆的猜测：除了学诗早期的习作和晚期的不分行文字，居于其间的昌耀作品的主干部分，或许都是从纵轴范式向横轴范式的过渡形式。也就是说，对于上面作品中的那种复杂长句，在昌耀的腹稿中，它可能是由若干分行的短句组成的，并且极有可能写成一种原始的纵轴模式：

B.

太阳沉落时
我永在向往的海
就已在西天
短暂地显现
那一时的荣华。
荣华。
荣华。

我遥望红色海流
不断升起来的暗影
依时序幻化
流变渐远
如我们无闻的岛屿，
如村烟纷扬零落。
如靛蓝染布
一匹匹摊晒海涂。
如锻锤下一串串铁屑
飞迸
冷却
变色。

对比 A 中的复杂长句，B 中的形态便是我们为昌耀猜测的一种极有可能的纵轴范式，其中个别字词位置的调整，还会衍变出其他若干种形式，此处就不一一讨论了。在这里，我们代替诗人对原作中的复杂长句作了向纵轴范式的还原，可以看出，从 B 到 A 的形式演变，或许正是昌耀从腹稿到下笔，或从初稿到定稿，或从定稿到发表，或从发表到结集出版等任何一个过程中，对诗歌形式的修缮、转换过程。这一过程体现了昌耀诗歌从纵轴范式向横轴范式投射、过渡和跃迁的总体趋势。它的最初形态和最终形态已被我们把握，而其中经历的漫长过渡形态，便体现在昌耀大部分作品中出现的那种复杂长句上。

对这种复杂长句的写作和阅读，需要的是充沛强劲的肺活量，需要一口长足的气息，这样才能与这种形式相匹配。对于每一个普通的读者来说，这种过渡形态也暗自对我们的肺提出了高级的要求，布置了高难度的任务，要求我们强化自身的呼吸，以期尽量多地争取到氧气——尽管这是一种令人难以理解的方式。对于昌耀来说，这种氧气就是他渴望用“心性”体味到的诗性，是他窘迫人生在纸张上投下的阴影（比如，为了自费出版时节省纸张而对诗歌形式作出煞费心血的改动）。为了追求这宝贵的诗性，诗人不惜苦吟推敲，经营复杂的句式和结构，制造精致磅礴的物象和场景，构思意味深长的典故，宁为雅言而阳春白雪，不为流俗而损害诗性。他宁愿滥用自己的肺，也不滥用汉语之美。越是那些生僻、古奥、匪夷所思的作品，就越凝聚了诗人的良苦用心。

三、昌耀诗歌的狰狞之美

昌耀的这种诗学志趣，总体上被他表达为狰狞之美。这种美是诗人与时代、政治、体制和日常生活凌厉交锋后的奇怪产物。对于这卷被上帝之手镌刻在祖国西北角的命运之书，昌耀运足毕生的气力渴望制造几许偏移，渴望实现朝向他的零点作永劫的回归，因而，他的作品都统统带上了偏移的痕迹和跃迁的夙愿。这部独一无二的杰作，是昌耀在身体上早已发现的、关于命运的书写，是他古瓷般的生命逐渐走向老化时留下的纹理。这种狰狞之美并非只存在于纵轴范式向横轴范式投射的完成时里，而是以折射的方式弥漫在昌耀的整个作品体系中，是他在写作中绽放的珍贵而罕见的光泽，昌耀渴望在这道蜿蜒、倾斜、布满杂质的光线里找到并实现他的自我理想。

昌耀作品中的这种怪异风格，经常被一些读者理解为是偏僻、歧义、猎奇的写作，是非主流的艺术，是填补差异的诗歌，是边陲小镇上的一席闻所未闻的美味，是野蛮人部落里的一杯兰姆酒……持这种观点的人来阅读昌耀，或许是因为对其他诗人的作品读得太多，而这些人彼此又写得太相似了。这些被规训了肠胃的读者把昌耀的诗想象成街边摊贩端出来的一盘开胃小菜，尝上几口后，觉得滋味有惊喜，但难于索解，于是继续回到每天不变的一日三餐里。读者只注意到他偏离主流的、迥异的美学风格，而忽略了这种风格内部的生命复杂性；只注意到了词的征象，而无意于物的肌理。许多人不知道，昌耀虽身在外省，但他的诗歌创作和理念却并不生涩、偏僻。如同上帝是一个理念的圆球，它的圆心无处不在，而圆周却不在任何地方，对待昌耀也是一样，这个跋涉于命运的千座高原上的诗人，牢牢地抓住了他诗歌的圆心，定居在诗性的圆心里。而他的多数读者却无法把握这颗诗性之心的边界，以为他身在西北，便只作地域之诗，这种想法着实狭隘而可笑。昌耀的诗歌圆球或许也相当于一种噩的结构，出神时是“蓝烟”一缕，倍感骇异，定睛时无色无相，天下太平：

赶路的人永是天地间再现的一滴锈迹
慨叹无可自拔的臃滞。
——《听候召唤：赶路·水月》

昌耀是在文字中永远赶路的人。从《船，或工程脚手架》中表现出的纵轴特征，经《山旅》中作为跃迁枢纽和过渡的复杂长句，最后形成晚期不分行文字中成熟的横轴范式，昌耀写作的文体变迁历程可以被形象地视为语词由纵轴范式向横轴范式的跃迁史。在结构语言学背景下，如果我们进一步把主张共时性的纵轴类比为联想轴（选择关系），把承认历时性的横轴定义为组合轴（句段关系），那么借用俄国语言学家雅各布森（Roman Jakobson）的说法，昌耀创作中体现的这种整体趋势，实际上实现了一个最大的诗学功能，即那里存在一种把联想轴投射到组合轴的语言事件(1)。这种投射的后果会将隐喻导向转喻，也就同时将分行的诗歌导向不分行的散文，把诗行的政治学改组为词语的家政学，这正是一种最广义的诗意生产机制。

在精神分析的语境中，由于昌耀作品中的纵轴范式倾向于兴建一种诗歌的善的结构，像浮士德喊出的那句“真美啊，停　停吧”一样，它召唤完美的瞬间莅临，因此象征了“死的本能”(2)；而横轴范式则向一种噩的结构敞开，它揭示了人性的涩滞、缺憾甚至狰狞，所以体现为“生的本能”。而语词由纵轴向横轴的跃迁运动，也暗示了诗人潜意识里存在着从“死的本能”向“生的本能”的投射，正如萨义德（Edward Said）所言，死亡以一种折射的方式在晚期风格里体现出来。这种投射和折射炮制了诗人的“孔雀肺”，以及他诗歌中的噩的结构与狰狞之美。肺透支着诗人的呼吸，也加剧了他的咳喘，让他的生活

---

(1)　参阅［俄］罗曼·雅各布森：《语言学与诗学》，载赵毅衡编选《符号学文学论文集》，百花文艺出版社，2004年版，第182页。

(2)　参阅［奥］弗洛伊德：《超越唯乐原则》，载［奥］弗洛伊德：《弗洛伊德后期著作选》，林尘等译，上海译文出版社，1986年版，第36—70页。

笼罩上死神的阴霾，预示了诗人必将在噩的结构中读懂命运，从诗歌到生命，从精神到肉体，逐一接受死亡之光的折射：

清醒的多重人生体验，
无疑是一种折寿的行为。
——《20世纪行将结束》

昌耀以一个不合时宜的写作者身份出现在当代中国，他在中国西部找到了写作的家园，却最终落得无家可归。他的生命体验造就了他的创作风格，让他生前艰难出版的几部诗集成了他生命的另册。他的诗就如同他的“孔雀肺”，唯美、敏感、涩滞，读上一句，如同召唤那团不曾远离的气状游魂，与狰狞之美迎面相撞。昌耀晚年罹患肺癌，尚不等癌细胞吞噬他苍老的肌体，这个站在三楼的痛苦生命，用尽生平最后一丝气力完成了从生到死的跨越。就像他毕生都在推动词语的跃迁一样，昌耀的整个生命也在经历着艰涩的修行，不论对于生命还是语言，是千年还是一瞬，这种跃迁的速度在最后的一刻加大到了无限。在这相同的动作中间，诗人只留下了他的故事和文字，我们这些知之甚少的读者却困厄于昌耀垒下的诗歌高原，分不清究竟是语言救赎了生命，还是生命救赎了语言？时至今日，这依然是一个悬而未决的问题。

2014年7月　北京看丹桥■

出于"讲述"的需要，20世纪90年代出版的多部当代文学史一般都将昌耀定位于"归来"诗群或是"西部诗歌"阵营。上述定位显然基于如下两点考虑，即一方面取决于昌耀创作的经历和"复出"的年代，而另一方面则取决于昌耀的居住地和创作题材，至于其持续的有效性则更多源于观念上的"约定俗成"。2000年3月，昌耀辞世，"标志着那一代诗人受难史的结束"，并将"一部受难史推向了壮烈的高峰"(1)。其后，在相当长一段时间里，关于昌耀诗歌创作最权威、最全面的版本，系昌耀在生命最后日子里应青海人民出版社之约勉力编辑的近900页的《昌耀诗文总集》。然而，正如诗人在"后记"中的解释："所谓'总'，并不一定指其'全'，而仅意味着只在大体上的'全'——有所汰选的'全'。"(2) 众多研究者对于《昌耀诗文总集》的倚重，既忽视了昌耀创作的全部，又影响了昌耀研究的深入展开(3)。上述情况直到近年来《昌耀评传》的出版，昌耀诗文资料进一步被发掘、整理，才得到一定程度的改观(4)。昌耀诗歌的独特性、复杂性也由此全面显露出来：作为20世纪50年代开始写作、80年代后期才逐渐受到重视的诗人，"边缘"的处境既是其长期游离于主流诗坛之外的原因，

(1) 沈苇：《大荒中的苦吟与圣咏》，载董生龙主编《昌耀：阵痛的灵魂》，青海人民出版社，2000年版，第121页。

(2) 昌耀：《昌耀诗文总集》，青海人民出版社，2000年版，第896页。

(3) 从2000年至2012年大量发表的文章可知：2000年出版的《昌耀诗文总集》一直是研究昌耀诗歌的重要依据。然而，这一版本存在的问题至少包括：一、收录不全；二、没有注明昌耀诗歌前后修改的情况（包括文章标题的更换）；三、易于忽视昌耀诗歌创作的最初版本及他者的评论文章，如董生龙主编的《昌耀：阵痛的灵魂》，收录评价、回忆昌耀的文章33篇，是昌耀研究的重要合集，但援引比例非常低。

(4) 燎原：《昌耀评传》，人民文学出版社，2008年版。昌耀诗文资料的发掘、整理主要包括由燎原、班果编的《昌耀诗文总集》（增编版），作家出版社，2010年版，该版在2000年青海人民出版社出版的《昌耀诗文总集》基础上校勘、增补了大量内容，等等。

文学史深处的精神暗河
——昌耀诗歌论析※

张立群

※原载《南方文坛》2015年第6期。

又是其保持创作个性、不断进行自我探索的前提，他从未介入诗界的某一流派，自然无法进行相应的归属；他是一位精神上的探寻者和孤独者，对诗歌、生命、西部、时代都有清醒而深刻的认识，他视诗为“殉道者的宗教”(1)，自觉坚守诗的理想和坚韧的品格，但其诗歌的意义和价值却注定要交给历史。

本文试图从昌耀诗歌的研究现状入手，在结合昌耀创作历程的前提下，力求通过重审以往文学史、新诗史研究的若干方面，呈现其作为“文学史深处精神暗河”的丰富性、变动性及其与时代之间的互动关系，从而在辨析某些既定结论的同时拓展昌耀诗歌的认知视野、推进其研究。

介入的角度：“远方”与“赶路”

在写于1988年的文章《以适度的沉默，以更大的耐心》中，昌耀曾坦言：“我不习惯给诗人划圈子，那是文学史家有兴趣的事。诗之于我，无论时代，无论诗人何属，无论‘新诗潮’‘后新诗潮’‘某某代’……只有欣赏、不欣赏、不太欣赏的区分。……我只是自己独钟的诗美之仆役。我不知此外有什么‘宗派’的功利。我总是基于美的直觉以定取舍，而不盲从荐举或屈从胁迫。我总是乐于保持一种自由的向度，一种可选择的余地。其实，一切事理都是以一种被选择的动态过程呈示。……我于艺术方法、风格、个性的态度仅是：暂请各行其是，衰荣听任天择。取极端说：世间并无诗名的不朽者。”(2)昌耀对于诗歌欣赏标准、诗人“归属”等一系列“独立”的看法，在一定程度上可以作为考察其诗歌创作的依据。尽管这种“自由的向度”在文学史写作中会与整体划分、“类的归属”等具体实践经验产生碰撞，但其完全凭借“美的直觉”加以判定的态度，却启示我们可以从个性气质的角度进入昌耀的诗歌世界，进而获取新的研究进路。

(1) 昌耀：《诗的礼赞》，载燎原、班果编《昌耀诗文总集》(增编版)，作家出版社，2010年版，第365页。

(2) 昌耀：《以适度的沉默，以更大的耐心》，《诗刊》1988年第5期。

关于自身的个性气质，昌耀曾在《91年残稿》(1991)中写道："我天性是一个活泼的人，但又本质抑郁。"联系诗友和家人的记述与回忆，昌耀留给人们的印象大致可以归结为：内心单纯、敏感，性格孤僻、倔强，渴慕自由，有生动、活泼的一面；外表木讷而羞怯，不善交际；对于诗歌，他赤诚、执着，有自己独到的见解和不懈的追求，而对于家人，他又很严厉、苛责……[1]确证昌耀性格中的"两面性"无疑会对真实、全面地认识其诗歌世界具有重要的意义。作为聚合于一个诗人身上的貌似矛盾的"两面性"，其实并没有绝对的不可逾越的界限。无论相对于艺术还是生活，两者都是相通的，并随着外界环境的变化，形成独特的生命历程和斑斓的艺术世界。

1955年夏，年仅19岁的昌耀经过长途跋涉，来到青海西宁。"那完全是我自己的选择。我本来可以上大学，但我热爱文学，特别是这种边远地区，对我有一定的诱惑力，所以我就投身到青海来了。"[2]通过昌耀后来多次在文章中谈到的"只言片语"，不难看出他是一个理想化、主观性很强甚至带有某种宿命感的诗人。尽管就外部因素来看，20世纪50年代中期全国范围内掀起的建设浪潮、"开发大西北"的号召，以及诗人邵燕祥的名篇《到远方去》和后来收入闻捷《天山牧歌》、李季《玉门诗抄》的诗作都会对年轻的昌耀产生影响，但与之相比，昌耀的主观意识无疑起到了决定性的作用。正如燎原在《昌耀评传》中指出，昌耀心灵深处有着近乎与生俱来的"'远方'情结"和"宿命性的藏区边地情结"，而早年大量阅读莱蒙托夫、希克梅特、聂鲁达、勃洛克等的作品又为其确立了"一种诗人的共产主义乌托邦情结"[3]。"远方"情结显然极易和边地的异域风情、诗意憧憬结合起来，形成一股合力，不仅如此，从创作伊始(1953)就怀有"政治情结"、时常以"怀

(1) 这些文字可参见韩作荣：《诗人中的诗人》，载昌耀：《昌耀的诗》，人民文学出版社，1998年版；韩作荣：《在谦卑而清澈的光亮中现身》，载燎原：《昌耀评传》，人民文学出版社，2008年版，代序；燎原：《昌耀评传》中的相关章节，包括燎原本人及朋友、家人对昌耀的印象；西川：《昌耀诗的相反相成和两个偏离》，载西川：《大河拐大弯——一种探求可能性的诗歌思想》，北京大学出版社，2012年版。其中，西川的文章引述了昌耀的长子对昌耀的回忆文字。

(2) 昌耀：《答记者张晓颖问》，载燎原、班果编《昌耀诗文总集》(增编版)，作家出版社，2010年版，第711页。

(3) 燎原：《昌耀评传》，人民文学出版社，2008年版，第38—39、31页。

有左派情感的理想主义者”[1]自居的昌耀也确然易于响应时代的召唤。

从本质上说，“远方”情结及边地想象、“政治情结”往往是和英雄主义、理想主义、为新事物所吸引、强烈的生命冲动等紧密地联系在一起的。从昌耀写于20世纪50年代中期以后的诗作来看，来到青海不久的昌耀迅速完成了角色的转换，开启了属于自己的创作。在《鹰·雪·牧人》《边城》《高车》等作品中，昌耀一面以特有的想象和表达方式，远离了当时“主流诗歌”的语言系统、思维方式和“公共标准”，一面以出色的语言创造能力呈现出对大地原生态事物的捕捉和对外来文化资源的转化。这些具体的实践都为其在20世纪80年代迅速从同代诗人群落中分离出来、建构令人惊叹的语言世界打下了坚实的基础。值得注意的是，这一时期昌耀的诗歌活动已明显受到以“民谣体”著称的西班牙现代诗人加西亚·洛尔迦的影响。在1962年一份为申诉而撰写的两万多字的“甄别材料”中，昌耀曾结合《夜曲》（即后来的《边城》）等作品作如下辩解：“这可以代表我当时写作的一种倾向——唯美倾向。这是我看了戴望舒译的‘洛尔迦诗钞’后学来的。由于形象模糊，色彩的乱涂，随意地杜撰，缺乏思想性，在许多场合下，就使人发生了误解。”[2]学习洛尔迦使昌耀诗歌追求诗艺的唯美，接续民谣传统，在自觉亲近自然风物的过程中暗合现代主义的美学风格，这一点，就创作而言，对昌耀后来的诗歌产生了无法估量的影响。而在另外一些作品中，如组诗《鲁沙尔灯节速写》《哈拉库图人与钢铁》等，昌耀则以浓郁的生活笔法，为时代献上了“由衷的颂歌”。对于此，昌耀在后来的一篇文章中写道：“我欣赏的是一种瞬刻可被动员起来的强大而健美的社会力量的运作。是这种顽健的被理想规范、照亮的意志。……我主张为人生的文学。”[3]一面追求自然、唯美的风格，一面欣赏积极、昂扬向上的力量，抵达边地的昌耀从创作伊始就显现出两种不同的“面相”：它们时而相互游移，时而相互重叠，共同承担着昌耀的诗歌理想和人生理想；它们都是昌耀心中的“渴

（1） 分别见昌耀：《昌耀的诗》，人民文学出版社，1998年版，第416页；昌耀：《一份“业务自传”》，《诗探索》1997年第1辑。

（2） 燎原：《昌耀评传》，人民文学出版社，2008年版，第253页。

（3） 昌耀：《一份“业务自传”》，《诗探索》1997年第1辑。

求”，而“渴求”在诗人的灵魂深处从未停歇过。

若不是1957年因《林中试笛》成为右派，昌耀也许不会过多地将此后的创作主题倾向于自然。从20世纪50年代中期至70年代末期昌耀诗歌整体创作的情况来看，“潜在写作”（意指写于这一时期的作品都在20世纪80年代之后才得以发表）既是昌耀缓解、转移外部环境压力的重要途径，又是其渴望与时代、社会对话的重要方式，不但如此，诗人流放者的身份又使“潜在写作”在保持创作连续性、一致性的同时，成为融入受难意识和西部风物的重要前提——“我是这土地的儿子。/我懂得每一方言的情感细节。”“我在沉默中感受了生存的全部壮烈。”（《凶年逸稿》，1961—1962）“生活当然不朽。”向“远方”赶路的理想也因此而不朽：

夜晚我仍驰骋风中而不耐壮怀激烈，
袒裸胸襟付与风涛冲刷。
——《雄风》（1979）

生之旅，原是黎明的回忆
与无可改悔的追求。
——《生之旅》（1981）

没有后悔。
直到最后一分钟。
——《巨灵》（1984）

至1987年，业已成名且年逾半百的昌耀在刚为自己的《昌耀抒情诗集》写下“再版后记”不久，便推出了长诗《听候召唤：赶路》。从时间上考察，《听候召唤：赶路》的出现与当代青年先锋诗人群创作对其产生的艺术压力有关。他以“太阳说：我召唤你”“太阳说：来，朝前走”为开端，以“我不甘落伍”“我深感落伍已不可避免”为背景，刻画了“络腮胡须”的“西部寻根者”；尽管他深知“赶路的人永是天地间再现的一滴锈迹”，但“太阳沉落时永有赶路的人”；“他”曾为太阳沉落时的“归宿张皇”，但——

太阳涌动时水月隐形
我重又再生出征之勇气。

却使其看到了命运的安排。毫无疑问，此处的“赶路的人”是昌耀灵魂世界的一种外化。昌耀需要以精神突围和不断赶路的方式平息内心的焦虑，也需要以此为“契机”奔向内心和艺术的“远方”。因此，无论是“一个挑战的旅行者步行在上帝的沙盘”（《内陆高迥》）、“——诗人。男子汉。平头百姓。托钵苦行僧”（《僧人》）的身份认同，还是《远离都市》《江湖远人》的行走姿态、“远人的江湖早就无家可归”、昌耀在 20 世纪 80 年代后期的“再出发”，都可被视为其终生赶路、奔向不同空间之“远方”的明证，而其创作道路上的心灵轨迹和情感线索也由此获得一种历史的定格。

重审诗坛的“归来者”

在 20 世纪 90 年代出版的几种颇有影响的当代文学史（新诗史），如洪子诚的《中国当代文学史》（1999）、陈思和主编的《中国当代文学史教程》（1999）、朱栋霖等主编的《中国现代文学史（1917—1997）》下册（1999）以及洪子诚、刘登翰合著的《中国当代新诗史》（1993）等著作中，昌耀的创作被定位为“归来者”的诗和“西部诗歌”，甚至直接被定位为“新边塞诗”[1]。上述带有明确指向的书写在很大程度上

（1） 如洪子诚的《中国当代文学史》，将昌耀放于“第十九章 80 年代的诗”中的“三‘归来者’的诗（三）”，北京大学出版社，1999 年版，第 287—288 页；陈思和主编的《中国当代文学史教程》，将昌耀放于“第十四章 民族风土的精神升华”中的“第四节 来自大西北风情的歌唱：《巩乃斯的马》与《内陆高迥》”，复旦大学出版社，1999 年版，第 256—260 页；该文学史还在“附录二 当代作家小资料”进行作家简介，其中有“1982 年后参与‘新边塞诗’运动，是新边塞诗派主要代表之一”，第 386 页；朱栋霖等主编的《中国现代文学史（1917—1997）》下册，在“第三十章 80 年代新诗”中的“第一节 80 年代新诗概述”提及昌耀，并将其创作归结为“新边塞诗”或“西部诗歌”，高等教育出版社，1999 年版，第 140 页；洪子诚、刘登翰合著的《中国当代新诗史》，在“第八章‘复出’的诗人”之“第三节‘青春历劫、壮岁归来’的一群”中较为详细地介绍昌耀的创作，人民文学出版社，1993 年版，第 306—310 页。

可以被视为昌耀文学史经典化的开始。值得一提的是，由于文体关注、篇幅含量等客观原因，洪子诚、刘登翰合著的《中国当代新诗史》已注意到“昌耀无论是在抒写现实还是表现历史时，总是把现实和历史溶解在自己的心灵中，通过诗人的心灵世界予以揭示，从而表现抒情形象的主观性、丰富性和复杂性。这是昌耀对生活的感受方式和抒情方式。在这个意义上，他跨过了与他同辈的一些诗人的艺术限度，而与后来被称为‘新诗潮’的诗人们的艺术探索取同一步调”(1)。这种对比式的描述使昌耀的诗呈现出复杂的艺术特质和认知层面上的开放性。进入21世纪以来，随着文学史观念的变化，学者对昌耀的评价也随之发生变化：洪子诚的《中国当代文学史》(修订版)开始“注意”昌耀诗歌从20世纪50年代开始就离开当代“主流诗歌”的“重要价值”和“哲学意识”；洪子诚、刘登翰合作的《中国当代新诗史》(修订版)虽仍将昌耀列入“‘复出’的诗人”一章中，但在具体操作时却将其从原来的“‘青春历劫，壮岁归来’的一群”的一节中分离出来，单列为“昌耀、蔡其矫等的诗”，并有“在当代，甚至在新诗历史上，昌耀都是一位重要的，但其价值很难说已被充分认识的诗人”(2)的评价；而像程光炜的《中国当代诗歌史》虽将昌耀置于“第十三章 西部诗和乡土诗”，但其将“昌耀等诗人的寂寞”独立出来作为“第一节 昌耀等诗人的寂寞”，特别是将其概括为“不属于某一诗人群体”“有自己鲜明的思想和艺术个性，能够在不断嬗变的诗歌潮流中，保持自己观察世界的独特方式和审美的自觉”(3)，则显然基于一种文学史整体流向的考察，这种出于具体结构考虑的位置安排同样也值得人们注意。

如果说当代文学史、新诗史关于昌耀评价而发生的变动，首先集中于“归来者”之歌的命名之上，那么，去除这一命名孤立的、固化的、带有政治意识倾向的关键就在于如何理解昌耀20世纪70年代末至80年代中期的创作道路以及“归来者”的命名本身。按照昌耀的说法：“我欣赏那种汗味的、粗糙的、不事雕琢的、博大的、平民方式的

(1) 洪子诚、刘登翰：《中国当代新诗史》，人民文学出版社，1993年版，第309页。

(2) 洪子诚、刘登翰：《中国当代新诗史》(修订版)，北京大学出版社，2005年版，第140页。

(3) 程光炜：《中国当代诗歌史》，中国人民大学出版社，2003年版，第320页。

文学个性。……我所理解的诗是着眼于人类生存处境的深沉思考。是向善的呼唤或其潜在意蕴。是对和谐的永恒追求与重铸。是作为人的使命感。是永远蕴含有悲剧色彩的美。我大致就是这样走过来的。……因之，个人的审美感知取向实呈一有迹可循的历史性过程。”(1) 其创作道路具有内在的一致性、完整性以及相对于特定的时代背景而呈现出的自传色彩（包括肉体和灵魂意义上的）是不言而喻的——而这，也正是他在“归来者”们集体登场、但很快就显得力不从心时，依然保持艺术创作力的重要原因。以写于这一阶段的“流放四部曲”为例：《大山的囚徒》（1979）、《慈航》（1980）、《山旅——对于山河、历史和人民的印象》（1980）、《雪。土伯特女人和她的男人及三个孩子之歌》（1982），既是受难者的传记，包含历经“爱与死”“记忆中的荒原”之后的“彼岸”和重生的过程及体验，又是植根于西部高原的生活“赞美诗”，这些源自个体精神世界、流放经历和具有大地品质的诗篇，使昌耀底气十足，从一开始就超越了“归来者”的界限。至此反观“归来者”的命名，将劫后余生、年龄与经历相近的一代乃至几代诗人共同纳入一个群落之下，本身就带有鲜明的历史和社会的痕迹。在时代普遍赋予“复出”之权利的过程中，昌耀的个案恰恰反衬出群体与个性之间可能存在的间隙甚或断层。

“超越”后的昌耀开始自觉追寻时代的主题。他在 1981 年至 1983 年间以《划呀，划呀，父亲们！》《边关：24 部灯》《印象：龙羊峡水电站工程》《赞美：在新的风景线》等吟唱“建设者之歌”，重建诗歌与时代的对话关系；在 1984 年至 1985 年间又以《寻找黄河正源卡日曲：铜色河》《旷原之野——西疆描述》《巨灵》《牛王》等进行文化与精神的“寻根”，感受“对中华民族精神文化、人民创造力、祖国观念、自然规律、历史法则”等堪称“巨灵的实体存在的真诚信仰”(2)。如果将上述创作和昌耀“复出”后的创作联结起来，那么，新时期以来，文学史上“伤痕”“反思”“改革”“寻根”等浪潮无一不在他的诗歌写

(1) 昌耀：《艰难之思》，载燎原、班果编《昌耀诗文总集》（增编版），作家出版社，2010 年版，第 377 页。

(2) 昌耀：《〈巨灵〉的创作》，载燎原、班果编《昌耀诗文总集》（增编版），作家出版社，2010 年版，第 276—277 页。

作中留下浓重的投影，昌耀诗歌的广度、厚度也由此可见一斑。当然，纵观昌耀这一时期的写作历程，以《慈航》《雪。土伯特女人和她的男人及三个孩子之歌》为代表的自传体长诗，无疑是最为引人瞩目的部分。通过自我的记述，昌耀将时代、大地原生态和人生不屈的探求紧密地联系在一起，体验“生命本身原已定义为一种悲剧精神的奋争”，“诗是崇高的追求，因之艰难的人生历程也得而显其壮美、典雅、神圣、宏阔的夺目光彩”(1)，而浓重的生命底色、殉道者心灵深处的“形而上的孤独”与近乎与生俱来的悲怆感也因此得到突显与升华。

从20世纪80年代中期之前评论界对昌耀诗歌的反应来看，昌耀诗歌的价值以及迥别于同代诗人之处还未被充分地挖掘。1986年，几经坎坷的昌耀终于在“跨度有二十八年之遥”后出版了第一部诗集《昌耀抒情诗集》。两年后，《昌耀抒情诗集》增订本出版。《昌耀抒情诗集》及增订本的出版使昌耀诗歌得到了集中的展现。1988年，诗人骆一禾和其夫人张玞在《西藏文学》第5期撰文《太阳说：来，朝前走》，将昌耀评价为“中国新诗运动中的一位大诗人”，认为“昌耀先生的诗歌作品，是中国新诗运动里最主要的实绩和财富之一”。1991年，诗评家叶橹在《名作欣赏》第3期发表《〈慈航〉解读》一文，认为《慈航》“是二十世纪中期发生在中国大地上的一幕《神曲》”。两篇颇具代表性文章的出现，表明评论界已开始从精神、价值层面论及昌耀的诗，进而上升至新的历史高度。在这一前提下，从更为广阔的视野认识昌耀的诗已具备了主客观意义上的合理性。由此同样持动态的眼光考察文学史、新诗史的写作，出于“讲述”需要而进行的结构安排必然会在持续书写的过程中招致“重写”。

“西部诗歌”的辩诘

相对于“归来者”诗群，“西部诗歌”也是昌耀研究中一个值得探究的话题。结合燎原的记录，1982年5月，昌耀曾从西宁至兰州，后

(1) 昌耀：《诗的礼赞》，载燎原、班果编《昌耀诗文总集》(增编版)，作家出版社，2010年版，第365页。

经河西走廊穿过祁连山峪口，返回青海，完成了一次旅游采风。由于这条线路与昌耀当年的流放地交叉重合，所以，归来后的昌耀陆续写下了几首感慨良深的作品，其中就包括《所思：在西部高原》《在山谷：乡途》《纪历》等[1]。对比当时西部诗歌的创作与理论倡导，后来被普遍视为"西部诗歌"代表的周涛、章德益、杨牧仍在创作中习惯使用"大西北"或者具体的地理概念；而批评界则刚刚开始着手设计"新边塞诗"的图景。在此背景下，昌耀直接以"西部"为诗歌冠名不能不说眼光独到：也许游历河西走廊、重温历史和现实从一开始就让他感受到"西部"不是一个孤立的、以省份划分的区域性概念，而应当是一个充满厚重历史感和文化意识的整体存在，所以，他才若有所思地提到"西部"，并在后来的创作与论述中表达其辩证、统一的立场。

昌耀没有参加过"新边塞诗"的写作，他始终以边缘人的身份，书写着自己的精神自传。昌耀的"姿态"使作为"诗群"的"西部诗歌"无法成为确切的存在。有关这一点，洪子诚在其《中国当代新诗史》（修订版）中的结论颇为透彻："原因其实不需细察。一个能说明问题的简单例子是，如果说有什么'西部诗歌'的话，'代表性'诗人当推昌耀。但昌耀一贯特立独行，从不与他人结成或名义、或事实上的'流派'；况且，他在当代诗歌上的杰出成就，也不应以所谓'西部诗歌'来概括。"[2]不过，从20世纪80年代至今，大量关于西部文学作品的选本、专题研究仍会将昌耀列入其中且置于显著位置。以上可以称为名不副实的实践至少需要作如下考察：一是昌耀的创作与西部的关系，二是如何理解"西部"特别是"西部诗"。在此过程中，昌耀对于"西部""西部诗"的阐述尤为重要。

（一）昌耀的创作与西部的关系

长期生活在青海的昌耀自然写出过大量地理意义上的西部作品，但以"写什么"评判一个诗人是需要甄别的，因为在"写什么"之外还有一个"如何写"的问题。首先，昌耀承认"一个人的写作有赖于一定的时代背景和生活积累"。因而，在他的笔下，"文学的青海"和"生

(1) 燎原：《昌耀评传》，人民文学出版社，2008年版，第291—294页。

(2) 洪子诚、刘登翰：《中国当代新诗史》（修订版），北京大学出版社，2005年版，第140、143页。

活的青海”是不可分的。除此之外，青海壮美的自然风光，还为他的诗“注入了一种阳刚之气”，这对于昌耀诗的“风格的形成，都是至关重要的”(1)。然而，对于“文学的青海”，昌耀满意的是诸如《青藏高原的形体》《慈航》中传达出的“深切感情”。由此可知，昌耀在具体书写过程中强调的是渗透入作者血液、灵魂的西部文化精神。他曾以“西部式”作品能否感人心魄为标准，列出“一为全身心的投入，乃至全部青春的代价。一为过客的撷取”(2)两种写作态度，同样基于这种精神。而从精神层面着眼于西部诗歌的创作，是昌耀可以独立于此类写作之外的前提。其次，关于昌耀的创作史，人们常常忽视昌耀诗歌的具体写作时间。正如翻开1986年版的《昌耀抒情诗集》，会发现其中很多诗（如《夜行在西部高原》等）都写于20世纪60年代、改于80年代，且形式排列已发生很大变化。这种在“复出”的时代修改之后发表、结集的实际情况，不仅证明了昌耀与“归来者”之间的距离，同样也能证明他与“西部诗歌”无法一致的关系。

（二）如何理解“西部”特别是“西部诗”

在1985年1月接受《当代文艺思潮》访谈时，昌耀曾指出：“我这样理解：‘西部’不只是一种文学主题，更是一种文学气质、文学风格。而且，不能不强调‘西部’的‘当代’概念。我所希望的‘西部文学’自然首先是指植根于大西北山川风物及其独特历史、为一代胜利的开拓者乃至失败的开拓者图形塑像的开拓型当代文学。……我宁可主张‘西部文学’是文学的一种时代精神。它敏于对一切变革作出反应。……它的存在可为中国当代文学宏构增添姿态、锋芒、锐气。”(3)昌耀强调“西部”特别是“西部文学”概念“当代”意识的说法，使“西部”从单一的地理概念中摆脱出来，从而走向了时间、空间并置的“文化西部”。后来，昌耀在一篇名为《西部诗的热门话》的文章中，具体阐释了“西部诗”是一“共时性构成，特指新时期以来形成的一部分

(1) 昌耀：《答记者张晓颖问》，载燎原、班果编《昌耀诗文总集》（增编版），作家出版社，2010年版，第711—713页。

(2) 昌耀：《宿命授予诗人荆冠——答星星诗刊社艾星并兼致叶存政、杨兴文》，载燎原、班果编《昌耀诗文总集》（增编版），作家出版社，2010年版，第547页。

(3) 昌耀：《答〈当代文艺思潮〉编辑部》，载燎原、班果编《昌耀诗文总集》（增编版），作家出版社，2010年版，第832页。

西部诗人的具有相类西部文化心理结构及主题含蕴的诗作或部分诗作”。秉持动态、发展的眼光，昌耀不同意以“流派”命名西部诗，而仅强调“时代激活”和“集体的选择”，“西部诗的定义也就在这一孜孜不息地追求过程之中包容了，确定而又不甚确定”[(1)]。

客观地说，相对于青海昌耀是一位“流寓者”。他不同于土生土长的西部诗人，也不同于仅留下几首诗的匆匆过客。流寓者的身份虽使其无法体验还乡的过程，但却可以使其持有一种辩证的眼光，从更为宏阔的视野看待西部，进而增添西部诗歌的丰富性。“一个被某种不约而同的共同审美心理所作用的、融会了‘西部’色彩、个性的文学是极有意义的。这一倡导正反映了人们的‘西部热’、对现有文学变革的不满足。”[(2)]为了从“西部诗”概念的一些难缠的问题中解放出来，昌耀曾引用果戈理评价普希金的话，并将其中的“民族”“民族性”“民族精神”“同胞们”换作“西部”“西部性”“西部精神”“西部人”，便生动表明其不愿停留在狭窄视域而期待从更为广阔的视野理解西部的立场。他将“西部诗潮”作为时代转型期文学多元格局中的一部分，承认像当年评价“朦胧诗”式的“事实上的存在”[(3)]，都在今天的文学史研究中得到了回响[(4)]。具体至诗歌创作，昌耀以“赶路者”的经历，写出了对于这片土地的深情，献给青海藏族同胞的感激、赞美和自己灵魂的栖所，“我，就是这样一部行动的情书”（《慈航》）。而事实上，频繁出现于《所思：在西部高原》《青藏高原的形体》等所谓“西部诗”中的介入者与观察者互换的视角、从容地穿梭于历史和现实的抒情主体，都见证了昌耀在 20 世纪 80 年代“朦胧诗——第三代诗歌”主潮之外独树一帜的姿态和开启新的写作空间的可能。

（1） 昌耀：《西部诗的热门话》，载燎原、班果编《昌耀诗文总集》（增编版），作家出版社，2010 年版，第 846 页。

（2） 昌耀：《答〈当代文艺思潮〉编辑部》，载燎原、班果编《昌耀诗文总集》（增编版），作家出版社，2010 年版，第 831 页。

（3） 昌耀：《西部诗的热门话》，载燎原、班果编《昌耀诗文总集》（增编版），作家出版社，2010 年版，第 849 页。

（4） 如由丁帆主编的《中国西部现代文学史》，在其“序言”及“绪论”中就使用了“文化西部”的概念并将其作为“内在标准”，人民文学出版社，2004 年版，第 2 页。

时代痛感中的“变”与“不变”

尽管昌耀在20世纪90年代创作的“转型”已引起部分研究者的注意，但如何从文学史的角度予以看待仍是需要不断深入的课题。也许，从1985年5月算起，当时尚在“寻根”路上前行的昌耀突然写出了《斯人》这样一首出人意料的短诗，人们就已察觉出那种关于“巨灵”般博大精神的探寻，已被此刻无尽苍茫中一人独坐时的宁静和叹息所取代。此后，昌耀的诗歌写作逐渐呈现出深沉、凝重、悲凉的色调——

我们降生注定已是古人。
一辈子仅是一天。
——《眩惑》(1986)

人生有不解的苦闷。
拨弦，吟以自慰，蓝色的忧郁降至深渊，
…………
无话可说。
——《生命体验》(1986)

生活总是一场败局既定的博弈？
——《盘陀：未闻的故事》(1988)

一个新的写作阶段开始了。结合昌耀“诗所呈示的种种形态或性状必然关涉当代生活流向与社会心理背景”(1)的看法，和创作《听候召唤：赶路》时的心理状态，20世纪80年代后期的昌耀已明显感受到时代、社会给现实生活带来的变化，进而承受了写作的“变”与理想“不变”之间的冲撞与挣扎。以其后期最重要的作品《哈拉库图》(1989)为例，记忆中的一切早已凋敝，那些在当年《哈拉库图人与钢

(1) 昌耀：《以适度的沉默，以更大的耐心》，《诗刊》1988年第5期。

铁》中的喜悦场景和哈拉库图城堡已成为“岁月烧结的一炉矿石，/带着黯淡的烟色，残破委琐，千疮百孔”。“是这样的寂寞啊寂寞啊寂寞啊”，时间的无情和岁月的沧桑使诗人在感受物是人非的同时，产生了强烈的幻灭感和焦虑感，30多年的边地生活一朝痛苦地凝结，昌耀为即将结束的20世纪80年代留下了一座精神的里程碑！

20世纪90年代，昌耀诗歌的生存体验越来越繁复，充满了痛感。写于1990年的《头戴便帽从城市到城市的造访》是昌耀罕见的以城市为题材的作品。他以一位无产阶级诗人的身份出场，“从城市到城市/我以铲形的便帽向着沿途的城市致意”，“然而那头戴便帽的一代已去往何处？/感觉眼中升起一种憔悴。/我的便帽也蓦然衰老了”，“现在我重新体验缺少激情的生活的劳累了”。现代都市生活使昌耀感受到了“歧视帽子”和生活的乏味，还有谁会记得头上曾经戴过铲形便帽的聂鲁达、勃洛克、马雅可夫斯基、洛尔迦、惠特曼以及中国的“七月派”诗人阿垅？！“硕果仅存的一代只是惟一的我们。”整首诗视角独特，以少有的轻松、快乐的笔调，自我戏谑，自我解嘲。但在诗歌深处，却明显潜含着生活氛围的变迁。“随着向市场经济转轨过程中出现的人们价值观的迷失、怅惘又可堪忧虑”，“我的后期创作也传达了可为警示的这种忧虑”(1)。“忧虑”自然与诗人的良知和一贯坚守的理想主义有关，然而，它显然又是现实和信念交战的结果。于是，诗人感受到内心“烘烤”时“自己只剩下一张皮”，“而烘烤将会继续。/烘烤啊，我正感染到这种无奈”（《烘烤》，1992）。作为多年执着苦行的“苦修者”，他无法预知“苦行中永在的播种者”能获得“怎样的果实！”（《播种者》，1994）他以《意义空白》（1993）和《意义的求索》（1995）解读“意义”本身，而“虔敬”“追求”以及“知其不可而为之”，最终使其只能寄希望于仍有一支《堂·吉诃德军团还在前进》（1993），“悲壮啊，竟没有一个落荒者。/悲壮啊，实不能有一个落荒者”。……忧虑、怀疑、困惑、无奈使昌耀在20世纪90年代诗歌中呈现出前所未有的荒诞感和紧张的矛盾关系，他反复以“痛”和“怵惕”讲述岁月之伤和精神之痛，以至为此支付的代价读来令人

(1) 昌耀：《一份“业务自传”》，《诗探索》1997年第1辑。

触目惊心——

我知道施虐之徒已然索取赤子心底的疼痛。
——如果疼痛也可称为一种支付？

我看见被戕害的心灵有疼痛分泌似绿色果汁。
——如果疼痛正是当作一种支付？
——《痛·怵惕》(1992)

理想主义者失去了他的时代，只能将时间的刀锋对准自身。深切的痛感不仅使昌耀改变了诗歌主题，还促使其借助形式的改变书写不再完整的生活。综览昌耀20世纪90年代的诗歌创作，近一半使用散文诗形式是其显著的标志之一。对于这种现象，很多人都注意到《昌耀的诗·后记》中的“我是一个‘大诗歌观’的主张者和实行者。……我并不强调诗的分行……也不认为诗定要分行，没有诗性的文字即便分行也终难称作诗。相反，某些有意味的文字即便不分行也未尝不配称作诗。诗之与否，我以心性去体味而不以貌取”的说法，但很少有人深入探究其接下来之叙述的深意：“随着岁月的递增，对世事的洞明、了悟，激情每会呈沉潜趋势，写作也会变得理由不足——固然内质涵容并不一定变得更单薄。在这种情况下，与作‘不分行’的文字会是诗人更为方便、乐意的选择。……而‘了悟’或‘世事洞明’既可能是智性成熟的果实，也有可能是意志蜕变的前因，导向冷漠、惰性、无可无不可。”(1) 显然，一向充满理想、激情的昌耀只有感受到世事变化、写作理由逐步丧失的前提下，才会选择这种简单、易行，貌似完整，实则零乱、分散直至破碎的形式。他的《我见一空心人在风暴中扭打》《自审》《一种嗥叫》《灵语》《火柴的多米诺骨牌游戏》《地底如歌如哦三圣者》《迷津的意味》《与蟒蛇对吻的小男孩》《灵魂无蔽》《无以名之的忧怀》等，多以梦魇的世界和冷峻、怪诞、奇崛的风格传达出心灵深处的矛盾、焦虑、挣扎与痛苦。这些充满“诗性”的文字

(1) 昌耀：《昌耀的诗》，人民文学出版社，1998年版，第423页。

及形式既是鲁迅《野草》经验的当代延续与再现，又是诗人相对于往日写作的一次重大偏移，而昌耀在20世纪90年代发现《野草》的“魅力”[(1)]及对所谓“大诗歌观”的阐释也生动地说明了这一过程。

当空间的远方已经由于年龄等客观因素抵达边界，心灵的远方依然在诗中继续；然而，当价值观念的蜕变已使心灵的远方失去了理想的居所时，诗人又当如何寻找灵魂的皈依呢？为此，除上述内容的“悲痛”与形式的“偏移”之外，我们必须还要看到《一个中国诗人在俄罗斯》（1998）以及《一天》（1993）、《毛泽东》（1993）等诗作的另类表达。通过这些堪称记忆重温、重返精神故乡的叙述，昌耀暂时缓解了20世纪90年代以来生存的焦虑和内心的困惑，并最终还原了其作为理想主义者之心灵轨迹的全部！“没有更改自己的人生态度，我想，在这方面，我就是我自己，我的命运是自己选择的，我是主动的，可以说，通过我的诗，我实现了对命运的嘲弄。”[(2)]昌耀在生命最后的日子里的这段话已告诉我们：从生命的层面上认识诗，是昌耀诗歌抵达生命高度的前提，也是昌耀诗歌道路具有内在连贯性和完整性的重要原因。

结束语

通过对昌耀研究中若干问题的反思，我们不难看到：昌耀的创作经历使其成为一个跨代际写作的独特个案。他既不同于同一代诗人，也不同于后辈诗人，他在写作上的非凡腕力、孤独感、受难意识，以及在现实生活中的纯真、偏执，决定了他将生命融入写作和不断在艺术上超越自己的生命状态。时至今日，诸如“他的作品，即使和世界

（1）　可分别见昌耀：《致SY》，为“致SY21封信”之一，写于1990年12月24日，其中有：“鲁迅先生的《野草》尤其值得一读，非常深刻，非常富于引爆力，汉语文的韵味隽永至极。”这封信还写出了昌耀最初阅读《野草》的时间为1990年；昌耀：《读书，以安身立命》，写于1994年11月28日，其中记录阅读《野草》的感受：“哲人的深刻与冷峻，不仅以语言的，而且以思维的美感形式透射出锋芒。我为自己终于没有错漏过阅读当代中国最高水准的散文诗集而称幸。”两文均被收入燎原、班果编《昌耀诗文总集》（增编版），前者在“附录”部分，作家出版社，2010年版，第726、573页。

（2）　昌耀：《答记者张晓颖问》，载燎原、班果编《昌耀诗文总集》（增编版），作家出版社，2010年版，第711页。

上一流诗人的诗相比，也不逊色”“他是当代为数不多的、用汉语写作最好的诗人之一”[1]的评价，已得到更多研究者和诗人的认同。从诗歌史层面探究昌耀的视角当然还有很多，比如，诗人西川曾谈到的“使用古奥语汇”“让散文介入诗歌”，进而得出昌耀诗“成为现代汉语诗歌传统的重要组成部分”[2]的结论；学者易彬曾从“新诗的语言质感——从穆旦到昌耀”[3]的角度论述昌耀在诗歌史传承过程中的特有价值……这些认识和本文辨析的“归来者”“西部诗”以及20世纪90年代的“变”与“不变”、延续鲁迅《野草》的传统等不仅共同构成了一部复杂的评价史，还在相当程度上折射出昌耀虽身处边地、少与外界接触，但依然可以通过坚守内心的律令和艺术理想而成为大诗人的创作成就。他是“文学史深处的精神暗河”，可以在不同历史阶段始终保持“现代”的面貌。他“独语者”的姿态虽一度造成研究上的某些“认知盲点”，但其终生“赶路”、寻找灵魂栖居地的实践又使其在不断被重读、重评的过程中，将理解和品读指向了未来。■

（1） 韩作荣：《诗人中的诗人》，载昌耀：《昌耀的诗》，人民文学出版社，1998年版，第2页。

（2） 西川：《昌耀诗的相反相成和两个偏离》，载西川：《大河拐大弯——一种探求可能性的诗歌思想》，北京大学出版社，2012年版，第109—114页。

（3） 易彬：《穆旦与中国新诗的历史建构》，中国社会科学出版社，2010年版，第234—247页。

早在1988年，骆一禾就断定“昌耀是中国新诗运动中的一位大诗人”[1]。那么昌耀（1936—2000）何以伟大？或者说他是从何时开始伟大的？《昌耀诗文总集》收入的第一首诗是《船，或工程脚手架》（1955），最后一首诗是《一十一支红玫瑰》（2000），两首诗前后跨度45年，除去创作中断的10年（1968—1977），昌耀的实际创作时间为35年。大体上可以分成早期（1955—1967）、中期（1978—1984）、后期（1985—1991）和晚期（1992—2000）。

昌耀诗歌的早期比较容易界定：起点自然是1955年。1957年，昌耀因发表《林中试笛》被打成右派，这成为他命运的转折点，但他继续写作，直到1967年，即“文革”爆发之初，他才停下笔来。早期的昌耀还称不上伟大，但他出手不凡，作品中不乏杰出诗歌。在我看来，昌耀前两年的诗歌是练笔性的。他在诗歌中真正确立自我是从1957年开始的，这个过程持续到1962年。尽管其后仍有创作，但已偏离了自我和时代，基本上没什么价值。昌耀早期诗歌的形式已很完备，既有短诗又有长诗，既有对民歌与古诗的借鉴又有独具特色的创造。从写作对象来说，昌耀早期诗歌就确定了个人与时代的复调交融品格。昌耀可能比同代的其他诗人融入时代更彻底。他的长诗《哈拉库图人与钢铁》（1959）和《凶年逸稿》（1961—1962）体现了社会建设的成就

(1) 骆一禾、张玞：《太阳说：来，朝前走》，载董生龙主编《昌耀：阵痛的灵魂》，青海人民出版社，2000年版，第64页。

钟声回到青铜
——昌耀诗歌导读※

程一身

※选自昌耀：《钟声回到青铜：昌耀诗选》，程一身主编，河南文艺出版社，2018年版。

与灾难，其中《凶年逸稿》既写了时代又写了时代中的自我，个体的生存处境与时代的整体状况形成了彼此呼应的同构关系。它代表了昌耀早期诗歌的最高成就，也是昌耀所有诗歌中的一流作品。诗人以富于创造力的语言对饥馑年代作了如此生动的描绘："这是一个被称作绝少孕妇的年代。/我们的绿色希望以语言形式盛在餐盘/任人下箸。我们习惯了精神会餐。"(1)物质匮乏的现实普遍被精神富裕的想象充实着，尤其是"我以炊烟运动的微粒"那一节将饥饿中的幻想写到了极致。仅凭此诗，昌耀就堪称杰出诗人。因此，可将昌耀诗歌的早期称为"凶年"时期。事实上，这个时期确实是昌耀——但并不限于昌耀——的凶年。

1955年，19岁的昌耀主动选择了西宁，投身于大西北开发的热潮。同年，昌耀写出了第一首他认可的诗《船，或工程脚手架》，祖国建设与个人创作在此交相辉映。而昌耀确立自我形象的第一首诗是《高车》(1957)，其诗歌的英雄主题即萌发于此。该诗前三节写得极有气势：以"隆起"(向上，以地平线为参照点)、"轧过"(向下，以北斗星宫为参照点)突出"高车"之高，然后从空间转向时间，以由近及远的视角呈现了高车在岁月中的漫长穿越，可以说为读者留下了一个巨大的高车背影。昌耀把高车巨人化显然体现了他的英雄情结，正如他在诗前小序中所说的："我看重它们……更在于它们本是英雄。"昌耀的英雄情结或许和他参加过抗美援朝不无关系。当然此诗中的高车是青海风物，英雄显然对应着建设者的形象。值得注意的是，《高车》的语言已出现古语化倾向。"之乎者也"就出现了两个，还有一个"于"字。《峨日朵雪峰之侧》(1962)其实是《高车》的延伸。在这首惊心动魄的短诗中，诗人以一个攀登者的形象出场，进一步强化了其英雄主题：

我小心翼翼探出前额，
惊异于薄壁那边
朝向峨日朵之雪彷徨许久的太阳
正决然跃入一片引力无穷的山海。

(1) 燎原、班果编《昌耀诗文总集》(增编版)，作家出版社，2010年版，第31页。本篇引文未注明者均引自本书。

石砾不时滑坡引动棕色深渊自上而下一派嚣鸣，
像军旅远去的喊杀声。我的指关节铆钉一般
楔入巨石罅隙。血滴，从脚下撕裂的鞋底渗出。

昌耀写个人的诗往往透露出男性气质和英雄倾向，这成为他诗歌的一个贯穿性主题。后来的《一百头雄牛》（1986）、《穿牛仔裤的男子》（1986）都是如此。《划呀，划呀，父亲们！》（1981）中的父亲和《僧人》（1990）中的托钵苦行僧都是男性主题的变体。

昌耀辍笔的时间接近于"文革"发生的时间，但比其略微滞后。这十年其实是他的黄金时代，可惜是一段漫长的空白。1976年，"文革"结束。伴随着整个社会的拨乱反正，1979年，"戏看蚂蚁筑巢二十余秋"（《归客》，1979）的昌耀重返青海文联工作。可以说这是他的新生。从此，他和家人住进了城市，这也是他的五口之家生活幸福的时期。只是恢复创作的昌耀已42岁，不折不扣地人到中年。在此期间，昌耀以焕发的生机激活了沉默的十年，对他来说，重新写诗无异于温习"黄金般的吆喝"（《冰河期》，1979），于是他迅速迎来了创作的巅峰期——"慈航"时期。长诗《慈航》（1981）和组诗《青藏高原的形体》（1984）树立了中国新诗崇高品格的典范，使他成为不折不扣的大诗人。

《慈航》显然是诗人的自传，呈现的是一个小人物在大时代中的命运。岂止是小人物？更是大时代的囚徒。但面对时代强加于人的迫害以及由此陷入的生存绝境，这位大山的囚徒兼"离骚"传统的继承人仍保持着对党的信任和忠诚，但他需要拯救——自我拯救与他人拯救。其中自我拯救对应着英雄主题，他人拯救则对应着爱的主题，对这首诗来说，后者更根本。昌耀说《慈航》"基本上是以我为中心，写出了我对藏族群众的一种感激之情"（《答记者张晓颖问》，2000），"感激"当然属实，但"藏族群众"不免空泛。或许昌耀这样说跟他已经离婚有关。在我看来，《慈航》是一部爱的史诗，爱的主题与英雄主题的融合构成了作者"勇武百倍"的力量源泉，诗人以此对抗死亡的戕残。如诗中所写的，改善诗人命运的爱来自一桩适时的婚姻，所谓"慈航"乃诗人在绝境中获得的向善引领。与其说引领者是诗人的妻子，不如说是诗人的岳父；与其说诗人感激的是藏族群众，不如说是岳父一家。1958 年 3 月，昌耀被下放到青海省湟源县日月乡若约村劳动，住在乡政府武装干事杨公保家中。1967 年，杨公保把他收为义子。1969 年，杨公保病逝，他生前把自己的三女儿许配给了昌耀，成了这桩拯救诗人命运的婚姻的决定者。因此对昌耀来说，岳父是一尊佛，是他的慈爱让昌耀航出了苦难的大海。可以说《慈航》一诗在爱与死的张力中呈现了生的顽强与爱的伟力：

是的，在善恶的角力中
爱的繁衍与生殖
比死亡的戕残更古老、
　　　　更勇武百倍。

这是贯穿全诗的主旋律，并因此成就了一首爱的伟大颂歌。如果说《慈航》书写的是苦难中获救的话，其续曲《雪。土伯特女人和她的男人及三个孩子之歌》（1982）则一变而成为幸福的家庭之歌，这种幸福甚至使诗中的雪都变成暖色调的了："残雪覆盖的麦垛下面 / 散发出阳光的香气。"而温暖的核心则是那个"屁股蛋儿 / 在嫩草地上蹭出一溜拖曳的擦痕""认真地 / 把每个过路的男子唤作'爸爸'"的女孩，即诗人昌耀的女儿。

来到西部之初，昌耀就开始为这片土地塑像了。他早期曾写出《踏着蚀洞斑驳的岩原》（1961）、《这是赭黄色的土地》（1961）等出色的作品。而组诗《青藏高原的形体》更集中、更宏阔地呈现了西部的地理风貌与人文景观，其核心是人的文化寻根、生活习俗与经济建设，可以说这组诗从另一个维度体现了其诗歌艺术的高度，显示了昌耀诗歌的雕塑功力与"硬"的特质，从某种程度上可以说这是英雄主题从人延伸到土地的产物。换句话说，昌耀以拟人化手法使青藏高原具有了某种类似于男性的阳刚气质，所谓"发育完备的雄性美"。

从 1985 年起，昌耀诗歌中的感情发生了变调：从激越高昂逐渐转向忧郁低沉。从根本上说，这源于昌耀与时代的关系转变：起初，他认为自己与时代是合拍共进的，但他逐渐发现自己与时代的不和谐，并最终演变成个体与时代的激烈冲突。可以说《斯人》(1985)是昌耀诗歌情感变调的开始：

静极——谁的叹嘘？

密西西比河此刻风雨，在那边攀缘而走。
地球这壁，一人无语独坐。

首先看题目，“斯人”体现了作者的古语倾向。这个题目呼应并激活了中国古典文学中的名句“斯人独憔悴”，以及“微斯人，吾谁与归？”它们分别对应着憔悴与知音的主题。更重要的是，“斯人”与“诗人”谐音，这就使此诗突破了个人自传的局限，体现出为诗人群体塑像的效果。如果用“这个人”作为题目，这一切都难以体现。从题目“斯人”出发，还可以考察此诗的人称词。诗中第一句的代词“谁”有不确定性，既可指诗人，也可指别人；第二句中虽无人称词，但确有人在“攀缘而走”，属于无人称词的人称，此句所指之人最好理解成诗人之外的另一个人。第三句中的“一人”即“斯人”，也就是“我”。但作者不用“我”，而用第三人称词，是为了与写作对象拉开距离，即“我”同时是自身的旁观者。从艺术上来看，此诗营造了一个极富张力的结构。第一句自成一节，为总领。第二节为分，其中第一句充满喧闹，对应着“谁的叹嘘”；第二句极其安静，对应着“静极”。破折号两侧的静与闹形成一个声音的张力结构，这是对中国古诗以声写静传统的化用。值得注意的是，作者为这种声静结构营造了一个浩瀚的空间，如果说第三句写的是“地球这壁”的话，第二句写的“密西西比河”就是“地球那壁”。前者是行动“攀缘而走”，后者为静止“独坐”；前者为想象，后者是写实。诗人的想象力穿越了地球，或者说将整个地球变成了诗人存在的空间。这是一种什么样的存在呢？在无比广阔与极其安静中的孤寂感。后来《内陆高迴》(1988)中那个“步行在上帝的沙盘”的旅行者显然是一个行动中的“斯人”。

从昌耀的写作史来看，《斯人》显示了作者与集体和时代的双重疏离，因此可以将这个时期称为“斯人”时期。随后“斯人”的孤寂感变成了“嚎啕”（1986）、“眩惑”（1986）、“悲怆”（1988）等情感体验。这种赋予其作品悲壮品格的现实冲突一直延续到晚期，并愈演愈烈，直到昌耀身患癌症跳楼自杀为止。对这个阶段，昌耀命名为“后英雄”时期，他在诗中宣告“硬汉子从此消失”，以至“大男子的嚎啕使世界崩溃瘫软为泥”（《嚎啕：后英雄行状》，1986），可以说这是他对自身与时代冲突的直接反应。尽管昌耀写了不少精湛有力的短诗，但他本质上是个长诗诗人，其伟大主要是由长诗体现出来的。昌耀各个时期的代表作基本上都是长诗，其能量和力量大多是在长诗中释放出来的。本期的代表作《燔祭》（1988）也是一首长诗，全诗由“空位的悲哀”“孤愤”“光明殿”“噩的结构”“京都前门·狮面人”和“箫”六部分组成。燔祭的主题早在《生命体验》（1986）中就已经出现，面对“世俗化加速进程”，诗人反复慨叹“无话可说”。其实昌耀祭奠的是随着经济发展以及拜金主义盛行导致的理想主义丧失：“偶像成排倒下”，“碎玻璃已自斜面哗响在速逝的幽蓝”。正是这种不可遏止的群体哗变让诗人感到惊愕、孤愤、痛楚。所谓“神已失踪，钟声回到青铜”就是随着理想主义精神的消隐，崇高事物的回响均回归自身，钟声回到青铜，诗歌也将回归诗人。可以说，昌耀在这里已经预示了该时代的非诗性：诗歌遇到了没有读者或知音的困境。昌耀后期的长诗较多，另外两首重要的长诗是《听候召唤：赶路》（1987）和《哈拉库图》（1989）。前者是一首进行曲，表达了一种因不甘落伍而急于赶路甚至飞翔的使命感，体现出诗人的自信和活力；后者则是一首咏叹调，将城堡、时间与命运等多重主题糅合成一个神秘的整体，在尝试破解生活困惑的同时流露出深沉的感喟。

1992 年对昌耀来说至关重要，并成为他晚期诗歌的起点。从社会层面来看，这一年社会主义市场经济全面展开，诗人的经济贫困与自作多情（恋爱与写诗）的冲突加剧；从家庭层面来说，这一年昌耀和他的妻子离婚；从写作层面而言，这一年他进入了诗歌创作的衰落期或转变期。其诗歌语言越发凝练拗口，情思也趋于隐秘难解；而且他未再写长诗，《一个中国诗人在俄罗斯》（1998）是诗文杂糅的，《20 世纪行将结束》（1999）是“一首未完成诗稿的断简残编”。昌耀晚期长诗的空缺恐怕只能归结于他极端的身体痛苦和心灵焦虑。与此密切相关的是，昌耀晚期的写作以“不分行”的文字为主。其不分行写作始于 1983 年的《浇花女孩》，但只是零星出现，偶尔延续。从 1993 年开始，他明显从诗歌写作转向不分行写作。1993 年共 19 篇作品，除掉一篇答问文章，实有 18 篇，其中诗歌写作与不分行写作各占一半。其后不分行写作的数量不断增多，在 1997 年的 15 篇作品中只有一首诗歌，其余均不分行。他在《昌耀的诗》后记里对此作了以下解释：“我是一个‘大诗歌观’的主张者与实行者。……我并不贬斥分行，只是想留予分行以更多珍惜与真实感。就是说，务使压缩的文字更具情韵与诗的张力。随着岁月的递增，对世事的洞明、了悟，激情每会呈沉潜趋势，写作也会变得理由不足——固然内质涵容并不一定变得更单薄。在这种情况下，写作‘不分行’的文字会是诗人更为方便、乐意的选择。”由此可见，昌耀的不分行写作是激情沉潜的结果，而且他本人的用词是“‘不分行’的文字”，并未把它们称为诗歌。就此而言，我认为昌耀晚期事实上已经转向了具有整体性的散文片段写作。这些作品并不因为不是诗歌而降低它们的价值，相反我认为不分行写作代表了昌耀晚期创作的高度。

晚期昌耀和时代保持着更加紧张的关系。“我在沉默中感受了生存的全部壮烈”，昌耀早期的这句诗其实适用于他的一生。“命运啊，你总让一部分人终身不得安宁”（《一滴英雄泪》，1992）。如果说早期折磨昌耀的因素是政治的话，那么晚期则是爱情：“是的，朋友，今天是我最为痛苦的日子：我的恋人告诉我，她或要被一个走江湖的药材商贩选作新妇。她说，她是那个江湖客历选到‘第十八个’才被一眼看中的佳人。”（《无以名之的忧怀》，1997）此事让昌耀痛感自身的失败：他和他崇尚的美被金钱一举打败了！晚期昌耀其实是个家庭的流亡者，他从 1989 年起就与妻子分居，离婚后失去了孩子和房子，想去南方与情人生活的打算也落空了。后来长期住在办公室（“目前我是在文联办公室的沙发上就寝，——反正我在家已有过近三年历史的睡沙发的功夫了不是吗？”，这是他情书里的话），最终沦为“大街看守”。可以说昌耀晚期是名副其实的“烘烤”时期，《烘烤》（1992）集中体现了昌耀晚期的所有冲突，与社会的，与家庭的，与情人的：“这个社会的怪物、孤儿浪子、单恋的情人”，这是昌耀为自己绘制的精确自画像。这位“追寻黄帝舟车”的诗人从“前倾的身子愈益弯曲”到最后从医院病房的纵身一跃，无不回荡着非诗时代的慷慨悲音。

以上梳理了昌耀诗歌创作的四个时期：凶年时期（1955—1967）、慈航时期（1978—1984）、斯人时期（1985—1991）和烘烤时期（1992—2000）。从主题上说，昌耀的所有作品都属于命运之书；从艺术上说，完美主义者昌耀的所有作品（主要指他收入总集中的作品）未必都是完美的，但很少有平庸之作。而且昌耀贡献了一大批经得起反复琢磨的厚重作品，这就使他不同于那些只有一两首代表作的诗人。昌耀是一个拒不妥协的强力诗人，只不过这种力量在他人生的前半段是颂歌性的，但伴随着“天问”与反思；后半段则是对抗性的，但伴随着阵痛与无奈。从美学风格的基调来说，昌耀经历了从崇高（前期和中期）到悲壮（后期和晚期）的转变，相应地经历了从雄辩式抒情到嚎啕式抒情的转变。而荒诞大体上是悲壮的变体，至少昌耀把它看成了“一种悲壮的享受”（《这夜，额头锯痛》，1991）。

在我看来，昌耀诗歌中最值得注意的问题有两个：一个是昌耀诗歌的硬与软，一个是昌耀诗歌的语言构成与古语倾向。中国新诗很早就有“三美”说，而昌耀最借重的艺术形式是雕塑与音乐。雕塑为他的诗歌提供了形体、棱角以及强力效果，从而铸成了其诗歌之“硬”。无论写人还是写物，昌耀都能雕刻出对象的本真质地和细腻纹理，写到运动时，往往给人一种高清拍摄再缓慢播放的感觉。如“我们抬起脚丫朝前划一个半圆／又一声吼叫地落在甲板，作狠命一击”（《水手长—渡船—我们》，1962）。音乐则为他的诗歌提供了节奏、气势以及优美韵律，从而造成了其诗歌之“软”。“我用音乐描写运动”（《节奏：123……》，1981），昌耀如是说。从造句特点来看，昌耀爱用排比，有时兼用比喻式排比，以及环环相扣的句法：“雕凿一个头。背景是远山。一条河。／雕凿胡须、眉骨、眼睛、腮帮子。／雕凿腮帮子上一道极富暗示的疤痕。”（《头像》，1985）昌耀认为诗是“气质的堆塑”“灵气的流动”，诗的雕塑美和音乐美往往被他融成“流体雕塑”的奇观。正如他在《我的诗学观》（1985）中所说的：“……但我近来更倾向于将诗看作是‘音乐感觉’，是时空的抽象，是多部主题的融会。感到自己理想中的诗恰好是那样的一种‘流体’。当我预感到有某种‘诗意抒发’冲动的时候，我往往觉得有一股灵气渴待宣泄，惟求一可供填充的‘容器’而已。”试看《慈航》中的这几句：“……一头花鹿冲向断崖，／扭作半个轻柔的金环，／瞬间随同落日消散。”可以说，昌耀笔下的这头花鹿就是一具绝妙的“流体雕塑”，兼有形体之硬与质地之软。从根本上说，昌耀诗歌的“硬”源于其阳刚气质与英雄情结，昌耀诗歌的“软”则来自这个硬汉的一腔柔情。或许令人难以置信，昌耀既是杰出的政治诗人（对应于“硬”），也是出色的爱情诗人（对应于“软”）。这两种风格迥异的爱在他的作品中得到了各臻其妙的表达。除了《慈航》这部爱的史诗之外，我认为这位堪称唯美主义者的诗人最好的爱情诗是写给修篁的《致修篁》（1992）和《傍晚。篁与我》（1992）。

在当代诗人中，昌耀诗歌的语言独具特色。其元素相当丰富，往往能将书面语、口语、古语和土语融为一体，句式紧凑绵密，极具表现力。其中比较刺眼的是昌耀对“古语”（骆一禾的说法）的偏爱，或许没有谁像他动用过那么多古语，以及古文句式。骆一禾对此作了正面评价：“昌耀所大量运用的、有时是险僻古奥的词汇，其作用在于使整个语境产生不断挑亮人们眼睛的奇突功能，造成感知的震醒……也用‘古语特征’造成的醒觉、紧张与撞击效能来体现精神的力道”[1]。后来，昌耀也对此作过以下解释：“我个人的确采用过一些文言句式作为自己的诗歌语言，即便如此也不可能只是辞章之事，还需考虑与诗的氛围、格调是否谐和，或者是否提升了这种谐和而至于更醇厚的境界。至次也决不可让人感觉有镶嵌之嫌。再者，我是试图在‘现代’意义上使用这种文言及其句式。”[2]这段话表明昌耀具有明确的化古意识，如他所说的，旨在达到“一种极致，一种苍茫的历史感，一种典雅境界，一种哲理化的抽象，一种余韵流响”。事实上，在具体创作时由于失控或过火未必都能达到这种效果。在我看来，昌耀诗歌中的古语倾向固然增强了其诗歌的凝练性与历史感，有时也与其所写的古代文

(1) 骆一禾、张玞：《太阳说：来，朝前走》，载董生龙主编《昌耀：阵痛的灵魂》，青海人民出版社，2000年版，第73—74页。

(2) 昌耀：《致董林》，载燎原、班果编《昌耀诗文总集》（增编版），作家出版社，2010年版，第789—790页。

化现象形成了某些共振，但部分诗中确有过分使用古语的嫌疑，甚至给人一种逆流而动、执意而行的印象。“履白山黑水而走马，／度险滩薄冰以幻游。”（《山旅》，1980）这种古诗句式出现在新诗语境里其实很不谐调。我推测昌耀对古语的偏爱和他没有接受过系统的文学教育有关。由于心里没那么多规矩，反而可以让他放开写，不像那些受过长期教育的人把语言弄得很精致，在借用其他语言方面很谨慎。总体而言，昌耀创立的或许是一种适合他自己的语言系统，对后人来说，这可能是一种孤绝的诗歌语言传统。■

期的作品看，他即已背向诗坛，完全无视时人的写作而独辟蹊径，初步形成个人的风格”[1]。

这样的论断可以由昌耀的诗集资料支撑。昌耀自己编定的《昌耀诗文总集》[2]（以下简称《总集》）里，标明写于20世纪50—60年代的诗（以下简称“旧作”）共50首。在昌耀生前出版的诗集里[3]，这些诗歌在结尾处都标明了写作时间，如《高车》写于1957年7月30日，《良宵》写于1962年9月14日。标出写作时间的惯例一直延续到《总集》里。在20世纪50—60年代，集体主义的颂歌、“政治抒情诗”写作是诗坛主流，昌耀能写出《边城》《高车》《良宵》这样个人色彩鲜明、充满创造力的诗，当然超出了他的时代，即使被称为天才也不为过。诗人西川曾这样评价：“他早在1957年就写下了非同凡响的诗篇《高车》。”[4]但实际情况并非如此。

文学史家洪子诚谈到20世纪50—70年代的“地下写作”时，提到一个研究的难点，即“地下写作”的系年问题：“这些诗有的篇末注明了写作的时间，如‘写于1961年’‘1972年’等，但是它们公开在刊物上发表，是在80—90年代……从写作到发表期间，作者有没有进行过修改？如果有的话，修改的程度怎么样？如果作了修改，而且是重要的修改，这些作品的写作时间还能定在1961年和1966年吗？”[5]昌耀列为20世纪50—60年代写作的诗歌，即存在这样的问题。我们可以把《总集》里50首“旧作”的发表情况作一些归纳整理。

1.《林中试笛》（两首）发表于《青海湖》1957年第8期，按发表原貌收入《总集》，未收入生前的四部诗集。昌耀正是因为这两首诗被打成右派，开始了自己20多年的流放生涯，并丧失了发表作品的权利。

（1） 林贤治：《“溺水者”昌耀》，《当代文坛》2007年第4期。

（2） 昌耀：《昌耀诗文总集》，青海人民出版社，2000年版。本书面世时，昌耀已不在人世。2010年本书由作家出版社出版增编版，增加了77个页码的诗文，其中包含20世纪50—60年代的诗作五首。

（3） 昌耀生前出版的诗集共四部：《昌耀抒情诗集》，青海人民出版社，1986年版，1988年出版增订版，增加26首诗；《命运之书》，青海人民出版社，1994年版；《一个挑战的旅行者步行在上帝的沙盘》，敦煌文艺出版社，1996年版；《昌耀的诗》，人民文学出版社，1998年版。

（4） 西川：《昌耀诗的相反相成和两个偏离》，《青海湖》2010年第3期。

（5） 洪子诚：《问题与方法》，三联书店，2002年版，第77页。

2.《总集》的第一首诗《船，或工程脚手架》或是在《船儿啊》这首诗的基础上修改而成。《船儿啊》这首诗作为组诗《高原散诗》中的一首，发表于沈阳作协主办的《文学月刊》1956 年 4 月号。

3. 除以上 3 首诗外，其余 47 首诗歌的公开发表均在 1979 年昌耀复出后，发表时间一直延续到 20 世纪 90 年代。其中有些诗歌曾在杂志上发表，后保持原貌或经修改后被收入诗集，如《高车》《边城》《群山》等，还有一些诗歌未在杂志上发表，直接被收入诗集。

4. 昌耀生前出版的四部诗集收录的 20 世纪 50—60 年代诗歌的数量，依次是 19 首、36 首、18 首、15 首，而且篇目不尽相同。这意味着，这些旧作是陆陆续续出现的，时间跨度很长，有些旧作第一次发表是在 2000 年出版的《总集》中。

那么，如何判断昌耀修改了除《林中试笛》之外的那些旧作呢？首先，可以找到史料的线索。在昌耀 1986 年出版的第一本诗集《昌耀抒情诗集》里，一些（不是全部）旧作，不仅标注了原稿时间，还标注了修改时间。如《高车》标注：1984 年 12 月 22 日删定并序；《筏子客》标注：1981 年 9 月 2 日重写。只是在后来的诗集中，修改时间的标注一律被删除，只保留了原稿时间。其次，可以将这些旧作与昌耀 20 世纪 50 年代公开发表的作品进行对比。那些作品是昌耀排除在《总集》之外的，是昌耀不希望呈现给读者的，但却最真实地体现了昌耀在 20 世纪 50 年代的写作水准。来自河南的研究者李海英搜集到昌耀 20 世纪 50 年代公开发表的作品 26 件（计 2 篇散文、24 首诗歌），通过分析发现，“昌耀早期的创作并没有游离于主流之外，相反他一直都在时代的洪流中放歌”[1]。《总集》增编版增选了 5 首昌耀 20 世纪 50 年代的诗歌，可以看出那就是社会主义建设之歌、生活之歌、战士之歌，与广受赞誉的《高车》《良宵》《凶年逸稿》不可能出自同一时期同一人之手，因为其世界观、语言体系都迥乎不同。最后，还可以找到旁证。昌耀密友及传记作者燎原在搜集和比较大量材料的基础上指出：“他

（1） 李海英：《1953—2000 年：昌耀诗歌创作综论》，硕士学位论文，河南大学文学院，2010 年，第 8 页。

早期的诗作，普遍地存在着 1979 年之后的改写和‘深度加工’。”[1]

退一步讲，如果修改只是一些无关紧要的修改，那么也不影响对昌耀早期诗歌价值的判定。如何判断修改程度剧烈与否呢？可以将《船儿啊》与《船，或工程脚手架》两首诗进行对比，还可以将《群山》1979 年杂志发表版与收入《总集》版进行对比，可以发现其改动带有根本性，涉及语言风格、修辞手段乃至价值观的调整。[2]

昌耀在《总集》后记里自述：“可叹我一生追求‘完美’，而我之所能仅此而已。”他是一个精益求精的诗人。“他每编辑一部自己的新诗集时，都会对此前的一些诗作进行一次集中的改动。”[3] 昌耀不可能坐视旧作中看起来已经不合时宜的痕迹。2000 年由昌耀编定的《总集》，经过了他本人的筛选、审视，反映的是昌耀最晚近的关于诗歌的看法。对诗人来说，《总集》是带有盖棺论定性质的共时的存在，但由于它又清清楚楚地标示着写作日期，对不明就里的研究者来说，就会把这些诗歌纳入一个历时的进程中考察，从而很方便地得出“昌耀超出时代”的结论。

概言之，《总集》里收录的 20 世纪 50—60 年代的作品，除《林中试笛》外，都经过了昌耀复出后的重新审视和深度加工，体现的是昌耀 20 世纪 80 年代以来的写作风貌。只有理清了这一修改旧案，我们才能理解，为什么在 20 世纪 50—60 年代写出《高车》《良宵》《给我如水的丝竹》这种水准诗歌的人，还会在 1978、1979 年写出像《致友人》《秋木》《啼血的“春歌”》这样水准的诗作。[4] 再延伸一下，《总集》中 1979 年之后的诗歌，其诗末标注的写作时间也值得警惕，一首标明是 1979 年的诗作，也可能修改定稿于 20 世纪 80 年代中期乃至 90 年代。比如，1979 年的《归客》是一首杰作，这首诗的水准大大超过了昌耀 1979 年作品的一般水准，体现的也不是昌耀在 1979 年对于历史

(1) 燎原、王清学：《旧作改写：昌耀写作史上的一个“公案”》，《诗探索》2007 年第 1 辑（理论卷）。燎原和李海英的上述论文是目前仅见的对昌耀诗歌旧作改写问题进行探究的研究，在它们相继发表之后，“昌耀早期诗歌超出时代”的论断仍然层出不穷。

(2) 在上述燎原、李海英的论文中有详细对比，可参看。

(3) 燎原、王清学：《旧作改写：昌耀写作史上的一个“公案”》，《诗探索》2007 年第 1 辑（理论卷）。

(4) 这三首诗见于 2010 年增编版《总集》的增编部分，这个部分的文字是被昌耀排除在初版《总集》之外的，但被编者选入。

的认知，应该是经过了深度加工，加工时间甚至可能在20世纪90年代中期（1994年的诗集《命运之书》没有收入《归客》，1996年的诗集《一个挑战的旅行者步行在上帝的沙盘》才第一次收入）。按《总集》的编排顺序阅读昌耀诗歌，常会感到剧烈的质量起伏和风格的错乱，应该是修改导致的结果。判断昌耀作品大致的年代归属，从风格、水准出发可能比依据诗末所标时间要来得更为准确。

作为诗人，昌耀不是天才型的。他在诗歌上的成就很大程度得益于生活的磨难。并不需要把“超出时代”这样泛滥的褒扬加之于昌耀。从历时的角度考察，昌耀创造的真正的奇迹是他一直保持着自我更新的能力。他跟公刘、邵燕祥、流沙河、胡昭等一起被称为“青春历劫、壮岁归来”的诗人，但当同代人的诗歌生命纷纷凋零的时候，他却迎来了写作的黄金时代，有能力与更年轻的诗人同台竞技，正如有论者注意到的那样：“1986年出版的《探索诗集》中，昌耀是仅有的一位与新中国一起成长起来的首代诗人，同二、三代诗人相并列。”[1]一个诗人的诗歌教养往往青少年阶段即已奠定。昌耀年轻时代成长于社会主义政治抒情诗的环境之中，他本人早期写作也是典型的集体主义诗歌。20世纪80年代的写作新浪潮对于五六十年代出生的诗人，接受起来是顺理成章的。但对于昌耀这代“老诗人”来说，则不会那么容易。昌耀从一个早年的“政治抒情诗”诗人，转变为20世纪80年代中期以后忠于自己的诗人。这种转换，就论者目力所及，在中国当代文学史中尚缺少其他范例。

昌耀有一种迫切跟上时代的愿望。在组诗《听候召唤：赶路》中他写道：“我深感落伍已不可避免。”虽然僻居西部，他总能敏感于时代的中心命题，并用写作实践去呼应之。“伤痕文学”“反思文学”发端时他写《大山的囚徒》《慈航》，“改革文学”盛行时他写《印象：龙羊峡水电站工程》《边关：24部灯》，“寻根文学”“史诗潮”流行时他写《青藏高原的形体》（组诗）、《巨灵》，“先锋文学”兴起时他写《空城堡》《冷太阳》，“市场化”改革铺开时他写《烘烤》《堂·吉诃德军团还在前进》，“新左派”思潮抬头时他写《毛泽东》《一个中国诗人

(1) 李万庆：《“内陆高迥”——论昌耀诗歌的悲剧精神》，《当代作家评论》1991年第1期。

在俄罗斯》。与现实中的行动相对应，他在诗歌中也创造了这样的主体形象：挑战、赶路、被太阳所召唤、一个永不停歇的“夸父”。强力的生命意志，使他冲破了习见和积习的包裹，拒绝了平庸和停滞。他的诗歌生涯几乎保存了1949—2000年历次文学主潮的浪花痕迹。他的自我更新能力是从诗歌史的角度去定位他时需要特别褒扬的。

二、从镀金到铸金

在各类介绍昌耀的出版物上，最常提到的昌耀的代表作便是《慈航》。在1991年的一篇评论文章中，论者将《慈航》与但丁的《神曲》相提并论：“《慈航》是20世纪中期发生在中国大地上的一幕《神曲》。”(1)昌耀临去世前曾接受记者采访，当时记者提的一个问题是：“《慈航》被公认为是您的代表作，请您谈谈这首长诗的创作过程和作品的主旨。”(2)昌耀在随后的回答中，并没有表示异议，可见他也默认这种说法。《慈航》真有如此之高的价值吗？且不论它是否能与历史上的伟大诗篇并列，它能否作为昌耀真正的代表作都要打上问号。

《慈航》标注的写作时间是1980年2月9日至1981年6月25日，其最早发表于《西藏文学》1985年第10期。这是一首叙事长诗，共有12节。从情节来看，该诗应该是以昌耀的个人经历为蓝本，加以想象、发挥改造而成的。诗歌的主体情节是一个落难者被荒原上的土伯特人（即藏人）拯救，成为土伯特女婿，重点描写与土伯特女子相遇、成婚的经过，尤其是非常细腻地描写了藏族的婚礼仪式。“在善恶的角力中／爱的繁衍与生殖／比死亡的戕残更古老、／更勇武百倍。”这几行是诗的主旋律，在诗中反复出现了六次。昌耀在上文提到的那次采访中说，这首诗“基本上是以我为中心，写出了我对藏族群众的一种感激之情。……写的是灵魂的栖所”(3)。

(1) 叶橹：《〈慈航〉解读》，《名作欣赏》1991年第3期。

(2) 昌耀：《答记者张晓颖问》，载昌耀：《昌耀诗文总集》，青海人民出版社，2000年版，第781、782页。

(3) 昌耀：《答记者张晓颖问》，载昌耀：《昌耀诗文总集》，青海人民出版社，2000年版，第781、782页。

从诞生背景看,《慈航》应该被归入20世纪80年代初期流行的“伤痕、反思文学”,它使用的象征性词汇,是那个时期描述历史灾难时常用的,如“灯塔沉入海底”“暴风”“严冬”“妖风”“失道者”等。它的构思,属于那个时期的一种典型叙事:咀嚼过往的苦难,并阐发苦难的意义。可以把它和这类叙事中当时最有名的一篇——张贤亮的小说《绿化树》作一对比。这两篇作品的发表时间相近,且两个作者年龄相仿,遭遇类似,可以说这两篇作品是类似的情绪呈现为不同的文学样式。而不同的是,《绿化树》发表后被广泛阅读,而《慈航》发表后知者甚少。同样是落难;同样是被一个淳朴善良的底层女子拯救(这两个女子都类似地散发着神性的光泽);同样是叙述者成为劫后英雄:《绿化树》里写“一九八三年六月,我出席在首都北京召开的一次共和国重要会议”,《慈航》里写“摘掉荆冠 / 他从荒原踏来, / 重新领有自己的运命”;同样是把苦难理解为一种成就自己的必经阶段:《绿化树》开篇引用阿·托尔斯泰的名言“在清水里泡三次,在血水里浴三次,在碱水里煮三次”,《慈航》里则写“你是风雨雷电合乎逻辑的选择”;同样充斥着一种男权中心主义的自恋:马缨花豪言“就是钢刀把我头砍断,我血身子还陪着你”,《慈航》里的土伯特女儿则表示“我懂。/ 我献与。/ 我笃行”;甚至他们最终得出的结论也是一样的:张贤亮在小说结尾表达对像绿化树一样遍布大江南北的普通体力劳动者的赞颂,昌耀在诗歌中将“良知不灭的百姓”推崇为自己的“众神”。由此可知,《慈航》是那个时代带有类同性特征的产物。

王安忆的名作《叔叔的故事》里这样写被打成右派的作家“叔叔”复出后的心态:

> 由于写小说这一门工作,他的人生竟一点没有浪费,每一点每一滴都有用处。小说究竟是什么啊?叔叔有时候想。有了它多么好啊!它为叔叔开辟了一个新的世界,在这个世界里,叔叔可以重新创造他的人生;在这个世界里,时间和空间都可听凭人的意志重塑,一切经验都可以修正,可将美丽的崇高的保存下,而将丑陋的卑琐的统统消灭,可使毁灭了的得到新生。这个世界安慰着叔叔,它使叔叔获得一种可能,那就是做一个新的人。

这段话概括了“叔叔们”在复出后的作品中所做的工作，即将过去的经历浪漫化，在讲述中将自我塑造为英雄，并将这个英雄安置在一个美丽新世界。《慈航》中的受难者是这样登场的：“他独坐裸原。/脚边，流星的碎片尚留有天火的热吻。”这俨然是流落人间的神子。在整首诗中都充满了类似的惊人的浪漫化。“墙壁贴满的牛粪饼块/是你手制的象形字模。/轻轻摘下这迷人的辞藻，/你回身交给归来的郎君，/托他送往灶坑去库藏。”牛粪饼被比喻成象形字模和迷人的辞藻，这恐怕是陶渊明也难得有的田园逸致。“……一头花鹿冲向断崖，/扭作半个轻柔的金环，/瞬间随同落日消散。”惨烈的死亡，在观察者眼中，竟然只剩下轻飘飘的“美”。在诗歌的抒情主人公和现实之间，仿佛隔了一层薄薄的帘幕，作者看不到现实的本来面貌，而是陶醉于帘幕上华丽而虚幻的烟云。这应该是得意者眼中的世界。这个时期，不仅《慈航》是这样的，一批作品都具有类似的眼光。如《总集》中排在《慈航》之前的一首小诗《卖冰糖葫芦者》：

他理解——
人们对春意的期望，
才将火红的山楂
剪作一串甜蜜的蓓蕾，
绽放在扎靶。
于是，早春的集市
多了一树裹着冰甲的红梅。

在寒风中卖冰糖葫芦者，当然首先是迫于生计。但在作者的眼中，却是为了满足人们对“春意的期望”。这首短诗之病也即《慈航》之病：作者用一厢情愿的虚幻的想象代替了对真实现实的体贴与逼近。昌耀在《慈航》中曾用“镀金的骗局”来形容之前的年代，而某种意义上，《慈航》的写作不过是另一种规模略小的镀金行为。这样的写作既可能是由于昌耀现实命运的改变带来的兴奋感所致，也可能与他经受的社会主义诗歌教育有关。写作日期标注为 1978、1979 年的诗歌《秋之声》《秋木》《啼血的“春歌”》等表明，重新登台的昌耀仍然是那个社会主义时期的政治抒情诗人（主题先行、代言、概念化、图解理念），他的诗歌基础并没有因为长期的流放而毁坏或改变。1979 年的长诗《大山的囚徒》是那个时代“伤痕文学”的一部分。写作《慈航》前后，昌耀本质上还是“老一代诗人”，习惯于生产宏大、空洞、充分意识形态化的叙事，习惯在诗歌中呼应政治结论，他并没有和之前的诗歌积习实行切割。在描写苦难时将苦难诗意化，同时自我圣化，用肤浅的思考得出泛泛之论，这很容易变质为对苦难的颂扬和掩盖，而不是导向对苦难的反思。这正是《叔叔的故事》所致力于揭示的：如果我们持续生产虚幻的带有自我麻醉色彩的浪漫故事，当真正的危机来临时，就不可能有应对之道。

在具体的写作技术方面，昌耀不加警惕地使用了“爱”“良知”“光明”“道”“善”“恶”等带有欧阳江河所称的“圣词”(1)性质的词语。“圣词”起源于人类的假定，它们被颁布出来，就是为了让人无条件地遵守。所以，当诗歌中出现“爱”“良知”“光明”“善”这些词的时候，诗人的立场必是站在正面的一方，反击居于对立面的一方，如“恨”“无良”“黑暗”“恶”等。这些“圣词”及其携带的“二元对立”的思维模式，使诗歌不再是“语言的冒险”，而成为对已知理念的一次多余的印证。它们关闭了朝向无限的语词毛孔，切断了本该丰富的想象神经，使诗歌一览无余。正如诗人布罗茨基所言：“一个与邪恶斗争或抵制它的人几乎会自动地把自己当成是善良的，从而回避自我分析。”(2)立场的自动获得使作者不可能去挖掘人性深处的多样性与复杂性。

在《叔叔的故事》里，“叔叔”所讲述的神圣庄严的故事不断被琐屑的实际生活的故事所瓦解，“叔叔”终究无法逃脱真实的过去对他的追捕，他的患有肝炎的儿子大宝找上门来便是这一追捕的最高潮，最终“叔叔”和大宝发生了打斗。尽管“叔叔”打败了儿子，但却一夜苍老。他再也无法讲快乐的故事了。在《叔叔的故事》发表之前好几年，实际上昌耀已经感受到了虚幻的讲述和真实的现实之间的差距。文化

(1) 欧阳江河：《当代诗的升华及其限度》，载欧阳江河：《如此博学的饥饿》，作家出版社，2013 年版，第 280 页。

(2) 布罗茨基：《布罗茨基致哈维尔公开信》，黄灿然译，《倾向》1994 年第 1 期。

英雄的幻觉迅速消散，家庭关系在恶化，他的儿子也和他动过手[1]，一些更具终极感的苦闷出现在他的视野，《慈航》所代表的早期写作模式难以为继。当他撕开虚幻的帘幕，“睁眼看世界”，一种真正有生命力的东西伸张出来。1985 年，他写下了诗歌《斯人》：

静极——谁的叹嘘？

密西西比河此刻风雨，在那边攀缘而走。
地球这壁，一人无语独坐。

这首短诗里有着辽阔的时间和空间，它是静观和内视的产物。“斯人”独坐，与天地精神相往来。第一行的“叹嘘”，仿佛千年一叹，而后面的两行，则在比对中突显出沧桑和命运感。有论者将昌耀的诗歌阶段分为“斯人前”和“斯人后”：“《斯人》是昌耀诗歌写作生涯中一个里程碑式的作品，它可以把昌耀的创作标识为‘斯人前’和‘斯人后’。”[2]昌耀发生转变的时间并不一定就是1985年，可能要更早一些，但《斯人》的确是最为突出地展示了诗人新的精神形象：洗净铅华，彻底回到个人，静观世界。《慈航》和《斯人》可以作为昌耀创作生涯中两个阶段的标志。

《斯人》阶段的作品，表现了对《慈航》的改写和超越。《鹿的角枝》（1982）是对死去的鹿的追悼。《盘陀：未闻的故事》（1988）不再洋溢着浮泛的乐观，而是质疑：“生活总是一场败局既定的博弈？”长诗《哈拉库图》（1989）是昌耀重访日月山牧地之后所作。日月山牧地是昌耀的流放地点，也是《慈航》的发生地。在《哈拉库图》里，昌耀发出这样的诘问：“果真有过如花的喜娘？ / 果真有过哈拉库图之鹰？”《哈拉库图》实际上以另一种姿态重写了《慈航》的故事，展示的是金粉凋落之后的斑驳图景。他在 1993 年的《意义空白》里写道：“有一天你发现道德箴言成了嵌银描金的玩具。 / 有一天你发现你的

(1) 可参阅燎原：《诗人昌耀最后的日子》，《神剑》2007 年第 3 期。
(2) 敬文东：《对一个口吃者的精神分析——诗人昌耀论》，《南方文坛》2000 年第 4 期。

呐喊阒寂无声空作姿态。”这样的表述可以看作对《慈航》的宏大叙事的反省。这些诗歌中的昌耀，和《慈航》时期的昌耀有着质的区别。在这个时期，他的诗歌运作方式不是镀金式的，而是“铸金”：锻造一颗充满力量的独特的心灵，像太阳照临万物一样，面对无限的虚空歌唱。诗歌《金色发动机》（1986）和《紫金冠》（1990），便是这样一种灵魂的自画像。金所代表的温暖力量，没有被涂抹到世界的表层，而是变成内心坚守的动力源泉。他超出了阶段性的社会历史经验，而与人类普遍性的困境遭遇：历史的非连续性、自我的碎片化、荒诞感、灾变意识、宿命。于是，我们在昌耀后期诗歌中看到了“烘烤”、“噩的结构”、“淘空”、“冷太阳”、“坟”（《谣辞》）、“血迹”（《仁者》）、“化疗者面部涂红”（《风雨交加的晴天及瞬刻诗意》）、命运的狰狞之美，一如鲁迅的《野草》那样表现出内心煎熬的外在征象。

是什么决定昌耀可以成为大诗人的？燎原判断自《斯人》之后，“昌耀强盛的精神形态开始从峰值向下回调”[1]，而笔者的判断恰恰相反：昌耀写作最有价值的部分在《斯人》后阶段。《慈航》是昌耀作品中相对比较完整的长诗，但它只是昌耀过渡期的成果，绝不应作为昌耀的代表作。能代表昌耀诗歌最高成就的应是那种排除虚幻、彻底面对自身和意义空白的作品。

三、关于“散文化”及“不谐”

谈到昌耀诗歌的外在形式特点，“散文化”“滞涩”“奇崛”“拗”等断语是常常被启用的。他的诗歌与散文的边界往往是模糊的，其音乐性是不太和谐的。阅读昌耀诗歌，这两方面的总体印象比较容易留下，但如何对之进行评价，却存在较大分歧。褒扬者认为昌耀诗歌的形式特点恰好对应于他的青藏高原体验：“他在这里读出了一种沉重的、滞涩的、古奥的、佶屈聱牙、块垒峥嵘的语言和文体……相对于同代诗人相同时期的诗作，它们叙事的不流畅，以及语言的滞涩感，

（1） 燎原：《高地上的奴隶与圣者（代序）》，载昌耀：《昌耀诗文总集》，青海人民出版社，2000年版，第18、31页。

犹如矿石群在山体内的憋闷崛动。”[1]贬斥者则将之视为昌耀诗歌的不足，如：“我们也可以说昌耀的诗偏于散文化，太不讲究形式上的韵律，或者在内容和角度上有些什么……”[2]

如何看待以上两方面的评判呢？昌耀诗歌的形式探索对于建设中国新诗的体式具有启发意义。他的实验已经冲击到边界地带。笼统的褒扬和贬斥，都无助于我们深入理解昌耀实践的意义，唯有具体问题具体分析，方可进入真正的诗歌现场。

“散文化”是新诗自诞生以来的一个大趋势。废名在20世纪30年代即断言：“我们写的是诗，我们用的文字是散文的文字，就是所谓自由诗。”[3]艾青也说：“假如是诗，无论用什么形式写出来都是诗。假如不是诗，无论用什么形式写出来都不是诗。”[4]他们把新诗成立之依据不是放在形式上，而是放在内容上。这样的观念一直延续到当下，如诗人西川写了很多不分行的诗，诗人张枣将鲁迅的散文诗集《野草》追溯为现代汉诗的起源。[5]

昌耀同样主张决定诗之为诗的，不是诗的外在形式，而是诗的内核。[6]他的这一观念直承艾青。昌耀在诗歌写作上受到艾青很大的影响。他曾有言：“艾青从巴黎带回的芦笛是我所珍重的，我不知当代前辈老诗人里还有谁对我更具这种长久魅力。”[7]和艾青一样，他的许多诗歌都像是一个散文长句折行而成。

“散文化”本身并不构成评判优劣的标准，而是需要去具体区分哪些是成功的散文化，哪些是失败的散文化，其决定之点在于是否具备昌耀所说的“诗性”，或者说“诗心”。诗心的螺旋桨一旦转动起来，无论化诸怎样的文字形式，它都是诗；而诗心的螺旋桨一旦停摆，即使采用了格律的形式，它也不是诗。

昌耀在诗歌散文化方面一个比较成功的例子出自《内陆高迴》

(1) 燎原：《昌耀评传》，人民文学出版社，2008年版，第271页。
(2) 刘湛秋：《他在荒原上默默闪光——〈昌耀抒情诗集〉序》，《文学评论》1985年第6期。
(3) 废名：《论新诗及其他》，辽宁教育出版社，1998年版，第22页。
(4) 艾青：《诗论》，载艾青：《艾青全集》第三卷，花山文艺出版社，1991年版，第23页。
(5) 张枣：《文学史、现代性与鲁迅的〈野草〉》，《当代作家评论》2011年第1期。
(6) 昌耀：《昌耀的诗》，人民文学出版社，1998年版，第423页。
(7) 昌耀：《艰难之思》，载昌耀：《昌耀诗文总集》，青海人民出版社，2000年版，第407页。

（1988）。这首诗的第三节有一部分由长句子堆积而成：

> 一个蓬头垢面的旅行者西行在旷远的公路，一只燎黑了的铝制饭锅倒扣在他的背囊，一根充作手杖的棍棒横抱在腰际。他的鬓角扎起。兔毛似的灰白有如霉变。他的颈弯前翘如牛负轭。他睁大的瞳仁也似因窒息而在喘息。我直觉他的饥渴也是我的饥渴。我直觉组成他的肉体的一部分也曾是组成我的肉体的一部分。使他苦闷的原因也是使我同样苦闷的原因，而我感受到的欢乐却未必是他的欢乐。

这些句子是一个散文式段落，在每一个版本的诗集里，其断行位置和每行字数都不太一样，都是跟着排版版式而发生变化。这表明它是一个彻底的散文段落，分行没有意义。这样的段落显然是昌耀有意为之。它为一个旅行者画像，也是为诗中的抒情主人公画像。这样的画像是工笔画的风格，作者采取了连贯的描绘性的句子。这样一个庞大的文字块出现在诗中，从几何形状上也呼应了诗题“内陆高迥”，这段话就是诗中的“内陆”，甚至和“迥”字字形中的块状部分也构成了呼应关系。用“块垒峥嵘”来形容这一艺术创造的美感是恰当的。

从某种意义上说，写自由诗比写旧体诗更具难度。旧体诗写得再差，至少还在表面上有一个形式撑住场面，而自由诗脱去了形式的依仗，一旦陷入平庸，就会简陋得一览无余。艾青对此深有体会：“自由诗要反掉平庸的叙述、芜杂、凌乱、过分的散文化这几条，可不是那么容易的。”[(1)] 如果要求自由诗剩下的是必不可少的具备“诗性”的内容，那么这样的散文化其实是很难的。一旦诗歌的创造性减退，散文化的叙述带来的就是烦琐与平庸。在昌耀诗歌中，也不乏这样的例子：

> 疏离意义者，必被意义无情地疏离。
> 嘲讽崇高者，敢情是匹夫之勇再加猥琐之心。
> 时光容或堕落百次千次，但是人的范式

（1） 艾青：《谈诗》，《诗刊》1996年第5期。

如明镜蒙尘只容擦拭而断无更改。
可见万园之园在不远的过去惨遭外盗火刑侮慢，
帝宫废墟伶仃的柱础概以国难而具奠祭之品格。
灵魂的自赎正从刚健有为开始。
不是教化，而是严峻了的现实。
——《意义的求索》（1995）

这些诗行采取的是散文的语调，并不新鲜的陈说内容显示了诗人思想世界的单调与狭窄。第五行和第六行叙说的是圆明园遭焚毁的历史，不仅表述得佶屈聱牙，而且用作论证材料显得牵强、含混。这样的写作是昌耀诗歌中的败笔。在不少诗歌、甚至代表作中，昌耀诗歌的语调往往是单调的，结构形式也往往是呆板的排比式。如果没有强大的“诗心”、创造力来拯救或在结尾有一个高妙的破局，整首诗就会陷入不完美或彻底失败的境地。艾青所说的“平庸的叙述、芜杂、凌乱、过分的散文化”在昌耀诗歌中并不少见。

与散文化相关的是诗歌的音乐性问题。音乐性是诗歌的基本质素，新诗亦概莫能外。只是新诗的音乐性范畴要宽泛得多，不仅指格律、押韵，还包括诗歌内在的节奏感、语流等。好的新诗是可诵读的，只是它所追求的朗诵效果并不都是那种标准化模式化的美声朗诵，也可以是个人私语性的诵读。昌耀本人并不否认诗歌的音乐性，在不同的场合，他多次谈到音乐性和诗歌的关系。如：“我近来更倾向于将诗看作是‘音乐感觉’，是时空的抽象，是多部主题的融汇。感到自己理想中的诗恰好是那样的一种‘流体’。”[1]在昌耀趋于完善的作品中，音乐性亦是完备的，文气连贯，一气呵成，内在的节奏感非常好，如《良宵》《金色发动机》《紫金冠》等。昌耀会有意识地利用诗歌的形式手段来加强音乐性，如《冰河期》（1979）第一节：

那年头黄河的涛声被寒云紧锁，
巨人沉默了。白头的日子。我们千唤
不得一应。

（1）　昌耀：《我的诗学观》，载昌耀：《昌耀诗文总集》，青海人民出版社，2000年版，第322页。

第二行中的两个句号，制造了句中的静默。而将“不得一应”另起一行，是为了拉长时间间隔，突显呼唤无果的绝望。在诵读时，读完“千唤”可以有较长的停顿，再读“不得一应”，可以收获良好的声音效果与表意效果。

这样的处理，是昌耀有意制造的一种艺术效果，以形成“滞涩”感。但在另一些情况下，昌耀诗歌读起来磕磕绊绊，这种磕绊并非出自表达的需要，而是由于作者才具的限制，它们应被视为昌耀诗歌中需要完善的部分，而不应被谬许为创造。如：

记忆的负重先天深沉。

人类习惯遗忘。

人类与任何动物无别而习于趋利避害。

而遵循快乐原则。

——《哈拉库图》(1989)

这是长诗《哈拉库图》中强行插入的几句议论性的句子。这些观点并不新鲜，它们出现在诗中，不仅没有给诗歌增色，反而阻断了诗歌的文气，破坏了诗歌的“节奏感”和“内在旋律”。昌耀的一些长诗如《雄辩》《牛王》，是以牺牲音乐性来换取长度的，诗歌中突然的跳跃、转换、插入，给人拼凑之感。他的许多诗并不具备贯通性与完整性。

如果不加分辨地肯定昌耀诗歌在“散文化”和“音乐性”方面的表现，就会引起价值标准的混乱，从而使新一代的学习者无所适从。我们必须承认，在散文化和音乐性的处理方面，昌耀有自己的短板。有意为之的奇崛，与功力不足导致的不通畅是两码事。上文提到，昌耀曾临终浩叹：“可叹我一生追求‘完美’，而我之所能仅此而已。”这表明他对于自己的不足有自我研判。如此，我们就不能接受过于夸张的肯定，如在诗歌形制方面“自己给自己立法”(1)、“昌耀的诗随便抽一首

(1) 燎原：《高地上的奴隶与圣者（代序）》，载昌耀：《昌耀诗文总集》，青海人民出版社，2000年版，第18、31页。

水准都很高”[1]，也不能接受笼而统之的贬斥，如“昌耀的诗所缺不多，缺的只是音乐性和形式感”[2]。这两种极端评价都不符合昌耀诗歌的真实面貌。

四、结语

由于昌耀一生承受了常人难以想象的厄运，所以研究者在面对这样的研究对象时很少有不带着敬仰的。但道德感、主观情感不能干扰正常的学术研究，明辨是非方是学问之正道。对于一个诗人来说，生前的漠视与死后的造神，是同一种恶行的两种表现。

在本文行将结束时，笔者偶然看到一段话：

> 在昌耀去世后声誉日隆的十年间，我也注意到了一些对于他表示不屑甚或是挖苦的文字和声音。我当然清楚，它来自那些怀有特别心思，多少年来一直面目含混的中青年诗人和评论文字的操持者。一般而言，这是一些比较委屈的、执意要以不同凡响招徕诗坛注意的声音……[3]

这样的论调不应该出现。昌耀诗歌自有它的短板，不符合一些人的审美取向也完全正常。为什么“不屑”就一定别有用心呢？甚至进一步推断发出不同声音的人都是不得志的人。这种划战线、排立场、党同伐异、学术道德化的思维方式，不正是当年昌耀被打成右派的厄运之始吗？昌耀的追随者成为昌耀敌人的化身，这是我们在评价昌耀时尤其要警惕的。■

(1) 韩作荣、胡殷红：《大自然赋予的诗的器官》，《文学界》2008年第4期。
(2) 刘家魁：《缺失四分之三的新诗》，《星星》诗刊2001年第12期。
(3) 燎原：《多重语言类型景观中的昌耀》，《青海湖》2010年第3期。

怀春者的信柬　昌耀研究集

第二辑

行者

有的人慨叹当前缺乏好诗，但他们却很少涉足这看来是荒漠却在闪光的诗的沙野。他们缺乏足够的勇气去淘金，也许他们惧怕太多的砂粒，也许他们不认识金子。因此，有些诗人——真正闪光的金子，往往只能寂寞地对着太阳和大自然的风云。这是一种悲哀。

但这些诗人终究不是毫无自身能动性的金子，他们是生命，是沙漠上的红柳，是骆驼。他们在顽强地生长、行进，为自己的艺术而奋力追求。

昌耀就是这样的诗人。他默默地写了30年诗。命运使他在将近半个世纪的生涯中未能出版一本诗集，但他依然在成长，在默默地朝向一个大诗人迈进。许多诗的行家和有教养的读者在悄悄打听着这个他们还不熟悉的名字。可是直到两三年前，他的诗集仍得不到出版的机会，甚至在诗歌评论界也很少被提及。

那么，他的诗为什么既为人接受又不为人接受呢！

不接受的人往往会觉得他的诗缺乏明显的社会性和时代感，认为他的诗写得怪，在某些地方流露出低沉的调子……这些批评也许是无形的，至少未公诸文字，但在个别议论中又不难发现。

如果仅仅从表象去分析昌耀的诗，也许这些指摘无可厚非。

如果从诗的美学角度、从诗所包容的更复杂的内涵去考察昌耀的诗，人们对其又感到非常容易接受，而且乐于接受。

他在荒原上默默闪光
——《昌耀抒情诗集》序※

刘湛秋

※ 原载《文学评价》1985年第6期。

确实，昌耀写高原，写高原上的人、自然、风景、生活习俗，都保持了一定的远距离，没有直接地去反映生活。他对诗的感觉是超越了时间和空间的。但是，他对我们土地、民族那种别人难以替代的热烈感情，洋溢在他那一系列表面看来也许是凝重而冷冽的诗行之中。他写《风景：湖》：

但候鸟们已乘季风南翔，
留下独处的泡沫排成白练数列，
远隔着秋雨沉浮。

以上诗句给人一种冷漠的感觉，而结尾却是：

只是冷落了山脚的那片油菜。
不会成熟了吧？
可那金黄的色块
依旧夏天般明亮
那么天真……

又冷了几度，心在下沉，但突然出现金黄的色块，夏天的明亮，心头顿时温热。同样，他写《莽原》："远处，蜃气飘摇的地表 / 崛起了渴望啸吟的笋尖，/——是羚羊沉默的弯角。"依然是在荒凉中寻求生命，寻求流火般的人生。

这些孤独的被人遗忘的题材被他的触角时刻去探索，但他寻求的并不是孤独与遗忘。从表面的诗风看，昌耀是个冷峻的诗人，但如果深知他的诗，反而能看到不同一般的热烈。为什么别人看到西宁建一座有24部灯的铁塔时无动于衷，而昌耀却在铁塔施工时经常留恋、漫步？为什么他能从这座有24部灯的铁塔上看到整个边关开始跃动的现代文明的色彩？他终于以他习惯冷峻的笔触写出一首辉煌的抒情诗《边关：24部灯》。

边关。

旷古未闻的一幢钢铁树直矗天宇宏观的星海。

——树冠下的那些栖鸟是24部灯吗！

日落。渐次转暗的大地因这些鸟儿生发之皓光忽地又亮了。

他把这24部灯描写为带来生机的24个时辰、24朵金花、24只金杯，藏族牧女亮闪闪的耳坠，甚至昆虫腹下的24块发声板。他宣称："我也是追求者"，而且，"我感到自己是一滴水了。／感到晕眩。感到在荡漾。在流动"。他把自己的生活完全溶于我们伟大的民族。

船，将驶向阿尼玛卿雪山。
那座圣山的冰滴是通向黄河之舟的。
是通向太平洋的。

确信从后面照亮我们的高树
必是24部灯……

在这里我们几乎可以看到昌耀奔放的热情了。但是客观生活一度并没有给他太多的热情，他的命运相当不幸。他十四五岁随部队去朝鲜，并负了伤。他的诗才刚一显露，他就被打成右派（那么年轻啊！），被关押，接受劳改，长期孤独地生活在高原上，孤独得成天找不到一个人讲话。他往往只能在荒漠上对着无垠的天空、大地去唱他喜爱的几支歌曲。他有时想嚎叫，真的像狼那样嚎叫。但他能听到的只是遥远的山反弹出的他自己的回声。这就是青年的昌耀，在荒原度过20多年生活的昌耀。因此，他的诗在反映社会时必然带有他自己个性的强烈色彩，这是艺术个性的流露与发展，而不是某种缺陷。

这样来理解昌耀的"冷"，反能感到那冷的力量。昌耀是草原和荒野哺育出来的。他喜爱那些孤单清冷"兽毛编织的房屋""山民监听风霜的钟鼓"，他习惯"一爿盐泽，几茎荒草""切开的地峡"和"眩晕的飓风"，他称誉那些在"深雪潜伏达旦的猎人"，还有从湖里浴罢

"燧石般黧黑"的肌体。他在《踏着蚀洞斑驳的岩原》中能"冷"到用这样的句子:"寸草不生。老鹰的掠影/像一片飘来的阔叶"。他见一匹"跛行的瘦马",想到它的蹄足"沉重有如恋人之咯血"。被荒原拥抱的昌耀无丝毫纤巧,他像一个真正的男子汉,"发育完备的男性美",以那奇峻、刚劲的画笔描绘他生活的土地。他的诗作常常使人感到难以言传的神秘美。他甚至怀着一种原始的冲动去抒发他的感情。他这样描写土地:

那土地是为万千牝牛的乳房所浇灌。
那土地是为万千雄性血牲的头蹄所祭祀。
那土地是为万千处女的秋波所潮动。
是使精血为之冲动、官能为之感奋、毛发为之张扬如风的土地。

这真是山民雄浑的感情,荒原之子的诗笔!但是,作为诗人的昌耀,诗的气质使他不可能与现代文明隔绝。他作为"大山的囚徒",只能是肉体上的、短暂的,而不可能是精神上的、永远的。因此,他还是写出《划呀,划呀,父亲们!》这样对改革迫不及待的赞歌。最近,他又以《青藏高原的形体》为总题写了藏族女人在城市剧院的形象,写了城市的颤动,乃至时装表演这样的内容。他对现代文明的感觉越来越敏锐,越来越亲切。他一遍遍地呼唤:"划呀,划呀,父亲们!"

大海,你决不会感动。
而我们的桨叶也决不会喑哑。
我们的婆母还是要腌制过冬的咸菜。
我们的姑娘还是要烫一个流行的发式。
我们的胎儿还是要从血光里
临盆。

瞧,在他的诗里,竟出现了惠特曼式的呐喊,其实这并不悖于昌耀的性格。他的冷中寓着强烈的热。这才是真正的昌耀,是他的不可改变的诗的性格!

当然，对昌耀来说，被人理解固然可喜，不被人理解也不怨恨。他太习惯于默默地耕耘了。我记得我们在玉门叙事诗会上，他给我看过一首诗，叫《纪历》。

默悼着。是月黑的峡中
峭石群所幽幽燃起的肃穆。
是肃穆如青铜柱般之默悼。

　　劲草……
　　风声……雨声……
　　风雨声……

马的影子随夜气膨胀。
大山浮动……牛皮靴
吸牢在一片秘密的沼泽。
——是了无讯息的
默悼。

黎明的高崖，最早
有一驭夫
朝向东方顶礼。

我以为这首诗是他自己的写照。他像一个驭夫，默默地拉着重荷，依然在黎明最早向东方顶礼，这是使人颤栗而又热血的诗行。这首诗的结构、语言也反映了昌耀的典型风格。他的人格在这首诗中全然流露了。他写《关于云雀》：

只属于旷远的高天。
只属于热流。只属于飞翔。
只属于谛听的穹庐。
云雀是飞鸣的鸟。

而那个栖止在猪背啼叫的
只是寒鸦。

对于他这个对荒原、沙野如此熟悉的歌者，的确，唯有云雀，这种并不生活在森林而是栖息于沙甸的鸟，可算是他的知音。

正因为如此，昌耀写诗才如此执着。他自己曾这样写道："美好的诗，有如'空谷足音'。是诱惑的。是仅有的。是不容模拟的。"他说，诗人"以自己的精血（岂只是精血）煎作酒浆让人啜饮"。应当说，他不是无缘无故地表白，也不是自作多情，而是坚持不懈地锤炼他的诗艺。

昌耀不是那种浅薄的诗人，他很少在诗中直露地表达主题和思想，他更多的是用想象写诗，用感觉写诗。他为人沉默，他的话语是讷讷的，但他的想象力是那样丰富，丰富到令人惊叹的地步。这种想象力给他的诗带来特殊的魅力。他写车轮："晨曦里，车轮／恍若是刚自太阳分裂的个体，／旋转着健美的圆弧"。他写放牧的多罗姆女神："第三只眼睛在你眉间启开：青春／因你美目之顾眄而有了如歌的节奏。"他写荒甸："这篝火，这荒甸的／情窦初开的磷光……"多么漂亮的想象力，能给人多少美的享受的想象力！这种想象力所迸发出的语言才配称作诗。

昌耀的想象力虽奇特，但不离奇。他的想象合乎常情。当读者因他的诗行的导引而进入自己想象力的空间，他们不会诧异，只觉得由于自己想象力不足而遗忘了自己思想中的这一片美妙的草地。我非常喜欢他写的《日出》。很多人都写过日出，我也写过日出，当然都各有自己的特色，但昌耀的《日出》依然不同凡响：

听见日出的声息蝉鸣般沙沙作响……
沙沙作响、沙沙作响、沙沙作响……
这微妙的声息沙沙作响。
　　静谧的是河流、山林和泉边的水瓮。
　　是水瓮里浮着的瓢。

但我只听得沙沙的声息。

只听得雄鸡振荡的肉冠。

只听得岩羊初醒的锥角。

　　垭豁口

　　有骑驴的农艺师结伴早行。

但我只听得沙沙的潮红

从东方的渊底沙沙地迫近。

他描写的那种沙沙声确实是昌耀灵魂的感觉，是他想象力展翅的声响，却又写得如此准确与美妙。大自然是有生命的，又是不能说话的，只有在艺术家和诗人的笔下才能显出异常的美丽与多姿。在某种情况下，想象力的美丽会超过现实的美丽！这也就是人们之所以需要艺术与诗的永恒的原因！

在我读过的当代诗人作品中，我的确是很欣赏昌耀的诗。我和昌耀几乎是气质完全不同的人，他写的内容也许我不是很感兴趣，或者我会从和他完全不同的角度去描绘，但他惊人的想象力与语言的力量使我震撼。他的诗是耐咀嚼的。他从不轻易选择形象、语言或随便纳入一个习惯的模式。他在寻求，苦苦地寻求。我有时觉得，他的寻求太苦了。可他培育出的树却不结苦果，而是结使人久久回味的香果。他笔下的青海高原，是独一无二的，具有油画一样的厚度，不像一朵云飘过人们的眼帘，而是镌刻在灵魂中的刀痕。

读昌耀的诗，只读一遍是不行的，也是不能满足的，只有仔细地读，才能体味出诗中蕴含的美丽。一眼看他的诗，会被一些奇怪的意象和比喻弄得很茫然，甚至产生距离。但如果你真丢弃而去，就太可惜了。

当然，复杂的世界和人都不会是完美的。我们也可以说昌耀的诗偏于散文化，太不讲究形式上的韵律，或者在内容和角度上有些什么问题……

我的确难于揣测，有多少人喜爱昌耀的诗。他所寻求的题材与表现角度也许限制了读者群的扩大。但是，在当代诗的星空中，他作为一位想象力奇特的诗人，可算一颗相当耀眼的星。不管有多少人侧目，他仍存在，而且闪光……

亲爱的朋友，当你偶然拿到这本诗集，你会怎么想呢？

1985年5月3日　北京■

《命运之书》三卷，包括了昌耀自20世纪50年代至今共40年间的诗作。在这部有关一个人生命里程与命运轨迹的史诗中，我们可以看到，昌耀乘着诗歌的翅膀飞越了地狱和黑暗，并一路留下纯洁的歌唱。在多少生命变得无影无踪时，他却成为一个孤傲的、独向苍茫的歌者。在苦难中咀嚼苦难，在尘世中悲悯尘世。

也许，应该首先指出的是，昌耀作为诗人，他的诗歌写作所体现出的对语言的维护与抢救，不是语言学意义上的语言，也不是特殊意义上的诗歌语言，而是指现代汉语。在昌耀40余年的诗歌写作中，他本能地、精心地（也就是自由地）捡选出的文本语言是一种幸存的语言，也就是战胜了强制性意识形态作用的语言，同时是一种适宜表达真实思想与充沛诗意的语言。

昌耀写于1957年7月的一首题为《月亮与少女》的短诗，即标志了一个与众不同的起点。“月亮月亮 / 幽幽空谷 // 少女少女 / 挽马徐行 // 长路长路 / 丹枫白露 // 路长路长 / 阴山之阳 // 亮月亮月 / 野火摇曳”。这首诗没有明确的题旨，甚至没有可明确释读的意义，但它与远古的中国诗歌相通，与《诗经》里的一些“古意”相通，它是偏重吟诵的、有节律感的和带有原始思维特质的诗性语言。这首诗听凭了诗人心中奇妙的感动，听凭了斑斓的自然语流，而不是“时代”或“革命”的召唤。另一首同样是20世纪50年代的作品《高车》，虽略

幸存的诗人※ —— 殷实

※ 原载《读书》1995年第7期。

显散淡，也仍充满了托举宏大意象的语言张力：“从地平线渐次隆起”的，“从北斗星宫之侧悄然轧过”的，“从岁月间摇撼着远去”的，“是青海的高车”，而“高车的青海于我是威武的巨人。／青海的高车于我是巨人之轶诗”。高车是落后于时代的和与“建设”相反的事物，但却被诗人抬举到“英雄”和“巨人轶诗”的高度，诗人心中的美没有向为时势所随意制造的所谓大众语言妥协。许多在那个时代开创了坏诗风的人则相反，他们的每一首诗都不折不扣地向那个时代被喊得最响亮的词汇作出了让步，诗学的高贵尺度为“通俗易懂、喜闻乐见”一类的粗鄙美学原则所取代，诗人的主体性由此丧失。直至20世纪70年代初期，芒克、食指、北岛等人的一些诗歌才开始对此作出修正，遗憾的是后者又都因过于强烈的精神反抗冲动而把诗歌导向了咒语、发泄与指责的偏执方向。诗人或同那个时代一齐疯狂，或是将当时发生的一切作为噩梦来理解，结果，一切当时的诗歌与事后的诗歌都反倒脱离了那个时代。

昌耀却不同，他只是面对那时发生的一切，并将其作为生活和命运的真确过程来接受。在《凶年逸稿》中，他毫不犹豫地写下了他对“现实”的看法：“这是一个被称作绝少孕妇的年代。／我们的绿色希望以语言形式盛在餐盘／任人下箸。我们习惯了精神会餐。”（1961—1962）他作为诗人，语言的反应只是自身精神反应的自然结果，灾祸和痛苦所引起的悸怵使诗人的心更虔敬于大地和人群。在同类中的大部都已丧心病狂或丧魂落魄的年月里，诗人对外部世界的狂躁表现出无动于衷：“我的手指染着细雨和青草气息”“我爱上了强健的肉体，脑颅和握惯镰刀的手”“我也是一个流浪汉。／我的肤体有冰山的擦痕。／我的衣袍有篝火的薰香。／我的瞳孔有钻石的结晶”（1962）。这些诗句存在于中国20世纪60年代的诗歌档案中，不能不说是汉语的一个奇迹。如果说在20世纪50、60和70年代中，直接的、粗暴的、泛化的社会政治语言是对诗歌的一个考验的话，“新时期”的诗人们则面临的是“工具语言”的全面挑战。在这个喧嚣与躁动的时期中，昌耀再一次表现出对时代的漠视，他避开一切吵闹写下了《慈航》《雪。土伯特女人和她的男人及三个孩子之歌》《燔祭》这样一些诗歌。我们从这些昌耀个人的同时也是这个时代的经典中，看到了在文化乃至人类精神都已相当空乏的半个世纪中出现的稀有的生命激情与诗意。昌耀的与众不同正体现在他总是在悉听命运之神的一切动静，而非走马灯般地变换时代旗帜。他写作的契机，来自内心深处能激起生命热情的神秘感奋，来自能提纯与净化生命理想的高尚诱惑。这是昌耀之所以“幸存”的真正原因所在。

用邵燕祥先生在《命运之书》序言中的话说：“昌耀，是以自己的语言、韵律唱自己的歌的为数不多的诗人，这样的诗，这样的诗人，是值得引为知己的。”■

称昌耀为“行者”不是我的发明，实乃他本人的自谓。1990 年春夏之交我和他一起在杭州充任“西湖杯诗歌大奖赛”的评委，会议正开得热闹，他却不知怎么想起，从上衣口袋里掏出一张纸片，一边努力打开他那如同半僵棉桃般的微笑，一边讷讷地说：“这个……给你……自己做的。”我定睛一看，原来是一张薄薄的名片，在别人通常悬挂最得意的身份的地方淡淡地印着：百姓、行者、诗人。

说来惭愧，那时我虽知道“行者”一语出于佛门，与“居士”相对，却因小时多闻武松武行者、孙悟空孙行者，而私以为凡行者必是堂堂英雄，至少具有某种英雄色彩。在王少堂的《武十回》中，武松于狮子楼斗杀蒋门神和西门庆后，又潜入张府杀了张都监全家，再割下一片衣襟，蘸着死者的鲜血在白壁上大书：“杀人者，行者武松也！”那是何等的气概！而眼下这其貌不扬、在所有的场合都形如缺席的昌耀居然也自称“行者”，岂不可怪？

我回来即翻查《辞海》，其“行者”条释曰：行者，住在佛教寺院里服杂役而未剃发出家者的通称。一般也用它称呼行苦行的僧侣。《释事要览》卷上：“《善见律》云：‘有善男子，欲求出家，未得衣钵，欲依寺中住者，名畔头波罗沙。’今详，若此方行者也。经中多呼修行人为行者。”

如此说来，倒是我的私见有误，而昌耀自谓“行者”更近乎本义，我不禁汗颜且肃然了。

行者昌耀※ —— 唐晓渡

※ 原载《作家》1999 年第 1 期。

不用说，我对昌耀最初的印象，恰恰就是一个修行人，一个修苦行的人。

我与昌耀相识于1982年夏天在新疆石河子举行的“绿风诗会”。当时我初涉诗坛，与会者又多得要命，以致除了那些打眼的“泰山”“泰斗”和风云人物外，一时根本分不清谁是谁。但昌耀是个例外，我几乎是一瞥之下就记住了——事实上，我不可能不一下子就记牢他，因为他刺痛了我。我说的是从他那张沟壑纵横的脸的深处艰难浮现的笑容刺痛了我。这笑容似乎完全不牵动两颊的“笑肌”，似乎在浮现的过程中一再横遭狙击，结果不得不倒退回来，聚集在嘴的四周，迫使嘴唇向前努出。若不是两眼中盈盈着笑意，你不会认为他在笑，充其量介于哭笑之间，或干脆就是在哭。

这是我所见过的最苦的笑——不是苦笑，而是由笑见苦，其两眼之于表情，恰如清泉之于戈壁。那天整整一个晚上我都在琢磨给这种笑找一个比喻，最后我想到了“半僵棉桃”。有过植棉经验的人都知道，这是指因遭了虫而发育不良、不能抽絮的一种棉桃。

又过了6年，又是夏天，我取道青藏线，去拉萨参加西藏文联举办的“太阳城诗会”。昌耀也在受邀之列，于是友人建议我与他同行。那时他的诗我所读不多，但《雪。土伯特女人和她的男人及三个孩子之歌》和《慈航》已足以让我对他充满敬意，还有某种克制不住的好奇心。

如约去拜访他的那晚，我和朋友们一起喝了点酒，虽不致醺醺然，却也有点“飘”。西宁街灯的幽昧不明使天显得奇怪的黑。昌耀脸上依然挂着“半僵棉桃”式的笑容。他把我们让进屋，招呼我们分别在椅子和双层单人床（在我记忆中这是屋里最像样的家具）上坐下，自己却站在当中，不停地搓着手。显然他非常兴奋，却又因待客经验不足而有点不知所措。稍延片刻，大概是受我们带进来的酒气的启发，他突然说“我们喝酒吧”，言罢并不等我们表态，转身就出了门。

不一会儿，昌耀回来了，右手攥着一瓶葡萄酒，左手拿着一包牛肉、花生米什么的，语气中充满了真正外行的歉意：“中国红……我不懂，也不知道好不好……”然后为客人们一一斟上，自己也留了一杯底。然后搬来一张小杌凳贴墙坐下。

看得出昌耀放松多了，他似乎卸下了一桩心事。除了不断劝酒外，他很少主动提起话头，接客人的话茬也相当节制，可以说是过分节制了。不知是灯泡的功率太小还是电压太低，屋里的光照明显不足，以致在间或冷场的时候，会有一种空旷的感觉。奇怪的是这种空旷感并不令人觉得尴尬，反倒有一种默契的意味。我想这主要是受了他目光感染的缘故。那是这样一种目光：诚恳、沉静、温和，略略有点拘谨，同时满含着期待。

经历了那么多的磨难而仍然葆有这样的目光，非注重内心修为，且修为深厚者不能！究竟有多深厚我说不好，可以肯定的是要远胜过他的苦。其后不久我读了他的《斯人》一诗，极短，三行而已，然境界阔大，意绪旷远，足以见其襟怀：

静极——谁的叹嘘？

密西西比河此刻风雨，在那边攀缘而走。
地球这壁，一人无语独坐。

我们同行的计划差点受挫，事实上已经受挫了。我们一行四人乘火车抵达格尔木，住进招待所后不久，昌耀不知怎么就拉起了肚子，且狂泻不已，势不可当，不出几个小时，人就脱了形。第二天早晨再见到他时，竟已是一副摇摇欲坠的模样。事已至此，硬撑是没有意义的——汽车可是要翻越海拔 5000 多米的唐古拉山呢。他只好一脸沮丧无奈地与同样一脸沮丧无奈的我们话别：“真没想到会是这个样子……很遗憾……对不起……你们走吧。”说着拿出他事先准备好的小氧气袋：“这个，我用不着了，你们带着。我在这儿休息两天，等缓过劲来，就……就回去……唉，我的运气真不好。”

可是你猜怎么着？等到会议正式开幕那天，即我们抵达拉萨的次日，我刚进会场，就见屋角沙发上坐着一个人，满脸半僵棉桃式的笑容，却不是昌耀又是谁！细看时他红光满面，神闲气定，半丝病容也没有。而我们一个个的高原反应尚未过去，还需时不时地偷一口气呢。我为这戏剧化的一幕惊讶不已，他却反而腼腆起来：“那也没什么。你们走后我自觉好了些，想想一直要来西藏，走到了格尔木还要回去，心里不是滋味，一咬牙也就跟来了。”

这件事如电光石火，让我一下子窥见了在他瘦弱的身躯内部，深藏不露的生命的坚韧和强悍。假如不是这样，他早已窒息于那长达20年的苦难漂泊中且不说，他的诗也绝不可能如已故诗人骆一禾所形容的，具有那种“阳光垂直打向地面”的力量！

不过，仅仅是坚韧和强悍，尚不足以成全这种“阳光垂直打向地面”的力量。对昌耀和他的诗来说，更重要的或许是对生死的彻悟，是从经验中提炼的“在善恶的角力中／爱的繁衍和生殖／比死亡的戕残更古老、／更勇武百倍”的信念。对生死的彻悟同时提供了锻炼语言所必需的锤和砧，使之更加敏感、锐利和坚实；对爱的信念则不断开掘、催化和澄清那来自生命底蕴的巨大激情，并将其导入形式的河床。此外还必须考虑他对不同诗歌风格的非凡的汲取和融汇能力。如果有机会集中讨论他个人的诗歌谱系，我想可以举出杜甫式的沉郁顿挫、惠特曼式的长风浩荡、李贺式的云诡波谲和埃利蒂斯式的跳脱透明，包括青海民歌的质朴纯真对他的影响。这些性质不同，甚至彼此冲突的风格要素的奇异融合，造就了他诗歌语言的高能量。

和语言的高能量相反，昌耀在诗歌中始终保持着一种宽厚而尊严的低姿态。他从不跋扈，从不自认真理在握而扮演“先知”或“代言人”的角色。他的视角总是自下而上或平展的，尽管总能看到常人所看不到的东西。当然他也有像屈原那样自美的时候。比如，在长诗《慈航》中你就能读到这样或许是过于清丽的句子：“我不时展示状如兰花的五指／朝向空阔弹去”。但假如你注意到紧接着的“触痛了的是回声”，就会明白他并没有以救苦救难的观世音自居，相反突出的是他孤独的困厄。由于诗中真正引领慈航的，是世俗而神性的爱的伟力，你甚至还可以读出诗人自己也未必意识到的反讽意味。

同时，正是这首自传色彩很强的长诗（也可以认作一首小小的感情史诗，或他自己说的“行动的情书”）揭示出，“低姿态”同样是昌耀诗歌能量的源泉。在忆及“昨天的影子”时，诗人无一例外选择了动物以至非生物的意象：旱獭、大雁、古猿、红狐、黄鼬、鸱鸺、旷野猫、鹿麂、磷光等；在谈到“前生”时，干脆设想自己“曾属于一只／卧在史前排卵的昆虫”，“曾属于一滴／熔落古鼎享神的／浮脂”。要说“低姿态”，至此恐怕无法再低了。然而，那些喜欢在诗中俯临万物的人不会想到，姿态越低的，越接近大地，越接近事物之根。最大的空间和纵深，恰恰属于那些姿态最低的人。当昌耀一一认同那些似乎渺小不足道的事物时，他也使它们一一成为自己的一部分，成为支持他写作的隐秘而庞大的根系和气场。

关于昌耀的低姿态有许多话可讲。比如，苦难的长期压抑；比如，诗人擅长的原始思维。但我更想说的是，能始终在诗中保持低姿态的人，必是定力卓越的人；必是怀着感恩的心情活着，与万物同在的人；是如 T.S. 艾略特所说，成熟到可以对世界说“是”的人——只不过这里的“是”不是 yes，而是 it is，是 to be。

然而世界对诗和诗人却似乎更倾向于持 not to be 的态度。1994 年下半年，我曾接到昌耀的一封信，信中文字语气激愤，备陈他出版诗集《命运之书》的种种艰难曲折。另附致诗界朋友和读者的一封公开信，吁请他们伸出援手，条件是：凡资助 10 元者，诗集出版后寄赠一本为报。他希望我帮助他在《诗刊》发布此信，以“玉成”他“自救”的愿望。

我当然立即照办，同时心里感到说不出的悲哀——为他，为诗，也为这个世界。我知道以昌耀之沉静自尊，不到万不得已，断不会出此下策。而依他信中所述，这“下策”已是“上策”“上上策”了。我想到距我上班处不远的一家酒店，那里每晚光顾的豪强大款们的汽车首尾相接，有时竟能排出一二百米；而耳闻中他们一顿酒席的耗费，按当时的价格计算，用来印制一本诗集已绰绰有余。

但我同时也感到骄傲——为昌耀，为所有仍钟情于诗、信守诗的世界的诗人和读者，也为我尚能跻身他们的行列。我想到一位美国诗人的话，他说现时代的诗人，就是那些身在商品社会，而又仍然“苦苦坚持赠送礼品的人”。

我当然也想到了昌耀“行者”的自谓，想到他那半僵棉桃式的笑容。显然，他，以及一切像他那样的诗人的修行生涯还远远没有完。

我甚至想到，我自小对“行者”一语的误解是有道理的：被抛入商品社会，知其不可而又“苦苦坚持赠送礼品”，这样的人不是我们这个时代的英雄又是什么？

1998 年岁末■

受难的囚徒与垂首的玫瑰
——怀念诗人昌耀※

韩作荣

昌耀走了，他是堕楼走的。这个源于土地，又与大地山川融于一体的诗人，是他拥抱泥土，还是土地敞开胸怀拥抱着他？他是那样义无反顾，只在几分钟无人照看的时间里，便登上了三楼的阳台，奋身而下，窗前的树枝都没有扯住他。

这是一个冰冷的日子、令人心脏疼痛的日子，一个活生生的人就此消失，让人再也见不到他。那一天是 2000 年 3 月 23 日，时间是 9 时 45 分。

春节期间，我曾专程去西宁看望病重的昌耀，并为他带去中国诗歌学会首届年度诗歌奖的奖杯和奖金，还带去了另一位获奖者、将军诗人朱增泉转赠他用来治病的 5000 元奖金，以及诸多诗友的问候。面对荣誉和友情，情动于中的昌耀哽咽着，像受了委屈的孩子，在被理解和抚爱中断断续续地倾诉，鼻孔仍插着输氧的软管，靠在一把椅子上，艰难而又诚挚地表达了自己的心境。

可那时的昌耀已病入膏肓，几近油尽灯枯。看他纸一样单薄的身子，腿上的皮肤用手一捏便能合拢，原来方阔的脸已被病魔削成了三角形，且面色苍白，身体极度虚弱，恐怕回天无力了。或许是回光返照，或许是一种精神力量的撑持，原来喘息着说不出一句完整话的昌耀，竟神奇地坐了起来，和我们交谈了十几分钟。他吩咐照顾他的女友为我们拿饮料，并固执地说不要矿泉水，定要那种葡萄原汁的饮料；

※ 原载《诗刊》2000 年第 6 期。

他让人找出诗友们写给他的信件，以及原部队文工队老战友的通讯录，神往于友情和年轻时的岁月。当我们的手握在一起，眼睛都已潮润的时候，他床边的闹钟响了。他告诉我："闹钟 18 点 10 分已响过一次，那是你下车的时间。这次响，该是你到宾馆的时间，可你却直接到了医院。"

朋友告诉我，我来看他的那几天是昌耀病重后状态最好的几天，我带来的一万元奖金对他来说太重要了。他的生活窘困，收入有限，却每月都要支付前妻生活费，还要抚养三个孩子。大儿子木萧的工作并不稳定，女儿路漫开了个小卖店，因常有流氓滋扰业已关门，小儿子俏也正在读电大。昌耀在遗嘱中将几万元积蓄大部分留给了正在读书的幼子，并嘱托文联的同志每月分期支付，期望用这笔钱让小儿子读完大学。作为父亲，他用逐渐丧失的生命来维护孩子，病重时都不想去治疗。当他疼痛难忍的时候，便用双膝顶着胸部，伏在床上嚎叫。后来他被强行送往医院，也只住八个人一间的病房。因为自己要支付20%的医疗费，这对他来说也难以承担。八个人的病房分外嘈杂，无法入眠，他便自己坚持要住走廊，于是他常常伏在走廊的折叠床上，双手抱着头痛楚地呻吟。省委宣传部田部长和文联的领导得知了情况，予以关照，才安排了一间单独的干部病房。

在昌耀的病榻前，我用里尔克的诗句激励他——"顶住就是一切"，并叮嘱他这一万元奖金一定要用来治病，钱不够，朋友们会再设法筹集，不要为钱而担忧。可他清楚自己的病情，用他的话说，"癌症在我的体内正突飞猛进"，但他答应积极治疗，不辜负诸多朋友的心意。在谈话间，我不愿涉及死亡这个字眼，他却并不忌讳。我说坚持治疗，未必不会有奇迹发生，他却说："死也没有关系，我不是说过'士为知己者死'吗？"说这话时他脸上带着难得一见的微笑，但眼里已是泪花晶莹。这是四年前昌耀写给我的信中的一句话，在这个时候说出来，让我着实难过。

正月初八，当我在昌耀的病榻前与他相拥而别，我们两个人的眼里都盈满了泪水。我不愿让他看到我的眼泪，扭过头只用手轻轻拍了拍他的背部，转身离去便再也没有回头。我知道这次是永别，不禁泪眼模糊，整个世界都失去了清晰，下楼时泪水随着阶梯一层层坠落，胸中顿有一种空失，也感到自己从未有过的软弱。

没有侥幸，昌耀提早地离去了，消息突如其来，他选择的死亡方式也令人震惊。就在他去世的同一天，我收到了昌耀寄给我的诗——《一十一支红玫瑰》。其诗是他死前八大所写，是病榻之上的绝笔。该诗写给一位滨海女子，她飞往北漠看望垂死的长者，临别前送他一束火红的玫瑰。诗人有感而发——“姑娘啊，火红的一束玫瑰为何端只一十一支，／姑娘说，这象征我对你的敬重原是一心一意。”然而一天过后，他的病情骤然恶化，自姑娘走后他就觉出求生无望。正如诗中所言：“姑娘姑娘我每存活一分钟都万分痛苦，／何况死神说只要听话他就会给我长眠”，“三天过后一十一支玫瑰全部垂首默立，／一位滨海女子为北漠长者在悄声饮泣”。昌耀在诗中难掩透彻的哀伤和对美以及纯净高洁的依依难舍，病体的疼痛难挨，生离死别的精神创伤，让他收藏起叹息，充作服药的杯具。当他感到痛苦的时空已被压缩为失去厚度的“薄片”，他记起一句印度幸福鸟的咒语——“长眠就是幸福”，面对垂首的玫瑰，“每存活一分钟都万分痛苦”的时日，他只能让自己像冰河一样坼裂，难以割舍也只能割舍。面对死亡，昌耀是坚韧的，同时也是软弱的，他选择这样的死亡方式，实则是一种解脱。他安息了，他走出病痛，去体验那种鹰翔时的快感；他走出爱恋、痛苦和沉郁，去领略“灵魂从肉体被撕裂时的痛快、轻松”；他走出愤怒、懦弱、偏执和怨恨，去实践“死亡是伟大的平等，也是伟大的自由”。

然而，对于昌耀来说，“肉体只是生命的物质形式。只是人的诸种形体之一”。用里尔克的话说：如果不是把死看作绝灭，而是想象为一个彻底的无与伦比的强度，那么只有从死这一方面才有可能透彻地判断爱。诗人逝去了，尽管他的心脏失血，四体、五官已化为灰烬，可他仍活在诗歌里，仍如躺倒的河床，“向寂静的地球低语：我流动着／向闪亮的水说：我存在”。

在诗坛，昌耀是广受推重的诗人。诗人们，尤其是青年诗人去青海，看望昌耀是一件必然的事情。而探望者每每都会写出文章见诸报刊。我在文章中曾这样评价昌耀：他是用汉语写作最好的诗人之一，和世界上一流诗人相比，他的作品也不逊色。1999年年底，受中国诗歌学会委托，作为评委，由我执笔为《昌耀的诗》写授奖辞，我也曾这样写道：昌耀对于诗坛而言，是个独特的现象。当诸多的诗人在诗潮中随波逐流，他却卓然独立于高原之上，以雄奇、高邈、博大、精微，塑造了自己的诗歌品格。他的长诗《慈航》是他诗歌高原的骨架，以爱与良知展现了对生命与灵魂的拯救，体验了“爱的繁衍与生殖／比死亡的戕残更古老、／更勇武百倍”。他的多数诗章，都在苦难的摧折与生命的强劲、盛大中，形成了艺术的深度表达与完善。他让我们领略了什么是诗歌意义上的高原，在他的诗中，大地与大地所繁衍的一切，那些原生性的品属已与语言、心灵融于一体。他，是大西北无数生命的灵魂，让我们感知精神的能量，倾听穿透时空的声音，以及经验与超验，有如“空谷足音”，充满了魅惑。

昌耀是个地域性极强的诗人。自然，我并不认为地域性强就是囿于地域范围之内的诗人，恰恰相反，只有深深植根于土地的大树才能枝繁叶茂。有世界上声名远播的作家，作品的语境竟未超出其住址 25 里的范围外。亦有急于“和世界接轨”的诗人痛苦地发现，即使国外的汉学家也认为，没有汉民族的魂魄和自己的语码，是无法走向世界的。读昌耀的诗，我们会领会到他不是任何艺术观念的追随者，他的诗既有古典的优雅，又颇具现代意味，让我想到其诗由想象控制的抒情因素、深入事物内部的象征品格、恰到好处的意象、出人意料的并置，以及反讽、带一点儿小小恶作剧式的幽默。昌耀就是昌耀，他以虔诚、苛刻的我行我素完成了自己，以“仅有的”不容模拟的姿态竖起了诗的丰碑。而这些，所体现的恰恰是一个大诗人的特征。

在昌耀的诗中，青海的高车正“从地平线渐次隆起”，并摇撼着远去，有如巨人之轶诗；斑驳的岩原上，瘦马落下的蹄足，“沉重有如恋人之咯血”；他看见大山绝壁推开一扇窗洞，“像夜的樱桃小口，要对我说些什么／蓦地又沉默不语了”；而齿食的骒马则“以审度的神态朝我睨视”；那作为“青藏高原的形体”的河床，从白头的巴颜喀拉走下，坚实、宽厚、壮阔，是发育完备的雄性美，“让万山洞开，好叫钟情的众水投入我博爱的胸襟”；而在黄沙罡风的野地，只有一粒一粒骆驼的粪便，“在隆冬之夜保存满含硝石气味的蓝色火种”；他在纸上列出一百头雄牛的 199 只犄角，让号手握持那只折断的角号呜呜呼奏，

"一百头雄牛低悬的睾丸阴囊投影大地"，垂布天宇，感知"一百种雄性荷尔蒙穆穆地渗透了泥土／血酒一样悲壮"；他呼唤的笔下淘金者的生涯："啊，雄性攻击！／啊，利器！啊，锐角！／啊，山野！／啊，黄金之路！／啊，彪形大汉！"他描述颤栗的软体、爱的撞击："破碎的火星堕入无穷的坠失／如殒命的飞鸽／如一条河、一次流血、一棵树／遥远如同再生"……

不必一一列举他的诗行了。一个心胸博大、宽阔的人，以多茧的手拼读大河砰然的轰鸣，从胸腔呼唤起摇撼的风涛；一个崇尚雄性美、躯体充盈着醇厚多汁的深情挚爱的人，在彤云垂天处，超拔如同雪峰的山脊，柔弱似甜蜜俯首的羔羊。

可现实生存中的昌耀却是懦弱而又偏执的。人们诧异，令人如此震撼且折服的诗怎么会出自如此"卑微者"之手？似乎诗文常常不如其人，让人想起大谈悲观哲学的叔本华，却是衣食十分考究的享乐者，也让人想起卡夫卡那位循规蹈矩的小职员，以及作为图书馆员的盲者博尔赫斯，想起诗人、作家的双重性格和多重性格。

初见昌耀的人都会感到他言语的吝啬和木讷。他拒绝应酬，不想见人，据说只因为他"不会说话"。其实，他从未掩饰过自己的懦弱，而把自己硬扮成一个强者。还在湘西军政干校当学员时，13 岁的昌耀因自小怕鬼不敢起夜而常常尿床，便被部队退回中学继续读书。他说他从小就是个爱哭的孩子，无论是恐吓或哄逗对他作用都不大，他非要哭到忘记了哭的原因而觉得无聊时才逐渐降低声调，哽咽着慢慢休止。然而他哭时因被哄骗怕鬼而不敢看门外，只是盯着油盏中燃亮的灯火，渐渐地，他发现灯火透过眼中的泪水而折射出许多光束，像芒刺、像花朵，在双眼的闭合中变幻不定，忽明忽暗，忽大忽小，美丽异常，他便被这火的精灵迷住了。看来昌耀孩童时就是一个美的敏感者，那粒灯火早在幼年便在他心中埋下了诗的种子。昌耀认为哭是一种感情的发泄，孩子的眼泪是纯洁的，这让我想到他在谈诗时曾讲到"创作是类似痛与哭的联动关系"，是情动于中而形于外。只有葆有孩童的纯真和哲人的智慧，才能成为一个真正的诗人。

我也曾想，昌耀的懦弱亦和他早年的境遇有关。一个被关在深宅大院里的地主的后裔，年轻的男主人们长年浪迹江湖，只留下两位年轻的女主人留守空堡，岂不空落和寂寞？在昌耀幼年的记忆里，也只留下火焰岗佛寺那悠缓飘荡的早晚钟声的落寞，以及一位夫人牵着他的小手，攀登红漆楼梯的情景。而给他心灵留下深深惊骇的，是村里小学惊心动魄的一幕：一个骑马的男子来到教室，揪出他的仇人，十几响枪声过后，被揪去的男子已躺在血泊之中。报仇者又在教室的门框上留下一痕血手印，致使他每次上学看那手印都惊魂不定，十分恐惧。乃至后来看到家中悬挂的四叔的照片，那涂红的双颊常常让他想到鲜血，顿时望而生畏。

昌耀早年丧母。他的父亲曾在抗日决死队里当过指导员，而后去了延安抗日军政大学。可在解放战争中，他父亲却以“地主不能革地主的命”为由，从豫东军分区作战科任上逃回了老家。湖南解放后，他父亲去北京市公安局自首，获刑两年，“文化大革命”期间在兴凯湖船上作业时落水溺亡。他的大伯王其梅曾是“一二·九”运动的参与者，在“文化大革命”中以西藏自治区党内最大的“走资派”身份受难。至于昌耀自己，因在《青海湖》1957 年第 8 期发表的两首《林中试笛》，被打成了右派，在 22 年中成为劳改营的囚徒。

我无法想象昌耀当时的心境。他于 1951 年赴朝鲜作战，在“停战协定”签字前十余日在元山身负重伤，尔后在河北荣军中学完成高中学业，怀着满腔热情报名参加大西北开发，不想两年后竟成了阶下囚。这是历史的嘲弄。

对此，他还能说些什么？他怎能不木讷，又能说些什么，又敢说些什么？他只能眼望山原，心猿意马。在昏黑的土屋里，在疲惫的劳作之后，他揣摩落在桌布上的影迹，既存在而又难以捕捉；他蹲在牛胯下绝望地醒悟，饥饿的年代已不可能得到期望吮嘬的奶汁；他看到一只白须翁伫立在坟场泥淖，感觉那开裂的指爪已迫近他单薄的马甲；他感叹山腰被遗弃的土高炉，铁矿石的堆积已被无情的风雨化作齑粉；他牵着跛马，趱行在万山的通衢；他记得夏日牛虻的肆虐，那黑色的飞阵啸吼着越过草莽，将逃生的马驹逐下万丈悬崖；他也记得飞雪自高天驾临的气概，刹那间便让天地失去生命的浓绿……然而，面对苦难，诗人却能超越苦难，他执拗的脚步踏破了生命与荒原间的壁垒。他在凶年饥饿的恍惚之中，竟想到谁的口吻暖似樱桃，吹亮了他胸中的火种；他为马的沉默而感动，遐想着马驹涉水，甩着尾翼，为自己美润的倒影而有所矜持；甚至当他蜷缩在山地间的陶器作坊，转动钧盘，也将美的寄托赋予了一只只泥盆；他在冰山雪岭剥取岩芯的石棉，心底都为破损的希冀纺出补织的韧丝；他易于伤感，泪眼迷蒙，叹息人们对于泪水讳莫如深；他曾将自己的归宿定位在山野的民族，欣喜地成为北国天骄的赘婿；他重温高山草甸民风之拙朴，让自己享有另一层蜜意柔情；即使身为囚徒，他仍能在抑郁和苦难中，赞美泥土，赞美阳光，赞美生活的不朽。

写到这里，我想起了霍桑的《地球上的大燔祭》，这部寓言称人类会在将来的某一天，对越来越纷繁的历史堆积感到厌倦，最终决定毁掉一切。当这天到来时，魔鬼却对主持人说，他忘记了往火里丢一样根本的东西——人的心脏，这是一切罪恶的根源。他们只是烧掉一种形式的东西。而在这里我想说的是，即使人心是罪恶的根源，但人心也是向真、向善、向美的根源，人的身体可以被囚禁，但心灵却无法被囚禁。而昌耀也在一首《燔祭》的诗中，感叹痛苦生性孱弱，而恐惧是人的本性；“理解了魔王也就理解了上帝”，“神已失踪，钟声回到青铜，／流水导向泉眼”，这种透彻和本源性的回归，已趋澄明之境。

其实，昌耀是个本质抑郁而天性活泼的诗人。他的遭际与命运让其心存郁结之气，而他活泼的天性又让其被撕裂的肉体透出灵魂的光亮。纵然，他表相的木讷是其多年的境遇所形成的，而沉默寡言也是对自身的保护，更是一种神光内敛的气质。或许是所蒙受的苦难太多，他常常把自己罩在警觉的外壳里，提防着伤害，如同柔软的生命需要坚硬的壳甲。他是偏执的，只因为卖烟者买一搭一，便愤而退货，从此不再吸烟。文联的领导去探望病人，错敲开了他的门，笑着说“那就看看你吧”，他却因人家本不是看他而只是认错了门，就不让对方进门，拒不让路。朋友寄给他一张圣诞贺卡，上面写着：“淡淡的记得／或是淡淡的遗忘／都是美的”，而他回一张贺卡，却写着“浓浓的想／或者浓浓的恨／反正都是爱”……或许，他的偏执对人也曾有过伤害，可我们要理解诗人，假如他只能循规蹈矩，缺乏个性，又怎么能进行创造。就艺术而言，偏执就是创造力的代称。昌耀是活泼的，他是个爱动的人。在节日的西宁，人们常常会看到一个穿摄影背心、头戴一顶太阳帽的人奔前抢后，频频按动相机的快门，那便是昌耀。他一度骑车在古原旅行，还曾想骑自行车周游全国，并说骑车来北京看我。他还研究宗教，问朋友知不知道净身中什么是大净、小净，以此吊起朋友的胃口，他却悄声地说："我不告诉你！"作协第五次会员代表大会在京西宾馆开幕那天，正巧是我的生日，电子屏幕上打出祝贺的语句，一些朋友来我的房间喝酒，昌耀竟破天荒地唱了一首湖南情歌，让其熟识者都感到惊异……

与浅表的印象相反，昌耀是个感情异常丰富、感觉敏锐、渴望爱和被爱、对爱情有着极细微体验的人。还是在身为囚徒的日子里，在月光下的花苞如小天鹅徐徐展翅的祁连山下，手指染着细雨和青草气息，他便呼唤"不要以为我的爱情已长满菌斑"，那从空气摄取养料、由阳光提取钙质的爱情如夜色一样羞涩，呼唤那夜中对语的朋友，"请递给我十指纤纤的你的素手"。

昌耀的长诗《慈航》，用他的话说，便是一部行动的情书。荒原是不朽的，暗夜是不朽的，不朽的还有疼痛的声音、良知和爱的繁衍与生殖。那是脱去垢辱的黑衣、让女性的轻风吹拂遍体流血的伤口的时日，那个以手背遮羞的土伯特处女，解下袍襟的荷包，为他献出了护身的香草。

那位土伯特老人临终之际，召集爱女和家族，留下遗言："你们当和睦共处，/他是你们的亲人、/你们的兄弟，/是我的朋友，和/——儿子！"是的，这弃绝姓氏的部族，不留墓冢的属群，那些占有马背、敬畏鱼虫、酷爱酒瓶、围着篝火群舞的人，那些猛兽的征服者，大自然宠幸的自由民，是囚徒昌耀追随的偶像，是众神！而初遇的爱情是那样新颖和美好，他看到少女忽闪的睫毛如同稞麦含笑的芒针，于裸原邂逅，奔马的四蹄陡然在路边站定，花朵一起摆动，为她摇响了五月的铃铎。美啊——土伯特女儿墨黑的葡萄一样的眼珠、黄昏里放射的银耳环、雪线最后的银峰都那般超凡脱俗……那是良知和爱对一个漂泊不定的灵魂的拯救，豪饮的金盏、燃烧的水和花堂的酥油灯的摇曳，于是，他走向帐幕雪山，他已属于那一片天空、那一方热土……

我是按住悲凉来重述昌耀那一段情爱的，或许，爱是生命力压迫的结果，纵然，爱能战胜死亡的戕残，可其根源仍在于繁衍和生殖。但一纸行动的情书，良知的净土、善良、美丽，却留在汉字的墨迹里。自然，这是风雨雷电合乎逻辑的选择。他，既是牺牲品，又是享有者；既是苦行僧，又是欢乐佛。该复活的已复活，该出生的已出生，让他实在难以忘怀。

然而，生活不是诗篇。当昌耀回顾自己一塌糊涂的往事时，常常说自己是婚姻和生活的败北者。他的第一次婚姻虽然解体，但仍有着不断的烦忧；他的另一次事实上的婚姻是按照伊斯兰教规成婚的，八个月后仍以离异告终。前后两个少数民族女子都不识字，这位大诗人也只能哀叹，看来自己只能和不识字的女子有婚姻关系。

在这里，我不能不提及昌耀的一位女友，因为未征得她的同意，所以我不能披露她的姓名。应当说，她是一位令人敬重、或者可以用赞颂这样的字眼来述说的女性。多年前的一天，昌耀说他有了一位女友，长得很端庄，并把夹在一本书里的照片拿给人看。那时的昌耀是喜盈盈的，一脸爱情的光芒。昌耀把他的这位女友视为崇偶，称她为“圣洁的偶像”，他们常常一起去野外郊游，让女友躺在他的腿肢歇息，并为她监看蚂蚁，为她遮阳。他们共有一种穿越磨劫远赴圣土朝拜的感觉，他们情绪安详，内心充实，他甚至感觉到她的发髻之后有一缕蓝光似烟，透射出思维深邃的彩幅……可后来阴错阳差，两个人分开了。对于两个人的爱情，别人是无法区分对和错的，但昌耀失去崇偶的痛苦，在《伤情》之一、之二、之三中，借朋友迦檀之口表露无遗。从诗题便可以看出，《我的死亡》《无以名之的忧怀》《寄情崇偶的天鹅之唱》，已让他经历了一次又一次情绪的死亡。可他经历了理论上的死亡乃至再生，仍执着于那个唯一的她，包括她的体语、气息。对此，我想到帕斯的话：“诗歌像爱情那样是生与死——相互对立的两个极端的动作行为。”所谓“爱情即死亡”“爱最终是与死相连的”“爱是必死与不朽的交汇点”，这些哲人的话，是对爱情普遍性的概括，而昌耀的诗，却本源性地表达了真实的感觉。

1996 年 6 月号的《人民文学》，以目录头条、正文二条的醒目位置，排单栏，一次推出昌耀三年来的所有作品——22 首诗作，作品曾广受好评。当时，便有论者指出，其抵达灵魂的程度，接近了鲁迅的

《野草》，一种大美，在发展着《野草》的诗性，已达到了文与质彬彬相融洽的境界，称其已进入“后苦难状态”，已具有于极限中进行精妙把握的高超技艺，达到宗教般的澄明。或许，昌耀的囚徒生涯是前苦难。所谓后苦难，该是对前苦难的追忆与超越，但本质上的后苦难是“情绪死亡”，是自己在情绪上一次又一次地杀死了自己。正如有人在评论毕加索时所言：“你不爱维纳斯，但你总爱一个女人。”这句名言表明了他的爱的深度和物质。他的感情异常强烈，其中的一小部分就可能比别人的全部感情还要丰富。

在极度的痛苦中，昌耀和女友分开了。可当女友得知昌耀已身患癌症，她又回到他的身边。她帮他服药，为他做饭、换洗衣裤，替他擦身、按摩，助他如厕。且不说做这些事的琐细、繁难和肮脏，他的女友当时也因患类风湿而住院，是提前出院来照料他的，且一陪就是几个月，颇让人感动。朋友去探望也只是暂时的安慰，除了她和昌耀的女儿，又有谁能一直照顾到他生命的尽头？

朋友告诉我，病中的昌耀是那么依恋他的女友，每次女友和他女儿换班时，他都会像孩子一样与她难舍难分，问她明天几点钟来，眼睛里透出期待。因为两人分开后各有遭遇，互相间常存芥蒂，时有口角，有时女友赌气说明天不来，昌耀则痛哭不止，吵着说要去跳楼。

病榻上虚弱不堪的昌耀留下了遗嘱，嘱他的女友在他死后将骨灰送往湖南桃源老家，葬在他母亲的墓旁。执拗的诗人让他的女友死后也要和他埋在一起，他的女友说，昌耀死也不放过她。可事情是复杂的，昌耀是土伯特老人的义子，他的儿子坚持按藏族习俗安葬他。而与他有过夫妻之实的回族女人则称，昌耀与她并未履行教规所决定的离婚方式，他还算她的丈夫，如果可能，她愿意以伊斯兰教的方式为他送葬。昌耀死后，还是按照他的遗嘱，由他的长子和他的女友一起，将其骨灰送回湖南安葬。

昌耀的女友曾说过昌耀死前做过的一个梦：他恍惚间见到了三位和尚，便问，他能否像和尚一样坐化，安详而死？和尚说“你拜佛了吗？不虔诚去拜佛是不能坐化的”。于是，他便爬上了金顶。可金顶上有两只秃鹰向他扑来，他就以手作刀，把鹰劈为两半，可每半只鹰又都化为一只鹰，一只又一只鹰都被他劈碎，又都化作无数小鹰铺天盖地而来。这时，突然有大水涌至，不知何时爬上木舟上的他已和他的女友捆在一起，在波涛中动荡，不知漂向何方……或许，这已暗示着昌耀即将踏上天路历程，与他同舟共济、生死相系的，仍是这位女友。

昌耀走了，他实践了死亡的自我保护，他的遗容神态安详，却无法体验"长眠就是幸福"了。在亲友的泪水里，在无数痛悼哀伤的叹息里，一个诗人的肉体即将消失，化作前生命状态的物质，真正和高原结成一体。他的诗魂，却如同火焰中"一个烤焦的影子，从自己的衣饰脱身翱翔空际"，给空渺和苍茫渗入金属般瘦硬、坚实，湖水一样澄明、幽深的诗意。

夜晚，昌耀的女友从昏迷中醒来，手持一束花朵又来看他了。

而这时的昌耀，已成为停尸房里的一个编号。看门的老人不知道哪一具尸体是他，说，把花放在凳子上吧。

女友用难忍的悲声呼唤着——"王昌耀！我来看你了！你走好啊……"

我想，这不仅是一个人的呼号。

2000 年 4 月 2 日痛悼昌耀后写于北京■

伶仃的荒原狼
——怀念昌耀 ※

金元浦

一

这是一个因了缪斯的钟情而顿生姿色的灵魂，一叶因了直觉与情欲浑然无间的交融而于生命之流中飘然独立的孤帆，这是一具如泣如乐、如琢如磨的灵魂的雕塑。

这是我 17 年前写的一篇评论昌耀诗歌文章的开首一段，多少年来，人在旅途，匆匆，我常侧目于这座灵魂的雕塑，继而长久地驻足。

而用我多汁的注目礼向着你深湖似的眼窝倾泻，
直要漫过岁月久远之后斜阳的美丽。

历史曾以荒诞的形式玩弄人生和命运，将昌耀抛向荒漠腹地。20 世纪 50 年代末，命运的悲剧性现实在瞬间毁弃了青年歌者昌耀钟情于诗歌的一方明朗的蔚蓝。生命之链就在那样一个非常态的历史事件中轰然断裂。昌耀因诗而系狱。一颗伶仃的悲剧之魂从此踌躇于旷原之野，在非人的极端孤独和痛苦之中，体验了生之荒诞，思考着生与死的永恒困惑。

※ 原载《青海广播电视报》，选自董生龙主编《昌耀：阵痛的灵魂》，青海人民出版社，2000 年版。

人世是困蝇面对囚镜，
总是无望的夺路，总有无底的谜。
…………
死有何难？只需一声呜咽便泪下如雨，
…………

孤独以深刻的伟力延展了昌耀的思维时空与人格时空。

他独坐裸原。
脚边，流星的碎片尚留有天火的热吻。

在我之前不远有一匹跛行的瘦马。
听它一步步落下的蹄足
沉重有如恋人之咯血。

泯灭人性的混沌中，诗人体现了双重的孤独：在蛮野的自然中感到了人的孤独；在社会政治的荒诞中感到了人性的孤独。孤独以强力的非自觉形式极其痛苦又极其丰富地实现了对人的存在本质的思维飞跃。加缪曾说："哲学的根本问题是自杀的问题。决定是否值得活是首要问题。"死亡这个个体感性存在的一次性特征被命运悲剧如此强烈地突显了出来。死的诱惑大大深化了诗人对人生的体验和思索。

泪花在眼角打转却已不便溢出。
人生迂曲如在一条首尾不见尽头的长廊竞走，
脚下前后都是斑驳血迹，而你是人生第几批？
远人的江湖早就无家可归，
…………

原始生命力的集体无意识获得神秘的感悟，作者借以向着亘古而遥远的历史拓进。而儒家文化、草原文化和西方文化的多重摄取则在主体意识中汇聚——这是社会、自然、人生在作者思维中的综合：一个崭新的命题诞生了。顽强的人格建构不甘泯灭，因社会化人格与伦理人格的无法实现迫使他转而面向审美人格，于是便有了悲剧的消解——

超越了历史给定性的昌耀的悲剧性人格建构在现实中横遭否定，人性的尊严荡然无存，伦理人格被摧残殆尽。这种人格建构被扼杀，使主体失去了赖以全面实现自身的现实领域，转而面向审美人格的实现，在对自然的回归中展示了诗人独特的审美解悟。而诗人在对自然的审美升华中获得了人生悲剧的超越，获得了自我心灵的实现和内在的自我肯定。

二

面对西部神秘、蛮荒的大自然，昌耀进行了超越悲剧的直接的审美升华。然而不同于传统的寄情山水、隐居远遁，也不是身居蛮荒、心在魏阙，而是将西部的大自然直接作为鲜活而沉默的生命进行审美观照，使之直接成为诗人审美解悟的对象。这样，西部大自然内部的生命之流，它的生命的节奏和生命的律动，与人类的生命的节奏和情欲的律动，与作者内在的审美情感之流在结构上达到异质同构。一个情感与形式合一的完形得到构建，因而一个诗歌之魂得到重生，这是双向的交错、融合与同构。

放逐的诗人啊
这良宵是属于你的吗？
这新嫁娘的柔情蜜意的夜是属于你的吗？
这在山岳、涛声和午夜钟楼流动的夜
是属于你的吗？

这夜夕的色彩，这篝火，这荒甸的
情窦初开的磷光……

我不时展示状如兰花的五指
朝向空阔弹去——
触痛了的是回声。

这种审美解悟建立在诗人敏感而独特的艺术直觉上。昌耀执着地保持着一种审美距离，坚持以一种非功利的观照，追求艺术本身的目的性。因而他致力于语言形式和意象形式的陌生化创造，大幅度地开拓诗歌语言的选取界域，变革标准化的日常语言的规范。他的诗歌语言使人感到新奇、陌生、奇崛，从而复活了语言因固定化、抽象化而失却的形式上的美学质感，唤起了人们新颖的体验。在意象创造上，昌耀也不同于传统的"借物言志""以物喻人"，而是以直接审美表现自然和人生的内在节奏和韵律为目的，突出了情欲这一人类强烈追求自身力量对象化的本性。所以在意象创造上，昌耀必然选择多层次复迭意象构成蕴涵丰富的情感流，构成具有某种模糊性、因而更具多向性投射的意象群，最终获得那种无可言传的意味。昌耀的独特性恰恰在于通过艺术直觉对意识深层的某些原始情欲的强调与突显、对生命力涌溢奔荡的讴歌。这种直觉的最高境界是自然与人生在生命存在上的异形同构，是通过审美飞跃达到一种心物交融、主客无分、自然与人合一的整体境界，并在这一审美意境中，通过对时间的感悟，在瞬间体验到一切生命的永恒本质。也许昌耀所追求的诗的最高本质——音乐，正是指这种生命内在的节奏和韵律吧。

远处，蜃气飘摇的地表，
崛起了渴望啸吟的笋尖，
——是羚羊沉默的弯角。

但是，我们仍然遗憾于悲剧的夭折。作为永恒的艺术之冠，悲剧在自然感情中的消解确定了一个情感的流向。这样，对最为深刻的历史劫运的思索、对孤兀的悲剧性心理感受的体悟则相对隐匿。尽管有《慈航》《山旅》《大山的囚徒》等佳构，但仍然有缺失的环节，仍然有许多最深沉的悲情、悲感和悲愤被隐匿、被遮蔽、被删略。昌耀的大悲在诗外，在无言之中，在淡然的诗的凄美深处。

在昌耀的诗中，人世总是“无底的谜”，远人的江湖早已“无家可归”，世界如此匆忙。大雾迷漫，“我”垂立于海，思想已被漂白，困蝇面对囚镜，人如此无望而永无归宿，想起童谣才更体验了苍老，有谁因一声呜咽而泪下如雨？

我问：“诗人何为？”答曰：“诗人思。”

那良宵，那新嫁娘的柔情蜜意，那多汁的注目礼，那山峦、涛声和午夜钟楼流动的夜？那岁月久远之后斜阳的美丽，是诗人从无中解蔽的意味，是诗所澄明的存在与生命之光。诗彰显着寻诗者的乡梦。

在一个物与技术独霸的世界，在一个人欲横流、感官膨胀的世界，在一个疯狂攫取自然、挥霍天地之精脉的世界，在一个混沌与黑暗的肉身与数字的世界，你看——

无诗！

东方，一个恒久的源远流长的诗性的民族久已失落了诗，湮灭了思，遗弃了生存之意味。而昌耀用诗洞亮着、澄明着我们今日之“活”。

诗人是启明者。

生之旅，在光的栅栏与炊烟同步，
原是如此甜蜜。

西羌雪域。除夕。
一个土伯特女人立在雪花雕琢的窗口，
和她的瘦丈夫、她的三个孩子
同声合唱着一首古歌：
　　——咕得尔咕，拉风匣，
　　锅里煮了个羊肋巴……
　　…………
　　房上站着个尕没牙……

前方灶头
有我的黄铜茶炊。

诗人何为？真正的诗人和思者永远奔行于不可说—可说之途，去试探，去选择，去创造，去寻找，去探入。他象征，他运用象征，他体验象征。他们注定要承受超乎常人的痛苦，去发现“活”的意义，去寻找那种神秘的“神示”。

海德格尔说，只有诗是“纯粹的言说”。这是说只有诗最纯粹地呈露了人之不可说的真实、人的存在的真实。诗作为象征，悟作为象征的体验，共同生成存在的意义。昌耀的短句，以象征来“参与”被象征之物，以象征来形塑无形的真实，以象征来描摹无可言说之物。诗即是象征。

对象征的体验，与象征的交往，是一种临界经验。我们无法任意越过界限。我们首先生活在我们自己的界限之内，生活在我们日常世界的界限，因此也在我们日常语言的界限之内。在对象征的语言经验中——也就是在诗的感悟中，诗之魂触到这一界限并酝酿着超越与突破。

三

今夜，高原是否有雪？

我听见……有长嗥……伶仃的长嗥……射穿一塔拉二塔拉三塔拉那绵远的辽阔，在刹那间，如大纛为雪原高举一箭辉煌……

于是，蹒跚的荒原狼，你那剖白如歌讴的长嗥便如此动人，你彳亍于荒甸的独行，便在暮色里燃起我如泪的真诚……

哦，你？不再率领你那长嗥的歌诗之族，奔逐于莽原那凌厉之一击，将血瀑披上肩头，撕捋精肉，潇洒于淋漓的快意了吗？你那惬意的神话之翼，不再为高原风所张扬，在那白雪的羞怯里，弹奏一段偶蹄轻捷的序曲，然后讲述一个辽阔的故事……倏然悄遁于雪线之迷冥了吗？

你无言，唯余沉默……

哦，你？不再统领你戈壁威武的风阵，于雪域一路掘进被沉埋的命运，来诠释生之艰辛死之悲壮了吗？你依旧在那绝望的奔突里，不屑于雪野的眩晕和簸荡，淡然地腾动你已不自如的凄美的圆弧，然后继续你骷髅间的嬉戏与诙谐了吗？

哦，我不忍问你，我已清泪如注，而遥远的你，依旧沉默如斯？

然而，你终于累了，是累了。我已鬓染秋霜，而你毕竟已经龙钟，羸弱如远古的神话……寂寞以动情的孤独，虔敬地馈你思。哦，那是拨动的一根老弦。弹响的，是回环于如泣穹窿间的生之倦怠，是永恒的乡愁……

而你倜傥的歌诗之族早已以旋舞的迪步，告别了荒原的粗砺与狂野，以今日之光矢，射落了一代痛苦……

我已无诗，我将与狼共舞……与狼共逝……

静极——谁的叹嘘？

密西西比河此刻风雨，在那边攀缘而走。

地球这壁，一人无语独坐。■

最初知道昌耀其人其诗，是在1978年。当时，我作为分管西北诗稿的责任编辑，从稿堆里选出了他复出后的第一首诗《致友人》，将其发表在《诗刊》上。现在看来，已经是20年前的事了。诗人的《命运之书》没有收入这首诗作，但我依稀记得这首诗和大多流行之作不大一样，一首短章，已透露出诗人独有的审美个性和写作姿态。后来，又收到他的长诗《大山的囚徒》，编辑部研究后决定请他来京修改这首诗作，于是便有了我们的第一次会面。

那是1979年清冷的初冬，在虎坊路甲15号只有一砖厚的小平房里，我见到了个子不高、戴一副宽边眼镜的昌耀。他有些瘦弱，面色清癯，上嘴唇微微翘起；虽然他当了多年“囚徒”，不大考究的衣衫仍遮不住一身书卷气。或许是神光内敛之故，他显得有些木讷，话语极为吝啬。

相识了，虽交谈不多，但我对能写出好诗的人心里总多出一份敬重，便免不了书来信往。由于职业的缘故，也赖于信任，我常常能较早地读到他的新作，并经手发表他成组、成批的作品。读到那些有血液流注的汉字，典雅、庄重且意味深长的诗行，我为之心仪、惊叹，并为诗歌而感到庆幸。而淡然的文字之交，随着时间的推移已感到友情日深。

一个17岁便以纯正与诗结缘的人，朝鲜战场的伤残者，随后在青

诗人中的诗人※ —— 韩作荣

※ 原载《鸭绿江》2001年第4期。

海流放了20余年。虽然命运如此，可他的诗却看不出啼血的呼号和满纸的辛酸泪。他体验了“爱的繁衍与生殖／比死亡的戕残更古老、／更勇武百倍”，感受着“灵魂从肉体被撕裂时的痛快、轻松”，一个天性活泼而本质抑郁的诗人，以沉郁、苍劲，也以高致、精微征服了诗坛。在他的诗中，土地所繁衍的一切已与心灵、语言融为一体，他，是大西北无数生命的灵魂。

我在一篇文章中曾这样评价昌耀：他的作品，即使和世界上一流诗人的诗相比，也不逊色。今天，我仍然认为此言并非夸饰，他是当代为数不多的、用汉语写作最好的诗人之一。读昌耀的诗，你会发现真实的人生之旅、被放逐的游子寻找家园的渴意以及灵魂的力量。现实精神、理性的烛照、经验与超验，有如“空谷足音”，充满了魅惑。那独有的声音既是坚实，也是虚幻；既有着古典的儒雅，又颇具现代意味。这让我想到其诗由想象控制的抒情因素，深入事物内部的象征品格，恰到好处的意象，出人意料的并置，以及反讽、带一点儿小小恶作剧式的幽默。昌耀就是昌耀，他不是任何艺术观念的追随者，他以虔诚、苛刻的我行我素完成了自己，以“仅有的”不容模拟的姿态竖起了诗的丰碑。而这些，所体现的恰恰是一个大诗人的特征。

读昌耀的近作，我钦服于他对诗的敏感与发现、对一首诗总体的诗性把握。对于诗人而言，有“有句无篇”者，有“有篇无句”者，但如昌耀这样，每一句都是诗，且通篇又能创造出沁人心脾的情境和氛围的诗人，确是少之又少了。当俗常的日子将诗意埋葬，人的颅骨内已生出厚茧，昌耀正用榔头一样古老的汉字，敲醒未曾泯灭的诗心。

在诗坛，昌耀是广受推重的诗人，而推重昌耀的，又多为颇有创造力的诗人和青年诗人中的翘楚。我常常收到一些年轻的、素质较好的作者写来的信，他们常常提到昌耀是其极少敬重的诗人之一。在这个诗意贫乏、诗心已渺的年代，诗受读者的青睐颇为难得，而诗受诗人的青睐则更为难得。由此，称昌耀是诗人中的诗人恐并不为过。

堪称骨子里便是个诗人的昌耀，似乎有点怪，据称一些名家到了西宁有意探望，他却拒而不见，原因不是别的，是“不会说话”。一个与诗同一、诗已深入骨髓的人，确有些与世俗格格不入，因为现实生活中是不能用诗当话说的。记得两年前我去青海，餐桌上由昌耀致辞，那不连贯的学来的客套用书面语言表达出来，整个是反讽，既严肃而又有趣。杭州的友人说他某年到了杭州，想不起来打个电话让人接站，竟一路打听路径，自己走了一上午才摸到了作家协会。前年，昌耀到北京领取“人民文学诗歌奖”，他在西宁车站购票时，钱包和身份证均被人抢走。遭受抢劫而又失去“身份”的昌耀惊魂不定，打来电话，让我到某次列车某节车厢某座号处去领他……

或许，只有昌耀自己和为数不多的人了解他活泼、生动的天性。他曾写信告诉我，他要骑自行车周游全国，到时候从青海骑到北京来看我。若干年前我请他吃了一顿饭，他曾像孩子一样真诚地说，到了西宁，他一定好好请我一顿。近几年，他曾将自己所有的作品工整地抄就寄给《人民文学》，当他听到公允的评价，得知所有的作品在刊物一次推出时，颇为感慨，并写来长信，言之要“士为知己者死”……

其实，面对昌耀，我倒真心地感谢他对刊物、对我这个编辑的有力支持。对他这样的诗人而言，给他颁奖，不仅是刊物给他以荣誉，他的作品也给了刊物以荣誉。

写诗需要进入状态，读诗也需要进入状态。心境浮躁，对诗缺乏敏感的人不必读昌耀的诗。只有当夜阑人静、心境空明之时，品读他长长短短的诗行，才能领略书页间传来的“空谷足音”。■

人生迂曲如在一条首尾不见尽头的长廊竞走，/脚下前后都是斑驳血迹，而你是人生第几批？/远人的江湖早就无家可归，/……

昌耀笔下的空间，贯穿着一种敏锐的时间感。“飞光飞光，劝尔一杯酒。吾不识青天高，黄地厚，唯见月寒日暖，来煎人寿。”对时间的敏感，昌耀与李贺极为相仿。

在昌耀那里，时间呈现出两种形象：一种是突变的，白驹过隙，千年一瞬；一种是不变的，天荒地老，无古无今。我们发现，他常常使用“白头”“迟暮”一类传统的语词，表达因时间的流逝而生的一种虚无、惊恐、无奈与伤感。他感叹道：“渴慕伟力的男子抚剑自惭出生就已白头。”“你是否悔恨失去了许多机会，/顷刻间你是否感觉一切都已迟暮？”“大地/每刻落地开花生根的名字/像密林/悬挂的青枝/然后在某一天/同时衰老”。关于死亡的意象大量出现，同样与此相关。“行者的肉体已在内省中干枯颓败耗燃”“三十年面目全非。/石门剥蚀，朽骨/立在故园形同枯鱼”“以烤熟之发束为食。/宛如咀嚼刍草。宛如咀嚼脑髓”这类李贺式的鬼气凛凛的句子，在其诗中集中出现颇多。至于时间的飞矢不动，相同的历史现象一样让诗人看得心惊：“所有的面孔都只是昨日的面孔。/所有的时间都只是原有的时间。”“我深知从芦梗唇间吹奏的呜咽是古已有之的呜咽。”“赶路的人永是天地间再现的一滴锈迹”。《背水女》一诗以复沓的形式一唱三叹：“自古就是如此啊！”《东方之门》用多个“一开始”，表明“壮士”从信仰到牺牲这一循环往复曼衍了五千年的悲剧冲突的必然性：“而我们总是带着迷恋的负载/赤条条……涌向东方之门。”

在昌耀的诗中，少年和美女的传统喻体反复出现，其中既有理想的美化成分，也回应了其易于凋萎的本性。《诗章》(1987)写道：

我一夜站在阳台监察水文，设想自己仍是披着淋湿的少年的长发，脸上的雨和泪光漫漶。我设想自己百年之后会以另一种物质形态注视我此刻站立的阳台。我设想自己投射在河心的身影是永世不得登岸的蠕形虫。

在这里，少年没有变化，而时间已过去百年。时间不时地为诗人所穿越，或者可以倒过来说，时间不时地穿越诗人。但不管取何种形式，诗人都在强调物质生命被毁损的速度、被劫夺的彻底，致使任何挣扎纯属徒劳。

昌耀是一个理想主义者。他总结道："简而言之，我一生，倾心于一个为志士仁人认同的大同胜境，富裕、平等、体现社会民族公正、富有人情。这是我看重的'意义'，亦是我文学的理想主义、社会改造的浪漫气质、审美人生之所本。我一生羁勒于此……如谓我无能捍卫这一观点，但我已在墨守这一立场……"他坚持政治上的左倾立场，却又明显地有别于我们所惯见的左派；他诅咒"庙堂的祭司""神圣的卫道士"，而以一个"坚守者"自居。

昌耀的爱情经验竟也如他的政治生涯一样不幸，遭遇到一个从理想和谐到放逐的过程。像《慈航》(1980)、《雪。土伯特女人和她的男人及三个孩子之歌》(1982)这样带有个人纪实性质的温暖的诗篇，在昌耀的诗集中并不多见。在这里，诗人把自然的、民族的、宗教的因素同爱与美糅合起来，博大、深厚而又柔润。《慈航》反复写道："在善恶的角力中 / 爱的繁衍与生殖 / 比死亡的戕残更古老、 / 更勇武百倍。"然而，终究是死征服了爱。后期，他写下《伤情》(组诗)、《两只龟》、《我的怀旧是伤口》等，灵魂已完全为哀戚所占据，以致陷于虚无。

诗人一生为政治和爱情所苦，浮沉起落，怵惕无已。正是李贺所谓的"心事如波涛，中坐时时惊"。他的诗，作为唯一伴友，亦随他一起承受酷刑，由是歌哭无端，摄人心魄。他的深刻，并非来自主题，而是来自生命，或者可以说主题就是生命。一个现代流人的自我歌咏，即已是沧桑的歌咏，包含了丰富的社会内容。这正如一些经典艺术家的自画像，自会因身份、经历、人格和思想而显现于外部形态及面部表情，作为一种标志，把独特的文化内涵反映出来。

昌耀的诗歌艺术，基本上得自生存体验，如他所说："诗之写作实如感伤在不知不觉间流出眼泪那么自然"，第一是"自然"，然后才说到专业训练，说到经营。在《91 年残稿》中，他以屈原的《天问》及书法家张旭、怀素的草书作品为例，强调不平之"气"于写作的重要性。

他说："悖论式的生存实际，于我永远具有现代性。"他与众多现代青年诗人不同的地方就在这里。现代性这东西，对他来说，不是凭借进口的语言部件和技巧可以制造的，而是带有更多的本土性和自发性。由于生活的胁迫，紧张、混乱、冲突，这固有的悖反现象同时保留在他的诗中，于是有了差异、间离、驳杂、不和谐。技巧只是后续的一种修整工作，把所有这一切，以一种合适的形式固定下来罢了。

20 世纪 90 年代有人鼓吹"叙事性"，说是世界潮流，以致等同于现代性。其实这也无非是一种技术决定论。昌耀的诗歌出于深切的内省，自不同于一般的描述，正如李贺不同于杜甫一样，多为密集的意象和零碎的场景，且非静态的组合，而是跳跃、回旋、狂舞。昌耀的诗是无韵的。扎米亚京把没有严格音步的诗人认作乐感发展的最高标志。要说乐感，昌耀的诗主要依靠生命的自然节奏，因此是不规则的、多变化的，如《哈拉库图》中的一段嘟哝的口语："啊，歌人，憨墩墩的她哩为何唤作憨墩墩哩？／你回答说那是谁也说不清道不明的事哩，／憨墩墩嘛至于憨墩墩嘛……那意思深着……／憨墩墩那意思深着……深着……深着……"在《听候召唤：赶路》中一连用 19 个"啊"字与下句对应，每个"啊"字都可以读作一声鹤唳。《暖冬》写男子激情的狂想："那年景多么年轻多么年轻真是多么地年轻。／他独自奔向雪野奔向雪野奔向情人的雪野。"用重复的短语加快速度，犹如《干戚舞》重复"干戚舞"，打击乐一般加强舞曲的节奏，都有着很好的朗读效果。昌耀诗集中的句子大抵长短不齐，短的仅一两字，多至数十字乃至粘连成篇，晚年更趋散文化，从不断行，完全仰仗文字内在的节律。他的诗，最常见的音乐处理，除了复沓，尤注重参差错落之美。他的这种句子构型，与李贺大体使用乐府、歌行体的形式十分类似，这就叫自由抒写。看《斯人》：

> 静极——谁的叹嘘？//密西西比河此刻风雨，在那边攀缘而走。／地球这壁，一人无语独坐。

地北天南，倏忽来去，空间跨度极大。在长短变化的诗句中，隐含了几组互相对立的因素，构成内部张力。有时，那种异常的跳跃，使人有见武林打斗中之飞镖闪动之感。

昌耀也十分注重画面美，这方面颇类艾青。昌耀自谓“厚重的黑色原是我所追求”，实际上，红色也是他所爱的颜色，使用色彩时他很讲究对比。他有一首诗，题目就叫《高原夏天的对比色》，其中突出的便是红色。《西乡》里有猩红呢帽、红漆、红布，把折叠成花朵的纯白手帕映衬得更苍白。《哈拉库图》是把音与色调和到一起，说是“可着劲儿吹奏一支凄绝哀婉的唢呐曲牌，/音调高亢如红装女子一身寒气闪烁”，令人想到鲁迅笔下的女吊，有一种非人间的美，超然之美。

在现代诗人中，极少有昌耀这般好古的，他在叙说个人经验时总爱大量夹带古人古事古物古意；且在语言运用上，有意选用古词汇，并构建古句式，使之险僻、艰奥、滞涩、陌生化。李贺其实也有这种仿古的倾向，比较一下李贺及昌耀的篇目，可以发现两人确有同嗜。近人李金发虽然在用语方面也有类似的特点，但是过于粗糙、夹生，而昌耀则是纯熟的。他把历史罗织入诗，却避开“熟典”，自由控制，使得小诗也能带有史诗的品质。他写道：

潜在的痛觉常是历史的悲凉。/然而承认历史远比面对未来轻松。/理解今人远比追悼古人痛楚。

其实，昌耀并非为历史而历史，他的心在高原，在现代生活。如果说，他向往远古是为了寻求美学，毋宁说仍然出于逃避孤独的需要。在他那里，有一种无始无终的大寂寞，一种唯高原鹰隼方能感知的“高贵的感伤”。

昌耀孤兀地站在高原，想象力的高远更是无人可及。如“郊原灯火像是叛离花枝的彩蝶”“妻子的笑容透明如蜻蜓的薄翼”“我的须髭如同箭毛，/而我的爱情却如夜色一样羞涩”，五官通感，虚实互生，喻体的差异极大而使喻象尤显奇特。许多比喻怪僻幽玄，如“无眼的眼珠悬为不腐的星辰，/过来人望见森严中脉脉含情”“我记得西部荒漠疾风催生时的凛冽了。/而我的胡须作为不凋的草木已在车轮摇滚中进入梦乡”“每一滴落日浑如嘶声炸裂的油脂/每一粒尘嚣亮如时装辉煌的金拷钮”，这些比喻充满感情色彩，不仅仅状物而已。

他的描述常常因奇幻的想象而显得夸张，如："孩子说我的腿已在生锈""他们空空的肩胛笑容可掬""街车肿胀失去腿趾"等。想象力把现实的荒诞放大到极致，《盘陀：未闻的故事》（1988）就是如此，让人在危悚中感知宿命的力量：

在浩瀚而干枯的内陆，/在你们的脚踵尚未触及的远方，/贫血的母亲将婴儿栽种于贫瘠的薄土，/根叶萎黄听任物竞天择。/求生的人们就这样趴定在浩瀚而干枯的原野/像趴定在磨盘的喜蛛感应着前面未详的威慑。/在雹霰雷殛灾变的绝域/长不高大的乔木屈曲天边/遥与侏儒村里躬耕的小矮人世代为邻。/在不仁的原野，珠泪更宜成为与人通好的古币。/在月亮照明的夜晚，老人失却痛感/掰断脚趾如数冰冻的石笋向墙外一一投掷。/在男女偷欢的原野镰刀正为妒恨收割人头。/而昨夜的处女悼惜失盗的红绡女裤。/生活总是一场败局既定的博弈？/在所有的通路为你们一同蜷曲逋逃的远方/哀悯已像永世的疤痕留给隔崖怅望的后人。/是永世的觳觫。

还有《生命体验》（1986）、《燔祭》（1988）、《骷髅头串珠项链》（1989）等诗，都有不少阴暗的想象和怪异的描写：母亲听见胎儿在胎盘痛哭，图象尸解，语言溃不成军，蠕动的口型成为遗言的牢狱，神已失踪，钟声回到青铜，流水导向泉眼，黄昏上溯黎明，死亡追索生命……昌耀说："人世是困蝇面对囚镜，/总是无望的夺路，总有无底的谜。"夺路而逃，最快是"超现实的骏马"，马鞭起落间已越千山万水。

昌耀是一位兼具多方面风格的极端个性化的诗人。在外国诗人中，他崇敬惠特曼，而他的诗，也确实不失英雄豪迈之气，如"漂向大海的鼓桴""游弋天涯的苍龙"；但是，他根本找不到通往惠特曼的平坦的大道和开敞的港口。惠特曼外向的性格和健全的心态都是美国式的，而昌耀是被囚的、不自由的，多少是有些病态的。向往而不能至，使他的诗不能不同时保留了两种不同的东西：神是西洋的，形是东土的；气象是惠特曼的，图像是李贺的。他把大视野、大气派同雕虫式的苦吟结合起来，把时代精神同反时尚的勇气结合起来，在孤绝的高原开垦他的家园。

看看《河床》(1984)：

> 我从白头的巴颜喀拉走下。/白头的雪豹默默卧在鹰的城堡，目送我走向远方。/……/他们说我是巨人般躺倒的河床。/他们说我是巨人般屹立的河床。/……/我是父亲。/我爱听兀鹰长唳。他有少年的声带。他的目光有少女的媚眼。他的翼轮双展之舞可让血流沸腾。/我称誉在我隘口的深雪潜伏达旦的那个猎人。/也同等地欣赏那头三条腿的母狼。她在长夏的每一次黄昏都要从我的阴影跛向天边的彤云。/也永远怀念你们——消逝了的黄河象。//我在每一个瞬间都同时看到你们。/我在每一个瞬间都表现为大千众相。/……/而现在我仍转向你们白头的巴颜喀拉。/你们的马车已满载昆山之玉，走向归程。/你们的麦种在农妇的胝掌准时地亮了。/你们的团圞月正从我的脐蒂升起。

雄浑、奥秘、狂放、高远、诡异、柔媚、深致。这是现代美学，也是古典美学。至20世纪90年代中期，这些色彩纷纭的图像逐渐融合成晦暗，而这里暂时隐去的伤痛，也都适时地大面积地暴露出来。意象的呈现变作寓言的叙说。跳跃的乐感消失。阵发的锐痛弥漫为钝痛，且无已时。痛则不通。人生无自由无幸福可言的丧失之痛，成就了昌耀，也摧毁了昌耀。

唯有“溺水者”才能写出撄人心的诗篇。许许多多被称为诗人者，不过耽溺于个人的梦幻，全然不曾经受绝望和惊恐的打击，他们的所谓诗歌，也不过是梦游的呓语。而溺水者则不同，他们所承受的唯是致命的威胁，且须把外在的压力内向化为个人的挣扎。谁可以做一名“溺水者”？谁愿意做一名“溺水者”？■

怀春者的信柬　昌耀研究集

第三辑

金黄的色块

《慈航》解读※ —— 叶橹

中国的诗坛一直在呼唤杰作，呼唤史诗，追求艺术上的轰动效应和适合群众欣赏趣味的雅俗合一。然而，在这些看似无可非议而又合情合理的呼声之中，诗歌却一直未能摆脱备受冷遇的困境。即使在短暂的热点话题为诗坛带来某种骚动时，人们所关注的诗，究竟能够在何等意义上显示其真正的艺术生命力，也依然是个令人困惑的未知数。那么，在这十年出头的岁月里，是不是有少数诗人和诗篇，被我们的诗评界和大众的目光所忽略，而它们却的的确确代表着我们诗歌的新水平和新成就呢？我想，我们不能否认这种事实存在的可能性。照我看来，昌耀的《慈航》一诗，至少可以说是没有得到足够的评价和充分的重视的作品。如果我们对这样的诗依然保持沉默而不给以应有的肯定，让岁月的尘垢掩没了它的艺术光彩，或者是在若干年之后再让人们重新来发掘它，对我们这一代人来说，起码不是一件光荣的事情，或者应该说是一种批评的失职和审美的失误。

《慈航》最早发表在1985年的《西藏文学》特刊上，同年11月的《诗选刊》予以转载，但并没有引起什么反响。之后被收入《昌耀抒情诗集》。对于这样一首长达400行的诗篇，一般人也许未必有耐心仔细地阅读，而粗略地读它，又很容易将它等同于当时那种流行的故事模式的诗体叙述。我们已经习惯于用简化故事情节的方式来对文学作品实行诸如时代背景、主题思想、人物性格等的分析，而用这种方式

※ 原载《名作欣赏》1991年第3期。

来评价《慈航》，它最多不过是一个三流的“故事”而已。因此，它之不受重视几乎是注定了的。当公众的目光只是关注那些附加在诗身上的外在因素时，当诗美的内质被形式的躯壳所取代时，一首真正具备艺术内蕴的优秀诗篇，往往就这样为众多的目光所忽略。

我曾经两次在《诗刊》上发表的文章中提及此诗：一次是为“叙事诗”讨论所写的文中提及，另一次是在评昌耀的诗时对其简略地作了分析。然而，对于这样一首诗，仅仅作一点呼吁和简略的分析，显然是不够的。因此，我决定再次给《名作欣赏》写这篇文章，用类似于“细读”的方式来对它作必要的剖析，希望能够给这首诗争取到一点它本应得到的地位。

结构的艺术

作为一首完整的具有叙事结构的诗，《慈航》在当代诗坛上所呈现的别具风采的结构艺术，是值得一谈的。

相当长的时期以来，人们一直不太重视诗的结构形式，而是把目光关注于“形式为内容服务”上面。诗的结构形式，说到底，是一个是否真正把诗作为一件完整的艺术品来看待的问题。《慈航》的整体结构，虽然也是具有叙事模式的，但它与传统的线性叙述方式有着极大的区别。因为叙事的过程本身对这首诗来说，实际上并不具有涵盖一切的意义。在传统的叙事诗中，几乎故事的叙述便是一切，人们在诗的歌唱形式中被引入一个个情节链，从情节的发展中为主人公的命运而激起内心的感情波澜。可是读《慈航》时，它的结构在形式上的意义，使人感受到它对生活中的事件和过程进行了一次重新的艺术性观照与组合。这种观照与组合，完全是在一种非常清醒的艺术意识的指导下进行的。我们不妨对它作一些具体剖析。

首先，就叙事的角度而言，《慈航》不是按情节发展的过程来进行线性叙述的。昌耀似乎从一开始便是站在居高临下的位置上来俯瞰现实人间所发生的一切悲喜剧事件。我甚至认为，在《慈航》中，“形而上”的思考远远超越于“形而下”的叙述。从一般情况来说，这似乎是违背文学创作规律的，人们可以轻易地给这种创作现象扣上“从观念出发”的帽子。可是，复杂的文学史实告诉我们，当一部具有深刻哲理性内涵的文学名著问世时，这种现象却几乎无一例外地存在着。从《神曲》到《浮士德》，从《荒原》到《马楚·比楚高峰》，人们不妨仔细地阅读一下这些诗篇。几乎无一例外地可以看到，一个高踞于诗的种种形象和意象之上的观念的幽灵，始终作为统率诗的精神的主导而存在。显然，这种观念绝非那种浅薄的按图索骥或对照说明。没有博大精深的哲学天赋的人，永远不可企及这种艺术高度。诗人不管是借助于现实的生活素材，抑或只是凭着艺术虚构的幻象，都已达到一种哲理的提升。《慈航》的“形而上”思考对于建构其艺术结构形式无疑起着重要的作用。诗中的“爱与死”“彼岸”“慈航”“爱的史书”“极乐界”数章，叙事的成分可以说被淡化和隐匿到了最低限度，而它们所提供的抒情性的境界却使人久久难忘。人们不应忘记，正是在这些章节中，诗人一再地重复了他那关于“爱的繁衍与生殖 / 比死亡的戕残更古老、/ 更勇武百倍”的“主旋律”。

这种建立在“形而上”思考基础上的有形或无形的线索，成为《慈航》的艺术经纬。它的那一组组片断的生活场景，无论是对荒原的记忆，抑或对“宠偶”的“邂逅”，乃至对那一方“净土”的深情挚爱的描叙，都是由这艺术经纬编织起来的独立而又是整体中的局部画幅。也正是在这一点上，我们看到了昌耀作为一个诗人的艺术匠心。

我不知道是否出于自己的偏爱，反正我在无数次的反复阅读中，似乎每每能从中感受或领悟到一种艺术阅读和欣赏中的愉悦和颖悟。尽管作为一篇完整的艺术构制，《慈航》具有整体上的艺术美，但它的每一独立章节，同样也可以成为人们阅读和欣赏的优美篇章。像“记忆中的荒原”“邂逅”“净土”等，如果作为抒情兼叙事的短章，我想同样会显示其独特的艺术光彩。

一部在艺术上具有完整结构形式的作品，并不一定以其严密的逻辑结构而成为“无懈可击”的范本。《慈航》所采用的某种“倒叙”和零星片断的生活场景的组构，势必会形成很多“空白”和“短路”。人们无须为这种不完整性而斤斤计较和感到遗憾。因为一方面，昌耀的本意并不在于详尽地向人们叙述一个详细而完整的故事；另一方面或许可以说，这正是他试图以零星破碎的生活场景所造成的“空白”和“短路”来给予读者更多的“形而上”的机会。本来，在《慈航》发表的年代，人们的艺术欣赏习惯正处于开始转变的朦胧期，对于它的这种结构形式也许并未完全适应，这也许是它受到冷遇的原因之一。当很多更为“现代”和“先锋”的诗作纷纷登场之际，《慈航》的这种结构似乎已不再显得新奇。可是我恰恰认为，《慈航》之可贵正在于它的那种适当的对于艺术表现的“度”的把握。《慈航》的种种片断生活场景的组合所要达到的艺术效果，不仅仅是要读者在脑际重新把这个故事来一番串缀续合。当然，有心的读者无疑会通过这样做而希望从这一故事中得到某种关于生活和历史发展进程的认识。可是当人们不是停留在这一故事的表面形式而是进入对《慈航》进行文本分析时，他们将不可避免地接触到这种艺术文本的内在机制。

如前所述，《慈航》始终被一种“形而上”的关于人的灵魂的净化和超度所笼罩，而在这一净化和超度的过程中，它所建构起来的文体，同样也形成一个纵横相交的网络。诗中主人公的命运是真经线，而在他周围的“众神”以及土伯特老人和他的女儿，乃至对“净土”的描述，则是纬线的交织。人在现实中错综复杂的关系，在作品中被净化和简化为一种“爱的沐浴”的关系，而这正是诗人思想深处的一种具有宗教信仰性质的精神。他所建构的这一艺术文本，成为他对宗教世界的理想的皈依。人们不必看见“宗教”二字便产生怀疑乃至反感。

在诗人身上，这种对于理想世界的追求，是一种不可或缺的虔诚与执着，正是这种虔诚与执着促使其创造出一个神话世界，进而成为催动和激励人们向善的境界攀登的动力。昌耀在《慈航》中所做的艺术上的努力，在很大程度上可以说体现在这种神话世界的创造上。当人们阅读这一艺术文本时，有关“彼岸”“慈航”“净土”“极乐界”的种种艺术境界的创造，实际上组合成一幅幅既互相联系而又极其完整的象征境界，它们在“结构”的意义上所呈现的图景，构成了一个完美的艺术世界，这是远比“故事”本身更应该受到重视的。

我还想指出，《慈航》全诗的十二章，也许也是一种精心的布局。首章“爱与死”和末章“极乐界”，可以说是对人类生存中具有永恒意义问题的思考。人类通过爱战胜死而达到极乐界，是昌耀作为诗人和虔诚的艺术宗教徒所追求的目标；然而对于人类生存的环境乃至所经历的历史进程，诗人或许被一种“周而复始”的循环所困扰。人们知道，“十二”这个数字是一年分为十二个月的标志，也是“本命年”的指称，所谓“一元复始”“万象更新”的意思，不外乎体现着人们对生活的一种向往，希望一切重新开始。昌耀在历经大难之后，对人生有着透彻的领悟，所以他可以有理由宣告：“你既是牺牲品，又是享有者，/你既是苦行僧，又是欢乐佛。”在这种对人生体验的透彻把握中，他对世界将走向何处的思考，是“圆”的往复和循环，还是螺旋形的上升与发展呢？当“极乐界”果真成为人间现实之际，人们再来重新阅读《慈航》，或许会为人类自身所经历的悲苦命运而慨叹，也会为诗人的理想追求而赞赏。不过，正是因为人间有了那“爱”的超度，“慈航”才是可能的。这也正是诗人建构他这艺术文本的指导思想，是形成他的艺术结构的一种观念和信念。

在仍然充满困扰的当今世界，我们只好把诗人的这种理想作为灵魂的安慰与梦幻的寄托。

语言和意象

凡是认真地甚或不太认真地读过《慈航》的人，我想他首先都会注意到这首诗在语言上所独具的一种韵味。作为语言艺术的最高形式的诗，如果不能在语言上给读者留下鲜明的印象，那么它将很难以优秀之作立足于诗苑。《慈航》的最大特点之一，正在于它那简洁明净的语言风格，以及渗透在语言中的充满内蕴和力度的意象。

几乎是从诗的一开始，昌耀便以一种具有神奇的吸引力的语言把读者带进了一个为诗的氛围所氤氲的境界。当人们读到：

我不时展示状如兰花的五指
朝向空阔弹去——
触痛了的是回声。

这样的语言，或许会有人不习惯它的“陌生化”倾向。然而只要稍稍冷静思索一下，你将会从这种语言和意象中获得灵视的颖悟。在这里，“状如兰花的五指”就它的喻指而言，是对人的手掌的称谓，可是当五指“朝向空阔弹去”时，则不免使人产生一种联想：人们通常所说的“掌握”一词，在一种反向的意指中似乎暗喻着人不能“掌握”自己的命运，于是有了“触痛了的是回声”的对历史反思的意味。

我们从昌耀在诗的一开始所创造的这种意象指向中，不难窥视到他对人的命运与历史相联结的一种深层思考。当人不能掌握自己的命运时，历史的回声将是沉痛的。正是因为有了这一意象的创造，所以“只是为了再听一次失道者／败北的消息”才具有深刻的反思性质。

在下一章“记忆中的荒原”中，我们同样看到了这种语言和意象的魅力：

> 摘掉荆冠／他从荒原踏来，／重新领有自己的运命。／眺望旷野里／气象哨／雪白的柱顶／横卧着一支安详的箭镞……

从语言简捷明快的节奏中，你也许可以体验到一种如释重负的轻松之感。可是当你把“重新领有自己的运命”与前面的“状如兰花的五指／朝向空阔弹去”联系起来解读时，更能体味到它的分量。昌耀也绝非偶然地在此种诗的情境中设置了那气象哨雪白的顶上“一支安详的箭镞”。这支箭镞，是指示着风向的，当令人不知其奥妙的“奇异的风”随意吹刮时，“箭镞”是无法“安详”地“横卧”的。当昌耀以看似平淡闲适的笔触把人们引入这一特定的场景之中时，仅仅一个极富特征性的细节，却蕴涵着对时代风云的暗示性呈现。我相信这绝不是我在解读过程中的一种任意发挥或误读，因为类似的情形在《慈航》中并非绝无仅有。

人们只要仔细地阅读“邂逅”“净土”和“净土（之二）”等章节，便会从那些充满诗意和被诗美所渗透的场景与细节中感受到昌耀诗的语言神奇的力量。我读《慈航》，常常被它的那种难以言喻的由诗人内心感受力所获取的印象所迷醉。譬如“邂逅”的开头两句：

他独坐裸原。

脚边，流星的碎片尚留有天火的热吻。

这种感受，这种精神，以及这种语言所传达的神情和境界，不要说是个正处在炼狱中经受精神磨难的人，即使是一个“春风得意”的宠儿，恐怕也难以企及。当昌耀用诗的语言来表现他对现实人间的种种感受时，他心境的豁达大度固然是形成其诗风的重要因素，然而他的豁达大度只是表现在对人间真情和宇宙自然的热爱上面。他并不是以豁达大度为装饰而掩盖人世中丑恶的事物，更不以此来将自己打扮成一个无怨无怒、无悲无愤的活弥勒形象。当他从某种生活细节中捕捉到诗的意象时，那被诗的语言所烘托的情境，总是让人读后久久不能忘怀。当“那疯狂的一瞬”出现在“春季里的严冬”时，一方面是“冷酷的纸帽、／癫醉的棍棒／嗜血的猫狗”在肆虐，而另一方面则是“天下奇寒，雏鸟／在暗夜里敲不醒一扇／庇身的门窦”。诗人把生活中令人颤栗的“阴暗的故事”展示在人们面前，丝毫也不意味着他只用诗的语言和意象来制造对生活丧失信念的气氛。他神奇的笔力在于，当他以笔触描写或抒发他所热爱和倾心的事物时，其中所蕴涵的浓郁诗意可谓温馨四溢。人们不会忘记他写的“秋气之中，间或可闻天鹅的呼唤，／雪原上偶尔留下／白唇鹿的请柬”这样美丽的诗行；更难以忘怀他以深情的笔触所描绘的那位“土伯特女儿墨黑的葡萄在星光下思索”的场景。这些如此美丽和温馨的诗句，对比前面所叙述的那些“阴暗的故事”，显得更具打动人心的力量，这也许从另一方面体现了他对“爱的繁衍与生殖／比死亡的戕残更古老、／更勇武百倍”的信念。

当我们仔细审视昌耀的诗歌语言和意象时，还会发现那种极富雕塑力的表现艺术。两章“净土”可以作为强有力的证明。诗人对于那颇具蛮荒意味的净土的着力描写，不是为了向原初的愚昧顶礼膜拜，而是祈求一个人的心灵与大自然的纯净相沟通的精神境界。所以他笔下的种种生活场景才变得如此富于诗意。不妨读一读下面这节诗行：

那最后的银峰超凡脱俗，

成为蓝天晶莹的岛屿

归属寂寞的雪豹逡巡。
而在山麓，却是大地绿色的盆盂，
昆虫在那里扇动翅翼
梭织多彩的流风。

还有：

沿着河边
无声的栅栏——
九十九头牦牛以精确的等距
缓步横贯茸茸的山阜，
如同一列游走的
堠堡。

我之所以特别着重引出这两节诗，是因为它们鲜明地体现了昌耀诗歌语言的表现力。这种语言，很难说是一种单纯的语言技巧。它本身绝不是什么玩弄技巧的产物。这首先是一种内心的体察力和感受力，是诗人对于大自然的一种完全的沉迷和潜入。无论是大自然的雪峰之成为蓝天晶莹的岛屿，抑或是昆虫的扇动翅翼梭织多彩的流风，无论是对于游牧生活中那特定场景的精确描绘，还是那种只能说是出于内心的完全融入才能产生的感受，我们都会产生一种进入“化境”的阅读状态。问题还在于，上述诗行在《慈航》中仅仅是众多例子中的两例而已。

阅读《慈航》，的的确确是一种充满诗意的艺术享受。然而，就是这样优秀的诗篇，从它发表迄今，五个年头已经过去，而我们的诗坛却对它相当冷漠。当我们一再呼唤杰作时，却对真正的杰作视而不见，这究竟是一种疏忽，还是我们的艺术审美能力出了问题？抑或有着别的诗外因素呢？但愿历史将回答一切。不过，我始终相信，中国的诗坛将会以拥有《慈航》这样的作品而感到骄傲，文学史也会为之写上一笔并承认它的存在的。■

在新出版的《昌耀的诗》一书的后记中，诗人又一次重申了他的“大诗歌观”：“我并不强调诗的分行……也不认为诗定要分行，没有诗性的文字即便分行也终难称作诗。相反，某些有意味的文字即使不分行也未尝不配称作诗。诗之与否，我以心性去体味而不以貌取。”在这本集子的新作中，“不分行”的篇章明显地增加了。这些作品中有些诗曾以《随笔与诗》的名义在《人民文学》发表，据我看，除极少数可列为随笔外，大部分可列为散文诗。但在写法和风格上，独具昌耀特色，和当下流行的散文诗略有区别，正因如此，它才引起了我特别的重视。我觉得，认真地对其加以研究和借鉴，对于拓宽散文诗的表现空间以及艺术风貌，都是颇为有益的。

不妨先看这篇《斯人》：

静极——谁的叹嘘？

密西西比河此刻风雨，在那边攀缘而走。
地球这壁，一人无语独坐。

仅此数行，形成最精炼、短小的篇章，但内蕴极为深厚。“静极”只用一个“极”字来写“静”。唯其“静极”，这“谁的”一声“叹嘘”才

昌耀：为散文诗拓宽道路※

耿林莽

※ 原载《散文诗》2000 年第 3 期。

被突出了。谁，因何而叹，都无关紧要，斯人静中的一声叹，是诗人刻意经营的主题和意象。有花有叶有果的树是美的，删削所有花、叶和果的树也是美的，树干的粗犷和伟岸，恰因此种删繁就简而得到了充分的“突出”。

中间的一个空行不可忽视。这是一种节奏的间歇，是不可缺少的过渡。诗人于此“静极”中驰想天外，远涉重洋，跨入到地球那一边的密西西比河岸，“此刻”正是风雨绵绵，一种喧响和哗然。“攀缘而走”四字，将风雨人性化、立体化了，且与“地球”紧紧相扣，仿佛那风雨还在地球的边上“攀缘而走”，骤生一种奇特和雄浑的高大感、震撼感，与“地球这壁”的静极形成强烈反差，使“一人无语独坐”产生了对比性的艺术效果。

“此刻”是时间，在这同一时间，“地球这壁”与“那边”的不同空间，有着动与静的完全不同。鲜明对照的两种境界，正是诗人在这仅有三行的诗中所抓住的诗意构想的“核”。地球宏阔，宇宙浩瀚，视野茫茫，气象万千，而人，一个普通的人，一个渺小的“斯人”，何其孤独，何其寂寞，又何其神秘，何其伟岸！任你“风雨”攀缘，我自“无语独坐”，“渺小”的人便有了“高大”的一面了。读这三行诗，在人与世界的关系上，在人的生命感悟上，可以引申出多义的联想，这便是她内蕴丰厚的深沉与厚重之价值吧？

我们再来读《街头流浪汉在落日余晖中遇挽车马队》。它以冷隽素描勾勒出一个城市中小汽车、电车和挽车马队并存的图画，并由两种文明迥异的风韵，透示出深沉的感怀。无轨电车“绽开狂暴的火花”，现代科技文明带给人们的物质生活以巨大进步，也引发了精神上的某种异化。“我厌倦这座欲火熊熊的城市”是点睛之笔，在此背景下，姗姗而来的挽车马队，乃落后的交通工具，但诗人不从此功利角度来评衡，而是从感情、人性、诗性角度，对它进行了细致入微、引人入胜的诗意刻画，赞美和留恋之情油然而生。“以一种经典样式脆亮地叩响在水泥路面，如同绅士之舞蹈”，诗人投入了优美、深沉的抒情，对人类那种悠闲、自主，“生命的镇定自若”的状态，在科技化商品化和“欲火熊熊”中的消解，流露出淡淡的惆怅。那落日余晖，不仅有色彩、画面的映衬作用，也隐隐流露出挽歌式的哀婉之情，这便是昌耀散文诗融深沉思考于日常生活之敏感中的典型体现。

更具代表性的是其近作《想见蝴蝶》。昌耀以悲天悯人的情怀关注人生，对弱小者、残疾人、贫苦无依的底层人民的不幸，有着极为真切的人道主义的关怀，许多诗篇抒写了他的悲怆与发自灵魂深处的颤鸣。这一章便是对于城市垃圾场边的一个农民拾荒者，面对一个被人扔弃的小麦面烤饼时的那种眷恋、抚摸与心态的观察，从而阐发出无限的感慨和思虑。这章散文诗在艺术上的最大特色，是对生活细节的观察体验之精细入微，及对其描绘的丝丝入扣、明晰如画。这是昌耀散文诗最值得我们借鉴的一点。包括我自己在内的不少人，囿于一种习惯性观念，忽视或回避在散文诗中作精细入微的细节描写和情节铺叙，认为它会妨碍诗情的“纯”以及拉长篇幅。其实这是一个重大缺失，往往会使作品流于空虚和贫乏。昌耀写拾荒者对饼的端详、把玩，直至燃烟，再掏出饼审视这一系列的动作，有必要吗？若没有这一切，人物形象、心态，以及诗人对他的观察与感受，便全失去了依托，全诗便成为毫不感人的空洞概念和日常琐事了。当然，仅仅叙述还不够，昌耀的大诗人的才华尤其闪烁在他的诗性升华之中。“手中的麦饼不只是可以充饥御寒的食品，且是上苍赐予世人的恩德”，这几乎提升到宗教感情的圣洁，其实是农民的，也可以说是人性的对于粮食的那种神性依恋和爱惜之光辉。至于对现代都市人的随便扔弃的谴责和愤懑之情，尽在言外了。诗人笔锋一转，联想到一幅油画上蝴蝶的翩翩翔舞，从而引申到拾荒者“在其灵视中或也见到了那一双麦地上久别的花蝴蝶”，更可说是神来之笔。美，诗化，感情的升华，都达到了一种化境。所谓大手笔，于兹可见。■

“城堡，宿命永恒不变的感伤主题”
——长诗《哈拉库图》与诗人昌耀的精神历程 ※

易彬

1989 年 10 月，已经五十有三的诗人昌耀写下了一首长诗《哈拉库图》。“哈拉库图”显然不是一个汉语词汇。诗人昌耀虽生于南方美丽的小城湖南桃源，未及成年（14 岁）即追随革命的队伍而去，大半生更是在边地之城青海西宁度过。经由这一有意或无意的生命迁徙，那些原本并不属于湘楚大地的词汇——进一步说，包括那些已不大为现代汉语写作者所使用的古汉语词汇（不妨设想，在一个边地之城，古语与古风总容易保留），如同一颗颗深深嵌入木头的铁钉，初看之下总给人以触目惊心的感觉，最终却在经年累月里归化为木头。

据说,《哈拉库图》是“在重走当年边关流寓的故地后”写成的（诗末标有“1989.10.9—24 于日月山牧地来归”）。所谓“当年”的“流寓”，指的应是诗人因诗获罪而遭流放的时代。其大致情形，已为那首被较多谈及的、诗末标明“1961—1962 于祁连山”的《凶年逸稿》所见证：

> 我以炊烟运动的微粒
> 娇纵我梦幻的马驹。而当我注目深潭，
> 我的马驹以我的热情又已从湖底跃出，
> 有一身黧黑的水浆。我觉得它的因成熟
> 而欲绽裂的股臂更显丰足更显美润。
> 我觉得我的马驹行走在水波，甩一甩尾翼

※ 原载《新诗评论》2006 年第 1 辑（总第三辑）。

为自己美润的倒影而有所矜持。
我以冥构的牧童为它抱来甜美的刍草，
另以冥构的铁匠为它打制晶亮的蹄铁。
当我坐在湖岸用杖节点触涟漪，
那时在我的期盼中会听到一位村姑问我
何以如此忧郁，而我定要向她提议：
可愿与我一同走到湖心为海神的马驹梳沐？

富有想象力的诗人自由地从现实之地跨入到了梦幻之境，“冥构”，它所欲昭示的是以丰富之梦幻来弥补现实之缺失——20世纪60年代中国现实里的缺失一再地被后来一些生活在富足年代里的诗人所书写，但处于当时情境下的诗人的艺术激情与现实态度显然更可堪玩味。

1989年，诗人“重走当年边关流寓的故地”，是什么力量驱动一个人作出“故地重游”的选择呢？消闲度假？怀念过去？又是什么力量驱动一个人成为诗人呢？歌唱生命之欢娱？消弭现实之缺失？抵抗时间之“遗忘”？——诗人或许无意将世人引入疑惑之中，《哈拉库图》以一种富于揭寓语气的诗句开篇：

城堡，宿命永恒不变的感伤主题，
光荣的面具已随武士的呐喊西沉，
如同蜂蜡般炫目，而终软化，粉尘一般流失。
无论利剑，无论铜矢，无论先人的骨笛
都不容抗御日轮辐射的魔法，
…………

“城堡”或类似称语并没有出现在当年的《凶年逸稿》里——在前述“冥构”情境之前，昌耀写到了一些类似于黑色幽默的场景：投草公牛（误以为其是奶牛，以期“吮嘬”鲜奶汁）、夜宿荒坟（“一晚夕只觉得门厅里笙歌弦舞不辍，／身边时而驰过送客的车马”）——在岁月的流徙中，过去那个饥馑而荒凉的边地（在整个中国的版图之上，1989年的昌耀所居之地可称为边地，当年那个流寓之地则更是在边地之边）衍变成了一座“城堡”，过去仿佛是一段在城堡里生活的岁月——当然，这已经由后设视角投射。

关于“城堡”，我的大致知识是，它曾经是人类居住之处，是人类文明的聚集与发散之地。人类社会总在徙进，城堡也就成为了某种具有相对意味的居所：相对于广漠的村落或荒野而言，它是“城”；相对于人口繁多的现代城市而言，它又不过是“乡”。基于这种时间上和地理上的相对性，城堡既是人类生活变化的某种标尺，更是人类想象与现实的交结之地。当然，经由极富诗性的小说家卡夫卡关于城堡的经典叙述，城堡的这一含义无疑将更为切实。诗人昌耀所看到的又是什么样的一个城堡呢？

城堡，这是岁月烧结的一炉矿石，
带着黯淡的烟色，残破委琐，千疮百孔，
滞留土丘如神龙蜕缩的一段蜕皮在荒草

龙（小蛇）蜕皮意味着新生，而它遗留给世界的则不过是自身的弃物。诗人以此为喻，既是兴之所至，也可能蕴涵了这样的意图：龙只存在于神话传说的世界里，而并非一种实有的动物，那么，眼前的所谓“城堡”，或许本不过是一个“委琐”的土堆，年长日久，经由各种传说的累积，最终却成为了一座城堡——但即便是神龙所蜕之皮，它仍然是一种弃物，类似于一团业已风干的粪便，这反过来点明了眼前这座城堡在时间维度里的命运。不过，这样一个“城堡”似乎并非子虚乌有之物。《凶年逸稿》里出现的马驹和美人（村姑）又一次出现了，马似乎还是那种可以“娇纵”的、梦幻的马：

他让我隔着雨帘观赏远山他的一匹白马。
这是他的白马。
马的鞍背之上正升起一盏下弦月
雨后天幕正升起一盏下弦月，
映照古城楼幻灭的虚壳。
白马时时剪动尾翼。

主人自己就是这样盘膝坐在炕头品茶
一边观赏远山急急踏步的白马
永远地踏着一个同心圆，
永远地向空鸣嘶。
永远地向空鸣嘶。

与其说这是“观赏”，不如说是在描摹一种幻觉，仿佛一只神秘的手就在眼前施展它的魔法，一个鲜活的生命被掏空，“永远地”“永远地”“永远地”，“向空鸣嘶”的动作被定格，恰如一帧皮影——马，终究不过是一种“幻灭的虚壳”。“昔日的美人”又安在呢？

啊，昔日的美人，那时
她的浓浓的辫发乌亮油黑如一部解开的缆索
流溢着哈拉库图金太阳炙烤的硫磺气味，
而那青春的醉意是一雏鸟初识阳光时眉眼迷离的娇羞，
而今安在？

美人是“昔日的”，她被想象（回忆）但没有被冥构而出，可见笔法或精神气度已有了改变——一如“重走”一词所提示，这个以“城堡”开篇的《哈拉库图》，如同卡夫卡笔下的《城堡》一样（我相信昌耀并未读过这篇怪异的作品，即便拿起来翻过，也不会终篇），逐渐地朝着“寻找城堡”的母题行进。城堡是可见的，在“远山”之上，却已是一个“幻灭的虚壳”而终不可及——无法进入——一个人甚至不能如一只蝼蚁钻进那些黯淡的千疮百孔里。

没有一个世人能够向我讲述哈拉库图城垒。
记忆的负重先天深沉。
人类习惯遗忘。

如同渴望进入城堡的K被不同的意见所左右，执拗地寻找着城堡的“我”也得到了所要留宿的房子的主人（那种夜宿荒野的境遇已不再有——他，白马的主人）的劝告：

他劝我不要再寻思城堡的事，
他说那里很脏很脏很脏，
他说那处填满卵石的坑穴刨出过许多白骨。

世人不仅没有讲述城堡的故事（这可理解为世人并不相信有一个关于城堡的传说），反而以恶的故事诋毁着诗人所追寻的对象——诋毁，一个站在诗人立场上的词汇——诗人相信："哈拉库图城堡有过鲜活的人生"——

那时古人称颂技勇超群而摧锋陷阵者皆曰好汉。
那时称颂海量无敌而一醉方休的酒徒皆是壮士。

诗人沉浸于记忆的重负之中而不觉其荒谬：一个过去并未确切出现过的城堡只存在于过去——一段用"那时"来指称的岁月，一段或许只存在于"歌人"（说书人）演唱世界里的岁月。他像一个考古学家一样，徘徊于土丘、荒草之中，苦苦寻觅（只能是寻觅而无法进入），所获取的却不过是"残编"而已：

我正是从哈拉库图城纪残编读到如下章句：
……哈拉库图城堡为行商往来之要区，
古昔有兵一旅自西门出征殁于阵无一生还者，
哀壮士不归从此西门壅闭不开仅辟东门……

（我疑心）所谓"残编"，也不过是一种虚有的臆造之物（"冥构"）。诗人意欲从沉积的时间里重新构设出一个城堡，终于发现这可能是一种徒劳——但凡打上时间烙印的东西，即如自我生命，永远无法免除"失落"的运途：

时间啊，令人困惑的魔道，
我觉得儿时的一天漫长如绵绵几个世纪。

我觉得成人的暮秋似一次未尽快意的聚饮。
我仿佛觉得遥远的一切尚在昨日。
而生命脆薄本在转瞬即逝。
我每攀登一级山梯都要重历一次失落。

在“失落”的底层，那些曾经有过的仿佛不曾有过，所有的真实都化为虚幻的心像：

如果时间的真实只是虚幻的心像，
哈拉库图萧瑟的黄昏还会可能与众不同？
一切都是这样的寂寞啊，
果真有过被火焰烤红的天空？
果真有过为钢铁而鏖战的不眠之夜？
果真有过如花的喜娘？
果真有过哈拉库图之鹰？
果真有过流寓边关的诗人？
是这样的寂寞啊寂寞啊寂寞啊，
像一只嗡嗡飞远的蜜蜂，寂寞与喧哗同样真实。

什么是时间的真实？时间是无限的，个体生命是有限的，有限如何能确证无限的真实？无限又如何将真实赋形于有限？面对这些疑惑，诗人提取了一个暧昧的词汇：历史。个体生命之失落无法阻挡历史的形成。

乡亲指给我说：其实历史就是历史啊，
我们年轻时挖掘的盘山水渠还在老地方，
衰朽如一个永远不得生育的老处女。
那是一条未曾走水的水渠。

乡亲所指的即是那个千疮百孔的、委琐的土丘。它构成了乡亲的历史——令人惊讶的是乡亲所使用的“历史”这一词汇，衰朽，不得生育，不曾走水，均和“年轻”相对照，这是一种沉滞的、无言的历史，一如城堡本身。而这些乡亲，正给人来自那个传说中的城堡的幻觉：

坡底村巷，一列倚在墙垣席地端坐的老人
仍留在夕阳的余烬曝晒，
面部似挂有某种超验的粘液。

乡亲们眼前土丘上的水渠显然不同于“残编”里的历史——真正的考古学家将“残编”连缀起来，组成“历史”，一种书面的、供世人阅读的东西——当诗人从不同角度提及“历史”时，他显然明了不同历史之间的级差——幻觉终究只是幻觉，这颗敏锐的心灵终将被委琐的挫折感所激醒：

没有一个历尽沧桑者不曾有落寞的挫折感。
没有一个倒毙的猛士不是顷刻萎缩形同侏儒。
死亡终是对生的净化？
秋天啊，秋天啊，秋天啊……
高山冰凌闪烁的射角已透出肃杀之气，
阔叶林木扬落残叶任其铺满昨夜的雨水，
惟此眉眼似的残叶还约可予人一派蕴藉的温情，
以不言之言刻意领悟存在，乘化淡远。
竟又是谁在大荒熹微之中嗽声舒啸抵牾宿命？
贩卖窑货的木轮车队已愈去愈加迢遥。
哈拉库图城墟也终于疲惫了。
而在登山者眼底被麦季与金色芸薹垄亩拼接的
山垴此刻赫然膨大如一古代武士的首级，
绿色帚眉掀起一片隐隐潮动的嚣声。
他为眼前这一突然发现而震悚觉心力衰竭顿生
恐惧。他不解哈拉库图的译意何以是黑喇嘛？
历史啊总也意味着一部不无谐戏的英雄剧？

在全诗倒数第二句，“哈拉库图”这个非汉语词汇终于露出了它的本来面目：黑喇嘛。诗人怀揣着这个秘密，以极大的耐心，一直隐忍到了最后——此情此景，与其说诗人在使用一种策略以调动读者的胃口（设想绝大多数读者对于这一词汇是陌生的），不如说他一直在犹豫，思考如何以一种最合适的方式将眼前这个已成土丘模样的城堡、一个非实有形态的东西描摹下来。如前所述，诗人不断地转换视角，甚至不断地变换人称（我、你、他，三种人称全部出现在诗中），即是由于强烈的情感起伏所致——一种强烈的情感，诗人在不断地寻求合适的表达方式。

“他不解哈拉库图的译意何以是黑喇嘛？”“不解”至少可作两重解。一是“不了解”：事物本身对应着一个译语，却无从了解它的意义，正如无法钻进土丘去探知传说的面目。一是“不明白”或“不知道”：对于事物，诗人有着自己的经验、观察与想象，却不知道它何以对应这样一个译语。往大一点说，诗人不知道自己的经验与想象如何在世间寻找一种确切的对应物——不仅仅是城堡何以化为了土丘，更是这个传说中的、想象中的、雄伟的城堡何以对应“黑喇嘛”这样一个不起眼的名字。

就这样，伴随着对于历史的疑问，诗歌在以一种强烈的情绪终篇的同时又回到了它的起点，“城堡，宿命永恒不变的感伤主题”。当诗人写下这句诗时，他的脑海里还应浮现过四年前已然有过的一次城堡经验（如同昌耀一直忍住不将“哈拉库图”的含义说出，我也忍到现在才说出这个重要的诗篇）：那一次，他带着一个孩子走进了一座空城堡（当时他又是带着什么目的出行呢？），孩子惊恐于城堡的空荡，诗人用了一个只有强盗才会使用的词汇——洗劫！

孩子已震怖于这空城堡无人的宴席，
在我胯下瑟缩，裹足不进。
我想：他们岂敢无视孩子的莅临！

而后我们登上最高的顶楼。
孩子喘息未定，含泪的目光已哀告我一同火速离去。

但我索性对着房顶大声喝斥：
——出来吧，你们，从墙壁，从面具，从纸张，
　　从你们筑起的城堡……去掉隔阂、距离、冷漠……
我发誓：我将与孩子洗劫这一切！
　　——《空城堡》(1985)

在“重走”之后，诗人定然发现，洗劫城堡的意念不过如同堂·吉诃德和风车争斗一样可笑——不仅洗劫是不可能的，将城堡视为洗劫的对象更是错位的——有限之个体生命，有限之物质体，永远都无从抵牾无限时间的挤压与消磨，这是宿命——相对于无限的时间而言，城堡不过是个体生命的另一种形态而已（至此，先前关于城堡的知识显然已不尽适用）。感伤，有着确切不移的、永恒的理由——所谓“感伤”，诗人从一开始就着意用揭寓性的诗句突出了它的某种含义，最终却在游移不定的、漫长的诗句里逐渐将其引向丰富的层面：生命无从阻挡的衰败、想象无从抵达的局促、经验无从对应的焦虑，以及感伤自身无从预料的侵袭——这同时也是一种期待读者参与的感伤。宿命或感伤，乃是古往今来的诗人（包括那些曾经居住在城堡里的诗人）屡屡表现过的主题，昌耀回应了先他之前而写下的所有关于宿命与感伤的诗篇，也写下了自我之期待：期待有人从未来的时间里重新写下关于感伤和宿命的诗篇，期待着有一种声音从那个黯淡的、土丘般的城堡世界里发出……

当年的岁月，虽然是一段艰苦的受难岁月，却也是让他发出生命的欢欣与骄傲的岁月：

我是这土地的儿子。
我懂得每一方言的情感细节。
…………
啊，美的泥土。
啊，美的阳光。
生活当然不朽。
　　——《凶年逸稿》

当年那个年轻的诗人大概从来也没有想过，很多年之后自己又重新回到了曾经生活过的土地上，举目四望，“惟此眉眼似的残叶还约可予人一派蕴藉的温情”。他追寻着一种跌落在时间深处的想象——他定想起了当年那个年轻的诗人写下的诗句，那些马和美人的重新出现，定是有意的并置——他本欲洗劫城堡，最终却进一步看清了自身的衰落——他定然没想到那个年轻骄傲的自己那么快就衰老不堪——在当年，他看见了分娩和妊娠：

有一天我看到了山的分娩。
…………
终于等到某日一个男孩推开门扇跨进大厅，
手举一棵采自向阳墙脚连同土根刨起的青禾，
众人从文案抬起下颌向他送去一束可疑的目光，
仿佛男孩手心托起的竟是一块盗来的宝石。
而我想道：大地果然已在悄悄中妊娠了啊。

我们不妨将“男孩”视为年轻的诗人自我形象的外化。而《空城堡》中那个具有强烈的情感浓度的“孩子”，与其说是一种实有，不如说是诗人自我挣扎的隐喻——“惊恐”与刚烈（“大声喝斥”）并置的情境正是诗人境遇（挣扎于逼仄的现实之中）的隐喻。及至《哈拉库图》，年轻的形象消逝了，连挣扎也似乎不复存在，诗人所邂逅的是一辆出殡的灵车，安睡于灵车之上的是一个少妇，一个年轻的生命：

正午，我与为一少妇出殡的灵车邂逅，
年老的吹鼓手将腰身探出驾驶室门窗，
可着劲儿吹奏一支凄绝哀婉的唢呐曲牌，
音调高亢如红装女子一身寒气闪烁，
传送了一种超然的美丽。
我跟随灵车向墓地缓行
我听见心尖滴血暗暗洒满一路。

20年间，情境和心境发生了若干重要的变化。我愿意将这一变化看作诗人昌耀早期诗歌和20世纪80年代中后期以来诗歌的精神气度的重要分野。从“分娩”到挣扎到“出殡”，诗人以一种具有强烈对照意味的场景摹写了生命衰落的现实，衰落无从阻挡地袭来——波兰诗人切·米沃什写过一首题为《衰落》（1975，张曙光译）的短诗，写的是“一个人的死亡”，用的是城市（堡）的譬喻：

一个人的死亡像一个强大民族的衰落
曾经有过英勇的军队，将领和预言家，
繁华的港口和遍布海上的船只，
但现在它无法解救被围困的城市，
也无法加入任何联盟，
因为它的城市空了，人口已经离散，
它的丰收的土地如今长满了荆棘，
它的使命被遗忘，它的语言已消失，
一种乡村土语高居在无法攀援的山上。

一如昌耀借助写作回应了他身前身后的精神世界，米沃什也替昌耀写下了关于死亡和衰落的诗篇。《哈拉库图》之后，诗人昌耀大概有三个月没有动笔。不知是不是因为这一次重返过去（寻找城堡），或者说，这首长诗的写作，给他带来了深深的疲倦感受？ 1989年之后的十余年间，他偶有出行，但仍然生活在边地之城——青海西宁。直至他无法忍受病痛之折磨，临窗一跃而去的2000年春天。■

从我父母家到我的住所，是一条叫袁山大道的路径，我的许多思索都是产生于这段路程的，有时我甚至固执地认为这就是我的世界——通过这500米的路程，我窥探着“外界”，实际上这是我一天中流动的大部分的“世界”，可以是自然界和物质世界，也可以是我得以沉淀与漂浮的内心世界。说到“世界”这个词语，我会感到矛盾和震惊，因为在每天流逝的光阴中，大部分的世界竟然与我无关，作为个体，我一直在尽力接近这个世界，哪怕是一小部分的真理。要讨论诗人与世界的关系，首先要解释什么是世界——这是诗人的世界观。

在袁山大道，我栖息着如一只麻雀，性格中的某些惰性阻止了我的世界拓展它的边界；今天，我灵光附体，开始要袒露自己的“世界观”。世界该如何来揭开它的奥秘呢？我首先想到了“时间”与“空间”这一对词语，或许这里面也隐藏着一条袁山大道。跟我来！如果用时间和空间来构造一个世界的坐标，那么就会存在四个象限：1. 此时此地；2. 此时彼地；3. 彼时此地；4. 彼时彼地。尽管如此，这还只是一个平面的世界，还不是三维的，也不是四维的，世界无穷大，但是就这个坐标轴所支撑的意趣，我到今天才开始尝试去挨近。

时间感与空间感这种二元构成相对可靠，不容置疑。先来探讨“此时此地”的趣味。诗人每天察觉到的发生在周遭的以及身体上的（精神上的）事情，是全部事情的一小部分，“察觉力”是有大有小的。“此

诗人与世界的关系
——昌耀部分诗作评析 ※

木朵

※选自章治萍编《最轻之重——“昌耀论坛”开办五周年选集》，诗家园丛书第三辑，2007年。

说泥墙上仍旧嵌满了我的手掌模印儿，
像一排排受难的贝壳，
浸透了苔丝。
说我的那些古贝壳使她如此
难过。

——《雪。土伯特女人和她的男人
及三个孩子之歌》(1982)

个体与世界的关系，是否基于一种目的论？只有从无序中建立起有序，从无穷的外界中找到“边界”，才是一个自成方圆的世界的降生吗？昌耀对于我是一种坚定的符号，在青海的大地上自生自灭（“青海”对于我又是一个符号），除了拨开他个人历史的迷雾之外，还要在语言的外壳中找到一条小径，最后还要和他的“世界观”去遭遇，尽管这种世界观是书面形式的，是“流露出来的”（还有其他的外在形式吗？）。昌耀生活在怎样的一个象限里？——这是我好奇的。在这个发自幽谷的作品中，“此时彼地”的特征比较明显。

事情从“她”的捎回说起，通过“她”的三“说”搭建了一个表达的棚户。这时候，“彼时彼地”的色彩又出现了，诗人与世界的关系通过另一个人的诉说或者举措得到了体现，世界停留在一种叙述的过程中，很快要消失了，贝壳和“苔丝”也将带走最后的“彼地”(空间感)。而从读者的角度来看，这个作品以及它的作者，也是读者的世界，是更切实的“彼时彼地”。通过阅读，我会猜想一个未知的世界，并会代入昌耀的躯壳去经历那些生活的细节。世界就在一次次重新归序中显得清晰起来，但很快又将毁灭。

诗人能够捉住哪些事件？竭尽全力，有时也是枉然。作为作者的诗人表达的是“此时此地”，到了读者那儿，就变成了“彼时彼地”，想象力发达的读者可以转化为“此时彼地”。世界在这一刻发生了诸多与己无关的事情，然而这种“无关”只是短暂的，它们等待被遇见，它们沉淀在那里，随时变成一些“黑洞”，将世界拓宽。在诗人那里如此，在读者那里同样如此。我们在把握这个世界，通过个体的遭遇，借助别人的遭遇，无所谓进步，无所谓得寸进尺，时间感与空间感是不忠实的，流失的、无法体验到的，不是某种遗憾的根源。

静极——谁的叹嘘？

密西西比河此刻风雨，在那边攀缘而走。
地球这壁，一人无语独坐。
——《斯人》（1985）

对于在西北大陆的昌耀，更重要的是时间感，以及发生在同一时刻“在那边”的可能事件；而对于我来说，先是从“青海”这类背景入眼，然后来窥探“在那边”的可能事件。“事件”可以是一声叹息、一刻“风雨”。昌耀通过“此时彼地”来修饰“此时此地”。读到这种短诗，甚至仅读到“斯人”这个憔悴的字眼，我就会感觉到有人在收拾光阴，时间在消失，空间却凝聚成一个点，袁山大道、青海和密西西比河成为一体。诗人在社会中是那种“有气无力”者吗？人类这个不断转换的空间如何参悟诗人的精神含义？——带着这些问题，诗人与世界的关系才一层层剥开。通过文本书写，诗人找到了一种与世界的关系，这是一种归宿感，一种沐浴过灾难和纤细的归宿感——这是一种致命的关系！

有一天你发现自己不复分辨梦与非梦的界限。
有一天你发现生死与否自己同样活着。
有一天你发现所有的论辩都在捉着一个迷藏。
有一天你发现语言一经说出无异于自设陷阱。
有一天你发现道德箴言成了嵌银描金的玩具。
有一天你发现你的呐喊阒寂无声空作姿态。
有一天你发现你的担忧不幸言中万劫不复。
有一天你发现苦乐众生只证明一种精神存在。
有一天你发现千古人物原在一个平面演示一台共时的戏剧。
——《意义空白》（1993）

转而一想：世界真的无穷大吗？对于一个诗人来说，有必要区分成四个象限吗？——人的寿命是可以计量的，那么“空间感”是否可以计量（“计量”是一个喧宾夺主的词语）？我们的一生实际上是个常量，世界是相对稳定的有限性，可以这么理解吗？一旦这样妥协了，那么四个象限的划分就毫无意趣，说到底，诗人只说在“此时此地”，任何他人的历史和事件，其实都是自我的一种影像，如昌耀所言“千古人物原在一个平面演示一台共时的戏剧”。要注意“共时的”这个修饰词。但是，这里还存在几个条件：“有一天”（这是一种假设，比较舒服的假设）、“你”（暗示了“我”的发现，我已经领悟，我寄托于你等等）、“发现”（这是一个积极的动词，是一种行为，是有后果的行动，当然也隐含了某种发现不了的可能性）。

通过这个叫《意义空白》的作品，我们除了能够看到形式上的排比技巧，还可以设想到以下可能：1. 诗中的“你”可能就是“我”，是自我的换位思考，是自我期待；2. 从昌耀罗列的词语来看，他是直指内心的，意识到了时间的荒谬色彩，“所有”“只”“一个”和“界限”这些词语的使用，已经迫使诗歌取消象限的区分，融合成一体，地域性的敏感，是否开始走向“地狱性”的悲悯？ 3. 九个句子恰好说明了世界的有限性，到此为止，到某个预感为止，诗人认为诸多生活形态的“意义”是空白的，却是借用了具备意义色彩的诸多句子和氛围来塑造的——取消时间，却又必须在时间的范畴内进行；4. 当生活走到某种紧要关头的时候，具体的单一的事情已经不是需要表达的对象，它们甚至不是词语，世界缩小了，可是词语扩大了。

无穷的泡沫，夜的泡沫，夜的过滤器。
半失眠者介于健康与不净之间，
在梦的泡沫中浮沉，梦出梦入。
街边的半失眠者顺理成章地成了大街的看守。

寡淡乏味，醉鬼们的歌喉
撕扯着人心，谁能对他们说教仁爱礼义？
一会儿是夜归人狠揍一扇铁门。

唢呐终于吹得天花乱坠，陪送灵车赶往西天。
安寝的婴儿躺卧在摇篮回味前世的欢乐。
只有半失眠者最为不幸，他的噩梦
通通是其永劫回归的人生。
但黎明已像清澈的溪流贯注其间，
摇滚的幽蓝像钢材的镀层真实可信，
一切的魑魅魍魉暂时不复困扰。

——《大街看守》（1993）

在这里，“此时此地”的昌耀依然通过一种主观化的“对比”舒坦了内心。在第二小节中，闯入“半失眠者”的“此地”的是“醉鬼们”“夜归人”“唢呐”“灵车”“安寝的婴儿”。有些东西变得沉重了，外界和内界从此含糊不清了，他人的生活也顺理成章地构成了诗人世界的一部分，并且成为占上风的一部分。诗人只有逃离躯体，离开“此时此地”，但是昌耀做不到，当这些名词反复显现时，“魑魅魍魉”必然无视诗人贴上的“黄符”，继续“困扰”：人生、黎明、前世、噩梦等等。

说自己是“大街的看守”——这是强词夺理的。空间上占据了他物，诗人唯有通过思想的廓清来重新赢得空间。青海并非一片孤土，并非一片汪洋，何处不是熙熙攘攘，何处不是空间感侵吞时间感。在昌耀的笔下，焦虑和自我安慰是多么重要，也是如此健康！我不知道是否说清了一种看法，要探讨与世界的关系，就必须打开生活的诸多死结。个体与世界的关系是否依从于“人类与世界的关系”和“人与人之间的关系”的剖析，才能得到澄清？——这是一个有限性的话题，但是目前无法抓住它的边界。在没有捕捉到世界的边界之前，悄悄地说“世界无穷大”，不啻为一条登山小径。■

在山谷，倾听薄暮如缕的
细语。激动得颤栗了。为着
这柔情，因之风里雨里
有宁可老死于乡途的
黄牛。

感觉到天野之极，辉煌的幕屏
游牧民的半轮纯金之弓弩快将燃没，
而我如醉的腿脚也愈来愈沉重了：
走向山谷深处——松林间
似有簌簌羽翼剪越溪流境空，
追逐而过：是一群正在梦中飞行的
孩子？……

前方灶头
有我的黄铜茶炊。

——《在山谷：乡途》(1982)

有人把昌耀这首诗与美国大诗人弗罗斯特的代表作《雪夜伫马林

一次际遇就是一部心灵史
——读昌耀《在山谷：乡途》※

陈仲义

※ 原载《文学界》2008年第4期。

我依稀记得有一次与昌耀聊天，他十分难得地提及他写过的一篇没有完成的小说，其中有一个情节是小说里的人物站在火葬场边上，看着自己被焚化的骨灰从高大的烟囱里化为缕缕轻烟而浮想一生。这种怪诞的文学类型，很容易让我们评鉴为现代文学中所常常标举的“现代感”“超前意识”“荒诞性”等名目，而浑忘它久远的文脉牵连着庄子和骷髅对话的那番骇俗的想象力。之后，遥承这种遗韵而成就旷世奇文的，尚有汉代张衡的《髑髅赋》、晋代陶渊明的《自挽诗》、宋代秦观的《自作挽词》。到了离我们最近的时代，在文学中有此遗响的作家，前有鲁迅的《野草》（篇什中最著名的像《颓败线的颤动》《死火》《死后》《失掉的好地狱》《墓碣文》），后有钱锺书的短篇小说《灵感》。如果我们把视线稍稍推到域外，西方文学里此种类型的鼻祖恐怕是古希腊作家中那个以夸张变形为能事的卢奇安（早期也有翻译为“琉善”的），加上俄罗斯作家陀思妥耶夫斯基和著名文艺理论家巴赫金，他们一定会邂逅于天庭某处的沙龙，相互间素瓷静递，莫逆而笑。谈笑间，兴许会扯到梅尼普体的投胎转世，扯到拉斯柯尔尼科夫的梦境，扯到“岁月有意孕成的琴键”和《挽一个树懒似的小人物并自挽》……

昌耀先生的这种以“死后之我”审度“生前之我”的艺术思维在文本上的呈现，始于他 1987 年夏天写下的《诗章》。在这部作品的第三

※ 原载《青海湖》2010 年第 3 期。

节里，昌耀这样记录他在自家窗前观测窗外物事的情形："我一夜站在阳台监察水文，设想自己仍是披着淋湿的少年的长发，脸上的雨和泪光漫漶。我设想自己百年之后会以另一种物质形态注视我此刻站立的阳台。"在这两个"设想"中，前一个"自己"仍是阳世里的肉身，而后一个"自己"，则已是"另一种物质形态"——中国民间信仰和神秘体验里历来冠以死后世界里的"阴魂""游魂"之属。这种从"自己"中分化出观察者和被观察者两方面的方式，被著名学者钱锺书命名为诗歌造境的"倩女离魂法"。在这里我们想进一步指出，这种分离自我的精神形式，也是人的高级存在方式。杨绛在她的散文《丙午丁未年纪事——乌云与金边》中，叙及她在"文革"中经历的批斗场景时，使用的便是"倩女离魂法"：

> 我戴着高帽，举着铜锣，给群众押着先到稠人广众的食堂去绕一周，然后又在院内各条大道上"游街"。他们命我走几步就打两下锣，叫一声"我是资产阶级知识分子！"我想这有何难，就难倒了我？况且知识分子不都是"资产阶级知识分子"吗？叫又何妨！我暂时充当了《小赖子》里"叫喊消息的报子"；不同的是，我既是罪人，又自报消息。当时虽然没人照相摄入镜头，我却能学孙悟空让"元神"跳在半空中，观看自己那副怪模样，背后还跟着七长八短一队戴高帽子的"牛鬼蛇神"。(1)

这个分身而出的"元神"，正是自我分离出来的观察者，一个既寄存于体内，又可以脱身外出的存在。

这无疑是中国文学史上一种崭新的时空观和崭新的生命体验，是一种新锐的艺术美感和诗学理念。在20世纪80年代，在中国文坛正在经历伤痕文学、寻根文学思潮之际，昌耀就迈出了他矫矫不群于当时文坛的步履。翻开《昌耀诗文总集》，单看一些诗篇的题目，我们就已经能感觉到他身上的那种"众辙同尊者摒落，群心不际者探拟"(2)的

(1) 杨绛：《将饮茶》，三联书店，1987年版，第170页。
(2) 史震林：《西青散记》卷七，中国书店，1987年版。

创造力。像什么《关于云雀》《雪。土伯特女人和他的男人及三个孩子之歌》(神似惠特曼的造句法)、《古本尖乔——鲁沙尔镇的民间节日》《色的爆破》《高原夏天的对比色》(油画家式的视觉印象)、《象界》《鹜》《谐谑曲:雪景下的变形》(音乐和绘画杂糅的视听感觉)、《巴比伦空中花园遗事》《一天》《噱嗬:后英雄行状》《长篇小说》……诸如此类怪异得令我们头皮一紧、眉头一皱,脑筋急转也是一头雾水、一路迷津的诗题,不仅以一种超前的速度和悟性将我们落在刚刚苏转的文学氛围里,而且也完全颠覆了我们已有的诗歌意念(与此可堪一比的是前阵子被媒体喻为"文学鲁滨逊"的老作家木心,诗题也是异常玄怪,像什么《白夜非夜》《从薄伽丘的后园望去》《我劝高斯》《指纹考》《论鱼子酱》《论德国》《〈凡·高在阿尔〉观后》《某次夜谭的末了几句》等)。昌耀此时在文学上的大步流星,造成了我们认知上的愣怔,即使时至如今,我们还是对于他超前的文学探索,处在失语或闪烁其词的窘境里。这就好像一个不在人们期待里的跳水运动员,忽然从高台上向下坠落的过程里,完成了一连串无人尝试过的、连续旋转、空翻的高难度动作,他健美的身躯甚至压出了几近无声的微小水花,他完美的程度因为大大超出了观众和评委的预期,以至游泳场馆出现了好久都没有出现过的静场。

在我刚才随意罗列出的有限篇目里,《一天》是我这篇文章想要专门探寻的一首诗歌,它在昌耀的作品中具有多重特殊的意义。

首先,这首诗歌是一篇跨文体写作。按照诗题的语义,它是指24小时这么一个时间长度和在这个时间长度里出现的事情,这应当是以注重叙事为特点的小说所念念于心的元素,尽管我们从《诗经》时代的诗歌里就有叙事的成分,但叙事仍然不是诗歌构成的核心元素。值得注意的是,在写作这首诗之前,昌耀在1986年写下"观念超前"的诗作《长篇小说》。在这首诗的题记部分,我注意到昌耀特别引用了瑞士文学评论家、理论家沃尔夫冈·凯塞尔在《语言的艺术作品》里所表达过的在当时极为先锋、新锐的一种文学理念:"全部世界(在崇高的声调中)的叙述叫作史诗;私人世界在私人声调中的叙述叫作'长篇小说'。"这不仅暗含着昌耀把诗歌首先与散文打通、兼容,更意味着他已经把诗歌和更为广博的小说文体(德国古典浪漫美学家施莱格尔把小说视为“包罗万象的文体”）融合在一起，从而打破了文体间长期浇筑成的坚固界线，最大限度地释放了作家自由不羁的心性，摆脱了固定的文体模式对于创作思维的拘囿。这或许意味着昌耀在心里已经把《一天》视作他所期许的一种“长篇小说”，他的目的就是借助这种文体上的越界，给诗歌输入异质的元素，以便“不断增进其感官的精神性和多重性”(1)。

其次，这是昌耀想要锐意拓展出诗歌的“哲理性审美层次”（借用钱学森的哲学思想）的尝试，也是他有别于自己那些“地域诗”、单纯的抒情诗而另辟蹊径的新探索，是诗歌从传统的性情抒发向以哲学为本体的现代诗歌意识的决绝转身，是浩瀚诡异的玄思和不可象喻的抽象感觉、知解力在诗歌中日益增长的弥漫度。对此，我们发现在中国当代诗歌界习焉不察的一个现象是，昌耀诗歌的这种转型，不是一个孤例（否则，它就不可能成为一种高度合乎文学规律的创作，成为对他之后的诗人和作家有重大启示意义的创作，而仅仅是他个人的诗学旨趣）。差不多与此同时，比昌耀大 16 岁的中国现代诗歌前辈、七月派著名诗人彭燕郊，在 1984 年他 64 岁时开始了让年轻诗人叹为观止的“衰年变法”，创作了一系列中国新诗史上前所未有的诗作。彭燕郊 70 岁时发表的长篇散文诗《混沌初开》（2 万余言）、80 岁时发表的长诗《五位一体》（400 多行），也是与昌耀不约而同地朝着“哲理性审美层次”的狂飙式突进。他们一南一北，殊途同归于诗艺的现代境界，甚至于在思想、艺术、美学观念的前卫性与独创性上，乃至生命的际遇，他们竟然都有着貌异心同的高度契合，尤其在延续鲁迅先生那种通过自我反省，重新审视灵魂、审视诗歌的方式上，更是有着惊人的一致性。只是彭燕郊的诗学变革已经被诗坛和许多评论家惊异的目光所关注，而昌耀诗学变革的分量，还远远没有被人们充分地掂量和评估。

在《一天》这首诗的正文前面，昌耀加入了一段引语。用引语作为文首题词或卷首题词，这是西方作家惯于使用的写作方法。如今已有学者把引语视为“互文性手法”，指出：“引用总是体现了作者与所

（1） ［德］尼采：《悲剧的诞生》，周国平译，三联书店，1986 年版，第 365 页。

读书籍的关系，也体现了插入引用后所产生的双重表述。引用汇集了阅读和写作两种活动于一体，从而流露出了文本的写作背景，或者说是为完成该文所需的准备工作、读书笔记以及储备的知识。”(1) 昌耀加入的这段引语，已经进行过简约化的处理（只截取了最末的一句），这段帕斯卡尔的片断体文字完整的表述是：“我要同等地谴责那些下定决心赞美人类的人，也谴责那些下定决心谴责人类的人，还要谴责那些下定决心自寻其乐的人；我只能赞许那些一面哭泣一面追求着的人。”它的出处是帕斯卡尔的《思想录》。作为17世纪的一位旷世奇才，帕斯卡尔在他39岁短暂且病弱的一生中，在哲学、数学和物理学等领域都有卓绝的建树。他的哲学迥异于其他哲学家的地方，就在于他的哲学是在人的悲惨境遇里探明出路的一种哲学，是带着体温、身心痛楚感的哲学，这样的特点，在昌耀的大诗歌观里，一定会被指认为是生命的诗篇。在人类精神的相互欣赏与认同中，我们可以说，那异样的生命存在，其实在更高的形式上，是彼此的另一个自我，这也就是昌耀引用帕斯卡尔思想的深衷。这个引语的另一个功用，是暗示着这首诗具有通常的抒情诗难以负荷的沉甸甸的“思想”。

“今天终于是一个痛快的日子”这个诗句，在诗中以重复的形式得以强化。“痛快”一词，在长期的使用当中，原本暗含着的双层含义，被约定俗成地简化为只是表示积极情绪的“高兴”“畅快”之意。而昌耀在这里使用它的时候，这个词语的“单声”性已经还原为具有丰富语义指涉的“双声”性。其实在写这首诗之前，他在1991年写给诗人赵红尘的《红尘寄序》里，就已经使用拆解词语的方法，使其原本混含的两意，在惯常的单一意指中重新恢复了多义性：“痛快，人生岂能无痛，痛则快矣，不痛则不快。”这种杂糅情感，在语言中多有表现，譬如有一个“切口”（指一个阶层——如贼、乞丐——所经常使用的特殊而秘密的词汇，也用来指帮会或某些行业中的暗语），把我们常常表达的“哭”，叫作“着水笑”，这个意象虽然怪诞、诙谐，但在意表之外反映出底层人对这种复杂情感的洞察。明代画家八大山人在他的题款上把“八大山人”四个字草写成类似“哭之笑之”的视觉效果，也是

(1) [法]蒂费纳·萨莫瓦约：《互文性研究》，邵炜译，天津人民出版社，2003年版，第37页。

头绪诸多的现代生活的快节奏总是使人感到躁动不宁与变幻莫测。有许许多多的焦虑。有许许多多的渴望（包括人自身的超脱）。一方面，惑于人的主体意识日渐沦丧，一方面又期求瞬刻的对一切的把握与洞察。在这样的心境中寄情于艺术的人们日益不耐于传统的叙事与抒情及实用功利的说教（哪怕是侃侃而谈），他们首要的是审美的真诚与审美表达的和谐，是理解，是审美悟性的满足。是钱学森教授称之为表达了"哲理性的世界观的层次"、可与个人的"世界观合拍"的"美"的追求。惟进入此一哲理性审美层次，美的本质特征作为人的本质力量的对象化才有可能充分展示，人的自我实现才具可能。惟其如此，才是本来意义的"美的艺术"。以追求"现代感"为"意识觉醒"而寻求通向世界之路的艺术探索者们正是着眼于这一"最高层次"而给予抽象美与艺术的抽象以前所未有的关注。"美的艺术"正是他们急于攀摘的果实。时代本身已造成了这种默契：惟如此才合情合理。时代与历史也确实具有某种默契，美之为美自具一定规律，不然，我们何以惊异于人类远祖分处大洋两岸、赤道南北，各不相属，却不期然而然地创造了形制相仿的舟车或彩陶。[1]

这个"哲理性审美层次"，是我们阐释《一天》的前提。但这还不够，我们还必须联系他在1990年致李万庆的一封信中勾画自己创作历程的简略轮廓时表露的创作理念："长期以来，我多习于从一个角度去认识对象，习于寻找惟一的答案，习于直观的形象感受，习于语言的沉稳、确定，习于推理性表现，习于写实，等等。对此惯性的'突破'，是伴随着一个时代的到来而到来，惟其如此也才不无价值。是意识到人不仅作为群体存在时才有价值。是文学的自觉。是共生态下的日渐变小的地球在人们心理层面造成的焦灼投影。是对于一种大化淳流境界的憧憬。是这种回归遥遥无期引发的不可耐受的浮躁，等等。因之，我已不太习于从一个角度去认识对象，不太习于寻找惟一的答案，不太习于直观的形象感受……等等。但若称此变化为艺术观念的

(1)　昌耀：《昌耀诗文总集》，青海人民出版社，2000年版，第396页。

进步又莫不使人感到茫然？一切惟在立足于生活感受之上的兼取与匠心独运，惟在个性、意绪、情调的和谐及具有的感染力，而勿论中外今古传统现代。”

如此的诗学自白，“是文学的自觉”，是个体意识对复杂社会形势的深度观照和精敏的感应，是个体意识对社会变革中出现的社会危机的警觉，这种艺术观念既让昌耀在诗歌创作上萌生了层出不穷的新意象、新意境，也让他的诗作与整个现实的多样性和复杂性有了极具深度和美感的映照。昌耀自述里对种种惯性的“突破”，使他成为中国当代作家中臻及优异表达质量的少数作家之一，大多数作家之所以裹足不前，之所以难有革故鼎新的“突破”之举，就是因为他们一直未能疗治他们思维深处的一种痼疾。这种痼疾，被学者王晓明在他著名的《90年代与“新意识形态”》一文中剖析得清楚极了：“中国人本来是擅长精微和复杂事物的民族，可是，由于近代以来社会和民族危机的持续刺激，更由于50年代以后国家对人的精神生活的严密整理，还由于80年代中期开始，鄙弃精神爱好、偏重物质利益的风气愈演愈烈。各类普及教育和高等教育纷纷倾向应用和技术学科，人文教育迭遭砍削，90年代中国人的精神生活是越来越粗鄙化了。除了金钱和时尚，别的都没有兴趣，不读诗歌，不习惯沉思，稍微抽象一点的东西就看不明白，甚至迎面遇上了美妙的事物，他都毫无感觉——这样的精神和心理状态，在今天的社会中非常普遍。而这种精神粗鄙化的一个严重的症状，就是那种简单机械、非此即彼的思维习惯在我们中间肆意蔓延。”(1)

在世界文学的范畴里，这种“不太习于从一个角度去认识对象，不太习于寻找惟一的答案”的思维，和陀思妥耶夫斯基的那种“共时并置”的艺术视觉和体验，遥相暗合。根据巴赫金的研究：“陀思妥耶夫斯基善于在同时共存和相互作用之中观察一切事物的这一不同凡响的艺术才能，是他伟大的力量之所在，……这种才能使他对此刻的世界有着异常敏锐的感受；在别人只看到一种或千篇一律事物的地方，他却能看到众多而且丰富多彩的事物。别人只看到一种思想的地方，

(1) 《中国大学学术讲演录》，广西师范大学出版社，2002年版，第159页。

他却能发现、能感触到两种思想——一分为二。别人只看到一种品格的地方，他却能从中揭示出另一种相反品格的存在。一切看来平常的东西，在他的世界里变得复杂了，有了多种成分。……在每一个现象上，他能感知其存在着深刻的双重性和多种含义。……封闭于这一多样展开的一瞬间，并且停留在这一瞬间之中，使这个瞬间的横剖面上纷繁多样的事物，各显特色而穷形尽相。”[1]《一天》的结构艺术，正是这么一个“多样展开的一瞬间”。

第一节里出现的第二个句子，是让整首诗里的时空陡然间阔大、悠远起来的一个具有心脑功能的句子。按照通常的情形，节庆是具有神圣性的集体时间，是个人把原本属于私人的生活时间，转化为一种社会群体的、共同分享的公共生活的时间，这是一切节庆的特点和功能。而正是这句“自虐的人秉烛夜咏独善其身”，使诗中的诗人得以从众人的氛围和节庆的场合分身而出，他的整个世界早已从此刻分心，而旁骛于另外的天地。这决然是诗人有意的选择，尽管他在第五节里佯装着如此陈述：

今天是一个弃旧迎新的日子，
面粉是新麦碾磨，香油属于头年的芝麻。
糟糕的是我将仪轨完全忽略，
没有聆听金鸡报晓。
我在山岳凭吊失声的万马。

对节庆“仪轨的忽略”，意味着昌耀在他的意念里并没有把“这一天”（春节）体认为一个世俗意义上的特别时刻，因此在“这一天”（春节）莅临的时刻，诗人竟然还在深宵“秉烛夜咏”。“秉烛夜咏”的意蕴，应当是从古人“秉烛夜游”的表述中化来的。在古代的语境里，无论是像《古诗十九首》里表述的“昼短苦夜长，何不秉烛游”，还是像李白《春夜宴桃李园序》里感慨的“夫天地者万物之逆旅也，光阴者百代之过客也。而浮生若梦，为欢几何？古人秉烛夜游，良有以也”，其

（1）［俄］巴赫金：《陀思妥耶夫斯基诗学问题》，白春仁、顾亚铃译，三联书店，1988年版，第62—63页。

显豁的意思都是在颂扬“及时行乐”的人生观，而昌耀却把“秉烛夜游”改换为“秉烛夜咏”，一字之易，已经暗示出一个夜不能寐的苦吟诗人的形象，这还不够，他又给这个“秉烛夜咏”的诗人形象冠以一个反讽意味的限定：“自虐的人”。自虐，本有着消极的意味，可是和“独善其身”关联起来，又生出清高、淡泊、脱俗、洁身自好等等道德品性。《孟子·尽心上》里就提出了“穷则独善其身，达则兼善天下”的儒士处世法则，吴宓先生曾在他的《雨僧日记》里，节译柏拉图《理想国》的一节文字来阐释“穷则独善其身”：

> 君子生当率兽食人之世，固不同流合污，偕众为恶，而亦难凭只手，挽既倒之狂澜。自知生无裨于国，无济于友，而率尔一死，则又轻如鸿毛，人我两无所益。故惟淡泊宁静，以义命自安，孤行独往。如此之人，譬犹风洞尘昏、飞沙扬石之际，自栖身岩墙之下，暂为屏蔽。眼见众生沉沦不可就医，而若吾身能独善，德行终无所玷。易箦之时，心平气和，欢舒无既，则亦丝毫无所憾矣。(1)

从吴宓的这节批识中，我所独赏的是其中包含的“独善之勇气”，或者说“孤独的勇气”。历史上，凡是成就自己为健全、清醒、刚健的个人者，莫不以离亲叛众为人生的道途，因为据社会学家的研究，个人一旦进入群体，他的个性便会被湮没，群体的思想就会占据统治地位，而群体的行为往往表现为情绪化和低智商。(2)

昌耀诗性智慧的矛盾性，一方面在于他深悉“迄今为止的现代人还毕竟免不了终是一个‘政治的人’，还要依赖着身外的精神价值，寻找‘集体性的社会’以安身立命”（《读书，以安身立命》）；一方面他又“意识到人不仅作为群体存在时才有价值”，常常“遁逃的萌动渗透到血液”（《迷津的意味》），他正是屡屡以精神的逃逸而别开人生和人性的另一空间，以精神的逃逸抵抗庸鄙、麻痹的人心，他要以此赎

(1) 吴学昭：《吴宓与陈寅恪》，清华大学出版社，1992年版，第8页。

(2) 参见[法]古斯塔夫·勒庞：《乌合之众》，冯克利译，广西师范大学出版社，2007年版。

回的，是时间中孕成的那个真实的自我，那个还用人性的灵光探照着人世悲欣的自我，一句话，他要打捞起沉溺于人海的那个单个的人的价值。

按照通常的写作路数和昌耀自己的文化积淀，这首诗因为涉及春节这个与神话、传说、信仰、风俗娱乐相交织的时间纽结，他可以穿插、编织绵密而深郁的历史、人文意象，而昌耀这一次并没有进行如此冗长、宏大的铺陈，甚至也没怎么去发动他那磅礴、辽远的社会学、民俗学式的想象力，他牢牢抓住的，只是作为个体存在的自己在生命历程里所经历的那些刻骨铭心的瞬间，那些目击心验的"心灵的急就篇"，那些心血来潮时跃然纸上的理性锋芒。为了呼应一种崭新的思维方式——"期求瞬刻的对一切的把握与洞察"，昌耀在这首诗里使用了当代诗歌里罕见的时空压缩技术，也就是他自己发明的"将痛苦的时空压缩"为"失去厚度的'薄片'"（《我的死亡——〈伤情〉之一》），其结果必然是文本密度的不断增强，仿佛一块小小的存储卡对庞大信息的集纳和浓缩。正像卡尔维诺在读伏尔泰的小说《老实人》时，发现这部作品令人激赏的地方在于它的节奏："一系列不幸事故、惩罚和屠杀轻快地在书页上奔驰，从一章跳到另一章，不断分岔和繁殖，……使读者感到一种神采飞扬和野性的原始生命力"(1)一样，我们在阅读这首百行诗歌的过程中，脑海里纷至沓来的是酒宴、目遇街头烧伤毁容的乞丐、远行西天、在蛮荒之地遭受鹰隼袭击、弗兰西喇嘛的传奇经历、歆羡溪边修行的藏传佛教僧侣、传授自律秘诀的"隐身人"、大寒早晨在街心值班的交警、大街上涌动着的去"海上游泳的人们"、城市中为节庆活动吹奏的少年仪仗队、酒宴上的交谈、重历鸭绿江清川江奔赴三八线的经历、充满温馨的跳木马往事、母亲为幺妹的生路求情于农妇、公园里牵着气球游园的孩童、彼得堡飞雪的大街上耶稣和十二门徒随着诗人勃洛克的红旗行进……这使这首诗在艺术结构方面的诗学理念以及特质上，竟然和陀思妥耶夫斯基的小说思维惊人地不谋而合，因为"陀思妥耶夫斯基酷爱人物众多的场面，希望在一时一地汇集起最多的人物和主题，虽然常常违反实际上的真实

(1)　[意]卡尔维诺：《为什么读经典》，黄灿然、李桂蜜译，译林出版社，2006年版，第117页。

情况；也就是说要在一瞬间集中尽可能多样性质的事物。也由于这一点，陀思妥耶夫斯基努力在小说中遵循戏剧的共时原则；又由于这一原因，才出现令人瞠目的情节剧变，'旋风般的运动'，陀思妥耶夫斯基的流动感。流动感和快速在这里（其实在哪里都如此），不是时间的胜利，而是控制时间的结果，因为快速是在时间上控制时间的唯一办法"。[1]

在昌耀式的"流动感和快速"里，毫无疑问，他吸收和运用了意识流的某些手法，并把这种用内省来探索心灵的方法，恰切地糅合到诗歌创作里。更为重要的是，他以他的生命体验、他的直觉，卓越地演绎了法国哲学家亨利·伯格森所提出的"心理时间"学说。根据伯格森的思考，人类对时间的理解可以有两种不同的概念：一种是常人理解的传统时间概念，即"外部时间"，而另一种则是"心理时间"，即"内部时间"。这种时间是现在、过去、将来各个时刻的相互参与和渗透。在人的意识深处，外部时间并不适用，只有"心理时间"才有意义，因为人的意识深处从来就没有过去、现在、将来的先后次序和明确的时间分界线。这样，他就能够不受物理时间及其钟表标示的时间顺序的羁绊与约束，而一任各种思绪、印象、感觉、回忆和梦幻浮跃于自己的意识屏幕，并极力使这些绵延不绝的意识互相渗透、彼此呼应，使其向四处辐射，呈现出一片纷繁复杂、光怪陆离的景象。

"……一切分离开来的遥远的东西，都须聚集到一个空间和时间'点'上。正是为此目的才需要狂欢体的自由和狂欢体的时空艺术观。"[2] 巴赫金为陀思妥耶夫斯基总结出的这个特点，同样适用于昌耀的这首诗，而且，狂欢体的时空艺术观，使这首诗呈现出开放性结构：由目力所及的现实世界，自如转移到由精神活动、记忆、意识流动、时空转换、联想法构成的心智活动的高级领域里。它所具有的一个充满悖论的结构功能是：一方面，它完成了对时空的一次高度浓缩——"千年不过一瞬"；另一方面，它又把狭小的、限度为一天的时空场景以密

(1) [俄]巴赫金：《陀思妥耶夫斯基诗学问题》，白春仁、顾亚铃译，三联书店，1988年版，第60页。

(2) [俄]巴赫金：《陀思妥耶夫斯基诗学问题》，白春仁、顾亚铃译，三联书店，1988年版，第247页。

植事物的方式，拓展为一个跨度极大的时空场——“一天长及一生”。于是，昌耀在他的时空艺术观上，独自攀缘在具有高度辩证性的哲理境界，这就是《一天》这首诗的核心价值。

在这个以时间为主题的诗中，其实还潜伏着一个同样深刻的主题，那就是一个人如何在物理时间的拘役中解除它的魔力，实施一次别有用心的时间遁逃术，也就是昌耀自己命名的“瞬间逃亡”。在之后（1994年）写下的《享受鹰翔时的快感》一诗里，昌耀明确揭示了他生命诗学里的这个重要特征：

痛快的时刻，一个烤焦的影子
从自己的衣饰脱身翱翔空际。
我，经常干着这样的把戏，
巧妙地沿着林海穿梭飞行。
…………
我感觉自己是一只蹲伏在花盆的鹰。
我不想为自己的变形狡辩：这是瞬间逃亡。

正如前面我们已经指出的，昌耀佯装“完全忽略仪轨”的表述，是他实施这种“瞬间逃亡”的一个心理学前提，有了这个前提，他才能由此及彼地让意识世界开始它的漫游，他才能掰开某个时间的裂隙，让若干枚在通常情形下无法凑巧吹落到这个裂隙里的精神物种，有了进入裂隙的可能。他为此创造了精神世界的一项奇迹：不单单让若干枚物种迅速地植根于裂隙，而且，它们竟然像超高速摄影下的物种，获有了迅速吐叶、展枝、开花、结果的骤变过程。不断填充的时间裂隙，使时间线性的流速减缓，仿佛时间的河水在狭窄的地段猛然加剧了的流速，却在陡然展宽的辽阔河床上缓慢流淌起来一样。

尽管时间的逝水一刻都难以停顿，甚至像李白喟叹的那样——“抽刀断水水更流”，诗人昌耀还是执拗而又逸兴遄飞地锻造了属于他的时间刹车，他深悉这种内心的自由可以在审美王国里得到最大限度的允诺。回到《一天》的文本内部，回到它的语词层面，我们很快就能找出昌耀控制时间野马的那条刹绳，这就是在百行诗句里频频牵引诗人和读者“闪回”的那个连词——“但是”。他的几次“时间的逃离”，都是用“但是”这个表示转折的连词作为语义搭接和语义转轨的标志。细细揣摩“但是”一词的意蕴，我发现它就像诗人脑海里的一股湍流，急促、唐突，甚至带着少许的暴戾和被突发的意念劫持后随遇而生的顺从。这让我觉得它在本质上，跟我们手里抛下的骰子、纸牌太相像了：在短暂的瞬间，让你的运气急速剧变，忽升忽降，忽背忽顺。也就是说，“但是”在这首诗里的修辞功能，已经从快速的转向中脱胎换骨为一种特殊的心理时间——只有这种特殊的心理时间，才能够打破线性的时间和线性的思维给人们预设、既定的种种结果。西班牙“超现实主义”电影大师布努埃尔喜欢在看上去很普通的画面上，陡然转接上一个“突然拉近，呈现出令人吓一大跳的细节”（卡洛斯·富恩斯特语），这是电影里的“但是”修辞法；诗歌里，用这种方法最优秀而又最轻巧的诗人，就是元代著名戏曲作家马致远，他的《天净沙·秋思》就如同一个有关“秋思”的MTV。他的头一组镜头“枯藤老树昏鸦”和接下来的第二组镜头“小桥流水人家”，是整个作品里无论在色调、情调上都衔接得极为突兀的部分，也就是说，如果按照正常的意识流程和我们经验里常有的接近联想，后面的什么“古道西风瘦马”、“西下”的“夕阳”、远在天涯的“断肠人”诸般意象，都是头一组镜头基调规限下“必然”牵引出的画面，唯独第二组镜头，看上去好像是与全诗最不搭界、最不和谐的一个镜头，我以为这就是马致远发明的一个隐匿了的“但是”修辞法，他高明的地方，就是他在他的意象结构中，融入了形成事物对照和反差的两极元素（譬如衰朽、伤感、凄凉与生机、温馨、明丽）。而昌耀，则是从“肥羊佳禾美食，鼓乐吹歌吟诗”的喜庆中掉转他的镜头，愣是让一连串不在“此时此刻”的人生遭际，斜刺里插入到“此时此刻”里来，意在让这“一天”的成色斑斓起来、驳杂起来，让人生的诸相，让百感交集的自我印象，充满戏剧感地聚拢到“一天”的人生舞台上，唱、念、做、打，一面哭泣，一面追求。

想想看，中国文学、中国艺术里的经典之作，很难有不使用以乐景写悲、以悲景写乐的反衬手法的，《一天》亦莫能外，这在清代学者王夫之的《姜斋诗话》里已经被总结为一条造艺的原理、美学的原理：

"以乐景写哀，以哀景写乐，一倍增其哀乐。"现在，我们在欣赏了昌耀的《一天》这首诗之后，更应当把这条原理抬升到艺术哲学的高度。

读来读去，让我耿耿于怀的，还是昌耀在这首诗最后结晶出来的时空观："一天长及一生，千年不过一瞬。"百般寻味，我终于咂摸出它的一点隐义。在这种既可浓缩又可折叠的、不可思议的"时间"里，时间随意循环往返、自由串联，完全失去了它的恒常性、稳定性和方向性。在这样的时间形式背后，定当蛰伏着诗人昌耀用生之艰辛兑换来的一种强烈的心灵体验，这就是构成他时空观内核的循环论历史观。若要申明这一点，我们就得把这首诗放置到昌耀诗作中涉及时空观主题的所有相关表述里，借助开放性的循环阐释法，方能彰显出它的微言大义。限于篇幅，我只能挑选若干具有代表性的作品片段：

《眩惑》："我们降生注定已是古人。/一辈子仅是一天。"

《〈命运之书〉自序》："我觉得天地真小，人生舞台可望充当的角色似也不外乎梨园弟子扮演的生旦净丑诸种行当，果真是千古一式，绝少变化，难得'陌生化'。因之，从来的出路也仅只是一条，即便称之为溘逝也罢，称之为化鹤、登仙、圆寂、涅槃、'无可弥补的损失'也罢，总归是那一条路。"

《人：千篇一律》："人，意味着千篇一律。"

《意义空白》："有一天你发现千古人物原在一个平面演示一台共时的戏剧。"

《呼喊的河流》："生活，就是一台在这样的河岸/由着不敢懈怠的众人同在一匹奔马肩背完成许多高难动作的马戏，惊险、刺激而多辛劳。"

《哈拉库图》："所有的面孔都只是昨日的面孔。/所有的时间都只是原有的时间。"

《河床》："我在每一个瞬间都同时看到你们。/我在每一个瞬间都表现为大千众相。"

以上诸例，均以共时性的观察，反映出昌耀在时空观上所具有的循环论历史观的鲜明基调。在现代文学史上，同此怀抱，发为先声的，恐怕只有鲁迅先生。我们不妨回过头去倾听一下他在20世纪前叶预先发出的这种声息：

> 史书本来是过去的陈账簿，和急进的猛士不相干。但先前说过，倘若还不能忘情于咿唔，倒也可以翻翻，知道我们现在的情形，和那时的何其神似，而现在的昏妄举动，胡涂思想，那时也早已有过，并且都闹糟了。
>
> 试到中央公园去，大概总可以遇见祖母得着她孙女儿在玩的。这位祖母的模样，就预示着那娃儿的将来。所以倘有谁要预知令夫人后日的丰姿，也只要看丈母。不同是当然要有些不同的，但总归相去不远。我们查帐的用处就在此。
>
> ——《华盖集·这个与那个》

> 试将记五代、南宋、明末的事情的，和现今的状况一比较，就当惊心动魄于何其相似之甚，仿佛时间的流驶，独与我们中国无关。现在的中华民国也还是五代，是宋末，是明季。
>
> ——《华盖集·忽然想到》

这种共时性的体会、循环论的历史眼光，最大的功能就是直接把过去、现在和未来的诸般情形像滚筒式搅拌机一样，将它们混杂着搅拌在一起，匀净地混成一体。这也就是构筑文体繁复特征的“建筑术”。同时此般眼光，也是人所发明的认知社会的一种思维模式——借助揣摩以往发生过的事情，来推演、预测将来的情形。这种历史循环论源远流长，《周易》早就总结出“察往知来”的观察方法，王羲之有名的《兰亭集序》又演绎出“后之视今，亦犹今之视昔”的历史观，它们最终成为我们书写历史、阅读历史最重要的依据和目的。若是追溯其思想、观念的根源，当是起源于中国人对周而复始的自然现象的观察和反思。在公元前800年到公元前200年的古印度人、古希腊人那里，也都有着与中国的历史循环论深刻相似的智慧。这就像那地上的道路，先前无数的人走过，后来的人接着也会沿着已有的辙迹踏下他自己的屐履印痕。未来的人，只要不是过着云上的日子，还得在那道路上步武而行。

像鲁迅这样充满历史感和批判力的作家，不会就此醉心于历史的循环往复、翻来覆去，我们只要仔细咀嚼这两处文字所表述出的“循环历史”，就不难发现鲁迅早已将反讽的意识灌注其中，也就是说，经受过进化论思想浸染的鲁迅（如他在《华盖集·这个与那个》中所言：“Le Bon 先生说，死人之力比生人大，诚然也有一理的，然而人类究竟进化着。”），已经在这种历史的“循环”中，体味出了另一种声音：循环意味着迟滞不前，正像驴子绕着磨盘“圈地运动”一般。这层义谛，也被后来的才俊钱锺书先生了然于心。《围城》中正是以如此义谛描写方鸿渐留学回到自己家乡时的感觉的：“方鸿渐住家一个星期，感觉出国这四年光阴，对家乡好像荷叶上泻过的水，留不下一点痕迹。回来所碰见的还是四年前那些人，那些人还是做四年前所做的事，说四年前所说的话。”

可以说，这种反循环论的历史观，是对历史循环论的一次深刻扬弃。鲁迅、钱锺书这一代知识分子身处新旧交替的时代，在内心体验里，一面会从循环论里汲取观世的智慧，一面也会厌烦社会现象和社会积弊的积重难迁、僵化不变。从传统文化里，他们自会从《周易》“天行健，君子以自强不息”的思想里，寻找到他们革故鼎新、不断别开生面的内驱力。从跨文化的精神交流中，他们无疑从19世纪西方哲学家、思想家斯宾塞、马尔萨斯和海克尔之辈倡言的社会进化论思潮中，吸吮到劲健的思想汁液。正是这种东西方思想的交融，让他们的所思所言，显示出异常波谲云诡的精神奇观。

回过头来稍作比较，鲁迅、钱锺书、昌耀，在年龄上有大小之别，在地域上分居南北之疆，可是他们走上“历史舞台”的时间，基本上共处于20世纪这个风云激荡的百年历程。尽管他们所面对的具体历史情境、个人遭际不尽相同，可是他们所面对的生存时代，却显示出惊人相似的特质，这就是多元性、复杂性、复调性。为此，他们才会以各自的才智、秉性、洞察力，在不同的知识、审美领域，寻找和构建与多元性、复杂性、复调性时代相对应、相感应的艺术思维、对话方式。可以说，他们在这一方面的探索，为我们当下乃至未来相当长的时间里的文学创作、艺术思维，埋下了可以不断前伸的路途。

昌耀的《一天》给我们留下了偌大的阐释空间。这使我们对经典性的作品增添了别样的理解，也意味着经典性作品是我们在文学史和作家的写作史中反复梳理、筛选出的一种选择性结果。其中，在表达的质量上，经典性显示了表述的深刻、描画的精微。在主题和题材类型上，经典性又意味着极大的丰富性和再生性。同样，我们还应当看到，经典性还应当包括某件作品的不完善性，依据我们阅读的经验和具备的某些常识，即便是一部精致的作品，也无法达到完美的极致，这是作家在艺术智慧上充满宿命的局限，有了这个局限，才能孕成渐入佳境的创作历程。一言以蔽之，创作和作家的意识活动，都处在开放的状态里，谁也无法一次性地企及至善至美的境界。《一天》这首诗不完善的地方，择其大者来讲，就是它哲理性表述的结尾。“一天长及一生，千年不过一瞬”的概括，确实是直接反映了昌耀的时空观，也反映了他在诗歌创作上的一个特点：每每在激情的浓度趋近饱和状态时，他便喜欢在诗歌的某些段落里，把抒情转换为极具形而上意味的感慨，像这首诗的结句，像《慈航》里反复咏叹的“在善恶的角力中／爱的繁衍与生殖／比死亡的戕残更古老、／更勇武百倍”等诗句便是例证。从真正的文本角度和阅读的角度来说，这样的表达，带着一种完结了意义使命的味道，它斩钉截铁，像所有的格言式写作追求“最后的表达”，像炽热的思想把重量和体积铸模为铸件。这种表述事实上将中国传统文学中最为精髓的意象表述，由双向回环的映照关系，转向舍象取意的单面观照，此种表述在达到高度凝练、高度概括的意义纯度时，恰恰也就把最为微妙、朦胧的各种潜含、包蕴的意味，由于高度的提纯而过滤得一干二净，如同把活蹦乱跳的鱼风干为标本。北岛当年《回答》一诗里的名句“卑鄙是卑鄙者的通行证，高尚是高尚者的墓志铭”早已被镌刻在诗碑上，可是在今天看来，它更像是铿锵有力的口号，而不是诗句。借用钱锺书的诗论来品评，它们“……虽是名言，无当诗妙，以其为直说之理，无烘衬而洋溢以出之趣也”[1]。一切名言、警句、格言、哲理诗句，无非要追求一个“理趣”，而要按照文学的思维来考衡，“理趣”的理想状态当是“理之在诗，如水中盐、

(1) 钱锺书：《谈艺录》，中华书局，1984年版，第227页。

蜜中花，体匿性存，无痕有味，现相无相，立说无说。所谓冥合圆显者也”[1]。昌耀以这么一句“理词”结尾，其实暗含着诗人激情的骤然衰歇，也暗含着诗人在编结这样一个具有开放结构的诗篇时，在创作的内在情境上所遇到的那种不知如何是好的尴尬，那种受到内在规定逻辑拘囿时多多少少表露出的局促。所以，每次阅读到这个结句，我都无法抹去浮到我意识里的一种唐突感和智性的无奈感。曹雪芹自己不能完成《红楼梦》，不能仅从生命时限和他身体状况的羸弱上去理解，而从这样的存在体验上，从哲理性的高度来理解，才是直捣巢穴的路径。

庄子说：“吾生也有涯，而知也无涯。”苏东坡说：“逝者如斯，而未尝往也；盈虚者如彼，而卒莫消长也。”威廉·巴雷特说：“我们的有限性主要在时间中宣露它自己。我们存在着，如果从词源学上来看待存在这个词的话，其意思就是，我们站在我们自己之外，一方面对存在展开，同时又处于存在的开阔的垦殖地里；而这既发生在时间中又发生在空间中。”海德格尔说：“人是一个有距离的生物：他永远在他自己之外，他的存在在每一瞬间都向将来敞开。将来是‘尚未’，而过去则是‘不再’；这两个否定——‘尚未’和‘不再’——贯穿他的存在。它们就是他的有限性在时间上的表现。”[2]

附录：

在当代诗歌中，以《一天》同题作诗而俱享诗名的，尚有长沙诗人匡国泰。1990年他凭借组诗《一天》夺得台湾“屈原杯”诗歌大赛一等奖。他在谈及创作这首诗的体会时说过：“我最初的感觉是，用一天的时间来切入，人的一生可能有很多天，但真正说起来，就是一天的重复……我也就是想通过一天的感觉，来探索时间的一个谜。”

他的组诗《一天》以中国古老的十二地支纪时法组构为十二组相互独立而又互有纠结的时空。两诗相较，昌耀之诗显得更为宏大、开阔，具有更鲜明的流动感（随意拆分、缠绕时间的片段），现代感远远

(1) 钱锺书：《谈艺录》，中华书局，1984年版，第231页。

(2) [美]威廉·巴雷特：《非理性的人》，段德智译，上海译文出版社，2007年版，第243页。

超过匡国泰之诗；而匡国泰之诗的时间意识是整体性的，是沿着时标顺序行进的，远未谙悉“心理时间”的奥妙，所以其意象简朴、琐细，局限于山乡空间，在慢腾腾的节奏里跃动他的一点诗意的灵光。昌耀之诗，诗思开合已臻大境，更具有哲理性和心理体验的深度和高度。可是世人对这两首诗的价值评估，呈皎然可识的云泥之别，在我们画地为牢的眼界里，尚未对其产生公允的评价。对匡国泰的推重，让湘籍作家何立伟惊叹起来：“匡国泰被严重低估，黄钟毁弃瓦缶雷鸣。”还有一位甘肃天水市的教师发表博客文章说，匡诗早已超越乡土诗的概念和地域特征，也超越了昌耀等人以及孔孚的山水诗的局限性。前一句还算中肯在理，后一句将其跟昌耀的诗相比较，已经是不折不扣的肤廓之见，已经是蚂蚁爬上一座小土丘，就在那里开始激动地吟哦“一览众山小”了。

2009 年 10 月 29 日至 2010 年 1 月 30 日偷闲而作■

第四辑

空谷足音

一、您对我国西北地区文学创作的总体状况如何评价？您认为西北文学创作目前存在的主要问题及其原因是什么？

昌耀（中国作家协会青海分会）："新时期"的确立为"新时期文学"的创建提供了存在的基础、理由与发展前景，六年过去了，在这样一个耀眼的背景下我们终究感受到了这一新文学在西北地区的发展态势，从中我们似乎还隐隐察觉出了某种具有流派倾向的"西部文学"的醒觉。尽管这一境界很像古人诗句所云："草色遥看近却无"，但这也恰恰是春草初萌的真景色。

对于你所称的"主要问题"，我还把握不准，不如谈谈题外的一点感想。近年来，以我之鲁钝也悟到了某种规律性的东西，而心向往之：一地区文学繁荣的程度总与该地区的思想活跃、民主气氛有点关系。同样，一作家所具之思辨头脑、情趣、视野、胸怀……总会投影于他的创造。很难设想一个与作品的平庸作着不懈抗争的作家竟会拒绝与时代同步。因之，我常感慨于闭目塞听、见识短浅、麻木不仁、得过且过、蝇营狗苟……山羊放屁绵羊不服……

二、提倡"西部文学"的声浪近来日见高涨。您赞成这种提法吗？您认为"西部文学"的基本美学特征是什么？

昌耀：一个被某种不约而同的共同审美心理所作用的、融会了

"西部"色彩、个性的文学是极有意义的。这一倡导正反映了人们的"西部热"、对现有文学变革的不满足。"声浪"较之前确实高了一些，从者亦非寥寥。在我们惊叹于时代的生活方式、伦理观念、价值准则……正发生着巨大变化的今天，文学岂会甘于寂寞？那么，我们不会认为"西部文学"与"西部地区的文学"是属同一内涵的概念吧？前者作为流派，它的外延总归要狭窄得多。它又是自然而然形成的，热心的倡导能否奏功更取决于它的自然趋势。因此，我们现在所论及的"西部文学"仅是以它的萌动状态作一推说（不如说是构想）。

我这样理解："西部"不只是一种文学主题，更是一种文学气质、文学风格。而且，不能不强调"西部"的"当代"概念。

我所希望的"西部文学"自然首先是指植根于大西北山川风物及其独特历史、为一代胜利的开拓者乃至失败的开拓者图形塑像的开拓型当代文学。但为什么一定不是"乡土文学"？如果说后者意味着一种封闭型的创作路子，我宁可主张"西部文学"是文学的一种时代精神。它敏于对一切变革作出反应。它必然具有新的艺术眼光、新的审美形式，并相信能给予人以新的审美感受。它睥睨一切的虚假（最可憎莫过于感情的虚假）、凝滞、程式化……它的存在可为中国当代文学宏构增添姿态、锋芒、锐气。其所展示的魅力应是无可替代的。

三、您认为"西部文学"的格局是否正在逐步形成中？其发展趋势、前景如何？原因何在？

昌耀：从"文学气质"的亲缘关系考虑，将西藏及其原西康的一些地区囊括于"西部"范畴也许是合适的？若如此，我觉得"西部"文学的格局在新诗领域或许才见端倪。新疆诗群、富有潜力的西藏新秀……已为文坛留下了印象。他们各自以诗遥相呼应，有"认同""归流"的愿望。目前有几个省区的文学期刊争相以"西部文学"为号召，这足以说明问题。前景如何，时间将会作出合理判断，但至关重要的还是出作品、出人才，倡导者的宣传鼓动仅可为媒介而已。

四、您到过西北吗？您认为所谓"西部精神"主要表现在哪些方面？它与民族精神、时代精神有何关联？为了表现这种"西部精神"，您认为是否应当寻找一种最适合于表现它的新的创作方法？

昌耀：我19岁投身西北青海，于今将届半百，我于大西北的感情不可谓不深厚，大西北加恩于我的尤其不可谓不深厚，但您所谓的“西部精神”是否与我前面提及的那种文学的“西部气质”相似呢？无论是“精神”也好，“气质”也好，“风格”也好，它总之只能是这块土地的色彩，是这块土地上民族的文化、时代潮流……交相感应的产物，是浑然一体的。它源头古老，又不断处于更新之中。它有勃勃生气。是的，当我触及“西部主题”时总是能感受到它的某种力度，觉出一种阳刚、阴柔相生的多色调的美，并且总觉得透出来一层或淡或浓的神秘——我以为在这些方面都可能寻找到“西部精神”的信息。

我对创作方法向来无深入研究。作为创作者我更讲究实效：是否尽善尽美地表达了我对生活的理解，是否与我追求的气质谐调。但这也只是相对而言。从这个意义上讲，“新的”“最适合的”创作方法总是处在不确定之中，总是处在不断探求之中。这种追求不会有止境——我不认为这有何不可。

五、您觉得中国的“西部文学”与美国的“西部文学”、当代拉美文学有何异同？

昌耀：《文摘报》第167期摘载了一则题为《〈人生〉不是“中国的西部片”》的短文，转述了高加林的扮演者周里京的话：“称《人生》为中国的西部片是不合适的。因为一提到‘西部片’，人们脑袋里就会反映出那种骑马加打枪式的电影，……”他认为会“搅乱了概念”。与这个“声明”所担心的事相反，从片中那个被反复渲染了的婚礼场面开始，我的眼眶一直是湿润的，并不觉得有“骑马加打枪式的电影”干扰，我实在乐于相信此片可能真的要拉开“中国西部片”的序幕。在国产故事片面前人们很少如此感动，它定然是有一些“开创性”因素值得专家们去思索。

然而，中国的“西部文学”会使人联想到美国的“西部文学”那种关于“游猎、骑马和暴行的描写”吗？应当不至于。两个“西部”毕竟起点不尽相似，而历史内涵更不可同日而语。在我国西部，即便我是行走在戈壁大野，也会意识到足下的土地原是浸透了古老文化汁液的土地。周穆王"西征昆仑丘，见西王母"之类的记载永远使我们感到亲切。这种文化意识必为我们的"西部文学"构成增添深度与层次感。

但是，在如下方面它们也许是相似的：

(1)它们的出现意味着一种新的时代精神；

(2)大自然中具有英雄气概的拓荒者们；

(3)西部边地色彩。

我于美国"西部文学"所知无几，至于当代拉美文学就更不容我置喙了。谨作如上回答，祈教正。

六、您对开发这一文学领域有何具体设想？西北各省文学界应该做哪些工作？

昌耀：最有成效的方法当然莫过于出作品。

同时，西部应该有一乐于为"西部文学"的开发服务的文艺出版社，这对于解放"西部文学"生产力、团结与振奋西部作家群都至关重要。

借此机会我愿呼吁一声：

——"西部文学"也同时在呼唤着西部有大作为的文学出版业！

1985年1月19日■

怀春者的信柬　昌耀研究集

宿命授予诗人荆冠
——答星星诗刊社艾星并兼致叶存政、杨兴文

昌耀

艾星先生：

您或已觉出我时犯的毛病：好读信，复信则身子发懒。病因大致有二：或为精力不济，或为费思而踌躇。您的征答题让我好一阵踌躇，就如此拖下来了。顷接来电催问，看来在劫难逃，谨以一个鲁钝学生应试的万般无奈勉为答卷，——借此机会，也一并答谢如此关注着我的浙江诗人叶存政先生、四川诗人杨兴文先生，文中也将涉及二位的提问，请读者朋友一同予我批正。

一、谈谈对诗人的基本素质的看法。

我理解的诗人是“修辞以诚”的人，必是一位理想主义者，执着于人生永恒的问知及道德的完善。因之，诗人也必是一位“思想者”，就如罗丹大师的群雕《地狱之门》中作为诗人出现的那位支颐运思的裸坐男子。沉思生命，感知美善，永在地确认自我，不仅是诗人精神世界摆脱不掉的内容，其行为能力，也成为一个诗人基本素质的标志。我们可以在诗人灵感的结晶物中欣赏到这种瞬间冲击力的强度。诗人的出现完全是天意。一个无生命的星球忽然有了生命活体，适者生存，物竞天择，然后有了人类。借助于人类的出现，物质世界才得以对自身的存在状态加以审视、感受、推理、描述。有了道德规范、曲直善恶，而这一切皆源于“无”。我非常感慨于这种不可思议性。人类当然是“岁月有意孕成的琴键”，就此而言，是幸运，也是一种不幸，感

情与道德的负载太让人感到沉重，若是一仍天地初始时的“大寂一太极”不是省却今天许多的烦恼？但是人类已命定“铁肩担道义”，死去活来，痛苦不堪。诗人正是这一困境能动的“感受器”，永在地渴求着纯美、纯善，又永在地不得抵达理想的彼岸。诗人怎么能够不多愁善感、神经兮兮，一再以自己的灵魂示众乃至血肉？因之诗人也命定属于“先天下之忧而忧”的一类，固然是极公正的——须知诗人头上就顶戴着宿命授予的荆冠。诗人只看重精神的自救，而无权于“物质的自救”，这真是天意，但这又是怎样冷酷的宿命呢！

二、你的诗大多苍凉悲壮，饱含了生命和泥土的神秘，充满了人性和神性的光辉，请问你在创作中是怎样把握的？

如果拙作真的给予您那种光彩，那么其所以然已尽如上面的答问所述，直接源于对生活的感受。换言之，不可由外部配搭而能。至于如何把握，庖丁有言：“臣以神遇而不以目视。”这样说也许过简，那么再烦言几句：我想，我的诗是键盘乐器的低音区，是大提琴，是圆号，是萨克斯管，是老牛哞哞的啼唤……我喜欢浑厚拓展的音质、音域，因为我作为生活造就的材料——社会角色——只可能具备这种音质、音域。这是一种责任。我本能地感受到这种责任，是基于无论在未来任何一个理想社会都无法超越的基本事实——“我们都是啼哭着从母体投奔到这个多彩的寰宇”及其他一类性质相同的事实。至于度量的把握或调控，那是再自然不过的事，起作用的是直觉，而不一定依赖于逻辑推理。

三、中国西部的确有一大批风格上恢宏博大的诗人，请问，这是否与地域文化背景有关？

我想，大体可以作如是观。这里，我要说到一位画家的故事，他于 20 世纪 50 年代末被发配到青海，一番摸爬滚打已过去 20 余年，至 80 年代初才由北京一所美术学院召回。他是浙江人。作为一名画家，也许他更应该钟情于家乡的清山秀水，而实际并非如此。他两次带着油画夹、速写本从北京跑到绍兴、杭州、海盐一带，却丝毫唤不起作画的兴味，“没有动过一笔就两手空空地回来了”。何以然？他觉得江南那种细巧的东西恰好遮住了大自然最本质的内容，与他执意表现的东西是两回事儿。他总结为这样的道理：“在大西北的大自然中，一片地平线、一片蓝天，那么单纯，甚至单调，但当你坐下来与它对话时，你就会感受到大自然的最原始的那种生命的动力……它们与更自然、更宇宙、更基本的一种动力结合在一起。”而这才是使他内心燃烧的缘由。西部恢宏博大的文化精神早已渗透到他的血液、灵魂，成为一种与其个性气质、艺术信仰同构的关系，成为审美认同的基石。这位画家即朱乃正教授。他以绘画、书法写诗。他以一位诗人艺术家的品格，以自己“同为昆仑牛”的阅历证实了一个颇关紧要的道理，即艺术家们在其作品中“对于西北大自然的那种特殊的发现和表现，却并非机遇所致，而完全是一种感情的结晶”。我以为，这也就是为什么一批旅游诗人以猎奇心理创作出的“西部式”作品不能感人心魄的关键所在。一为全身心的投入，乃至全部青春的代价；一为过客的撷取。

四、谈谈你对当代中国新诗在世界文坛上的地位，以及它的发展趋势的看法，好吗？

中国人向以诗的“泱泱大国”自许，当然没错。但这种自许在一定条件下也让人想起一种社会封闭心态下的渊源已久的矜夸。我不清楚中国新诗在世界文坛的地位，但是我却知道中国港台及外籍华人文学在中国大陆的地位，准确点说，是在大陆出版界、评论界的地位：身价不凡。据我所知，大陆平民诗人与大陆的图书出版几无缘分，如果中国新诗（我主要指“大陆新诗”）的传播在国内尚且如此困难，遑论其他？中国新诗当然应在世界文坛享有一份荣誉——这个问题我不曾深涉，也无意深涉，作为一个读者，我以为当务之急尤在改善中国新诗在我们国内文坛的地位，如谓不信，不妨拿大陆诗人的出版物与同样是由国内出版社出版的外国诗人的诗集仅就“包装”作一比较好了：哪一种更被精心打扮，更被重视？一代诗人如阿垅、冯至的诗集几无觅处；鲁迅的《野草》单行本也买不到。近些年，几位有为的中青年诗人仿佛都已失踪。更多的青年诗人则是在“民间”行动，他们不得不满足于自己小小的交流圈，也不得不更热心于艺术自身的探索。他们用手工方式印刷自己富于个性的作品合集。他们似乎从来不在乎外界对其持有的好恶姿态。他们坚定而自信，使得有的前卫小说家也为之惊愕不已，钦佩这些诗人的自我感觉无论何时都是好极了。我的印象里，他们属于“自为的一群”，他们并不作无病呻吟，于新诗的未来将不无意义。

五、你撰写的短文《诗人们只有自己起来救自己》（也是一则新书预告、征订启事）在《诗刊》第10期加“编者按”发表后，读者反应强烈，很为中国诗人的出路感到痛苦、不平，可以就此谈谈感想吗？

是的，由于《诗刊》第10期替我鼓呼，近来汇款预订拙著《命运之书》的朋友骤增，连我都觉得自己是一个“受宠”的人了。对于一个原本要拼出去“孤注一掷”的诗人，在这一征订过程中，我每日都能够从“寂寞新文苑”诸多朋友尚默然于心的对诗的高尚追求感受到温暖、信念和力量，感受到一种净化了的人生意义。

关于“集资”出书一事，发表在今年9月2日《文学报》的拙文《广告与前言》中已有记述。简而言之，实出于无奈：一是愤愤于社会机理的某种“麻木不仁”，试一“棒喝”；二是为着酬答一贯关注我的文朋诗友（连年许告“书就要出来了”，结果连年落空，机会一失再失），我已无心等待，亦无信心等待，于是起来自己干。如此而已。据此，这既可以说是一本书的自救，也可以说是精神的自救——不媚俗，不告饶。在一个精神追求一再掉价的无可奈何的时期，金钱狂躁，感官刺激被高扬，诗神黯然无色。当社会机理的某种功能继续“麻木不仁”，诗人的选择只能是自救了。固然鲁莽，但欣慰的是得到了文坛朋友们普遍的理解。我完全同意这样的判断：诗歌市场的景气还需待以时日，除非整个民族文化素质得到长足的提高或校正。但我也同样以为，精神产品生产与流通的“宏观调控体系”的建立刻不容缓，包括那种价值观的混乱或“无序状态”应该切实中止，为较高层次的审美追求造就一种宜人的文化环境与气氛。说到这里，顺便回答一个问题：诗歌的写作和出版固然要进入市场，但是我并不以为“为顺应市场变化和读者要求而写诗”是诗人必选的途径，与一些朋友的感受相同，对此“顺应”说，我也极为反感。总之，我以为信仰——即灵魂具有第一要义。凡此种种举措果能奏效，受益的又岂止于新诗？

1993年12月13日凌晨5点■

记者：您常自喻为一个“头戴荆冠”的诗人，长期以来，您和您的诗都曾受到过不应有的冷遇，应该说，今天这种状况已得到了根本的改变，无论是专家还是读者，都对您和您的诗给予了极高的评价。对此，您想说些什么？我们是不是可以把“荆冠”改为“桂冠”？

昌耀：其实凡是我写的东西，我感受到的都是时代给予我的。我在诗中写出我对时代的感受，写出我的美学追求、我的社会理想。至于其是否被人接受、是否被人肯定，对我并不重要。因为读者层次是多种多样的，所以我不可能叫他们都接受，也不必强求。你说我的诗曾受到冷遇，我想这是正常的，但是我觉得多数读者，特别是年轻读者，我的同代人，以至年长一代的读者，都还能接受我的东西，这点我感到很欣慰。我的创作基本上分为两大块：一个是在艺术上的有益探索，这方面比较偏重一些；另一个是抒写我的内心世界，谋求与更多的读者进行心灵上的沟通。另外还有少数比较难读的诗，则在圈内被叫好、欣赏。前几年，我的创作积累到一定程度，但是出版比较困难，这就使我的诗普及程度不够。在这方面，青海人民出版社做了些工作，为我出了几本书，但多数要靠我自己发行。我对自己的东西是比较自信的，因为我写东西不是单纯为了去当一个诗人。作为一个诗人，我觉得对社会应该有自己的声音，对于美，对于善，应该作出自己的评价，包括自己的美学追求。我的诗不是游戏之作，我想里面都有些严肃的主题，能够得到人们的认可，这就说明我的诗具有存在的必要，有它的生命力，这也是我所追求的，“荆冠”是命运决定的，至于“桂冠”，那是读者给我的荣誉。这是两回事。

记者：有人称您为一个宿命的诗人，这种宿命和您所毕生追求的崇高精神有什么必然的联系？

昌耀：就是持宿命论观点的诗人，是不是？实际上我对人生的看法是，从人生最初哇哇啼哭着降生到这个世界，仿佛就已被注入一个悲剧的命运。从生到死，在多数情况下，人生都是不顺的，都充满了苦斗这样一种精神。从这点来说，它是宿命的。但是，人只能向前走，不能向后退。我在诗里表达过这样的感觉：就像在同一条船上和激流搏斗一样。此外，就人类社会发展而言也无不血泪斑斑，许多思想家、宗教家、仁人志士都为人类的拯救或理想国的建立做出过自己的努力，这种努力仍在继续。如果说这是善的精神，那么我一生实际上都在敬重这种精神——包括基督那种牺牲自己、拯救人类的精神，包括释迦牟尼普度众生的理想，都让我很感佩。然而善的道路是如何曲折多艰，我的《堂·吉诃德军团还在前进》正反映了我感受到的这种无奈。不管怎么样，人生总要有点苦斗的精神，没有退路可走，也就是说，痛苦是绝对的，但是斗争也是绝对的（所谓斗争，是指和命运的斗争）。这种精神便是一种崇高的精神，我在一篇文章中，曾表示过这样一种意思，诗是崇高的追求，因之艰难的人生历程也得而显其壮美、典雅、神圣、宏阔的夺目光彩。这就是我对宿命的理解。

记者：您在《〈命运之书〉自序》一文中这样写道：“对于我，命运仅仅是一卷书。”在这卷书中您读到了什么？又读懂了什么？在与命运抗争中您是否重新领有了自己的运命，或借助您的诗实现了对命运的嘲弄？

昌耀：对于这句话，我想我可以作这样的解释。《命运之书》有两个含义：一个是探讨命运的书；一个是对命运的书写。我觉得我的生命的整个历程已经贯穿于跟命运作斗争这样一个自始至终的过程。我是一个不大合时宜的人，在20世纪50年代我是一个右派，到现在这个时期，好像我又不合潮流，这就是我的命运的必然结果。但是我对自己的追求从来没有后悔过，我在诗里毫不讳言地说过：一个诗人应该有自己的精神追求。我觉得我的追求应该是和老百姓的追求贴得很近，你不妨参照我在书里题写的这段话："简而言之，我一生，倾心于一个为志士仁人认同的大同胜境，富裕、平等、体现社会民族公正、富有人情。这是我看重的'意义'，亦是我文学的理想主义、社会改造的浪漫气质、审美人生之所本。我一生羁勒于此，既不因向往的贬值而自愧怍，也不因俱往矣而懊悔。如谓我无能捍卫这一观点，但我已在墨守这一立场……"(《一个中国诗人在俄罗斯》)因此，我对命运始终不认可，如果我认可了，那么也许我的命运就得到改变了。我年青时就因为命运而受难，20多年后，我更没必要更改我的初衷，你读了我的书，就知道我的命运就是这样一卷书。我没有更改自己，没有更改自己的人生理想和追求，没有更改自己的人生态度。我想，在这方面，我就是我自己，我的命运是自己选择的，我是主动的，可以说，通过我的诗，我实现了对命运的嘲弄。

记者：对青海高原，您一定是有话要说的，因为您的许多作品都反映了青海的地域特征，比如《青藏高原的形体》。那么，我们应该如何从文学的角度认识青藏高原呢？

昌耀：我到青海来，是1955年。那年我还不满19岁。那完全是我自己的选择。我本来可以上大学，但我热爱文学，特别是这种边远地区，对我有一种诱惑力，所以我就投身到青海来了。1957年，我因为一首诗，被打入最底层，所以我跟青海的关系、感情是比较复杂的，它既是我自己的选择，同时又使我感到痛苦……(诗人说到这里，百感交集，潸然泪下)最近有朋友说，在我的诗里，我可以摧毁一切，但在生活当中，一切都可以摧毁我。我想，他说得有一定的道理。但是我感到青海最难能可贵的，就是对我的一生给予了许多极大的造就，我想，我是应该感谢青海的。我最后没有屈服，没有随波逐流，没有被时代所淘汰，青海的山河、人文地理、历史对我都有很大的影响。所以从这个意义上讲，青海既哺育了我，也造就了我。一个人的写作有赖于一定的时代背景和生活积累，从这方面来说，我对青海的感情非常深厚，也是很自然的。对于青海各族群众我都深怀感情，1956年，我就投身到藏区去了，最初我就在共和县阿曲乎牧业合作社——这是我最早接触藏族群众——随后在农场一直和他们频繁接触，所以我对他们很熟悉。在我的创作当中，我觉得，我留给青海的并不多，但是我比较满意的就是写出了自己对他们的深切感情，写出了他们的美。我可以举例，除了你刚才提到的《青藏高原的形体》，对于另外一首诗作《慈航》，我也是非常满意的。也许我可以这么说，这是我个人献给青海藏族同胞的在文学上的一个纪念品。所以说文学的青海和生活的青海，我想是不可分割的，到了文学必须去表现它的时候，它就成了一个注入了你自己的感情、个性和理想的文学家眼中的青海，它就是文学的青海。我想，我的作品是从这一点上去把握的。

记者：据我所知，目前市场上《昌耀的诗》这本书已脱销，或者说，作为精神产品，它已进入了消费领域。在此我想请您对您现今的读者和未来的读者说点什么。

昌耀：我刚才分析了，我的作品许多读者都是通过刊物来阅读的。我觉得我的读者群还是有一定规模的，我常常收到大量的读者来信，他们有的抄录我的诗，有的将诗精心剪贴成册。所以说，我的诗不是进入消费领域的，我不希望我的诗进入消费领域，因为它不属于消费。我们所谓的消费，就是为消费而消费。诗是一种精神产品，它有它的时代积累价值，它体现着时代文化所达到的层次。我不希望我的诗成为地摊上的那种消费文学。所以我刚才说了，人民文学出版社选择我的诗出版，《昌耀的诗》第一次就印了一万册，他们是有眼光的，因为他们知道读者的需要。所以，你刚才的概括，我有点不同意。我的诗不是进入消费领域，它被大家所接受，这是早在我意料之中的。我向出版社推荐自己的诗稿，也往往提到这一点，实际上我的诗在外地印，都不要我包销，我的第一本在外地出的书，是敦煌文艺出版社出的，一次就印了五千册，他们都来不及让我校对，结果错误百出，即使如此，五千册也很快脱销。我的很多诗被选入各种诗集，这其中包括国外的选本，还有许多读者是从选本上读到我的诗，给我来信说，想买我的书。我想，他们之所以买我的书，都不是出于一种单纯的消费愿望，而是出于一种精神的需要。所以，在这一点上，我特别感激我的读者。

记者：《慈航》被公认为是您的代表作，请您谈谈这首长诗的创作过程和作品的主旨。

昌耀：每一个读者都有他自己的阅读眼光和生活积累，让读者用心灵去体会，这样比我说更好。但我写这首诗，也不是灵机一动就有的，它是我生活积累及美学追求的一种必然产物。在那样一个时代，尤其是有像我这样遭遇的人，能够被人理解是不容易的。所以我特别看重这种感情。这里面（指《慈航》）有自传的成分，但也不完全是自传。这里涉及我的生活，也有我周围的一些同难者，有他们被当地牧民善待的经历，我把这些素材糅合到一起融进了这首诗里。所以诗里表现的生活是综合性的，基本上是以我为中心，写出了我对藏族群众的一种感激之情。在最后一段里，我说，这个主人公并没有离开草原而是作为他们的"一个没有王笏的侍臣"留在了那里。这是我的一种信念吧，就是说，我永远跟他们在一起。至于《慈航》的意义，许多评论家都分析过了，在这里我不想作具体的解释了。我想灵魂是要有栖所的，也就是栖居的地方。在那样一个时代里，灵魂可能比肉体更需要一个安居的地方，所以我写的是灵魂的栖所。简单地说就是这样。

记者：从某种意义上讲，诗人写诗首先是写给自己的，请您从读者的角度来评价一下自己的诗以及自己的创作生涯。

昌耀：我家有不少藏书，我从小受家庭的熏陶，读过一些。我的父亲过去有一些在国统区买不到的书，比如香港的一些进步书籍，包括一些苏联小说、文学作品，我从小就接触过，虽然读得不是很多，但这段经历对我养成读书的习惯起到了很好的作用，所以我从小就对文学比较偏爱，曾经想当一个文学家。后来我到了部队上也搞文学，接触了不少年轻的诗人，我也就开始写作了，但是那个时代我仅是出于兴趣。我对文学的看法发生根本改变，是在我1957年被打成右派以后，那个时候，我到了生活最底层，失去了发表作品的权利，但是我感到自己有很多东西要说要写，要写出我对生活的感受。我的大部分作品都写在本子上，因为我不是为了当诗人。一直到1979年，情况好转以后，我把过去写的东西都整理出来，结果大多数都发表了。后来，我又在新时期写了许多东西。那个时候，就像我刚才说的，我写作不仅仅是为了当诗人，而是要写出我对世界的许多问题的个人见解、我的社会理想，写出我对美的感受。我曾经有一个比方：我就像是"一部发声器"、一个组合音响，很自然地发出声音。至于我对自己作品的评价，我认为，后面的就比前面的（年青时写的）要更有深度一些。1957年前写的多半是年轻人对生活的向往，内容比较轻松。而后一个时期的作品，就多半偏于沉重，因为生命给了我这样一种感觉。另外，青海的大自然，青海壮美的山河，也给我的诗注入了一种阳刚之气，这对我的诗的风格的形成，都是至关重要的。我的中期、后期作品追求的阳刚之美比较多。作为一个时代培养出来的诗人，我感到非常幸福。

2000年2月■

怀春者的信柬　昌耀研究集

附录

昌耀文学活动年表

怀春者的信柬　昌耀研究集

1936年 0岁　6月27日，昌耀（原名王昌耀）出生于湖南省常德城关大西门内育婴街十七号。

1941年 5岁　昌耀进入离家五里之遥的王家宗祠私塾读书。

1942年 6岁　王家宗祠私塾变为具备现代教育形式的初小班的"尚忠小学"。长昌耀数岁的佃户的女儿曹娥儿因此成为昌耀的同学，并教给昌耀终生难忘的乡间儿歌俚谣。

1950年 14岁　4月，昌耀瞒着家人报考中国人民解放军第38军114师政治部，被录取。

1951年 15岁　春季，昌耀随部队入朝鲜参战。期间，昌耀开始文学创作的尝试。

1953年 17岁　秋季，昌耀以伤残文艺兵的身份，进入保定河北省荣军总校。

1955年 19岁　初夏，昌耀从河北荣军军官学校毕业。

6月，青海省人民政府到河北荣军军官学校动员应届毕业生前往青海参加祖国大西北的开发建设。6月中旬，昌耀报名并被录取。

6月底，昌耀到达西宁，被分配到青海省贸易公司担任秘书。

9月，昌耀创作诗歌《船，或工程脚手架》。

1956年 20岁 春季，昌耀的组诗《高原散诗》发表在沈阳作协主办的《文学月刊》4月号。

4月，昌耀加入中国作家协会西安分会。

5月，《青海文艺》创刊，创刊号上刊发昌耀的组诗《鲁沙尔灯节速写》(《牲畜交易手》《赴会》《骆驼商队》《拜佛人说》《灯节之夜》)。

6月，昌耀调入青海省文联。

1957年 21岁 7月，昌耀的《林中试笛》(《车轮》《野羊》)被认为是“毒草”，昌耀开始受到批判。

11月20日，青海省文联整风领导小组就昌耀的右派定性问题做出《结论材料》。昌耀被定性为“一般右派分子，混入革命队伍的阶级异己分子”，组织对其作出“送农业生产合作社监督劳动，以观后效”的决定。

从1956年6月到1958年7月，昌耀编选名为《花儿与少年》的青海民歌集。

1958年 22岁 3月，昌耀来到青海湟源县的日月藏族乡“劳动”，期限为三个月。昌耀来到下若约村，住在杨公保家里，参加村里的生产劳动。

5月，昌耀被从湟源看守所驱往北山崖头开辟一座土方工程，随后被送到青海省第一劳教所新生铸件厂，之后被投放到哈拉库图村。

11 月，昌耀被分配到祁连山腹地牛心山河谷最西端的劳动营地：八宝农场夏塘台站。

1959 年 23 岁 3 月，昌耀创作《哈拉库图人与钢铁》。

春季，昌耀被分派到牛心山后约 30 公里的铅锌矿搬运铜石。

夏季，昌耀等从冶炼厂撤出，返回夏塘台农业队。

1961 年 25 岁 昌耀转移到拉洞台一队，除了恢复大规模创作外，还学起了素描。

1962 年 26 岁 7 月至 8 月，昌耀写成《甄别材料》。

9 月，申诉无效后，昌耀作为就业职工转向祁连山腹地。

1978 年 42 岁 5 月，昌耀恢复创作，写了一组篇幅较长的抒情散文，总标题为《海的诗情及其它》。

1979 年 43 岁 2 月 24 日，“青海省革委会劳动教育工作委员会”下发了《关于撤销王昌耀、剧谱劳动教养的批复》。

3 月，昌耀带着妻子儿女离开海南州新哲农场，回到暌违 21 年的青海省文联。

1980 年 44 岁 《诗刊》1980 年第 1 期发表昌耀的长诗《大山的囚徒》。

5 月 11 日至 8 月 15 日，昌耀创作《山旅——对于山河、历史和人民的印象》。

1982 年 46 岁 5 月，昌耀随青海省美术协会的两三位画家一起，乘着一辆吉普车前往兰州、张掖和祁连山区采风写生，创作了大量西部题材的作品。

9 月，昌耀随采风团到甘肃河西走廊的玉门油田和敦煌一线采风。

11月2日至18日，昌耀创作《雪。土伯特女人和她的男人及三个孩子之歌》初稿。

1983年 47岁 9月，昌耀出席新疆石河子“绿风诗会”。

1984年 48岁 9月，青海人民出版社决定出版昌耀的诗集，昌耀为其取名《昌耀抒情诗集》。

1985年 49岁 5月，昌耀参加在西安举办的“大西北文学与科学笔会”。3日，刘湛秋写评论文《他在荒原上默默闪光》。

10月，昌耀加入中国作家协会。

1986年 50岁 3月，《昌耀抒情诗集》开印。

10月，昌耀参加由《诗刊》社和甘肃《当代文艺思潮》杂志社在兰州联合举办的中国西部文学研讨会。从祁连山返回不久，青海文联的文艺理论研究室联合甘肃《当代文艺思潮》杂志社，为昌耀的《昌耀抒情诗集》召开了一个作品研讨会。

秋冬之际，《十月》的青年诗歌编辑骆一禾给昌耀去信，从此二人开始持续通信。

1987年 51岁 3月27日，昌耀写完《艰难之思》。昌耀在本文中详述了他的创作观与创作经历。

1988年 52岁 5月，昌耀加入青海省九三学社。

6月，昌耀首次与青年诗人骆一禾相聚。7日至9日，《昌耀抒情诗集》增订本出版，诗集中追加了昌耀从1985年到1986年发表的26首新作。

8月，昌耀参加《西藏文学》于拉萨举办的“太阳城诗会”。

怀春者的信柬　昌耀研究集

怀春者的信柬　昌耀研究集

怀春者的信柬　昌耀研究集

怀春者的信柬　昌耀研究集

本年，昌耀受聘成为上海华东师范大学“夏雨诗社”的顾问。

1989年 53岁 3月，昌耀与香港诗人蓝海文通信，成为由蓝海文牵头筹备的“世界华文诗人协会”创会理事。

10月9日至24日，昌耀于日月山牧地来归，创作《哈拉库图》。

1991年 55岁 5月，昌耀前往桂林参加“全国诗歌座谈会”。

1992年 56岁 12月，昌耀住进摄影家协会位于西宁市区西大街一幢五层小楼的办公室内。直至去世，昌耀一直在这间办公室栖身。

1993年 57岁 年初，昌耀在第七届青海省政协会议上晋升为常委。昌耀成为青海省首批“享受国务院特殊津贴的国家级专家”。

1994年 58岁 8月，昌耀的诗集《命运之书》由青海人民出版社出版，其中所收录作品截至1994年2月。

年底，昌耀编选《一个挑战的旅行者步行在上帝的沙盘》，所收录作品创作时间直至本年年底。

1996年 60岁 6月，昌耀的《一个挑战的旅行者步行在上帝的沙盘》由敦煌文艺出版社出版。

7月，昌耀参加由四川著名诗人孙静轩主持的西岭雪山风景区的“中国·西岭雪山诗会”。

10月下旬，昌耀参加在广东中山和佛山两地举行的“第三届国际华文诗人笔会”。

12月，中国作家协会第五届全国代表大会在北京召开，昌耀作为代表参加会议。

1997年 61岁	《诗探索》1997年第1辑专门辟出一个“昌耀研究”专栏。 6月，昌耀获得《人民文学》年度诗歌奖。 10月，昌耀作为中国作家代表团的成员，出访俄罗斯。
1998年 62岁	11月，昌耀参加在江苏张家港召开的全国诗歌座谈会。 12月，人民文学出版社的系列诗歌丛书“蓝星诗库”推出了《昌耀的诗》。
1999年 63岁	10月12日，昌耀被确诊为腺性肺癌并住进青海省人民医院。下旬，昌耀全身心投入《昌耀诗文总集》的整理工作中。
2000年 64岁	1月3日至9日，昌耀创作《〈昌耀诗文总集〉后记》。17日，《昌耀诗文总集》的编辑整理工作全部交割完毕。26日晚，昌耀病情突然恶化。 2月8日，《人民文学》副主编、中国诗歌学会副会长韩作荣代表中国诗歌学会前往青海，为病榻上的昌耀补办中国诗歌学会“中国诗人奖——终生成就奖”颁奖仪式。 3月15日，昌耀写下绝笔诗《一十一支红玫瑰》。23日7点30分，昌耀从医院阳台纵身一跃，9点45分停止呼吸。29日，昌耀与修篁的长子王木萧捧着昌耀的骨灰千里迢迢返回故土，将其埋葬在湖南省桃源县三阳镇王家坪村其慈母吴先誉的坟墓旁。

图书在版编目（CIP）数据

怀春者的信柬：昌耀研究集 / 张颖编 . ——北京：华文出版社，2022.2

（隐匿的汉语之光 · 中国当代诗人研究集 / 张桃洲，王东东主编）

ISBN 978-7-5075-5374-1

Ⅰ . ①怀… Ⅱ . ①张… Ⅲ . ①昌耀（1936–2000）– 诗歌研究②昌耀（1936–2000）– 人物研究 Ⅳ . ① I207.22 ② K825.6

中国版本图书馆 CIP 数据核字 (2021) 第 242782 号

怀春者的信柬：昌耀研究集

丛书主编： 张桃洲　王东东
本书编者： 张　颖
责任编辑： 杨艳丽　袁　博
出版发行： 华文出版社
地　　址： 北京市西城区广外大街 305 号 8 区 2 号楼
邮政编码： 100055
网　　址： http://www.hwcbs.com.cn
电　　话： 总编室 010-58336210　编辑部 010-58336191
发行部 010-58336202　010-58336230
经　　销： 新华书店
印　　刷： 三河市龙大印装有限公司
开　　本： 710×1000　1/16
印　　张： 25.75
字　　数： 380 千字
版　　次： 2022 年 2 月第 1 版
印　　次： 2022 年 2 月第 1 次印刷
标准书号： 978-7-5075-5374-1
定　　价： 88.00 元